当代中国最具实力中青年作家作品选

薛舒中篇小说选

# 隐声街

## 薛舒 著

中国言实出版社

**图书在版编目（CIP）数据**

隐声街：薛舒中篇小说选 / 薛舒著 . -- 北京：
中国言实出版社，2016.10
ISBN 978-7-5171-2029-2

Ⅰ . ①隐… Ⅱ . ①薛… Ⅲ . ①中篇小说—小说集—中
国—当代 Ⅳ . ① I247.7

中国版本图书馆 CIP 数据核字 (2016) 第 251211 号


出 版 人：王昕朋
责任编辑：胡　明
文字编辑：张凯琳
封面设计：水岸风创意文化


出版发行　**中国言实出版社**
　　　　　地　　址：北京市朝阳区北苑路 180 号加利大厦 5 号楼 105 室
　　　　　邮　　编：100101
　　　　　编辑部：北京市海淀区北太平庄路甲 1 号
　　　　　邮　　编：100088
　　　　　电　　话：64924853（总编室）　64924716（发行部）
　　　　　网　　址：www.zgyscbs.cn
　　　　　E-mail：zgyscbs@263.net
经　　销　新华书店
印　　刷　北京温林源印刷有限公司
版　　次　2017 年 1 月第 1 版　　2017 年 1 月第 1 次印刷
规　　格　710 毫米 ×1000 毫米　1/16　16.5 印张
字　　数　235 千字
定　　价　40.00 元　　ISBN　978-7-5171-2029-2

# 目录

# 阳光下的呼喊

## 一、籍贯

　　我一直试图找到我的家族宗脉，很久以来，我对我父亲的回忆总是严重质疑，究竟是从哪一天开始我不再相信我父亲充满条理而又不失浪漫的叙述了？我已忘了产生质疑的起初原因，但我相信我的判断。我父亲仅仅具备小学毕业文化程度，这使我在经历每一次考学、毕业、招工等等人生重大事件时，内心总是充满自卑。因为这种时候，我总是需要在我的履历表上写下我的姓名、性别、民族、籍贯，以及我所有家人的姓名和职业。尽管履历表上不需要写明我父亲的文化程度，但我总是在父亲的职业这一栏目前犹豫再三，最后我用了一个缺乏明确意义的词汇来表述我父亲的职业，我在履历表上写下了"自由职业"这四个字。我试图用自欺欺人的方式遮人耳目、蒙混过关，但这总是无法欺骗活泼美丽、伶牙俐齿的白雪梅。这个以红唇皓齿和两条麻花长辫占据了我成年之前的所有记忆的女生，严重地打击了我并不坚固的少年自尊。但我还是无法抑制自己在人群中不断搜索着白雪梅的目光，我的目光除了专注以外，还有一些我自己也说不清楚的别的东西。在我十八岁远离我江南的故乡到长春去念大学以后，我就很少有机会再见到白雪梅了，可我依然不明白当年我眼光里的那些别的东西，究竟是叫作爱，还是叫作好奇。

　　这个叫白雪梅的女生对我专注和深情的注视常常回以严厉的呵斥，并且以"恬不知耻"这个成语试图打击我目光的追随。我的自卑因此而加倍，但我却不可救药地发现，我内心的自卑和对白雪梅的心理依赖正以正比例趋势不断攀升。

班长白雪梅收齐了每个同学的履历表后，一张张检查过去，她的仔细和负责使我确信我已无法逃脱这一次的无地自容和羞愧。她从一叠纸张中抽出其中一份，然后转过她扎着两条乌黑的麻花辫的脑袋。我的眼前顿时飞起两只粉色的蝴蝶，它们旋转飘荡着，腾空跃起，随即跌落在一双倾斜小巧的肩膀上。粉色的翅膀在撒满翠绿枝叶的肩膀上扑闪着，使我注视白雪梅的目光受到了严重干扰。然后，我就听到了一阵清脆的鸟叫声，那只翠绿的鸟儿叫唤着：王光辉，你怎么没有填你的籍贯？你父亲怎么是自由职业？你父亲是修鞋的，你就填"鞋匠"好了。

我面红耳赤地接过白雪梅递还给我的纸张，我周围的同学们正窃窃私语或者捂嘴偷笑。其实我不用隐瞒，刘湾镇上的所有人都知道，王鞋匠就是王光辉的父亲，王光辉就是王鞋匠的儿子，父亲的职业使我的名字随之家喻户晓。每天中午，我捧着一只很大的搪瓷杯子走向我父亲的修鞋摊，杯子里装着我父亲的午饭。我捧着装有米饭和咸菜的杯子在热烈的太阳下低头行走，我的目的地是十字路口的百货店大门边。那只杯子的年代已过于久远，杯口和盖子上剥落了几处搪瓷釉面，犹如表面光滑的馒头被蟑螂啃了几口，露出里面变黑的本质。但杯子身上的放射状阳光和阳光中间的领袖画像却说明了这只年代悠久的杯子的光荣历史。

我父亲在午间的烈日下向着东边抬头眺望着，他坐在一张小矮凳上，他面前是一台黑色的缝鞋机，三根铁支架撑着一个铁缝纫头，单薄而丑陋。这是我父亲的工具，这架瘦骨伶仃的工具和它的主人我父亲的薄瘦身躯无比匹配，这让人们确信刘湾镇上的王鞋匠必须是鞋匠而不是木匠或者铁匠。王鞋匠的职业与王鞋匠的工具可谓珠联璧合天生一对，至于王鞋匠和缝鞋机周围堆着的一些旧轮胎皮和黑色、黄色或者白色的鞋子，那完全是陪衬。

我父亲身上挂着一张油腻的皮围裙，皮围裙的肮脏使父亲显得业务繁忙，但此刻，他却放下了手里需要修补的鞋子，伸着脖子眺望着东边的路口。有人从他面前走过，他会仰望着那人，点头微笑着招呼，他眯缝着眼睛向认识的路人表现出友好和热情时，他眼里的饥肠辘辘还是不可阻挡地喷射了出来。差不多在这时候，我会捧着装满米饭和咸菜的杯子出现在十字路口的另一头。

我父亲看到了我，或者说，我父亲看到了我手里的杯子，他向着十字路口另一端的我大声喊叫起来：王光辉，慢一点儿，小心汽车，别急，等这辆车过去再穿马路！

我父亲的喊叫与其说是在劝告我不要着急，不如说是在劝告他自己不要着急。他对搪瓷杯子的渴望已迫不及待，但他知道他企图快一点儿吃饭的愿望在十字路口对面的我一经出现后便可很快得以实现了，愿望即将实现的时刻，他的急迫便分外需要克制了，他很清楚"欲速则不达"这个道理，他大声喊叫着：王光辉，慢一点儿，小心汽车，别急……他的喊叫略微缓解了他对午饭的焦灼渴望，他的叫喊同时向全刘湾镇人宣布了他的儿子我的名字。

我捧着搪瓷杯子穿过马路到达百货店门口右侧的修鞋摊前，王鞋匠早已站起来伸出了他布满油腻和污垢的手，油腻和污垢是来自各种鞋子鞋面上的鞋油和鞋底下的垃圾。他接过杯子，还没来得及坐下就用一只手揭开了杯盖。揭开杯盖之后，王鞋匠本是带着希冀的眼神迅速转成略微的失望。他抬头看了看他的儿子，然后一屁股坐下，从怀里抽出一双筷子，开始他狼吞虎咽的午餐。王光辉看着他的父亲坐在百货店门口右侧的补鞋摊前吃完整杯米饭和咸菜，然后接过陡然变轻的杯子，转身离开。他矮小敦实的身躯在烈日下倔强而缺少遮拦，所有人听到王鞋匠对着他儿子的背影叫喊着：王光辉，告诉你妈，不要总是让我吃咸菜，王光辉你听见了没有？

王鞋匠的喊叫因为肚皮的充实而比刚才响亮了许多，午后的刘湾镇上少有走动的人，街头寂静寥落，只有烈日晒着街边的槐树叶子发出碎裂的"毕剥"声，偶尔开过一辆卡车，街上便腾起漫天尘土，这些尘土在剧烈的阳光中飞腾起来，然后徐徐降落，最后跌落在街边的树木、屋顶、门窗和绿色的邮桶上，王鞋匠脸上终年覆盖的尘土就是这么来的。因为午后的寂静，百货店和百货店隔壁的五金店以及百货店对面的农具店里的营业员们更加清晰地听到了王鞋匠的喊叫。他们每天听到王鞋匠的喊叫，他们在王鞋匠日复一日的喊叫声中潜移默化地记住了王鞋匠的儿子的名字。

姓名：王光辉；性别：男；年龄：十四岁；户籍所在地：江苏沙洲；

籍贯：……

什么叫籍贯？我并不十分清楚这个词汇的真正意义，当我询问我的母亲什么叫"籍贯"时，我那供销社蔬菜部工作的母亲抬起蓬头垢面的脑袋眨巴了几下眼睛，她的眼皮和眼袋厚重而下垂，这使她的眼睛在翻眨的时候颇为困难，但她还是努力眨了眨沉重的眼皮，以表示她此刻已经开动了她充满黄瓜西红柿茄子白菜的脑筋。她开动脑筋的结果是请我去咨询我的父亲，她说：籍贯？籍贯是什么？我不知道，你去问你父亲吧。

我的父亲在接受他儿子的询问时立即表现出了为人师者的骄傲和自得，他手里端着那只搪瓷杯子，揭开盖子，嘴巴凑上去，然后发出一记响亮的吸入滚烫的茶水的声音。中午充当饭碗的搪瓷杯子，此刻才真正履行了它的职责，成了一只茶缸。我父亲喝茶的声音听起来很是惬意，这常常令我怀疑他是在喝某一种诸如龙井或者碧螺春之类的上好茶叶泡的茶水。事实上，我十分清楚地知道，我父亲终年喝的是最便宜的茶叶末子，这种茶叶末子在食品店里标着与霉干菜同样的价格出售。此刻的父亲，对他拮据甚至贫穷的生活似乎相当满足，他早已忘了中午时分他吃的只是一份咸菜加米饭的午餐。当他的儿子向他询问关于"籍贯"这个词汇的意思的时候，他更加感觉到了作为一个成年人的权威和自信。

我父亲大声喝了一口茶，又咳嗽了三到四声，然后对我说：王光辉，去找一把椅子来。

我父亲只要对我说：去找一把椅子来。我就知道接下去，他将长时间地陷入他对童年的美好回忆中。我伸手拖了一把竹椅子给他，这是家里唯一有靠背的可称为椅子的东西。其余没有靠背的只能叫凳子。我父亲坐进椅子，把瘦薄的上半身陷入椅子靠背，竹椅子顿时发出一阵不堪重负的惨叫，然后，便在我父亲扭动着身躯试图让自己的坐得更舒服一些时渐渐地变为持续不断的呻吟。我父亲的回忆，便在竹椅子的"吱嘎"呻吟中开始了：

王光辉，问得好，你问得很好，什么叫籍贯呢？这个问题，要从你的爷爷说起。

我父亲的叙述是从我对"籍贯"的提问开始的，但不可跳过的一个环节，便是我的爷爷。我父亲的每一次叙述总是从我的爷爷身上得以延伸和展开，这使我确信，祖辈的历史的确会给予后辈们取之不尽、用之不竭的财富。我父亲的财富，便是我爷爷的历史。而此刻我在书写着我的父亲的时候，我也不得不承认，我的父亲已经给了我无法用金钱来度量的财富。

这个夜晚，我父亲围绕着籍贯的问题展开了久远而漫长的回忆，夜深人静的时候，他的回忆终于在我母亲催促我们睡觉的吆喝声中意犹未尽地结束了，我却发现，关于籍贯这个词汇的意思，我依然没有得到一个确切的答案。我的脑海里充满了我爷爷的名字，或者说，我的脑海里充满了对我的祖辈的怀疑和不信任。在我父亲的叙述中，我始终听到一个叫作"王老三"的名字。这个名字冠以我爷爷的头上，被我父亲反复提起。而我的祖辈的生活，却始终是在一个不明所以的地点进行着。我的脑海里开始产生幻觉，我父亲描述的那片故乡的土地，是在很远很远的地方。那个地方水土丰沃，那个地方四季如春，那个地方的人们从没有一个诸如"王光辉"或者"李建设"这样太容易混淆的名字，那个地方的人们总是用单调的数字来命名自己，比如王老三，张阿六，这些数字的单调反而让那些人具备了无法重复的面容和性格。那时候我明白了一个道理，原来相同的数字的不同组合，真的能产生完全不同的状况，就像我家的门牌号码是132号，而白雪梅家的门牌号码是213号，这三个数字通过不同的排列，使这两个号码后面的人家呈现出截然不同的景象。

132号的户主王鞋匠和213号的户主白医生是两个完全不同的人，132号的儿子王光辉和213号的女儿白雪梅也是两个完全不同的人。

可我还是没有搞清楚，籍贯究竟是个什么东西。夜深了，我躺在床上想着明天必须要把履历表上交了，我马上就要小学毕业，我的档案材料必须要移交给某一所中学，而我的档案材料里，是少不了这一份履历表的。那么我将在履历表上的籍贯这一栏里填什么呢？

第二天，我自作聪明地写上了"长春"两个字，然后，我把履历表交了上去。"长春"的灵感来自一本书上的一则谜语，谜面是：没有夏天，没有秋天，也没有冬天。打一个城市。我当然无法猜到这究竟是哪个城市，我翻看了谜底，谜底是"长春"。长春这个名字给了我错误的判断，我以为这个城市果真四季如春，气候怡人。这与我父亲描述的我爷爷以上的祖辈们生活的地方如出一辙，我自作聪明地想象着长春作为我的故乡的种种可能，然后，我便把自己的籍贯确定为"长春"了。

白雪梅没有提出质疑，白雪梅看了一眼我交给她的履历表，然后塞进了一叠表格中，头也不回地走出教室，走向老师的办公室。

## 二、自信

白雪梅的父亲与我父亲是两种完全不同的人，我的父亲是王鞋匠，白雪梅的父亲是白医生。白医生的职业始终让童年以及少年的我充满畏惧，几乎所有的孩子都会对医生抱有敌对情绪，那是因为医生手里的玻璃针筒让他们成为父母恐吓孩子的武器。我清楚地记得每当我向父母提出对某一种食物的向往时，他们总是说：这个东西吃不得，吃了会肚子痛，肚子痛了就要打针，你要是想吃也可以，不过你吃下去后，白医生就会拿着针筒来给你打针了。我的父母利用了我的年幼无知，利用了白医生的职业，让童年的我把一切美好的食物与打针联系起来。这让我想到了经典名著《聊斋》中美女和妖精的关系，父母的训诫造成了日后的我在对美食和美女向往的同时无法避免地联想到打针和妖精。但我还是不能制止我对美食的无比憧憬，同时，白雪梅的明眸皓齿和乌黑的麻花辫也在我的目光里越发生动撩人。

刘湾镇上的人们都叫白雪梅的父亲白医生，如同他们都把我父亲叫做"王鞋匠"一样，我们这样的孩子，也常常被成年人叫做"白医生的女儿"或者"王鞋匠的儿子"。尽管人们在我父亲反复叫喊着我的时候已经熟知了我的名字叫"王光辉"，但他们依然热衷于把成人的职业冠以孩子的头上。少年时代的我，对这种叫法深恶痛绝，因为这种叫法毫无理由地让人们产生了"龙生龙，凤生凤，老鼠的儿女会打洞"的想法，我在人们对我的称呼中看到了二十岁以后的我身着皮围裙，坐在一架瘦骨伶仃的缝鞋机后，手捏一只鞋子埋头修补的样子。想象中的我总是在剧烈的阳光下面无表情，我的承受能力非凡，我居然泰然接受了我是一个鞋匠的事实，我以修补别人的鞋子为生，而我的手上也因此而不断散发出不同类型的脚臭。这种想象让我对自己的未来几近绝望，然后当我想象着坐在缝鞋机后面看到白雪梅高高地站在我面前，脱下她小巧白皙的脚上的鞋子让我为她钉上鞋掌时，我终于怒不可遏地揭竿而起了。我踢翻了三根铁支架撑起的缝鞋机，我把周围大大小小各种颜色的旧鞋子扔得漫天飞舞，我大声喊叫着：我不干了！整个刘湾镇都听到了我的叫声。我把睁着一双漂亮的大眼睛的白雪梅吓得"吧嗒吧嗒"直掉眼泪，她的一只脚还光着，那只脚上的鞋子被我扔到了槐树顶上最高的那根枝头，就像树上结了一个小果子，轻风吹过，枝头摇曳，果子垂挂在树枝上跟随着摇晃不止，却终究不肯掉下来。这种促狭的捉弄令我心生快感，而此刻的白雪梅正以金鸡独立的姿势站在我面前，同时泪流满面不断恳求着我把她的鞋子还给她，但她得到的却是我铿锵有力的无言以对。

我总是在想象中以自己的沉默对待白雪梅的哀求，这使我发现，其实我在她面前依然是自卑和低贱的。即使在她哀求我的时候，我依然找不到一种居高临下的姿态去面对她。而每一次想象结束后，我通常会憎恶这个世界上所有的成年人，他们让我对自己的未来充满恐惧，与此同时，我发现，我追随白雪梅的目光已接近无孔不入，甚至课间休息时白雪梅被两三个女同学簇拥着去厕所，我都会紧随着她的身影，把目光穿透女厕所的墙壁投射到了正解开裤扣蹲上厕所坑位的白雪梅身上。

我从未进过女厕所，因此我对女厕所的想象是建立在对男厕所的了解基础上的。白雪梅进入的女厕所实际上在我的脑海中是一间男厕所，这让我的想象常常不得要领而带着不可弥补的缺失，我因此而极不甘心。但我无法寻找到一种解决的办法，我依稀觉得，这种办法必须既可以满足我对白雪梅赤裸裸的渴望，也可以让我建立起一种自信。我不知道我的自信究竟应该从哪里获得，但我隐约感觉到，我是渴望得到自信的。一个少年将怎样获得自信？这成了那段日子里我日夜思考的问题，最后，我得到了一个模糊而勇敢的答案，我认为，自信，应该是从侵犯开始的。

小学毕业的那个暑假期间，我像一只脱缰的野马一样在刘湾镇上到处游荡，我把自己装扮成一个无所事事、游手好闲的二流子，除了每天中午把一份米饭和咸菜送到百货店门口的鞋摊上以外，我所有的时间都在某一种不明所以的寻找中度过。我的目标并不十分清晰，我也不是很明白我的焦灼和忧虑究竟缘何而来，直到有一天，我提着空搪瓷杯从百货店门口走回家的时候，我看到了白雪梅。她那两根乌黑的麻花辫尾部跳跃的粉色蝴蝶和身上那件有花边的天蓝色连衣裙让我在那个烈日炎炎的午后义无反顾地跟随着她走向了我们居住的这条街末尾的厕所。没有女同学围绕簇拥着她，我的目光没有受到任何干扰，粉色蝴蝶在我眼前飞舞，我表面沉着冷静内心却喜气洋洋，我的愉悦感受来自一种不需防备的窥探，这比在学校里看白雪梅顺利多了，至少我不会遭受别的女同学的白眼，我也不会听到诸如"恬不知耻"或者"下流胚"之类的人身攻击。我悄悄跟随在白雪梅后面，然后，我看见那对粉色蝴蝶飞进了厕所的围墙。那时刻，我依然试图让我紧盯着白雪梅的目光穿透厕所围墙长驱直入，但我勇敢而鲁莽的眼睛终于受到了暗红色砖头叠起来的墙壁的阻挡。

十四岁少年的聪明才智在一个炎夏的午后被充分挖掘，王光辉的目光受到了墙壁的拒绝后，他绕过公共厕所的正门，来到了厕所后面的三棵老槐树下。王光辉利用自己矫捷的身躯，又借助了槐树的高大茂密，当他把自己送上离厕所最近的那棵槐树的树杆顶端时，他想到了语文课上学到的那句古诗：欲穷千里目，更上一层楼。当他十分顺利地在心里默默背诵出这两句古诗时，忽然又发现把这句古诗用在此刻的情景中并不十分合适，但他实在想不出还有什么更合适的句子可以描述他成功地登高望远的激动心情。王光辉成功了，他像一只猴子一样贴在大槐树的枝杈上，俯瞰着厕所顶端用砖头交错叠起的一个个方型镂空，这些镂空在平时起到了疏通污秽空气而不至于让上厕所的人被熏死的作用。现在，这些镂空还成了王光辉的视线进到厕所内的入口，然后，树杈上的少年看到了厕所内的景致，是女厕所，女厕所内的景致。半人高的深灰色水泥隔墙把长长的便坑阻隔成火车厢般的小空间，墙角里的蜘蛛网一度影响了他的观察，但他还是看到了一片天蓝色衣裙翻飞起伏的短暂时刻，因为无数个镂空的阻挡，他眼前的景象便如昆虫的复眼，天蓝色衣裙和瞬间裸露的白皙体肤也被分割成方块形。树杈上的少年必须要把观察到的景象通过想象，才能拼凑成完整的篇幅。但这并不妨碍他此刻的激动和得意，他默默地告诉自己：我终于知道女厕所是什么样的了。

在叙述这一段往事时，我总是以旁观者的语气把这个窥探女厕所的少年叫作"他"，或者直呼其名：王光辉。我没有勇气把这个对女厕所充满兴趣的少年叫作"我"，这让成年之后的我久久不能原谅那个叫王光辉的十四岁少年。但我必须澄清的是，王光辉仅仅想知道女厕所究竟是什么样的，而引领他的目光进入女厕所的那个女孩一旦在他眼前若隐若现地露出女性的肌肤时，他竟以为那是剧烈的阳光照射在厕所内的石灰墙壁上产生的反光。他无知地把具备强烈性别特征的东西当作了没有生命的石灰墙壁，尽管耀眼的白光在那一刻显得明亮炫目，但他以为，那只是阳光赋予了墙壁瞬间的生命力。直到十九岁那一年，他看到了白雪梅真实的白亮肌肤时，他想起了多年前爬在槐树枝杈上的那一次窥视，他终于明白，女性的肌肤早已在他记忆里成了一种曾经的经验，朦胧而深刻。

黄光辉不得不庆幸自己的好运气，他爬在槐树上的窥探没有被任何人发现，从此以后，他便对女厕所的构造了然于心，只是他并没有发现这一次对女厕所的成功窥探让他增加了任何自信。

我依然没有找到我想拥有的自信。

进入初中后，白雪梅依然和我同班，这让我追随她的目光得以持之以恒。有一天下午放学后，我和我的同桌李少云一起去厕所，但厕所里已经聚集了一批满肚子尿水的男生，他们拥挤在小便池边，发出一阵阵争抢位置的吵闹声，肮脏的厕所显示出了如同菜场般的喧嚣和热闹。厕所里已人满为患，我和李少云不约而同地走向教室后面的竹篱笆围墙边，那里长满荒草而少有人迹，那里安全而隐蔽。我们就站在围墙边，两泡汹涌澎湃的尿水以交叉弧线形穿透竹篱笆冲向外面的农田。完成了旁若无人的小解后我们一身轻松地往回走，李少云忽然说起了一个话题，他说：做男人比做女人好，男人走到哪里都可以小便，女人不行，女人没有厕所不行。

我十分诧异李少云的结论从何而来，我用惊异加之疑惑的目光看着他，他像个成年人一样拍了拍我的肩膀，语重心长地说：你不知道吧，你没有进过女厕所吧，告诉你，女厕所里是没有小便池的。

李少云的话让我再一次想起不久前爬在树杈上的观察，我看了半天，竟忽略了男厕所和女厕所的最大区别，而李少云却发现了这个最大的区别并且加以引申理解，得到了做男人比做女人好的结论。我不得不十分钦佩他的领悟力和理解力，同时我也对李少云如何对女厕所如此了解产生了巨大的疑问，我问他：你说得头头是道，你进过女厕所吗？

李少云一脸得意地回答我：你忘了，我爷爷是清洁所的，他负责清扫刘湾镇上的所有厕所，包括女厕所。我跟着我爷爷进过刘湾镇上的好多个女厕所,不过,我爷爷进女厕所的时候总是站在门口大喊几声:里面有人吗?扫厕所啦,里面有人吗?扫厕所啦……我爷爷在确认里面没有人后才进去,我爷爷说,要是不喊几声就进去,里面有女人的话,那他一定会被人家骂"老流氓"的。

李少云的话让我在一瞬间产生了强烈的忧伤和愤愤不平。李少云跟着他爷爷光明正大地参观了无数次女厕所,而我对女厕所的参观是偷偷摸摸的,并且不容置疑的是,我的参观行为因没有大喊几声"里面有人吗?"而使我成了一个"小流氓"。我只能庆幸白雪梅没有发现我参观女厕所的行动,如果被她发现,她就会把我叫作"小流氓"了。刘湾镇上的任何一个人叫我"小流氓"都没关系,但是被白雪梅叫作"小流氓",我的内心将受到不可估量的严重伤害。

事实上,我爬在槐树上的参观活动,连女厕所和男厕所最显著的区别也没有发现。为此,我对李少云爷爷的职业乃至李少云爷爷这个人,产生了一些不明所以的钦佩,与此同时,我又一次想到了我的籍贯,我的爷爷,我父亲所描述的那个叫王老三的我的祖父,他,究竟是怎样一个人?

## 三、祖父

近百年前的某一个夏季汛期,绝伦江的风潮像发情的野兽一样翻滚着骚动不安的浪涛。作为我们村里最见多识广、最身强力壮、最高贵富有的我爷爷王老三站在具备原生态景致的绝伦江北岸仰首凝望着阴霾的天空。滚雷阵阵喧嚣而来,闪电撕裂黑色云层,狂风肆虐摧残着岸边的杨树,枝条如利箭纷纷射向地面。我英勇的爷爷王老三昂首挺胸毫不畏惧,他伸出黝黑粗壮的手臂指着滚滚涌动的绝伦江水,用平静的声音说出了一句话。这句话拯救了整个村庄,而使一个王姓家族、一个许姓家族和两三户外姓人家的宗脉得以繁衍。

我爷爷在说这句话时的悲壮语气使这个村庄里的所有人相信世界末日已经到来,而我爷爷在这个昏暗的灾难日子里,却表现得极其镇定,他年纪轻轻就显示出了领袖人物的大家风范。二十六岁的王老三站在绝伦江边,狂风吹着他灰色长衫的高大身躯,他的身后是这个村庄里的男女老少父老

10 隐声街

乡亲。王老三面朝绝伦江背对乡亲，他的双手在他的臀部交叉握住，他的头颅微微上仰，他身上的衣衫像一面旗帜猎猎鼓动。然后，他忽然转身，把一只手指向绝伦江，对着用期待的眼光注视着他的父老乡亲们说：我叫你们每户人家用上好木料做一只可以同时洗一家人的脚的大木盆，现在可以用上了。

我爷爷说完这句话，他长衫飘飘的身影就如脱弦之箭射向了自己的家。他年轻的妻子我奶奶早已把细软钱财用一块蓝花土布包裹好塞进了一只平日里用来放咸菜的瓦罐。我奶奶捧着瓦罐带领着她的两个儿子一个女儿等待着我爷爷的一声令下，然后他们便可以坐上质量上乘的大脚盆凫江而过了。此刻，村里所有人家的男人和女人都在做着我爷爷和我奶奶同样的事情，他们收罗好值钱的家当，拖出大脚盆，然后等待着风潮的真正来临。我爷爷的威信使这个村庄里的人们早早地做好了抵挡洪水的准备，而绝伦江边上百个村庄里，只有我们村对危险的降临抱以严阵以待的态度。那一夜，暴雨如期来到，绝伦江在顷刻间汹涌泛滥，上百个村庄顿时淹没于滔天浊水中。然而，在这场险恶的洪水中，却有几十只圆形红漆大脚盆犹如童话故事中上天派来的神灵，又像盛开在黑夜里的鲜花，它们在浑浊的江水中乘风破浪，给几近绝望的人们带来希望。那场面是如此凶险、如此恐怖，然而，这场夏季的灾难却因为洪水中漂浮着几十只红漆脚盆而变得浪漫和神秘。

我爷爷像一个预言家一样号召每户人家做一只大脚盆，木脚盆在绝伦江泛滥的洪灾中载着我们村里的人们飘向一片未知的陆地。

我父亲每次回忆到这里，便捧起那只搪瓷茶缸"咕咚、咕咚"地猛喝几口茶叶末子泡出来的水。然后，他一改刚才的豪迈语气，叹息着说：一只木脚盆救了你奶奶和我，但是洪水实在太猛了，你爷爷、你伯父，还有你姑妈，还是没能成功渡江上岸。你奶奶带着我，在江的这一边，过起了贫困交加的生活。

我父亲说到这里总是流露出对我死在洪水中的爷爷缅怀的悲切神情，而我，却在他的叙述中搜寻着那只装满钱财的瓦罐。我父亲在他的讲述里只让瓦罐出现过一次，绝伦江南岸的新生活开始后，瓦罐便失去了踪影。无疑，我父亲的话里出现了显而易见的漏洞，少年的我直截了当地提出了我的疑问：我奶奶的瓦罐呢？

我父亲在我突然提出质疑后表现出一瞬的慌乱，但他马上恢复了镇定，他拍了拍我的肩膀，然后带着一脸忧虑和谅解的表情说：你说得没错，你奶奶的确一直抱着那只瓦罐，那只瓦罐里也的确放着我们家的所有积蓄，但是等到我们爬上南岸时，你奶奶就发现，瓦罐也被洪水冲走了。

对于父亲的解释，我虽然心有疑惑，但我还是基本能够理解。洪灾发生的当夜，我奶奶手里那只瓦罐和我奶奶一起在一只木脚盆里经历了一夜的险象环生，然后在某一环节脱离了我奶奶的手，消失在了浑黄汹涌的洪水中。就像我爷爷，我伯父和我姑妈，他们与我奶奶，我父亲一起在洪灾中出逃，但他们却没有如我奶奶和我父亲那样脱险存活下来。他们和那只瓦罐一起葬身了绝伦江水中，留下一贫如洗的我奶奶和我父亲，在绝伦江南岸艰难延续着王姓家族的烟火命脉。

我父亲的话总是让我在一边倾听的时候一边就计算起了当时我们家所有人一共拥有多少双脚，同时想象着一个可以同时清洗十双脚的木脚盆究竟有多大。可是即便木脚盆大到能同时洗一家人的脚，也不能挽救在洪水中挣扎的一家人的生命。

没有瓦罐里的金钱的保障，我奶奶与我父亲过起了孤儿寡母的惨淡生活，然而，我爷爷的形象始终让我父亲在贫穷中没有失去过自信，这种自信又让他反复把我爷爷编造成一个英勇无比的人物，在危难关头舍身忘我地挽救了他人。我那死去的爷爷在我父亲的叙述中像一个民族英雄那样令人肃然起敬，并且因为他的死去，我父亲的嘴巴成为我爷爷的英雄事迹不可考证的唯一正确的流传途径。

我一直对我父亲身上那种莫名其妙的自信心充满鄙夷，他在百货店门口的修鞋摊上红光满面地修补着散发出千奇百怪的臭气的鞋子时，他的神情和目光总是让人误以为他修补的不是鞋子，而是某一种人体的器官。一个修补鞋子的人和一个修补人体器官的人是两种完全不一样的人，修补鞋子的人叫鞋匠，修补人体器官的人叫医生，这就像我父亲和白雪梅的父亲，没有人认为王鞋匠和白医生这两个人从事的是两种对等的职业。但我父亲还是在他鞋匠的脸上露出了医生的职业微笑。一个鞋匠的脸上一旦露出了医生的微笑，那便如一个乞丐的头上戴了一顶贵族的帽子，人们多半会认为这顶帽子是乞丐偷来的。同样，我父亲窃取了白医生的微笑后不但没有让他像一名医生那样优雅高贵，反而让他看上去更加不伦不类而滑稽可笑了。父亲在百货店门口的修鞋摊上日复一日展示着他窃取而来的微笑，我却因此而日渐自卑起来。

每天傍晚放学回家的路上，我总是游离在一群结伴而行的男生群体外企图进入他们的圈子。这个群体的组成十分杂乱多样，有高年级男生，有小学毕业后没有进中学读书流落在社会上的人，还有诸如我的同桌李少云这样黑白道都吃得开的人。他们成群结队地走在刘湾镇的大街小巷里，他们所走过的任何一条街或者逗留过的任何一个站点，都留下了他们勇敢却粗鲁的杰作。比如张家晾在屋门口的马桶失踪了，而在一街之隔的刘湾饮食店门口却端正地"站"着一只无家可归的马桶；比如托儿所里新来的阿姨在下班途中巧遇这群人，他们与她擦肩而过，她在他们的注视下夺路逃跑，在她踏进家门暗自庆幸着自己逃脱了一场危险时，她同时会不幸地发现她的裙摆上已经留下了大片来历不明的墨汁或者煤灰。这群人耀武扬威目中无人的做派让我心生向往，我希望自己也能成为这群人中的一员，即便我没有兴趣捉弄路人，也没有胆量偷鸡摸狗，但我却能获得一种归属感，这种归属感显然会增强我的自信和坚强。

在我频繁地讨好和请求下，李少云终于答应带我进入他们的群体，他说：今天跟我一起走，我把你介绍给他们。

李少云的话让我一整天处在心潮澎湃的激动情绪中，事实上李少云并没有向他们介绍我的名字，他只是让我跟着他走向校门口聚集的人群。直到人群中那个叫"癞痢头"的头目终于注意到他们的群体中多出一个人时，李少云才轻描淡写地对他说：这是我朋友。他竟然连我的名字也不屑说出来，癞痢头似乎也没有更多的兴趣来关心我的加入，他不置可否地看了我一眼，然后继续他浑身摇晃的走路。幸运的是，癞痢头并没有拒绝我以若即若离的状态跟随着他们。也许他们对任何新加盟者都要经过一番考验，今天要考验的是我。接下去，我就像一条跟屁虫一样跟在人群后面，开始了进入这个群体的第一次游手好闲、耀武扬威的体验。我学着他们的样子摇晃着身体走路，我在他们取笑每一个擦身而过的女人的臀部或者男人的秃顶时跟着一起哄笑，当他们向面容姣好的年轻女人发出骚动的吼叫，在人家吓得落荒而逃后笑得东倒西歪时，我也跟着一起东倒西歪地哈哈大笑。就这样，人群一路向着刘湾镇上的主干道喧嚣而去。

没有人关注他们的群体中多了一个人，当然也没有人站出来驱赶紧跟着他们的我。偶尔，在说到某一句笑话时，有人会回头看我一眼，尽管这个看我一眼的人在群体中的地位我并不十分清楚，他关注和鼓励的眼神也并不能代表群体老大瘌痢头的意思。但这一眼，却仿佛成了我进入这个群体的通行证，我跟随着他们的哄笑声一起发出尽力与他们接近的肆无忌惮的笑声，我把这种共同发出笑声的现象看作是我进入这个圈子的有效证明。然后，我们这样一群人就走到了刘湾镇唯一的十字路口。

我终于不可避免地看到了我父亲坐在西斜的太阳下的金色身影，他正把一只黑色的女式皮鞋捧在怀里给鞋底涂上胶水，他面前的缝鞋机像一架破旧的摄像机，镜头从一而终地对着他低垂着的脑袋，因夕阳的照射，他的脑袋呈现出一片被收割过的秋天的麦田的样子。他身上油腻肮脏的皮围裙把他瘦削的身体包裹得更为瘦削，周围众多的鞋子围绕着他，毫无疑问地宣布着他众所周知的职业。我的心霎时感到一阵抽搐的疼痛，我想悄悄离开我刚刚加入的这个群体，我不希望他们把我和坐在十字路口百货店门边的鞋匠联系起来，但我又舍不得真的离开这个好不容易才加入的群体，我才踏入它的门槛，却自动丢弃，这等同于收到了大学录取通知书而放弃上学的机会。少年王光辉在那个年岁的理想还未荒唐到考大学、赚大钱、做大官那样脱离实际，成为这群耀武扬威的人群中的一员，是我一个时期至高无上的追求。于是，我决定冒一次险，我继续跟在人群后面，在他们为某一句话哄堂大笑的时候也在我自己的嗓子里发出尽力相似的笑声，我将为保卫我刚刚获得的归属竭尽全力。

如果王鞋匠就这么低着头修鞋而没有发现我正经过十字路口，也就没有后面的故事了，但他是不可能不发现我的，因为我身处的这个群体发出的笑闹声完全可以吸引刘湾镇上所有具备听觉功能的人。我父亲的听觉功能的确良好，他不出意外地把紧盯着怀里的黑色皮鞋的目光转向了发出巨大哄笑声的十字路口对面。然后，我听到群体中那个小学毕业后没有考上中学的留级大王说了一句话：你们看，王鞋匠的脑袋像一只没有拔干净毛的猪头。

人群中顿时发出轰然狂笑，痢痢头以王者的权威语气纠正道：猪头没有这么瘦的，驴头还差不多。

笑声更加剧烈，几乎炸翻了气息恹恹的傍晚天空。我当然也在笑，我尽力笑得自然，笑得比他们更厉害更逼真，我希望通过我的笑脸让这些人知道我与那个鞋匠没有关系。他们好像也没有在耻笑鞋匠的时候对我有任何侧目观察，我暗暗庆幸自己的聪明机智，我差一点得出一个结论，那就是若要在一个群体中站住脚，就必须有六亲不认的勇气。可是，在我还没有把这个结论思索成熟时，十字路口的鞋匠就被这一边的笑闹声吸引了，他抬起了他的脑袋，接着，他毋庸置疑地看到了挤在人群中发出巨大笑声的他的儿子。然后，他一如既往地用骄傲而自信的口气地对着街对面的他儿子叫喊起来：王光辉，告诉你妈一声，今天活多，我要晚点回家。

我父亲的声音是如此响亮，响亮到压过了路这边的人群发出的笑声。在他的叫喊声中，十字路口的所有景致忽然戛然而止，然后，有人发现了鞋匠的目光正注视着这一边，便有人跟随着他的目光寻找到了一直跟在人群后面的我身上。我无处藏身，我只能把我的眼神移到路边的一只暗绿色邮筒上，我想告诉周围的人，我与街对面的那道目光没有对接的可能，他冲着这一边发出喊叫的对象，也不是我。尽管我竭力装作这一切与我无关，但我还是感觉到了自己因窘迫而赤红热辣的脸，我几乎无法承受这瞬间的静谧而企图夺路逃身，但我还是努力坚持着对鞋匠的目中无人以保住我在群体中脆弱不堪的一席之地。正在这时，街对面的鞋匠发出了又一轮叫喊：王光辉，你听见没有？我在和你说话，你耳朵聋了吗？

没有一个人的耳朵是聋的，所以也没有一个人遗漏了我父亲在傍晚时分嘹亮的叫喊声。所有人的目光都投向了我，片刻的安静之后，一阵更为巨大的笑声如同在傍晚的刘湾镇上投放了一颗炸弹一般轰然炸响。我已经毫无疑问地成了他们这一次的取笑对象，那时刻，我的脑子里闪过我爷爷站在怒潮翻滚的绝伦江边长衫飘逸气宇轩昂的身影，那个在我父亲嘴里智慧而英勇的男人如果知道他的儿子是一个鞋匠，他会不会因羞愧而拒绝让自己的灵魂路过刘湾镇的十字路口？

幸好我爷爷早已在我父亲还是一个偶尔还尿床的孩子时就死在了绝伦江的一次洪灾中，他的适时死亡使我父亲在回忆他时得以竭尽发挥他的想象，我爷爷成了一名英雄式人物，但我父亲始终没有说明白那条暴发洪水的江究竟是哪一条江。我擅自把这条没有明确称谓的江命名为绝伦江，因为我觉得这个名字与传说中的我爷爷比较匹配。但王老三这个名字，却让我爷爷的形象折损巨大，这个名字让我十分忧虑地意识到，也许我爷爷的儿子就应该是一个鞋匠，王老三养了一个鞋匠儿子，那么王鞋匠的儿子又应该是什么呢？

## 四、奔跑

凉风终于迟钝地吹进了刘湾镇的秋季，落叶挂在树枝上以死皮赖脸的执着姿态保持着它夏季遗留下来的倔强性格，直到一个早晨，人们发现室外的所有景致都被一层茫茫的白霜覆盖，一夜之间，槐树叶飘满了所有的街道。秋天终于姗姗来迟，我们镇上的最高学府——刘湾中学两年一次的秋季运动会也即将举行。

班主任张笔挺给每人发了一张写着琳琅满目的比赛项目的报名表，始终把薄瘦的身躯站得像块门板一样挺直的张笔挺同时宣布，只要报名参加一项比赛，都将得到一块用班费购买的奶油巧克力，获得名次为班级加分的同学将按照名次的不同发给额外奖励的巧克力，当然，每人报名不能超过三个项目。我从小缺乏正规体育教育的脑袋里对自己究竟适合哪一项比赛呈现出一片空白和茫然无措，但我对奶油巧克力的认识显然比体育比赛清晰深刻得多。眼看着别的同学都报上了拿手的项目，我便在对巧克力的无限向往中象瞎子摸牌一样在报名表上胡乱打了一个勾。当我打完勾睁开眼睛细看报名表时，我发现，我选择了一个需要合作的集体项目：4×100米接力。于是我开始担忧巧克力的分配问题，不知道张笔挺是按照项目还是按照人次来分发巧克力，如果一个项目只有一块巧克力，那么参加4×100米接力显然是十分不划算的。正在我犹豫着是否要重新选择一个项目时，同样报了接力赛的李大腿及时向张笔挺提出了我所担忧的问题。李大腿因拥有两条肌肉发达的腿而得名，他的提问却并不像他的大腿那样令人佩服和尊敬，他大声问张笔挺："老师，那参加接力赛的四个人是不是要把一块巧克力掰成四块分啊？"

教室里顿时掀起一阵巨大的笑声。我看到坐在第一排的白雪梅笑得肩膀乱颤，脑袋上的两条麻花辫像两条活跃的细蛇扭出动人的曲线。那时刻，我对李大腿产生了强烈的感激之情，他替我承担了白雪梅的嘲笑，让我在白雪梅面前得以保持我虚伪的人模狗样。

运动会在我们全班同学对奶油巧克力的期待下如期举行，李大腿坚信在一声清脆的发令枪响中冲出起跑线是一件无比刺激无比荣耀的事情，他伸出他粗壮的大腿声称他良好的爆发力无疑应该担当 4×100 米接力的第一棒。另外两名选手显然与我一样是冲着巧克力才报名的，他们不愿意承担最后一棒可能出现的尴尬场面，因为成功和失败总是在最后冲刺时让人一目了然，于是我光荣地被推举为即将品尝冲刺的特殊体验的最后一棒选手。没有人对我的运动能力有过准确的判断，连我自己都不知道我究竟需要付出什么样的努力才能让我们班的接力队伍在跑道上不落在最后。

事实上，比赛的结果是我们得到了冠军，这个结果让我在运动会这一天受到了前所未有的礼遇，我不仅得到所有运动员都有的巧克力，我还得到了用冠军的名次兑现的另一块厚度最大的巧克力，并且因为在接力赛中我力挽狂澜转败为胜的出色表现，我得到的巧克力与李大腿和另外两名选手的巧克力外裹着不同商标的包装，商标告诉人们我的巧克力产自中国最时髦最发达的城市上海，而他们的巧克力却是本地某一家食品厂生产的，那家食品厂同时生产一块钱一斤的麻油馓子和五角钱一块的红糖脆饼。当然，李大腿的表现显然是功不可没的，他出色的第一棒奠定了胜利的基础，尽管第二棒的确被别人追上了，而第三棒在把接力棒递给最后一棒的我时，因为着急和紧张，他在离我还有两米的时候把接力棒像飞镖一样扔向了摩拳擦掌的我。对巨大的飞镖缺少经验和准备的我毫无悬念地眼看着接力棒像胡萝卜一样插在了铺着煤渣的跑道上。等到我从地上拔出那根红白相间的空心萝卜时，我已经落后于所有的选手了。我并不知道我身上所具备的运动潜力，我手握裹满灰尘的接力棒撒腿奔跑起来，我的头脑一片空白，风在我耳边呼啸掠过，人影在我两侧唰唰后退，我看到红色的冲刺线在秋天的阳光下搔首弄姿、飘舞颤抖，然后，我竟看到了白雪梅，她站在终点线后面拼命挥着她因为激动而脱下的草绿色外套，这使她修长的身影像一棵迎风招展的绿色树苗一样吸引我奔跑的脚步，我甚至听到她正在呼喊着我的名字：王光辉，加油！王光辉，加油！

我不是李大腿，但那时刻，我却比李大腿还要李大腿，我像一头勇猛的猎豹扑向羚羊一样向着跳跃呼喊的白雪梅冲杀而去。红色的冲刺线在我胸膛上像一根温柔的手指轻轻掠过，然后，我一头扎进了人群中我想象的那只羚羊怀里，羚羊无可非议地应该成为跑得最快的豹子的猎物。

白雪梅非但没有责怪我对她的冲撞，她甚至伸出她柔嫩的双臂扶住了我因惯性而前赴后继的身躯和腿脚，原来这个看起来柔弱纤细的女生居然可以挡住我高速奔跑的躯体。我在她力大无穷的搀扶下终于稳住了身体，然后，我看到她向我露出了她历来吝啬的笑容。随即她从李少云手里抢过我的外套披在我依然气喘吁吁的身上，我听到她正在不断地以一个班干部的身份肯定着我的成绩：王光辉，你为我们班立功了，你跑得太快了，王光辉，你跑起来简直像一只猎狗。

白雪梅把我形容成一只猎狗而不是猎豹，这与我自己的判断有一定距离，但我还是十分欣慰于她对我的赞美。我披着她替我盖上肩膀的外套顿生沾沾自喜的感慨，我企图走近白雪梅的想法终于有了一线希望，在我成为众人瞩目的体育明星时，我得到了白雪梅从未向我施舍过的笑脸和赞美，我甚至看到了未来的白雪梅与我并肩走在上学路上的美妙图景。我们像一对青梅竹马、两小无猜的伙伴，在长久的结伴行走中产生了纯洁而美好的感情。我不断地回忆着在冲向终点线的时候我把自己奔跑与刹车较量中的身躯扑进那只羚羊的胸怀里的感觉，我一边因内心多了一种绵密柔软如白糖般的记忆而兴奋甜蜜，一边对曾经爬在树上偷窥白雪梅上厕所的往事产生了强烈的自责，显然，这种不齿的尝试在我和白雪梅的纯洁感情中掺入了不可告人的污点。我该用什么方法来弥补我的过错？

运动会结束后，我的口袋里如愿以偿地揣上了两块奶油巧克力，我像一个沉重的思想者一样独自行走在回家的路上，我的郁郁寡欢与我那天的成就形成了鲜明的对比，运动会前曾经极度吸引着我的巧克力此时已显得可有可无。白雪梅像一支骄傲的玫瑰花一样裹着满身尖刺微笑着向我招手，我渴望摘取花朵同时又惧怕尖刺的袭击，我不知道如何才能既闻到花朵的芳香而又不被刺伤。就这样，我满怀着得到荣誉后的成就感忧伤地行走在深秋的刘湾镇大街上。

这一天晚上，我揣着两块巧克力从我 132 号的家门口走向 213 号白雪梅的家，我一路咽下不断涌上的口水，我坚强地抵御着来自口袋里的巧克力的诱惑。我把我对食物的卑微欲望扼杀在萌芽之中，而为另一种欲望的实现试图探询一条从未经历的路，我第一次发现了这种欲望是来自精神领域的需求而非少年的身体对物质营养的渴求，我的内心因此产生了强烈的激动和不安。我想把巧克力赠送给白雪梅，我固执地认为，我在接力赛中之所以得到冠军，是因为我看到了终点线后的白雪梅在向我召唤。她绿色树苗一般的身影让我亦步亦趋地向着她疯狂扑去，她在我义无反顾地扑到她身上后激动地欢呼喝彩着，并且给了我明媚的笑容和由衷的赞叹。她从未如此慷慨地把她最美丽的笑脸和赞美赠送给我过，我是一个知恩图报的人，我确认应该偿以这个给了我微笑和赞美的女生一些报答。一贫如洗的我在过去的所有日子里从未拥有过任何可作为礼物赠送给他人的东西，而今天，我却有两块巧克力，这两块巧克力让我暂时忘记了我父亲王鞋匠的职业，忘记了我在填写履历表时的心痛和自卑，也忘记了我的籍贯究竟是绝伦江还是长春还是江苏沙洲刘湾镇。

从我们居住的这条街的 132 号走到 213 号仅仅两百米路程，如果我以接力赛的速度向 213 号白雪梅家奔跑过去的话，我将在三十秒之内到达 213 号门口，当然，如果惯性使我无法及时刹车，我将把自己的身躯停止在 214 号或者 215 号门口，但我只需要用两秒钟的时间就可以回到 213 号门口，这两秒钟正好给了我喘回气息的余地，接着，我将伸出我的手敲击 213 号那扇刷着暗红色油漆的门。然后，我便发现自己站在为我开门的白雪梅面前以不知所措语无伦次的样子扮演了一个类似于白痴的角色。接下去，我就无法想象将发生的一切可能了。我走在这条赠送巧克力的路途上时，两边昏暗的路灯因为电压不稳而忽闪着它们蒙着灰尘的亮光，道路因此而显得坑坑洼洼很不平整。我心怀前途未卜的不安以乌龟爬行的速度走向白雪梅家，我的思维却用百米冲刺的速度在奔跑，我在我的躯体还未走出离家十米远的地方时已经让我的心飞到了两百米远的白雪梅家。我超前于身体的思想让我预先想到了我可能会在白雪梅面前出尽洋相，于是我步行的速度再一次降低，这使我原本目标明确的行走变成了一种无所事事的闲逛。我内心的急切渴望被我近似于散步的姿态掩盖了，然后，我看到了李大腿迈着两条粗壮的腿像一名此刻还没有吃过晚饭的饥饿者一样从另一条岔路上急匆匆走了过来。

我本能地退缩我的脚步试图把自己不可告人的前行方向隐蔽起来，但我还是十分不幸地被李大腿及时发现了。李大腿一个箭步冲上来如擒拿小偷一样抓住了我的肩膀，他大喝一声：王光辉，这么巧，正好，你陪我去一趟白雪梅家吧。

一开始我还以为我听错了，我用疑惑不解的眼神看着李大腿，心却剧烈地颤抖了一下，我以为我的行动已经被李大腿发觉，但是李大腿又重复了一遍他的话。这个大腿粗壮的家伙拥有同样粗壮的嗓门和胆子，他一脸骄傲地告诉我，他要把白雪梅叫出来，然后请她去晚上营业到九点半的西市街点心店吃小馄饨。但一个人去显然会引起白雪梅的父亲白医生的怀疑，所以他正在犹豫用什么样的办法既能把白雪梅约出来，又能躲过白医生怀疑的目光。我的适时出现把李大腿从困境中解脱了出来，他灵敏的头脑迅速想到了如果两个人结伴去找白雪梅，白医生的怀疑将不攻自破、不复存在。一个男生来约一个女生，和两个男生来约一个女生，性质是完全不一样的。李大腿的目标竟与我完全一致，我们都在运动会结束后的这个夜晚走向白雪梅的家，我们的初衷也一样，我们都是为了讨好白雪梅，只是李大腿用的是小馄饨，而我，却用两块得到的奖品巧克力。而我们的行为方式却完全相反，我希望我独自行动不被他人发现，只需一个观众，我就会因羞愧而退缩。而李大腿却觉得有人作陪才能更好地完成他的目标，就这样，我在万般无奈中被动地与李大腿肩并肩走向213号的白雪梅家。

白雪梅家暗红色的门已经在视线内了，门边的窗户里透出明亮的灯光，我仿佛看到白医生和妻子女儿一起坐在桌边吃着小白菜炒虾米和清蒸扁鱼的晚餐。李大腿也看见了那扇透出灯光的窗户，他的脚步和我一样明显缓慢下来，直到我们已经站在了白雪梅家的门口时，李大腿原本粗壮的嗓音忽然变得细柔起来，他用很轻的声音对我耳语：王光辉，你敲门吧，还是你敲门比较好，上次来过白雪梅家，被她爸爸赶出来了，要是他爸爸开门，让他看见我就倒霉了。

李大腿说完这句话，就把我一个人撂在213号门口，自己一闪身躲进了旁边的小弄堂。我像一个在舞台上表演的木偶，李大腿在暗地里牵着控制我的线，我就这么走到了213号门口，机械地伸出手，敲响了那扇暗红色木门，然后，我听到门里有移动凳子的声音，一个清脆如鸟雀鸣叫的女声在门里问道：谁啊？

我的心脏跳得狂乱不堪，我敲门的手颤抖不已，如果门晚开半秒种，我将毫不犹豫地转身逃跑。但那时候的我，却时刻体验着身不由己的滋味，我心里想着要逃跑，我的双腿却像钉子一样插在白雪梅家门口，直到那扇门拉开后，里面的灯光倾泻而出，我僵硬的躯体便完全暴露在了装满门框的灯光中无以藏身。

白雪梅睁着一双大眼睛看着我，目光平静而毫无诧异，她还未等我开口就说：我爸爸不在家，他今天晚上在医院里值班，家里有人不舒服就到医院去找他好了。

白雪梅认为我这样一个胆怯无用的人忽然造访她家，一定如同这条街上的所有街坊一样是去请她的父亲白医生出诊。白医生不在家，白医生今夜在医院值班，这句话让操纵着木偶的李大腿突然从幕后跳到了前台，他机敏的动作使我再一次确认他的爆发力的确上乘，在我还未反应过来时，他已经插在了我和白雪梅中间，站进了门框的亮光里去了。我听到白雪梅在笑，在一阵风吹铃铛般的细碎笑声中，我还听到了李大腿颇具绅士的邀请。为了表示对白雪梅今天在运动场边为他加油鼓劲的感谢，李大腿将请她到西市街点心店吃小馄饨，并且他还请了王光辉作陪，当然，如果王光辉觉得这么晚出去会影响他的休息，他可以选择不去。

我在李大腿没有空隙的话语中感觉到极度的沮丧和悲哀，然后，我听到李大腿回头冲着我说：王光辉，这么晚了，不好意思影响你休息，今天比赛也累了，你要不回家吧。

我像一个真正的木偶那样木然地转过身子，我的手插在外衣口袋里，两块巧克力像两块坚硬的石头，坠得我右边的肩膀酸痛不已。我找不到一句应对的语言来解除我此时的困境，我发现，我正与白雪梅越来越远。我默默地向着家的方向迈开了腿，然后，我听到身后那只鸟儿清脆地叫道：王光辉，一起去吧，现在还不算晚，不会影响休息的。

我黑暗的眼前忽然出现一片光明，我转过身，看见一棵纤细的树苗在阳光中摇曳着她翠绿的身姿，向我发出了召唤。

## 五、梦境

冬天过去后的又一个春天到来了，刘湾镇上的槐树们争先恐后地冒出一些黄色的嫩芽，风渐渐变得温暖。当我脱掉沉重的滑雪衫露出因长久得不到太阳的照射而变得过于白皙的脖子时，我发现镜子里呈现出一张陌生的面孔。我看到这个原本拥有圆润的脸蛋和光滑的皮肤的少年忽然瘦削而高耸地在镜子里顶天立地，他的额头、颧骨、下巴上居然顶出了粗鲁的骨骼，他的脸颊和腮帮子上点缀着点点繁星般的红色痘痘，他的上唇与鼻子间甚至覆盖了一层稀疏的绒毛，他忽然之间变高的身材使他站在家里的任何一处地方都衬托出家具的矮小和空间的逼仄。

当我意识到这个在初春季节里脱去冬装的少年已然走进了青春的序幕时，我的脑海中飞扬起一片粉色的蝴蝶，那些蝴蝶无疑来自白雪梅乌黑的麻花长辫，它们在我用躯体的改变初次奏响青春序曲的时候成为第一批闯入者，它们飞进我茫然的眼睛，飞进我恐慌的表情，飞进我渴望的呼吸，飞进我幽寂的灵魂。它们在我面对自身突如其来的变化时给予我充满想象的启示，纷飞的蝴蝶在这个初春的早晨停留在我的意识中，我知道，我已离未来越来越近，我仿佛听到风吹铃铛发出阵阵清脆的声响，那棵绿色的小树正日渐枝繁叶茂。

我逐渐突出的骨骼和上唇的绒毛使我在每次捧着搪瓷杯子走向十字路口的百货店门口时，总是产生一种强烈的冲动，我曾经做过实现冲动情绪之后的行为的假设，最激烈的方法就是把手里的搪瓷杯子砸烂，这可以使我从此以后免去每日中午在众目睽睽之下接受我父亲对我的呼喊。但是每一次假设都在我预测到严重的后果时让我胆战心惊地主动放弃了这种尝试。也有比较温和的方法，那就是找一个借口，让我父亲不得不解除我每天给他送饭的工作，但是这个借口的难度在于必须使我父亲相信我不给他送饭的理由是无懈可击的。就这样，我在犹豫和假设中捧着搪瓷杯子走向我父亲那张被冬天的寒风吹得皲裂破溃的脸，他那因为肿胀而显得水分充足的脸庞显示出营养良好的迹象，我干瘦的父亲在春天将要来到的时候因为一脸冻疮的衬托变成了一个圆脸的男人。他依然坐在百货店右侧的门口以裹着肮脏的皮围裙、手捏不同鞋子埋头劳作的形象呈现在刘湾镇人的面前，他抬起期盼的头颅试图在散杂的人群中搜寻给他送午饭的儿子时，我总是产生一种拔腿逃跑的欲望。但我的双脚总是违背我的思想，它们逼迫我扮演成一个孝顺儿子的角色向着修鞋摊方向走去。我父亲多年来从未改变过在这种时候对我的大声呼喊，他眼睛里瞬间发射出的光芒让我企图背叛他的想法不敢轻易破土而出，我日复一日地听到他在十字路口呼唤我：王光辉，慢一点儿，等这辆车过去再穿马路……

　　每个周日，我母亲会改善我们一家人长期坚持的以咸菜米饭为主的伙食，一般我会在周日的中午吃到红烧五花肉或者油煎宙条鱼之类的荤腥。而我母亲蔬菜部营业员的职业使她能够长期提供给家里大量诸如菜叶子烂冬瓜之类的蔬菜，我们一家人无法一下子消耗完那些菜叶子的时候，我心灵手巧的母亲就会设法把这些转瞬就要腐烂的落脚菜变成可以长久储存的咸菜。在咸菜长期供大于求的情况下，我们家周日的荤腥便完全印证了一句古老的话："物以稀为贵"。

　　每当周日早晨到来时，我那因为吃咸菜而日渐消瘦的父亲总是像个孩子一样在出门摆摊前反复猜测着午饭的菜肴。其实他不用猜测也知道我母亲对改善伙食的理解仅限于红烧五花肉和油煎宙条鱼，但他还是兴致勃勃地报出一系列菜名，并且在我母亲的摇头否认中逐步升级菜名的档次。最后，他总是笑着说他猜不到他老婆会让他在午饭时吃到什么。我母亲虽然是一个卖蔬菜的营业员，但她似乎十分懂得配合我父亲一个星期出现一次的童心未泯。直到我父亲扛着缝鞋机背着工具箱满身负荷地跨出家门，我母亲依然笑眯眯地缄口保密她将准备的午饭内容。我父亲便可以在半天的猜测和想象中幸福地修补着臭气熏天的鞋子了。我父亲和母亲对周日午餐乐此不疲的猜测和否认让我确信他们是在做一种游戏，这种游戏使他们本是贫瘠的情感世界出现了一闪而过的浪漫时刻。他们的相爱和默契只有在这种时候得以体现，这个猜测与否认的过程让他们在周日的早晨流露出少男少女的纯真和无聊。

　　中午时分，我把盛着红烧五花肉或者油煎宙条鱼的搪瓷杯子送到十字路口时，我父亲看到的是每个周日从无意外的菜肴，他大清早持续到中午的猜测此时终于得到了千篇一律的答案。但我父亲还是会欣慰地露出笑容，我母亲没有辜负他的希望，她让他在周日中午吃到了荤菜而不是咸菜，这于他而言是极其重大的享受。这一日的午饭，他会一改平日的狼吞虎咽。他把咀嚼和吞咽的程序放在口腔里重复运行，好似咀嚼的频率过高或者咽下去得太快都会造成食物的突然消失。美好的东西消失得过快总是让人恐慌，为了延续优质的午饭在唇舌上逗留的美好感觉，我父亲在周日的鞋摊上总是把一餐午饭吃得风度翩翩。他无声地细嚼慢咽着，他吞咽时尽力保持身体的平静而不把食物下咽时的快感表现出来。尽管他是坐在修鞋摊上吃午饭，但他的表情却让人们以为他正坐在一家高档的饭店里吃饭，他面带微笑腰板挺直地进行着午餐，而这种时候，我就需要站在他旁边长久地等待着。等待的过程总是如此漫长，我也因此而在这段时间内被路过的人们反复瞻仰着。

　　周日的午间时光让我明白了什么叫作煎熬，我在春暖花开的季节里站在十字路口等待我父亲完成他一周中最高档的午餐，而这种时候，我总是对我在这一日的前景极度担忧。我的恐慌心情无疑来自红唇皓齿梳两条麻花长辫的白雪梅，尽管我知道她对我父亲的职业了如指掌。在填写小学毕业履历表时，她曾经提醒我在父亲的职业这一栏里写上"鞋匠"这个词汇。她的提醒让我在日后的少年时光里始终鄙视我父亲的谋生手段，我试图摆脱这种自卑的来源，于是我追索起了我祖辈的宗脉。多年以后，我依然无法从唯一的历史见证人我父亲口中获得任何有价值的信息，他虚张声势的描述通常让我感觉极其水分。当我知道我终究无法确定我的出身是高贵或贫贱时，我开始隐藏起我的内心。我不再如童年时代那样以拥有父亲当众的呵护而骄傲，我也不会在刘湾镇寥寥无几的街道和角落里和众多年龄相当的少年们混迹在一起叫喊奔跑。任何一个散兵败将组成的群体都将在接纳我之后对我实行无情的取笑，而取笑我比之取笑别人要容易得多，因为王鞋匠整天坐在刘湾镇唯一的十字路口向人们无偿提供着取笑的资源。我是王鞋匠的儿子，我当仁不让地成为这些取笑资源的继承人。

　　然而在我的内心深处，我真正恐惧的并不是"痢痢头"或者"李大腿"之类的人物，事实上他们对我的评价我并不重视，但不能忽略的是，他们对我的评价并不是溺死于海底的永远不会冒出水面的鱼类尸体，他们的评价通过他们的嘴巴播送到每一个刘湾镇人的耳朵里，播送到我童年时代便情有独钟的白雪梅耳朵里。当我以成年以后的目光再来看待那些取笑的资源时，我发现年少的我是如此脆弱而缺乏自信，那些杂碎的语言无法构成对成年人的伤害，而少年王光辉却把这些话语当成了致命定论，我并不强大的自尊让我在那段时间里疏离人群，我的内心，却渴望着走近我所热爱的美好影像。

夏天到来后的暑假，我努力维持了整个春天的脆弱尊严终于不堪一击地粉身碎骨。暑假一开始，我父亲就心血来潮地决定把他修鞋的手艺传授给我。他说，人不可能不穿鞋子，只要穿鞋子，就有鞋子坏掉的时候，鞋子坏掉，就需要修鞋的人，所以，修鞋这个行业，是永远不会没饭吃的。我那胸无大志的父亲对自己以咸菜为主的饮食十分满意，他在设想未来生活的时候又显得踌躇满志，他甚至希望自己未曾实现开一家有门面的鞋店而不是一个修鞋摊子的理想由我去实现，那样，未来的我就不需要让我的儿子每天中午捧着搪瓷杯子给第二代鞋匠王光辉送午饭了。

我内心的抗拒因在家庭中的弱势地位而显得十分软弱，童年时偷窥女厕所的勇气在长期的自我压抑中已经消失殆尽，我被迫捏起缝鞋的粗大钢针在一些顾客丢弃的破鞋子上进行我学徒的实践。但这一切仅仅是在家里进行，一旦走上大街，我就把自己装扮成一个对知识有着强烈渴望的学生那样踽踽独行，我出行的方向是有选择的，新华书店和邮局的报刊柜台成了我经常光顾的地方，我甚至让自己每次外出总是捏着一本书，这使我与癞痢头或者李大腿们明显成了两种不同的人。

那个周日的中午，我照旧把红烧五花肉或者油煎鲴条鱼的午饭送往十字路口的百货店门口，这是一段难熬的时光，烈日把所有的热情都播撒给此刻依然在它普照下劳作着的人们。我的父亲王鞋匠正襟危坐地吃着他的午餐，我站在一边的百货店门内尽力把自己日渐高大的身躯隐蔽起来，我希望父亲的午饭能够快一点儿完成然后我就可以拿着杯子离开这里了，在这里逗留得越久，我焦灼的内心越发烦躁。我的不祥预兆总是告诉我总有一天我会在刘湾镇的十字路口丧失我岌岌可危的自尊。果然不出所料，多日不见的白雪梅提着一只凉鞋在烈日下以一袭款款白裙的身影向着我父亲的修鞋摊走来。

我把我的身躯更深地躲藏在百货店门内的橱窗后，我看到白雪梅走到鞋摊前把手里的凉鞋往我父亲面前一扔说：王伯伯，我的凉鞋搭扣断了，你给我装个新搭扣吧，能不能快一点儿，我一会儿就要穿上去水库玩呢。

白雪梅的话让暗处的我注意到了她的脚，果然，她脚上穿着一双绿色的海绵拖鞋，遮盖甚少的鞋面让她那双纤细白嫩的脚在我眼里一览无余。她的十个脚趾那么细小，光滑的指甲犹如片片贝壳盖在脚趾顶端，裸露在外的脚后跟延伸出粉红的肌肤色彩。那时刻，我又一次感受到了当年偷窥女厕所时的激动和兴奋，只是如今，这激动和兴奋里又多了一层异样的羞涩。但我的思维却自动排除了羞涩，大胆地伸向了白雪梅的脚后跟，然后我用大脑抚摩了她的脚，这双柔软的少女之脚在我的意识中被反复揉捏，我的身躯躲藏在百货店的橱窗后面，我的内心却沉浸在白雪梅粉红色的双脚安卧在我心里的绵软感受中。

然后，我看到我那严守职业道德的父亲迅速在他黝黑的脸上堆起皱纹丛生的笑容，他连连点头对他的顾客白雪梅说：好好好，马上给你装。

王鞋匠准备放下手里正吃到一半的午饭给急需修鞋的顾客解决燃眉之急，然而，当他正准备拾起地上的那只凉鞋时，他忽然不合时宜地想到了我。王鞋匠回过头用他三角眼里的目光搜寻他儿子的身影，我紧缩身体以防止他把我找到。他没有发现我，他用眼睛找不到我，他就开始用嘹亮的嗓音寻找我。他在寂静的午间如敲响钟声般喊叫起来：王光辉，你跑到哪里去了？给我出来。

我知道如果我不出来，我父亲的喊叫将持续不断。于是，我胆战心惊地从百货店里挪了出来。我故意不去看站在一边的白雪梅，但我眼角的余光还是发现了她露出笑意的眼神。我可怜的心脏马上给予我一阵剧烈的抽搐，毋庸置疑的事实发生了，白雪梅的内心已经开始了对我的嘲笑，她的眼神告诉了我一切。我终于看到了我脆弱的自尊如秋天的落叶纷纷枯萎凋零，那时刻，我已无力发出任何声音，我只有沉默以对。

我那充满理想的父亲却依然保持着他良好的自我感觉，他把我喊出来的目的是为了让我显露一下暑假以来他传授给我的修鞋技艺。他选择白雪梅的凉鞋充当我实践的材料是因为此刻我正好在场，并且我父亲以为，让他的儿子为他女同学的凉鞋装上搭扣无疑是一种展示。他试图在另一个年龄相当的孩子面前显摆他对我的培育成果，没有一个初中学生能修鞋，只有他的儿子会。当他捧着搪瓷杯子继续他差一点中断的周日午饭而又看着他一手带出来的第二代鞋匠在他面前手法熟练地修鞋，他的内心一定会产生强烈的满足感。所以，他伸出他油腻肮脏的手，指着我对白雪梅说：让王光辉来给你装搭扣吧，他装得比我还好，他的手艺快要超过我了，这种装搭扣的活他已经练了一个暑假了。

我父亲希望得到的满足感让我在彼时发现我的心灵正惨遭蹂躏，我低头站在修鞋摊前沉默着拒不服从父亲的指派，而我的视线却始终无法避开白雪梅绿色海绵拖鞋里的双脚。就这样，我在鞋摊前僵持了大约一分钟，然后，我发现就这么站下去已经毫无意义。我第一次在外人面前暴露了我对父亲隐藏已久的叛逆，我在白雪梅的目睹下轻蔑地看了一眼王鞋匠和他面前的那些破鞋子，我轻蔑的眼神甚至没有放过白雪梅那只等待安装搭扣的凉鞋，然后，我在父亲惊愕的表情中义无反顾地越过十字路口远离而去。

那一夜，我的梦境中出现了无数双脚，我在那些舞蹈的脚中寻找着熟悉的那一双，这好像并不困难，我不需要看脚部以上的身躯乃至面容就可以判断出哪双脚是白雪梅的，因为只有她的脚才会在后跟处延伸出粉红的肌肤色彩，也只有她的脚才拥有贝壳般的脚指甲。我自动屏弃了那张大眼睛白皮肤的脸蛋，这一回我不再是只用意识来抚摩这双粉红色的脚了，我用的是我梦境中真实的手，柔嫩绵软的脚心，纤细小巧的脚趾，光滑闪亮的指甲……它们在我手里乖乖地卧着，偶尔，我的抚摩让它们感觉到了痒痒，于是它们不安分地抽动一下，又一下……

醒来时，我发现我日常穿着的宽大内裤上一片潮湿，梦境里幸福的手还未回到现实中，我的内心已是空荡荡一片萧条，那个夏日清晨，忧伤弥漫了我的胸腔。

## 六、远离

从那以后，我再也没有正眼注视过白雪梅的面容，每次与她擦身而过，我总是垂下我猥顿卑琐的目光盯着脚下的地面。我的自卑让我缺乏正视白雪梅的勇气，而我力求逃避的目光又无法躲过她那双立在地面上的粉红小脚，于是，我在羞愧与兴奋中既害怕又期待着与白雪梅的不期而遇。就这样，我孤独而伤怀地完成了刘湾中学的三年初中生涯。

初中毕业的那个假期，我把自己关在家里足不出户，我甚至拒绝参加全班同学相约出游水库的活动，我自闭的理由无疑出自对白雪梅的强烈渴望和恐惧，梦境中反复出现的粉红小脚总是让我在醒来时看到自己的无助。我试图用强加的信念拒绝白雪梅美好的形象对我的侵略，但我的躯体总是在每天入夜后背叛我的信念，它在梦境中与白雪梅的粉红小脚不断幽会，直至我虚弱的信念在凌晨时分的失控中完全崩溃。我已对自己极度不信任，这导致我拒绝参与所有的集体活动。我离群索居，孤独寂寞，我整天捧着书本演绎着一个勤勉的读书人形象，但我确知，我是在用逃避的方式维持我虚假的平静。

暑假过半的那个八月午后，我躺在外屋的竹席上阅读着一本世界名著，闷热的空气让我的手心里始终充盈着蔫湿的汗水，我手里的那本《基度山伯爵》因此而显得皱皱巴巴。书中复仇者的深谋远虑和强大意志让我迷恋着一种想象，虽然我并不知道我的仇人究竟是谁，但我隐约感觉我正与生存的这个世界暗暗较量对峙，我与所有人不共戴天，因为所有人都在耻笑我寂寞的身影和孤独的灵魂，我复仇的计划指向不明所以的一切，这种时候，我品尝到的却是近乎悲壮的快感。我沉浸在复仇的想象中渐入梦境，我听到白雪梅清脆如铃铛的声音从梦中飘来：王光辉，你猜猜，我给你带来了什么？

白日做梦果然不同凡响，在我夜间的梦境里，白雪梅只吝啬地向我贡献她美丽的小脚，她从不露出她的面容，更不要说她的声音。可是现在，她却在呼唤我，用她脆亮而清晰的声音叫我的名字。然后，我看见她那张有着尖俏下巴和大眼睛的脸上绽开了灿烂的笑容，她白裙飘飘的身影款款向我走来。天啊，白雪梅，现在我知道了，原来我始终不让自己在夜里见到她的脸蛋、听到她的声音，是因为我害怕完整的白雪梅会把我完整的灵魂摧毁。可是现在，她终于还是出现了，她正在走向我，笑盈盈地走进我白天的梦境。我浑身的血脉超乎寻常地喷薄泛滥，我竭力控制着不让自己迎着她的笑容奔赴而去，克制和压抑却让我加倍渴望、加倍亢奋。我感觉到小腹胀痛不堪，我一兴奋就会产生强烈的尿意，可是在白雪梅的笑脸离我越来越近的时刻我居然想上厕所，这让我心里充满了羞愧和内疚。我默默地告诉自己，忍一会儿，再忍一会儿吧……

白雪梅终于走到我身边，她伸出白皙的小手拍了拍我的肩膀，那么真实，真实得令我恐慌。那只温暖的小手在碰到我的肌肤时，我触电般猛然一跃而起，我突兀迅疾地逃出了白日的梦境。然后，我看到的是炎夏午后我那逼仄的家中现实的一幕。白雪梅果真笑盈盈地站在我面前，她对着依然神志混沌的我举起手里的牛皮纸信封：王光辉，你看啊，我给你带来了什么？

我的身躯显然比头脑更为迟钝，我的思维已经回到现实，身体却依然沉浸在梦境里的兴奋中无法抽离而出。白雪梅的突然出现让我回忆起瞬间之前的猥亵梦境，而此刻我光着上半身穿着大裤衩的躯体，正毫不掩饰地展示着从梦境中延续而来的异军突起的雄壮气势。

我慌张如逃窜般冲进里屋，迅速穿上衬衣和长裤，那时刻，我发现我的心脏正如一只疯狂的兔子正剧烈奔跑。等到我穿好衣服回到外屋，白雪梅已经"咯咯"笑得前俯后仰。她把牛皮纸信封塞到我手里，说：王光辉，你可真傻，我给你送市重点高中的录取通知书，你倒逃进房间里去了，快打开看看吧。

在我打开信封的时候，我始终听到身边有一只小鸟正发出清脆的鸣叫，夏日午后的闷热空气中，白雪梅眼含笑意地看着我，缕缕目光如清凉的微风，轻轻掠过我长久密闭的心。

我幸运地成为刘湾中学唯一考上市重点高中的学生，白雪梅考入了县中，李大腿也进了县中，他是作为体育特招生进县中的。对于这毋庸置疑的事实，我父亲王鞋匠始终不敢确信。那几天，他常常面有疑虑地盯着我看，然后默默地点着他已露斑白的头颅，脸上的表情复杂而沧桑。我母亲的表现却直接坦率得多，她打破了只在周日吃荤菜的规矩，她对荤菜的想象力随着她儿子的光荣事迹的传播而变得丰富起来。那几天，我们家的餐桌上除了咸菜以外还额外增加了诸如肉饼子炖鸡蛋或者糖醋鲤鱼之类的菜。每次吃饭时，我母亲总是夹最好的菜堆在我碗里，并且发表着一些不加掩饰的骄傲言论。我母亲的言论无外乎只有光荣的母亲才能生出光荣的儿子之类，并以自己的童年故事佐以例证，既控诉了过去的社会对她的不公，又赞美了把远大理想附注于儿子并终于获得初步成功的美好现实。而我父亲却似乎更为清醒，他没有对我大加赞扬，他只是在之后的半个多月暑假中不再逼迫我坐在他那台缝鞋机前学修补鞋子，他甚至主动提出每天中午不用我再给他送饭，他说：王光辉，我看出来了，你不是一个做鞋匠的料，我看你整天捏着一本书走来走去，你吃饭看书，睡觉看书，你连上茅坑也拿着书，你看书看得戴上了近视眼镜，你这个样子让我想到了你的爷爷，他在天之灵要是看到你读书这么用功，一定会高兴得笑掉牙齿啦。

我父亲的描述让我对爷爷的想象停留在一个身着长衫、吟诗作词的旧时文人身上，这个古老的读书人与绝伦江边指挥村人自救于洪水中的豪迈男人区别甚大。我爷爷在我父亲的嘴里形象多变，但万变不离其宗，他始终给予他的后代以垂青万古的榜样，他让我父亲在任何荣誉降临王氏家族的时刻不忘夸耀我们家无以追踪的祖辈历史。可是我爷爷的形象在我的想象中总是与功成名就失之交臂，他以沉默寡言和不苟言笑来掩饰他的怀才不遇。身为读书人的我爷爷便把他的梦想寄托在了他的儿子身上，但我还是隐约感觉到我父亲对他自己的失望，或者说，正因为他无望成为一个令人尊敬的有文化的人，而他又深知人们对于文化人的尊崇和拥戴，他便把他的父亲描述成了一个曾经的文化人。他把幻想当成真实，这种想象让他得以每天安然坐在修鞋摊前不至于对生活完全绝望，这种想象，也让他在我获得市重点高中录取通知时，忽然意识到他可以把他父亲寄托在他身上的梦想转托给他的儿子我。于是，他及时停止了教我学修鞋和每天给他送饭这两件非文化人做的事，而我，却对他的好意并不领情。那段日子，我与我父亲越发没有了交流，他并不知道，我对他的疏离不是因为他迫我学修鞋和每天给他送饭。远在小学毕业填写履历表时，我父亲鞋匠的职业就已被我看作是身上的一处暗疾，暗疾留下的伤疤无以愈合，除非他从来都不是一个鞋匠。

白雪梅是最初把我父亲的职业以书面词汇"鞋匠"公布于众的人，而我却对明眸皓齿麻花长辫的她充满怀想。我沉浸于读书是因为我自卑的内心无所适从，我不是为了光宗耀祖，我是为了洗涤我父亲的职业带给我的耻辱。我终于得到了白雪梅的笑容，和她从未恩赐于别人的青睐。那天她给我送来了录取通知书，她带着喜悦加之倾慕的表情对我说：王光辉，你真厉害，我只考到县重点，我要向你学习，以后你可要多帮助我啊！

快乐并未冲昏我的头脑，我面带笑容两手潇洒地一摊，我的动作颇具洋人做派，我轻描淡写地说：当然可以，只是我们不在一个学校里了，怎么相互帮助呢？

　　为了达到相互帮助的目的，白雪梅把她的新校址抄给了我。

　　暑假的最后几天，我父亲准备了两个蛇皮袋的行李铺盖，他要亲自挑着这两袋行李送我去南通的市重点高中念书。出发前夜，我父亲坐在摆着我母亲炒的好几盘荤菜的餐桌边兴致勃勃地描述着他想象中的南通。他把沙洲对岸的城市竭尽赞美，车水马龙和高楼大厦与他飞溅的口水一起喷射而出，使从未见识过城市的我看到了南通与刘湾镇的天壤之别。同时，我敏感地意识到，在现代而时髦的城市里走着一个身材瘦弱表情猥琐的挑着行李的乡下男人实在是很不合适的。这个男人行走的路途中，始终有一个少年相伴，男人在城市里表现出一个乡下人的不知所措和惶恐紧张，这让少年顿感自卑，他发现，与这个男人走在一起，无疑是在向城里人宣布，他和身边的男人一样，是一个无法融合于城市的乡下人。

　　我拒绝了父亲送我去南通的要求，我从两大袋行李中挑拣出我认为必须的东西，背着简单的包裹独自踏上了市重点高中的去程。我父亲和母亲送我的脚步停留在刘湾镇破陋的车站上，我义无反顾地登上了开往城市的公共汽车。车启动时，我又一次听到了我父亲多年来未曾改变的响亮的叫喊声：王光辉，南通城里车多，穿马路要当心，等车过去了再穿，你听到了吗？

　　车窗外的凉风携带着我父亲颤抖的声音扑面而入，我没有回头看车站上发出喊叫的王鞋匠，只在心里发出一阵轻蔑的笑声。然后，我把双手插进了上衣内袋，里面的两张纸片贴着我的胸膛安静地躺着。一张，是南通第一高级中学的录取通知书，另一张，是白雪梅抄给我的沙洲县中的地址。车窗外的风把我的心思吹得很远，远远地离开了刘湾镇，离开了十字路口百货店门外的修鞋摊，离开了充满咸菜味的逼仄低矮的我的家。


## 七、城市

　　城市生活终于开始，我像一头如饥似渴的野兽在陌生的世界里疯狂吞吃着陌生的食物，我知道我是一头来自乡野的食草动物，但为了拥有在食肉动物中的一席之地，我开始了噬毛饮血的尝试。我急迫地希望尽快融入城市，这使我在十六岁初入青春的年岁里忽然失去了辨别世界的能力。我在南通市第一高级中学的学生宿舍里拥有了一张单人床的生活空间，于是我便很少再回刘湾镇。每个周末来临时，我让自己整天在南通街头闲逛，我把这种无所事事游走街头的行为叫做长见识。

我的确长了不少见识，我曾经在一家装修中的快餐店门口看到一群工人正把一尊巨大的外国胖老头雕塑竖起在最显眼的位置，我默默地在心里把这个外国胖老头叫做圣诞老人，然后我听到工人嘴里说出了一个陌生的名字，从那以后，我知道了穿红色衣服的外国胖老头除了圣诞老人，还有一个叫肯德基。我听到遍布大街的音响商店里传出各种好听的歌声，有一个男人用嘶哑的嗓音反复吼着"我很丑，可是我很温柔"，有一个女人用靡软的声音哼哼着：我要去香港啊，我要去香港……我不丑，但我不知道自己算不算温柔，可即使我很温柔，也不用像这个男人这样大声吼啊。我倒更喜欢那个女人哼哼的歌声，她想去香港，她想得发疯了，我猜，她一定和我一样对快快离开贫穷的故乡有着强烈的渴望，只是不知道她的父亲是鞋匠还是铁匠。我看到我的那些城里同学们脚上穿的鞋子在商店柜台里标着三位数以上的价格，他们的一双鞋可以抵上我父亲坐在鞋摊上修补几百双鞋的收入，我十分庆幸我终于没有继续跟着我父亲学修鞋，那样我将一辈子也买不起这种叫做耐克或者阿迪达斯的鞋子。

走在城市街头我两眼不够用，我把看到听到的所有城市信息通过信件传递给白雪梅，当然，我没有告诉她一双耐克鞋的价格是我父亲几个月的收入，我只是对她说，那种产自美国或者德国的鞋子穿在脚上真的很帅很牛。白雪梅及时地回报给我她的惊讶和羡慕，她同样感兴趣的还有我们这个市重点中学的模拟考卷和复习资料，她在信上说：王光辉，听说你们学校的老师都是参加高考出卷和阅卷的，你把你做过的所有练习题寄给我，好吗？

白雪梅对我的需求让我内心充满了成就感，现在，对她来说，我已不是过去的王光辉，现在的我，是她需要和依赖的人。我发现自信重新开始在我的胸腔里涌动，我决定要找一个机会请白雪梅来南通，我把这种单方面决定的邀请叫作"约会"，这个词汇让我认为自己已然是一个成年男人。

我的书面邀请写得矜持而羞涩，我借口模拟考卷和复习资料实在过于庞大沉重所以必须请白雪梅同学亲自来一趟南通。她答应了。我开始为还未定下日期的约会奔忙，可我实在不知道究竟可以为预想中的约会做些什么。我父亲每个月给我寄来的生活费让我在城里的生活过得捉襟见肘，我没有多余的钱安排一次像样的约会，哪怕是请白雪梅吃一餐肯德基，我都囊中羞涩不敢出手。但贫瘠的我还是决定要请赶赴南通的白雪梅吃沙州县城里还没有出现过的肯德基，并且要给她准备一样礼物，比如一个长毛绒玩具，或者一块金帝巧克力。我们班里的女生过生日，男生都送这样的礼物，送给白雪梅一定很合适。还有，当白雪梅出现在我面前时，我希望我的脚上穿着一双我曾经在信里描述过的耐克或者阿迪达斯的鞋子。我没有任何金钱的来源，我只有求助我父亲，我写信回家向父亲索要金钱时并没有说明任何原因。我一意孤行地让自己虚伪的自尊极度膨胀着，我仿佛看到脚穿耐克鞋手捧长毛绒玩具的我迎来了红唇皓齿的白雪梅，她依然梳着两条乌黑的麻花长辫，没有一个城里女孩还留这样的麻花辫，但我喜欢白雪梅梳这种发型，如果没有麻花辫，白雪梅就不再是白雪梅了。

父亲的汇款没有及时到达，但他把自己直接汇到了南通。那一天，王鞋匠身着硬邦邦的崭新外套，站在我们学校宿舍大楼下仰起他花白的脑袋，当他听到大楼窗户里传出一些男孩们的喧哗打闹声时，他仿佛听到了他的儿子在这里如同一根竹笋一样日夜长大的拔节声，他瘦削的脸上便绽开了欢天喜地的笑容。随即，他像在刘湾镇十字路口的修鞋摊上一样用他嘹亮的嗓音骄傲地呼喊起来：王光辉，你出来，我给你送钱来啦，王光辉你快出来！

听到这熟悉的声音，我的心脏如临大敌般猛然揪结起来。我扑到窗口俯瞰楼下，王鞋匠正抬着他苍老的脑袋面露天真的欢笑，所有的住宿生都被他的叫喊吸引到了窗前，他们与我一样趴在窗台上低头观看。在王鞋匠大声喊叫着我的名字时，我又一次回到了刘湾镇唯一的十字路口。我在百货店门口的修鞋摊上接受着众目睽睽的瞻仰，他们一律称呼我"王鞋匠的儿子"，这个称呼让我时刻记起子承父业的羞辱。忽然再现的情景，让我在南通第一高级中学里长久隐藏的秘密不攻自破。我知道了，原来我始终缺乏明确指向的假想仇人，就是这个喜欢在大庭广众之下呼喊我名字让我羞愧难当无地自容的男人，他是我的父亲王鞋匠。

我用我冷若冰霜的面孔款待了我父亲的欢天喜地，他感觉到了我对他的反感，便用诚惶诚恐的目光观察着我的表情，并且讨好地告诉我，需要钱的时候只要说一声，他就会给我送来。然后，他摸出一卷钞票交给我说：你不用陪我了，我这就回去，快回教室吧，不能耽误念书。

我终于说出了我父亲来南通探望我时的唯一一句话：下回不用再送来，寄给我就行了。

我父亲因瘦弱而显佝偻的背影向着校门外移步而去，这一回，他没有如以往那样对我大声呼喊：王光辉，城里车多，过马路要当心，等车过去了再走，王光辉，你听见了没有！

没有叮咛的告别让我松了一口气，我怀揣着一卷钞票开始设计与白雪梅的约会。我们终于约定了一个碰面的日子，我的设计如愿实施。那个周末，我脚登耐克鞋手捧长毛绒狗熊站在长途汽车站等待着白雪梅，我想象着她身穿翠绿色外套像一株小树一样对着我迎风招展，我像个真正的城里人那样请她在肯德基吃薯条喝可乐，我们并肩走在街头的样子看起来像一对恋人，这个想法让我面红耳赤却又欲罢不能。过于急迫的心情让我比约定的时间早到两个多小时，从沙州县城开往南通的汽车一班又一班到达，我急切地在人群中搜索白雪梅乌黑的麻花辫，接近中午时分，我终于看到白雪梅的身影出现在了车站出口处，她没有穿翠绿色外套，她的麻花长辫也变成了一把马尾辫，她的身旁，两条粗壮的大腿紧紧跟随着寸步不离。我停住准备迎候上前的脚步，李大腿已经伸出手臂远远地挥舞起来：王光辉，王光辉——

同在沙州县中念书的白雪梅与李大腿结伴来探望我，这让我精心设计的约会蓝图毁于一旦。李大腿过早发育成熟的庞大身躯和粗壮大腿使我站在他身边像一个随从，这场约会的真正主角是他和白雪梅，我像一盏明亮的电灯泡照亮了这一对从故乡沙州赶来的老同学。这种感觉我曾经体验过，初中那次运动会后的晚上，我同样如此夹在他们中间在西街饮食店里吃过一碗小馄饨。当年我怀揣两块比赛获奖的巧克力没有机会送给白雪梅，而现在，我手里的长毛绒狗熊也成了累赘。我是不可能在李大腿面前送一个长毛绒玩具给白雪梅的。我把懊丧和愤恨隐藏了起来，我还是请他们吃了肯德基，买炸鸡腿和薯条可乐时，我默默地希望李大腿主动提出由他请客，可是李大腿高耸在一群来肯德基吃生日餐的孩子中对我掏钱包的动作熟视无睹，倒是白雪梅和我争抢着付钱。

傍晚，我把捧着一大堆复习资料的白雪梅和李大腿送到车站，他们大声和我说再见，然后跨进了候车厅，我抱着那只未完成使命的长毛绒狗熊，看着他们渐渐缩小的背影，忽然感觉鼻子酸痛不已。那时候，我默默地想，以后我再也不会给白雪梅写信了。

我父亲果真没有再亲自给我送过钱，他和我母亲在刘湾镇上照旧做着修鞋匠和卖蔬菜的营生，他们对我远离故乡的学业抱着远大的希冀，对我很少回家的做法，他们总是给予无条件的理解和支持，他们认为任何家务琐事都无法与我在城里的苦读相比，哪怕我父亲在一个寒冷的傍晚晕倒在鞋摊上，他们也没有告诉我家里发生的一切。

我是从白雪梅的来信中知道父亲的病情的。我的确没有再和白雪梅通信，尽管她一再来信问我讨要复习资料，并且问我为什么忽然不再理她。每次读完信，我就把那些写着黑字的白纸扔进垃圾桶，后来，她的来信逐渐稀少，直至停止了与我的书信来往。我固守着我的狭隘和偏执，越发不愿意回刘湾镇，我怕遇到白雪梅和李大腿出双入对的身影，尽管事实上他们并没有任何暧昧的关系，但我依然敏感地以拒绝他人的方式保护着自己。那两年里，我回家仅有屈指可数的几次，高三最后一个学期，我在家里过完年回到南通后，就没有再回过刘湾镇。我的借口是为了高考作最后的拼搏。我父亲的汇款在每个月的月首雷打不动地如期到达，我像领取工资一样心安理得地把自己装扮成一个极度用功的学生。我的确极度用功，那时候，我已经确定了我将报考的大学。在填写志愿时，我想到了我父亲曾经描述过的，我爷爷王老三曾经叱咤风云的故乡，那是一个四季如春的地方。小学毕业，我在籍贯这一栏里填写了一个陌生城市的名字——长春，从此以后，我把长春当成了我的故乡。后来在地理课上，我知道了长春并不是一个四季如春的城市，而对这个城市名称的历来偏爱让我更为憧憬起那个遥远而寒冷的北方城市，于是，我在高考志愿表上填写了长春的"吉林大学"。

临近高考前一个月，我收到了白雪梅中断了一年多的来信，她在信里质问我：王光辉，即使你不想再理我，你也不应该那么长时间不回刘湾镇，你不关心别人，你也该关心一下你的父亲，他躺在医院里已经两个多月，你知道吗，自从你去南通念书，你父母就再也没有吃过荤菜……

我父亲王鞋匠在那个刮着寒风的早春阴雨天里晕倒在了他的修鞋摊上，百货店里的营业员把他送进了镇上的卫生院。等到我母亲带着一身烂蔬菜味冲进医院时，她看到的是我父亲苍白的脸和站在病床边面色凝重的白医生。白医生向我母亲宣布了他的诊断：你们两口子是不是每天只吃咸菜？看看，营养不良、过度劳累，导致血糖严重降低，不晕倒才怪呢。

已经苏醒的我父亲虚弱地笑笑说：不碍事，今天早饭没吃，以后吃了再出来干活，就不会晕倒了。

白医生一针见血地揭发了我父亲和母亲极不自爱的行为：还说不碍事？你们最好熬干自己的油去供给孩子，你们连老命都不要了！现在需要到南通的大医院去做一次全面检查。

我母亲因为见到的是已经苏醒的我父亲，她便忽略了事态的严重性，她笑着说：白医生，谢谢你关照老王，不过，就不要去南通了吧，不检查没病，一检查，倒查出什么病来了。

我躺着的父亲和我站着的母亲配合默契地同时点着脑袋，他们意见一致地拒绝了白医生让他们去南通检查身体的建议，他们甚至连卫生院都不想住，但白医生没有允许。

我终于放下功课回了一趟家，当我走进刘湾镇卫生院破旧的病房，看到我父亲忽然变得苍老不堪的面容和几近皮囊包骨的消瘦身躯时，我内心的酸楚霎时蜂拥而至。我知道，我已经无法忍住马上就要夺眶而出的眼泪了，可我并不清楚我为什么要流泪，我没有强烈的自责，我只是为着心里那些莫名的委屈和忧伤、为着一种许久未曾得到宣泄的自闭和压抑而伤痛泪下。但我那向来习惯盲目自信的父亲却骄傲地认为他的儿子是因为心疼他才伤心落泪的，他在他深深凹陷的瘦脸上露出了一个灿烂的笑容，然后说：王光辉，你回来啦，你来看我啦。王光辉，你下午就回学校去吧，你要高考了，等你考完了，我的病也就好了……

我在父亲的病床边坐到傍晚时分，我母亲做了一锅红烧肉装在茶缸里逼我带上回南通。我没有让我母亲送我，我把茶缸交给医院传达室的老头请他送进病房，然后赶到车站，登上了最后一班开往城市的汽车。

## 八、故乡

在我收到大学录取通知书前一周，我父亲终于无法继续维持他被癌细胞吞噬得千疮百孔的生命，溘然长逝了。他紧闭着眼睛平躺在床板上，他除了显得很瘦以外，实在不像是一个已经死去的人。他只是累了，他需要静静地躺一会儿，等他睡醒后，他会坐起来，背上他的修鞋工具满身负荷地走出家门，走向刘湾镇十字路口的百货店门外，在那棵大槐树下支起破旧的缝鞋机，继续他多年如一日的鞋匠生活。晚饭后，他会让我替他搬一把竹椅子，他把自己瘦削的身体深深地靠进椅背，然后在竹椅持续的呻吟中开始讲述他的父亲我的爷爷曾经发生在绝伦江边的故事，我祖辈的历史从我父亲嘴里说出来时，成了一段浪漫而悲壮的传说。

可我不得不承认，我父亲的确死了。是白医生捏到了他的最后一线脉搏，微弱颤抖的心跳在白医生的手指间渐趋平静，然后，悄然消失。那个长久疲惫的灵魂终于轻松如风地从沉重的躯体里永久地出逃了。白医生用一句朴素的民间用语代替了他医务人员的专业诊断术语，他说：操办后事吧。

我母亲天塌般的哭声终于像火山一样喷泻而出。

一周以后，白雪梅拿着一个牛皮纸信封出现在了我依然逼仄低矮的家里，她对着呆坐无语的我说：王光辉，你猜我给你带来了什么？

白雪梅故作轻松的语气并没有减弱屋子里沉闷抑郁的空气，我抬起头试图说话，又试图微笑，我轻轻咧开嘴角，嗓子却被酸涩疼痛的气流梗塞。白雪梅赶紧把信封塞到我手里，说：王光辉，这是吉林大学的信封啊，你的录取通知来了。

我看到白雪梅微笑着的脸蛋，可我分明感觉这不是她的笑，这是她用她的脸在替我绽放因成功而喜悦的笑。那一瞬间，我的眼泪终于滂沱而下。

这是我记忆中最长久的一次哭泣，不知道什么时候，我发现我的头颅正埋在白雪梅的胸怀里，她伸出细长白皙的手臂搂抱着像婴儿一样哭泣的我，我泪湿的脸庞贴着她温暖的胸怀。我看到，白雪梅的衬衣领口深处，隐约闪露的白色肌肤离我咫尺之近、伸手可及。

那一年，我十九岁，我看到了白雪梅真实而接近的白亮肌肤，这让我想起了多年前爬在槐树枝杈上的那一次窥视。我终于明白，原来女性的肌肤早已在我记忆里成了一种羞耻经验，朦胧而深刻。

白雪梅陪着我母亲一起送我去车站，我将辗转汽车、轮渡和火车，去往坐落在长春的吉林大学。我扛着一大包行李，白雪梅提着我的旅行包，我母亲捧着那只破旧的搪瓷杯子，里面装满了她替我准备的路上吃的腌肉和咸蛋。我母亲说，杯子里的东西吃完了，正好给你做刷牙缸。

我们向着车站方向走去，经过刘湾镇唯一的十字路口时，我看到初秋的艳阳照耀在百货店门外的那颗大槐树上，阳光透过树荫漏下斑驳闪烁的光点。树下，却没有我父亲的修鞋摊。可我还是仿佛听见一个响亮的声音在我背后大声呼喊着：王光辉，城里车多，穿马路要当心，等车过去后再穿，王光辉你听见没有！

是的，我叫王光辉，我的爷爷叫王老三，我是王鞋匠的儿子。我知道，我再也不会去追踪我用幻想虚构的祖辈历史了。其实，那条被我叫作绝伦江的滔滔河流，就是长江。近百年前，长江北岸的土地上生活着一户贫瘠的农家，那个叫王老三的农民从来不是什么旧时文人，也不是指点江山的风云人物，他葬身在一次长江洪灾中，洪水把他的妻子和幼年的儿子冲到了长江南岸，他们幸免于难，生存了下来。

我承认，我的祖籍，就是长江对岸的苏北，我的先祖，是农民，贫穷、荒蛮，而且，从来就是。

工擅长抽丝剥茧的灵巧的手，指着小顾目瞪口呆的面孔，甩下两个字：流
氓！一扭头，跨出店门，"咚咚咚"地踏着西市街石板路，怒气冲冲地走了。

　　宝姐姐骂小顾流氓，打的却是林妹妹的耳光，这让当时在生煎馒头店
里吃早饭或者买早点的食客觉得有点奇怪，仔细想想，又想不出错在哪里。
据说，宝姐姐是咨询了从早到晚坐在家门口看石拱桥的殷小妹，才了解到
林妹妹的行踪，宝姐姐的脑瓜显然要比林妹妹好用。然而结果是，擅长谈
三角恋爱的小顾一个女朋友都没剩下，宝姐姐和林妹妹双双抛弃了他。小
顾为此痛心疾首，每次经过桥头，看见端坐在家门口的殷小妹，就恨得牙
根痒痒。"西市街居委会没给殷小妹安排一个保安的职位，真是可惜了人
才。"小顾绝望地说。

　　然而，多年如一日地坐在家门口看一座经年不变的石拱桥，总归是令
人费解的。殷小妹刚嫁给方裁缝那会儿，西市街上的邻舍都不明白为什么
这个女人不去上班，成天坐在家门口看桥？没多久，七传八传的，人们就
知道，殷小妹是常年病休在家，拿制衣厂的病假工资，一个月五百块钱，
紧巴巴养活自己。就是不晓得害的什么病，不见瘦，说话也利落，难不成，
世上还有一种叫"看桥症"的病？

　　不管殷小妹得的是什么病，总之方裁缝讨这样一个女人做老婆，苦日
子在后头呢。西市街上的人们都这么说。要知道，方裁缝可不是季先生，
季先生是西市街上的"小开"，整天逛来逛去，不去上班挣钱，也能过得无
忧无虑。方裁缝却是个穷裁缝，没有家底，没有祖辈传下来的遗产，这样的
人，讨个吃苦耐劳的女人，你耕田来我织布，才可以把日子安稳地过下去。

　　然而，稀奇的是，小开季先生过了一辈子单身生活，没见他讨过一个
女人回家，穷汉方裁缝，倒是讨回了殷小妹这个赔钱货。

二

　　西市街上的人们总是自作多情，他们认为方裁缝讨殷小妹做老婆，日
子会过得比较苦，至于方裁缝自己有没有觉得苦，他们却并不介意。

　　早年间，方裁缝是制衣厂里的技术工，做的是设计和裁衣的活，说起
来，还是缝纫女工殷小妹的同事。后来殷小妹生病了，请了长病假。再后

# 香鼻头

一

　　殷小妹坐在一张旧竹椅里，旧竹椅摆在方裁缝家门口，坐在旧竹椅里
的殷小妹眼睛定快快地看向西市街尽头，那里有一座高耸的石拱桥。下午
四点钟，石拱桥上冒出一颗硕大的黑脑袋，紧接着是一双滚圆肉实的肩膀，
然后是鼓鼓囊囊的白衬衣一高一低的前襟，再然后，两条沾了一块灰一块
泥的裤腿交错上升，与此同时，一双几乎看不清颜色的脏球鞋露出来……
待那矮壮敦实的身躯完整升上桥头，殷小妹一挺腰肢，在一阵竹椅"吱嘎"
乱响声中站起来，朝桥头渐渐接近的壮憨的身影呼唤道：方弟弟——方弟
弟——姆妈在这里——

　　自从嫁给方裁缝后，殷小妹做得最多的事，就是坐在一张竹椅里，仰
着头颅看西市街尽头的石拱桥，看桥上来来往往的人。方裁缝的家就在桥
下的西市街上，不管春夏秋冬，那把竹椅总是摆在家门口。有人从石拱桥
上走过，都要被殷小妹从头到脚看个透，一直看到那人走至跟前，走过她
家门口，她还要跟着扭转脑袋，直看到那背影渐渐消失在西市街的另一个
尽头。看多了，殷小妹就把西市街上的街坊邻舍认了个遍，还知道了他们
都是干什么工作的，几时上班，几时落班，几时买菜，男人几时换一趟煤
气罐，女人几时回一趟娘家……38号的沈家姆妈，每天下午四点半去买
菜，那会儿，市场里的落脚菜不到早市菜价的一半，下午五点，桥头就会

升起一颗梳着花白发髻的瘦削脑袋，那是买完菜回家的沈家姆妈；67号的辛老师，在城西小学教语文，公公得了肾衰竭，学校照顾她，给她排下半天的课，中午十二点，桥头就会升起一张蜡黄憔悴的脸，那是去医院给公公送完饭回来的劳碌的辛老师。还有101号的季先生，50来岁的男人，不工作，成天在西市街上逛来逛去，从北头的棉花店，逛到南头的方裁缝家门口，再往前蹩十来米，走上石拱桥，让自己高高地站在桥上，仰着脑袋看西边天空里将落的太阳，或者低下头，看桥下闪烁着光斑的川杨河。

石拱桥是西市街的制高点，晴天的傍晚时分，站在桥上朝西看，只见一枚红彤彤、沉甸甸的大太阳在天尽头慢慢地下沉。那会儿，日头还保持着一天里最后一点健朗的气色，光线却已融化成柔软的一大片。那是川杨河最美的时刻，夕阳洒在河面上，泛起一团团金色的光斑，就像流淌着一河金子。其实大多时候，川杨河是很丑的，河里沉积了太多淤泥，河面上又总是漂着一些来历不明的垃圾，河水就显得浓稠，绿不绿、黑不黑的色泽。所以，白天的川杨河，就是一大块裹满泥浆的脏兮兮的布匹，仿佛时刻被一双巨大的手拖着缓慢前移。可是一到傍晚，川杨河就从一大块裹满泥浆的布匹，变成了一条流淌着金子的河了。

有人走过石拱桥，看见长久地站在桥上东张西望的季先生，就问：季先生丢了东西？要不要帮你找？季先生答非所问：多美的风景啊！没人欣赏，就可惜了。

那人便在心里暗笑：东西没丢，丢的是魂灵吧。西市街人并不懂得一枚天天升起又落下的太阳和一条流淌了几十年的脏兮兮的川杨河，又有什么好"欣赏"的。然而，人们不赞同季先生，却又十分清楚，"欣赏风景"这样浪漫而又无用的事情，也就季先生有资格做。

季先生欣赏完落日以及撒满余晖的川杨河，从桥上折回，再次经过方裁缝家，便与坐在门口的殷小妹搭几句话：小妹，方弟弟放学了吗？方裁缝落班了吗？

倘若方裁缝已经下班回家，季先生就跨进门，与男主人聊两句，或者什么话都不说，与方裁缝默默对坐一刻，抽完一支红双喜，起身出门，一路逛回西市街北头101号自己的家。

季先生是西市街上时刻游动着的影子，他太闲了，闲人总是有时间走街串巷、欣赏风景。方裁缝却很忙，忙得没时间与街坊邻舍沟通交往，么去上班，要么下班回家做缝纫活，问他三句话，他只答一句。方裁缝不是闲人，他要养家糊口，必须埋头苦干，多话无益。方裁缝的女人殷小妹倒是个称职的闲人，可惜的是，殷小妹不懂得"欣赏风景"，她不看流淌着金子的川杨河，也不看落日，她只喜欢坐在家门口看桥。只要是个人，进出西市街必须要经过石拱桥，只要经过石拱桥，就一定会被殷小妹那双安静的眼睛默默地追踪。要是哪家丢了老人，只肖来问殷小妹：我家寿公公又找不到了，小妹你有没有看见？

西市街上住的都是本地人，本地人说"寿"，就是"傻"的意思，寿公公年纪大了，脑子不大好，一不小心就会走丢。殷小妹坐在椅子上，翻一翻肉眼皮，脆生生地报告寿公公的儿媳妇：上半天没看见，下半天看见了，三点一刻过的桥，我问，寿公公你去哪里？他讲，去领退休工资……

殷小妹就像一盏人肉摄像头，无时无刻地摄录着那些走过石拱桥、进出西市街的熟人和生人。"要想不让殷小妹看见，除非穿上隐身衣"西市街80号生煎馒头店的小顾说。

小顾谈过一场三角恋爱，杂货店林妹妹和丝绸厂宝姐姐。每天早上7点钟，林妹妹拿着一个保鲜盒到80号，让小顾给她盛两客生煎，打包带回家。宝姐姐呢，十天里有三天上的是夜班，早晨七点半下班，在厂里的浴室洗过澡，披散着湿漉漉的头发，挺着前凸后翘的性感身体，走过石拱桥，走到西市街80号，吃一客生煎加一碗牛肉粉丝汤的黄金组合。林妹妹和宝姐姐吃生煎都是不付钱的，因为她们是小顾的女朋友。小顾把他的女朋友们协调得很好，两人从未在同一时间遭遇过。可是，纸总归是包不住火的。有一天早晨，七点钟刚到，林妹妹正接过小顾递给她的两客生煎馒头，保鲜盒的盖子还没扣上，宝姐姐就像雷神一样忽然从天而降。小顾霎时变了脸色，林妹妹不知情，还用她那糯米一样黏软的嗓子嗲兮兮地对小顾说：今朝我轮休，下午一点半的电影，没忘记吧？

宝姐姐不等小顾开口，一个箭步冲到林妹妹面前，朝那张瓜子狐狸脸上扇出一记清脆的耳光。林妹妹怔了两秒钟才明白过来，"哇"的一声，哭着冲出了生煎馒头店。林妹妹的保鲜盒掉在地上，生煎馒头滚得店堂地上东一个、西一个。宝姐姐一脚踩住一个生煎馒头，伸出她那只丝绸厂

来，方裁缝从制衣厂辞了职，回家开起了裁缝店。他在家门口挂上一块算盘大小的木牌，牌上用毛笔写了毕公毕正的五个字：方家裁缝店。裁缝店开出没几天，人们就发现，方裁缝家里多了一个女人。来店里做衣服的客人总归是要问的：方裁缝收徒弟了？

方裁缝声音不大，答得却坦然：我娘子，殷小妹。

客人不禁倒抽一口冷气，眼珠子落定在女人身上，仿佛正为方裁缝新买的一件家具做一番周详的审视。

殷小妹的脸上生着疏朗的眉目，皮肤油亮亮、紧绷绷，看上去比方裁缝要年轻十来岁；

殷小妹坐在裁缝店门口的一张竹椅里，半天不动，坐得住的女人好，安分；

殷小妹摆在竹椅上的屁股，树墩一样厚实，看起来是个会生养的女人；

殷小妹要么不说话，一说起话来，声音呱啦松脆：方裁缝，杯子在哪里？我要喝水。

方裁缝，有人来做衣裳了……

殷小妹好像并没有把方裁缝当自家男人看，开口闭口“方裁缝”，哪有老婆这么唤老公的？然而，方裁缝自己宣布的，殷小妹是他的娘子，也就是说，方裁缝结婚了。

西市街上的人们嘴上纷纷道贺：恭喜恭喜，早生贵子……私下里却对方裁缝不通知他们一声就自说自话结了婚很是不满。坐在家门口剥毛豆的沈家姆妈拦住从城西小学下课回家的辛老师，眼睛朝方家裁缝店的方向射出两道藐视的光：辛老师，你晓得吧，方裁缝结婚了。

辛老师点头：是啊，我听讲了，新娘子叫殷小妹。

沈家姆妈说：结婚这么大的事，不请喜酒，也不发喜糖，我在西市街上住了三十多年，从来没见过这种事。

辛老师点头：方裁缝平素节俭惯了，不过，婚姻大事，照规矩，还是要办一办的。

沈家姆妈瘪瘪嘴，一脸鄙夷：什么节俭，这叫“刮皮”。

本地人要面子，但凡家里有婚丧嫁娶、老人寿诞、小孩满月的大事，哪怕借钞票，也要请亲朋邻舍喝顿酒、吃顿饭，办不起鱼翅海参，也要办个四活灵、八热炒。本地人最不能容忍的，就是一毛不拔的"刮皮鬼"，方裁缝闷声不响就结了婚，那是要遭到西市街人的集体声讨的。然而，这么草率地结婚，那也一定是有原因的。西市街上的人们很有一些逻辑推理能力，方裁缝的婚事，就在他们孜孜不倦的探索、挖掘和分析之下，渐渐露出了些许端倪。

据说，方裁缝讨小妹做老婆，是被逼无奈。早年，他们不都是制衣厂的职工吗？据说，殷小妹的病，是被方裁缝吓出来的。

那是一个月黑风高的夜晚，事情发生在制衣厂集体宿舍的职工正在进行集体睡眠的时候。等到集体睡眠的人们集体醒来的第二天早晨，殷小妹已经从正常的殷小妹变成了有毛病的殷小妹。据说，有毛病的殷小妹谁都不认得，只披头散发追着方裁缝喊：来啊！来香鼻头，来香个鼻头啊——

"香鼻头"，就是接吻的意思，本地人这么说，是从一部叫《追捕》的日本电影里学来的。那年月，只要有一部电影上映，全城人都要跑去电影院看一遍，也有看两遍、三遍的。看过《追捕》的人都说，小日本的电影好看，最好看的要数杜秋和真由美在山洞里香鼻头……看了两遍、三遍的人，对那个关键的细节简直倒背如流：杜秋和真由美被一路追杀，逃到深山里，真由美对杜秋说：我喜欢你！然后，两人就抱在一起了，脸对脸，嘴对嘴，鼻子对鼻子，天旋地转……电影里的男人和女人，嘴脸都挤成了一堆，分不清谁和谁了，观众能看见的，就是两个高耸的鼻子纠结在一起。看完电影，人们都长了见识，都知道了，男人和女人要好，除了上床困觉，还有一件好玩的事情可以做，就是"香鼻头"。"香鼻头"的说法，自此流传而开，直到如今。

话说那天早晨，殷小妹在制衣厂集体宿舍里追着方裁缝喊："来啊，来香鼻头啊"。她的身后，跟着一大群刚起床，手里还捏着牙刷、嘴角边糊着牙膏沫的看热闹的工人。殷小妹就像一颗正在陨落的彗星，拖着一蓬扫帚似的彗尾，追着方裁缝一路划去。方裁缝逃到哪里，彗星就追向哪里，彗尾也跟着滑向哪里。方裁缝逃到走廊、楼梯、厕所、储物间，把一栋五层宿舍楼的每个角落都逃遍了，最后，他逃到楼顶上的平台，再没地方可逃了。方裁缝探头看了看楼下遥远的地面，耳畔是楼洞里正涌上来的阵阵脚步声，以及那个因为癫狂而颤抖不已的呼喊声：来啊——来香鼻头啊——

方裁缝像一只掉进陷阱的麋鹿，哀伤而又无奈地喘了一口粗气，闭上了眼睛……

方裁缝没有从五楼跳下去，拖着大尾巴追上来的彗星一踏上顶楼平台，方裁缝就睁开了眼睛。方裁缝对着楼洞口说了一句话：好吧，我带你回家，你跟我回家吧。说完，嘴角一咧，咧出一个听天由命的惨笑。

方裁缝把殷小妹带回了家，殷小妹做了方裁缝的女人。然而此事终究蹊跷，制衣厂那么多男人，殷小妹不追张三，不追李四，为啥只追方裁缝？方裁缝又为啥肯做冤大头，带殷小妹回家？要知道，殷小妹发病，是在半夜或者凌晨时分……人们由此推断，殷小妹的毛病，是被方裁缝吓出来的。方裁缝通过"英雄吓美"的方式，赢取了制衣厂美人殷小妹，虽然不是"英雄救美"，但殊途同归，结局都是美人以身相许。有毛病的美人，依然是美人，只是有些美中不足。

然而，不管是"英雄救美"，还是"英雄吓美"，西市街人都有他们统一的说法，都叫"调戏妇女"。人们不敢相信，方裁缝这样一个"三拳打不出一个闷屁"的老实人，竟还会"调戏妇女"？当然，事情的真相，还有待于继续探索和挖掘，西市街上的人们有信心，也有毅力去挑战这项伟大的"发现"。

方裁缝在西市街人的眼皮底下静悄悄地结了婚。结了婚的方裁缝，却愈发地遭到街坊邻舍的同情以及鄙视。同情，是因为方裁缝讨了一个有毛病的女人。鄙视，是因为这可怜之人，必有可恨之处，谁叫他调戏妇女了？那叫咎由自取。可西市街人又都是好面子的，对方裁缝的鄙视，自是不太会流于言表，见了面依然是"方裁缝""方裁缝"地喊。方裁缝的缝纫活，那是真的地道，他手里做出来的衣服，最省布料，最合身，不多一寸、不少一分，针脚细密严实，穿上十年，洗过千百回，都不会脱一个线头。方裁缝收费还公平，裁衣十元，裁裤子八元，连裁带做优惠，一套二十元。西市街上的人们要做衣服，必选方家裁缝店，可见，方裁缝"调戏妇女"的劣迹并不能证明他不是一个好裁缝，这叫瑕不掩瑜。

一个是瑕不掩瑜，一个是美中不足，倒也般配。

# 三

西市街上的人们全数知道了，殷小妹得过"痴病"，据说，这种病，只要嫁了男人就会好。殷小妹嫁给方裁缝后，的确再没有发过病，令人兴奋的是，她还给方裁缝生了一个儿子，肥头大耳的，不像瘦津津的方裁缝，像足了实敦敦的殷小妹。可殷小妹并不是天生敦实，当初她还是制衣厂一大美人，只不过得了病，吃了一段时间药，嫁到西市街上时，就是一个肥壮敦实的女人了。照这么说，殷小妹的儿子到底长得像谁，就有些说不清了。

生了儿子的殷小妹依然喜欢坐在门口的椅子上看桥，只不过，如今她有儿子陪着一起看桥。那些从桥头升起的一颗颗黑的、白的、黑白夹花的脑袋移过来，移到殷小妹跟前，都会停下来逗一逗她怀里的婴儿："方弟弟，来，笑一笑！"或者把脸凑到殷小妹丰硕的胸怀间："方弟弟，来啊，来香鼻头……"方弟弟"就这么被叫开了，一段时间后，殷小妹也把儿子叫方弟弟了。

"方弟弟，吃奶奶了！"殷小妹坐在家门口的竹椅上，把竖着的方弟弟往腿上一横，撩开衣襟，晃里晃荡地露出一头肥猪似的豪乳，一把端起来，黑紫的乳头对准方弟弟嘴里一塞，顿时，充沛的乳汁从方弟弟喉咙里下咽的"汩汩"声，都被路人听见了。那时刻，只要有人经过，都可以毫无障碍地观瞻殷小妹哺乳的现场直播。男人们想看，又不好看得太直接，躲闪着目光，瞄上一眼，忍不住再瞄一眼，就要被旁边的女人骂了，敢看第三眼的，只有季先生。季先生看三眼，女人们不会骂，季先生这个人，比较特殊。至于女人，当然是可以站定在殷小妹跟前，用她们犀利的目光直视整个喂奶过程的，还要"啧啧啧"地赞叹：小妹奶水真好呀！方弟弟胃口真大呀！沈家姆妈最有经验，她一手拎着菜篮子，另一只刚在菜场里挑完落脚菜的黄皮老手伸过来，握住殷小妹胸前那头被方弟弟叼住的豪大的乳，捏一捏，再捏一捏，"啊呀、啊呀"地叫起来：啊呀，这么硬，当心生"奶结"呀！你要动动身体，不能总坐在椅子上，啊呀，化脓就不好了……

十个月后，方弟弟断奶了，西市街上的人们就少了一样可看的热闹。季先生从北头的棉花店一路溜达到南头的桥下，脚步停在殷小妹家门口：

薛舒中篇小说选

小妹，方弟弟吃奶瓶了？人工喂养可不比母乳喂养好啊！季先生不无遗憾地说。虽然现在他可以直视方弟弟和方弟弟嘴里的奶瓶，甚至还可以把他那张并不显老的老脸凑到方弟弟叼着奶瓶的胖脸上蹭一蹭，嘴里叽叽：方弟弟，香香……但毕竟，奶瓶而已，不稀奇了。稀奇的是，季先生从不说"香鼻头"，他只说"香香"，自然，他凑上去香的，还是方弟弟的鼻头。

　　有了方弟弟，殷小妹的日子过得飞快，一眨眼，方弟弟就长到了念书的岁数，进了离家最近的城西小学，过石拱桥，往西走一百米就到了。殷小妹接送了几次，有一个周末，放学时间还没到，殷小妹正坐在椅子上看桥，看着看着，就看见一颗圆胖的黑脑袋从桥上升起来，然后是一双肥厚的肉肩膀，再然后，是前襟一高一低的白衬衣，接着，两条沾了一块灰一块泥的裤腿交错上升，再接着，一双看不出颜色的脏球鞋露出桥面。那不是方弟弟吗？殷小妹"噌"一下从椅子里跳起来：方弟弟——方弟弟——姆妈在这里——

　　那些日子，方家裁缝店却渐渐凋敝下来。不知从什么时候开始，人们都爱去服装店买现成衣服穿，很少有人拿块布料跑到裁缝店里去做，费时间不说，样子又总是不够时髦。方裁缝呢，又是个太过认真的人，技术虽过硬，却固执，早年师傅教的那一套，他兢兢业业沿用至今，擅长做古老、经典的款式，便不愿意轻易尝试市面上流行的新款。久而久之，年轻人就不再去他店里做衣服，方裁缝就沦为了一个专门给老年人做衣服的裁缝。可是，老年人大多不舍得花钱做新衣服，方裁缝做的衣服质量又那么好，衣服还没穿坏，那老人就升了天，这种事还真遇到过几次。这么一来，裁缝店就入不敷出了，方裁缝就决定关门打烊，找一份别的工作。

　　方裁缝毕竟有技术，很快就找到了一份中外合资企业的活，据说是季先生介绍的。那家企业，专门做一种叫"伊豆堇"的日本牌子衣服。为了感谢季先生，方裁缝还做了一套烟灰色纺绸中装送给他。"方家裁缝店"的木牌摘掉了，方裁缝不再接缝纫活，整条西市街，只季先生一人例外。季先生的衣服，方裁缝是包下来的，据说，方裁缝从不收季先生的工钱。料子钱，季先生总归是付的吧？谁都知道，季先生是个有钱人。

　　方裁缝停了生意，可他还是个裁缝，人们还是习惯把这个不再给人量身定做衣服的瘦津津的男人叫"方裁缝"。殷小妹呢，自从嫁过来，就跟着人们叫她的男人"方裁缝",一直叫到如今。方裁缝不爱说话,隔壁邻舍走过路过,很少听见方裁缝的声音,沿街洞开的门户里传出的,总是殷小妹那铜铃般呱啦松脆的嗓音:

"方裁缝,辰光到了,好去上班了。"

"方弟弟,吃夜饭了。"

"方裁缝,落雨天,不要忘了拿伞。"

"方弟弟,揩面、汰脚,困觉了。"

连困觉这样的事情,殷小妹都要拔亮嗓子呼唤,仿佛她的男人方裁缝和她的儿子方弟弟都是耳背的半聋子,她必须喊,他们才能听得见。

方弟弟日长夜大着,又是一眨眼,方弟弟就成了一个小学五年级的学生。可是,方弟弟的学习成绩却始终不见好,长得又远比别的小孩壮实憨大,脑袋大,身量也大,腿粗、臂膊粗,腰里还挂着一圈肉,因为胖,面容里就带了些许呆蠢,看起来,就像个留级生。方弟弟每天放学,背着沉重的书包,踢着一粒石子,晃晃悠悠地从石拱桥西边的城西小学向家的方向走。有人看见,就会逗他:方弟弟,你是留级生吧?

方弟弟从不回嘴,也不搭话,继续踢着石子,晃悠着肥身体一步一挪地走他的路。那人就在方弟弟身后自言自语:寿头寿脑,有种像种!

这话要是刚巧给季先生听见,他就会说:不要这样讲,方裁缝和殷小妹听了会伤心的。

那个说方弟弟"寿头寿脑"的人,就闭了嘴,心里却嘀咕:你身上的衣裳都是方裁缝包下来的,你当然帮他说话。

可这话,又不会说出口,没人愿意得罪季先生,虽然他只是个每天在西市街上闲逛的吊儿郎当的过气"小开",但人们似乎对他还抱有一丝敬意。季先生是一个有家底的人,他有本钱吊儿郎当。所以说,吊儿郎当也是要讲资格的,方裁缝就没有资格吊儿郎当,方裁缝整天挂着一张严肃的脸,忙进忙出,一副辛勤劳累的苦命相。季先生呢,浑身上下裹着一股散漫自在的悠闲气,从早逛到晚,从北逛到南。照理是,劳动者应该受尊敬,游手好闲之人遭鄙视,然而,西市街上的人们,总是习惯于鄙视比自己活得更辛苦的方裁缝,却不会看不起闲人季先生,好像,人们对有钱人,总是抱有天然的敬畏。

# 四

季先生的家，就在西市街北头的棉花店隔壁，一栋单门独户的二层小楼。季先生长的就是一副旧时代富家公子的模样，宽额润面，并非浓眉大眼，却周正清爽，五十多岁的人，皮肤竟还是细腻白皙的，眼角和额头虽有几道皱纹，但没有增加他的苍老，反是恰到好处地凸显出某种岁月沉淀的品位。快过中年的男人，是需要少许皱纹的，这可以掩盖季先生实际上有些浮夸的生活习惯留下的痕迹，让人一眼看去就想象到，这个老男人，年少的时候，肯定是在优渥的环境和良好的教育中长大。

18号的寿公公还没有完全傻掉的时候，常常提起发生在季先生家的那段不知真假的往事：老底子里，我们西市街上的人家，有开油酱店、绸布庄的，也有开碗盏陶瓷店、圆竹木器行的，可谁也比不过季先生的阿爷。季老太爷开的是织造公司，杨树浦有两爿厂，一爿是织布厂，另一爿，也是织布厂，工人就有好几千，大资本家，钞票多得来，当墙纸贴。那年红卫兵抄家，搬走一房子红木家具，搜出金条首饰无数，可是翻遍角角落落，没找到一张现金和存折。小将们一窝蜂涌出门，准备去抄第二家。不想，走在末尾的一个小将，无意中回头看了一眼，这一看吓呆了，满墙贴的花纸头，乖乖，全都是钞票，连屋顶上都贴满了……

寿公公这么说的时候，人们多半是不相信的：墙上贴满钞票，那么多人，会看不见？

寿公公顾自摇头叹息：太多了，墙壁上，屋顶上，贴满了……

有人说：寿公公肯定吹牛皮，人民币谁认不出？要是美元，倒有可能认不出，只当是墙上贴的花纸头。还有一种可能，就是冥币……

寿公公忽然停下摇晃的脑袋，瞪大眼睛说：我讲过是人民币吗？我讲过吗？

人们顿时兴奋起来：那是什么钞票？真的是美元？还是冥币？

寿公公并没有宣布答案，只继续摇头晃脑地叹气：唉！谁见过那么多钞票？吓死人啊……

到了这份上，人们似乎已经相信"钞票当墙纸贴"的故事，红卫兵小将当道的年代，谁见过美元啊？认不出完全有可能。当然，那也是一个破四旧、除迷信的年代，小将们没见识过冥币，自然也是认不出的。可总有那么几个人，为了墙上贴的究竟是美元还是冥币争论不休。认为是美元的，多半是生煎馒头店小顾那样的现实主义者，沈家姆妈和棉花店老板娘却坚持认为是冥币，年岁大一些的女人都迷信。然而，谁都没有怀疑，满墙贴着钞票的房子，就是如今季先生住的那栋小楼。

季先生的小楼，是西市街上最好的房子，虽是老屋，但用料极为考究，进口水泥廊柱，进口木料门窗，整栋楼是暗沉沉的灰色基调，看上去很是结实牢靠。双开黑漆院门将近两米高，门上挂着两个金灿灿、沉甸甸的铜环。隔着并不太高的围墙向里眺望，只见小楼外墙上覆了一层厚厚的爬山虎，密麻麻一片碧绿，令人不禁想象，倘若住进那片碧绿笼罩下的房子里，一定是冬暖夏凉、极为舒适。

然而，人们天天看见在西市街上兜来兜去的季先生，却从未进过季先生的家，暗沉沉的小楼端端地立在西市街北端的尽头，被路过的人们一次次观瞻，小楼里面究竟什么样，谁都不知道。总有好奇的人们趁着季先生出门逛街的时机，特意跑到小楼门口，踮起脚尖，朝着围墙里面看。可他们能看见的，只有小楼二层的两扇木格子窗户，两道厚重的暗紫色天鹅绒窗帘常年遮挡着屋内的任何蛛丝马迹，人们的好奇心，便也从来没有得到过满足。

说来也是怪事，季先生平常待人蛮和气，可从来不让人进他家的门。居委会派人去收电费，季先生也只是把黑漆木门打开一条缝，探出一张谦逊的脸，报上一个数字，或者伸出捏着钱的手，接过找零，道声"谢谢，再会"，随即缩回脑袋，闭上了大门。收电费的人，一根头发丝都挤不进季先生的家。

季先生还有一个怪癖，就是从不穿服装店买的衣服，他身上的衣服，都是方裁缝做的，一年四季，黑、白、灰三种颜色，样式古老，不管是旧式中装还是改良中山装，都是立领的，即便是夏天，也只穿纯棉中式立领布衫。西市街上的人，谁还到裁缝店去做衣服？连沈家姆妈那个开出租车的儿子，都穿着冒牌CK牛仔裤或者POLO恤招摇过市，季先生却一如既往地穿着方裁缝做的不露出脖子以下部位的衣裳，一身洁净干燥，看上去，

薛舒中篇小说选

就是一个对自我形象有一定要求，却又食古不化的老式男人。

城西小学教语文的辛老师说：《雷雨》里的周萍，要是没和四凤一起被电死，活到四、五十岁，大概就是季先生的模样……辛老师说的是1984年孙道临版的《雷雨》，张瑜演四凤，马晓伟演周萍，秦怡演鲁妈，和早年香港版的《雷雨》比起来，这个版本的周萍，更显懦弱，也更神经质。就好像，一条年轻漂亮的纯种狗，到了发情期，在追逐美丽可爱的母狗时，忽然遭受到人类的惊吓，一副精神趋于崩溃的样子。

事实上，西市街人并不懂得那么多，哪怕是教语文的辛老师，也只是说出了她的某种直觉。好比，一个富家公子，不需与人争夺，就顺利地成长起来，自然而然，就养得一身散漫、退让与谦逊，又因落了魄，便显得懦弱。可对自己的落魄，他又是满不在乎的，这就让人感觉，这落魄，是要富有做底子的，那简直就是另一种骄傲了。所以，季先生这个人，就很矛盾，他就是一个骄傲、谦逊、落魄、富有，曾经被惊吓过，侥幸存活下来，却又不愿意丢弃种族纯正性的"落难公子"。

对于落难公子，人们的态度总是微妙，他们很想一探落难公子的身世秘密，对他的行为，就有了大尺度的包容心。好比，坐在家门口的殷小妹给方弟弟喂奶，别的男人只敢偷偷瞄上一眼，看两眼的，就要被女人骂"流氓"了。可季先生多看好几眼，女人们倒也从没有骂过他"流氓"。

西市街上的人们，对季先生不愁吃穿、悠闲自在的生活发自内心地艳羡。可他那种生活，却是别人效仿不来的。住在这条街上的人，哪个能像季先生这样天生好命，拥有一栋祖上传下来的小楼，还拥有一大笔人们从未确知的遗产？

季先生神秘的身世、怪异的习惯，以及他那栋从不对人开放的小楼，促发了西市街人无尽的想象，倘若有一天，他们有机会推开那扇厚重的黑漆木门，跨进门槛，进入小楼里面，然后，他们惊惶的眼睛将会看到什么？人们想象着，一进门，应该是一间偌大而又空旷的客厅，里面，应该有一个壁炉，还应该有一盏很大很大的水晶吊灯，别的家具……他们怎么还能看得见别的家具？他们能看见的，只有四壁以及屋顶连片的彩色花纸，那些花纸毫无疑问地使他们眼花缭乱。是的，他们的眼睛被突如其来的金钱的色彩完全迷蒙了，那就是传说中贴满钞票的房子吧？如今，它依然被许许多多的钞票严丝合缝地覆盖着。因为岁月的侵蚀，那些钞票看起来有些陈旧黯淡，可是，陈旧黯淡的钞票也是钞票啊！当钞票铺满人的视线，那场面该有多么壮观？很多很多钱聚集在一起，怎么能不把人的眼睛刺痛？人们仰着脑袋数满墙的纸币，数得眼睛里淌出一股股浓涩的泪水，他们怎么都数不过来，那到底有多少钱，这辈子，他们何曾见过那么多钱？

当然，这些都只是人们的想象，事实上，没人进过季先生的小楼，一个都没有。并且，季先生无家室，亦无子嗣，真正是荒废了他那满屋子的财富。"他为啥不讨个女人回家一起过日子？要是摆在新中国成立前，他是可以养三房姨太太的。"人们背着季先生交头接耳，却没人敢当面这么问。

有一次，季先生端着一口小号钢精锅去生煎馒头店买早点，小顾犯人来疯，说：季先生亲自来买早点？你对我讲一声，我可以送到你家里去呀！

季先生谦恭地笑笑：使不得，那样我不成剥削阶级了吗？

小顾马上说：那你可以付给我脚步钿呀！

季先生脸上的笑容有些僵硬：脚步钿？我付不起的，谢谢你哦！

季先生端着一锅十六只生煎匆匆走了，刚离开，人们就议论起来："他家墙上贴满钞票，怎么会付不起脚步钿？"

"十六只生煎，四客，胃口介好？有人帮他一起吃的吧？"

人们终是在千百次的讨论过后，获得从不意外的结论：季先生之所以不让人进他家的门，是因为他那栋小楼里，藏着见不得人的勾当。至于什么样的勾当见不得人，西市街人的想象力就有些捉襟见肘了，他们讨论了无数回，也只提出过两种可能性，要么是，小楼里藏着太多钞票，不想露富；要么，一个西市街人从未谋面的女人被季先生豢养在小楼里，十六只生煎馒头，两个人吃，正好……

五

深秋的一日，殷小妹去西市街另一头的棉花店给方裁缝弹一条6斤重的厚棉被。殷小妹亮开呱啦松脆的嗓子，对老板娘和弹花郎夫妇说得头头是道：方裁缝瘦，天寒困觉怕冷，我胖，我不怕冷，6斤的棉被是给方裁缝盖的，不是给我盖的。

殷小妹这么一说，黑头发上沾满白棉絮的老板娘就给弹花郎的老婆使了个眼色：林根阿嫂，你和林根阿哥困觉，是盖一床被子，还是盖两床被子？说完，不等林根阿嫂回答，就抖着肩膀"嘿嘿"笑起来，笑得满头白絮絮直往下掉。弹花郎的老婆反应慢一拍，但也只用了两秒钟，就明白了老板娘的意思，紧跟着"哈哈"笑起来，笑出一股狡猾的豪气。

殷小妹似乎并不懂得女人们在笑些什么，藏蓝底色白碎花罩衫包裹的身躯靠在门框上，专注地看弹花郎林根颇有韵律的动作。林根垂着眼皮，举着大竹弓，敲着木榔头，"嘭——嘭——"，面无表情地弹着棉花。白棉絮随着颤抖的弓弦，一朵朵飞起来，飞得满屋子都是，有几朵飞到门口，粘在殷小妹的头发上。女人们的笑声，也像那些白茫茫的棉花絮一样，弥漫在弓弦的震动声中。

老板娘笑停，问殷小妹：小妹，你和方裁缝不盖一条被子，那你们困不困一张床？你家有几张床？几条被子？

殷小妹很认真地想了想，说：我家有两张床，三条被子，以前我和方裁缝困一张床，后来和方弟弟困了。

老板娘和林根阿嫂对视一眼，大笑。老板娘笑着说：小妹和方裁缝困适宜呢，还是和方弟弟困适宜？

殷小妹想了想：和方裁缝困要盖两条被子，热，不适宜。方弟弟比我还怕热，我们不要盖两条被子，盖一条适宜。

老板娘和林根阿嫂的笑声几乎要把棉花店的屋顶掀掉了，惹得殷小妹也笑起来，悬浮在半空中的一蓬蓬棉花絮，也在笑声中一颤、一颤地发抖，仿佛跳起了集体抽筋舞。殷小妹不知不觉地自爆隐私，使这一日的棉花店里洋溢着欢乐的气氛。

殷小妹跟着老板娘和林根阿嫂笑了一会儿，又看了一会儿弹棉花，就说：我要去等方弟弟了，明天再来拿被子。

老板娘舍不得殷小妹走，她一走，就失去了令人欢笑的话题："小妹再等一歇，就好了，半个钟头，很快的。"说着拉一把椅子到门口："坐在这里等吧，小妹你坐一歇。"

殷小妹摇头：坐在这里看不见方弟弟放学，我要回家了。说完，扭过沾了几片白花絮的脑袋，抬起粗壮结实的腿，跨出了棉花店的门槛。老板娘的脸上浮起一层遗憾的讪笑，自言自语道：小孩自家会走路的，还用等？寿头寿脑……殷小妹没有听见棉花店老板娘说她"寿头寿脑"，殷小妹急着回家等方弟弟，她跨出门，头也不回地朝南走了。

两分钟后，棉花店老板娘眼角余光里见着穿灰色改良中山装的季先生一闪而过的身影，老板娘知道，那是季先生逛完街，欣赏完风景，回家了。可是没过半分钟，眼角余光里又是一闪，这回，是藏蓝底色白碎花罩衫的女人身影，就那么一闪，从棉花店门框外面过去了，不是朝南面的石拱桥方向，而是北面。北面，除了季先生的小楼，没有别的住户了。

老板娘忽然明白过来，拔腿追出门。北边，十米开外，季先生的小楼寂寞地蹲在街尾，黑漆木门紧闭着，门上的两个铜环乖巧地垂着，没有一丝晃动的迹象，静悄悄的西市街北头，半个人的影子都没有。老板娘扭头朝南张望，也不见有人，没有藏蓝底色白碎花罩衫的殷小妹，也没有季先生灰色改良中山装的修长身影。

才一分钟，这两人就没影了？还是做了一天活，眼睛花了？老板娘揉了揉眼睛，反把挂在眼睫毛上的棉絮揉进了眼眶，泪水顿时冒了出来。

"碰着赤佬了！"老板娘捂着眼睛，回身跨进了棉花店门槛。

接下来，棉花店老板娘就一直守在店门口，眼睛一刻不离地看着门框外的西市街。倘若殷小妹真的跟季先生进了小楼，那总有出来的时候。她只要出来，必定会经过棉花店，殷小妹回家的路，仅此一条。

那一日，西市街北头的棉花店一直开到深夜，人们都以为，天气越来越冷，来弹棉被的人多了，棉花店生意来不及做，只好开夜工。其实，弹花郎林根和林根阿嫂老早回家睡觉了，只老板娘一人，撑到半夜十二点。遗憾的是，老板娘并没有守到门框外面殷小妹或者季先生走过的身影，终于，挂着一头白絮絮的女人揉了揉千斤重的眼皮，关了店门，睡觉去了。可是躺到床上，老板娘又睡不着了，这个守了十多年寡，膝下无儿无女的半老徐娘，今夜里有些莫名的躁动。她在一张只有她一个人睡的双人老床上翻过来，覆过去，心里想着：明明看见殷小妹跟在季先生后面向北去的，却不见她回来，难不成，今夜她困在小楼里了？

老板娘被自己的想法惊得从被窝里坐了起来：不可能！殷小妹不回家，方裁缝难道不会寻她？再说，殷小妹犯过痴病，季先生怎么会看得上她？

可是，殷小妹犯痴病以前，可是个美人呢，要不方裁缝为啥要吓唬她？不是每个妇女都有被调戏的资格的，自己守了十来年寡，就没有一个男人来调戏她、吓唬她，把她吓出殷小妹那样的痴病来……棉花店老板娘想过来，又想过去，想得有些复杂，唯独没有想到的是，她这么想别人家的事，究竟是为什么。可她还是止不住要去想：难不成，殷小妹困在季先生的小楼里，方裁缝是默许的？并且，不是一次两次了，其实，殷小妹老早就和季先生勾搭上了？要不，方裁缝为啥不和殷小妹困一张床？

想到这里，老板娘豁然开朗，仿佛破解了一桩千古奇案，心里顿时全明白了。可不知道为什么，想明白了的老板娘竟然鼻子一酸，眼睛里莫名其妙地涌出了一汪咸水。半夜三更的，这个没有男人的女人，莫名其妙地，竟伤了心。

第二天下午，殷小妹准时来到棉花店。老板娘热情得出乎意外，她拉过一把竹椅子：小妹，坐呀，快坐，棉花胎弹好了，六斤二两，二两算我送你的。

殷小妹没有坐，只说：方裁缝夜里困觉不会冷了，谢谢你，老板娘。

老板娘说：街里街坊，客气啥？话题一转，又说：隔壁季先生家的小楼里，养了一只狗，也不晓得为啥，昨天夜里叫得我没办法困觉。

林根阿嫂不明就里：老板娘，你哪能晓得是季先生养的狗？你又没进过他家的门。

老板娘就冲着殷小妹说：肯定是季先生养的，狗叫声离得很近，就在隔壁头，小妹你说，季先生是不是养了一只狗？说着，伸手推了推殷小妹厚实的肩膀，眼神里，竟带了几分急迫和焦虑。

殷小妹呢，好像没有听见老板娘的问话，只低着头，咬着牙，用力捆扎六斤二两重的厚棉被。捆扎完，又从裤袋里掏出一个小布包，问道：几钿？

老板娘忽然就生了气，指着墙壁上油漆涂的几行字：几钿，你说几钿？六斤的棉胎，明码标价的，自己看。

殷小妹似乎没觉出老板娘突如其来的态度转变，数出十八元钱递了过去，然后抱起捆成一大卷的被子，出了棉花店的门。

# 六

冬天马不停蹄地来了，北风刮了两天，把树上的残叶刮得一片都不剩，光秃秃的枝丫横七竖八地戳进灰蒙蒙的天幕，给沉郁的天加重了几分晦暗的成色。第三天，竟渐淅沥沥下起了雨夹雪，搞得西市街上湿漉漉、滑腻腻，看起来，要作大雪的样子。棉花店老板娘一早起来，想着要去菜场逛一圈，多买一些菜蔬鱼肉，大雪落下来，菜肯定会涨价。便开了店门，探出乱蓬蓬还没来得及梳的脑袋，抬头看看灰突突的天，低头看看湿黏黏的路，再左看看，右看看，这一看，就吓了一跳。右边十米开外，季先生家的小楼外面，双开黑漆木门边，笔挺地站着一个戴大盖帽穿制服的警察。老板娘抬腿跨出门槛，朝着小楼碎步小跑，径直往门上撞去，嘴里还念叨着：啥事体，出啥事体了？

警察厉声喝道：站住，不许进去。老板娘吓了第二跳，后退了好几步。警察很年轻，学生仔一样，声音都还涩涩的，不像街道派出所那几个老兵油子，即使绷着脸，也掩不住浑身上下滑腻腻的腔调。这小孩，大概是实习生，实习生严肃起来，那是真的严肃。老板娘不敢造次，小心翼翼地在她那张还没洗过的隔夜脸上堆起讨好的笑：小阿弟，季先生家里出了啥事体？昨日我看见他好好的，下雨天还出来逛街，捏着一根香烟，香烟被雨淋湿了，还捏着，今天怎么就……

小警察一脸正色，目不斜视，薄薄的嘴皮一掀：不要瞎讲八讲，快走开。

老板娘只好别转身，悻悻地往回走，嘴里还骂骂咧咧：凶啥凶，小棺材，嘴上没长几根毛，就对老娘凶……

老板娘洗漱完，拎着篮子去了菜场，等她从菜场回来，季先生家门口已经不见了警察，黑漆木门紧闭着，周围一片寂静。老板娘走到围墙外面，退后两步，踮起脚尖，伸长脖子，想看看院内有什么动静。围墙说高不高，说矮也不矮，踮着脚的老板娘只能看见二楼沿街的两扇木格子窗，窗上依然挂着暗紫色天鹅绒窗帘，什么都看不见。老板娘干脆把菜篮子往石板路上一坐，走到门边，侧耳贴住冷冰冰的黑漆木门，听了好一会儿，耳朵都要冻掉了，也没听见一丝声音。

老板娘忽然想起，刚才去菜场，经过西市街南头的方裁缝家，大门也是紧闭的，居然不见坐在门口的殷小妹。以往这个时候，殷小妹早应该起来，伺候好了方裁缝和方弟弟吃早饭，踏踏实实地坐在门口看桥了。

出大事了！老板娘打了一个激灵，转身逃也似的朝西市街南边跑去，坐在石板路上的菜篮子都忘了拿。

阴寒的冬雨下了一整日，人们顾不上坏天气，走街串巷的劲头远超平日。他们一次次光顾西市街南头的方裁缝家和西市街北头的二层小楼，一次次兴奋地相互转告：季先生失踪了，方裁缝也失踪了，殷小妹呢，殷小妹自然是被警察带去询问案情了，要做笔录的，与案件有关的人，都要被警察召去……方弟弟呢？方弟弟又去了哪里？

人们派辛老师下半天去城西小学上班的时候，看看方弟弟有没有在教室里。辛老师傍晚回家，带来了令人兴奋的消息——方弟弟没去上学。

人们等了一天，此时终于等到可以放心地摇头叹息的结果：季先生不可能再出现了，他被方裁缝杀了。人们这么说的时候，确乎相信，昨晚西市街上发生了一起凶案，就在北端街尾的二层小楼里，凶手是方裁缝，被害者是季先生。

夜幕拉下时，天空终于憋不住落起了纷纷大雪。这个雪夜，西市街上的人们有些意犹未尽，他们不肯早早上床捂被子，窗外的雪片片越落越大，屋里的人总忍不住跑到窗口，一次次撩开窗帘，看黑天里落下的白雪，然后一次次胆战心惊地想象着发生在小楼里的凶杀案，血液热乎乎地流窜着，让人亢奋得简直要冲出门去，去看看那栋正被大雪渐渐覆盖的小楼，看看小楼里的墙壁上，是不是贴满溅了血迹的钞票……

棉花店老板娘不敢独自睡，她央求弹花郎林根家的女人留下来陪她。林根阿嫂勉强同意，却有言在先：我困觉会打呼噜的，你不要嫌烦。

老板娘说：打呼噜好，我就怕夜里没声音，没声音最吓人了。

林根阿嫂打了一夜轰轰烈烈的呼噜，直把老板娘搞得耳鸣不已，凌晨终于昏昏睡去，却被一个尖啸的女声惊醒，仿佛是做梦，又仿佛不是梦，只听得那女声喊道：来啊！来香鼻头——来香鼻头啊——

老板娘伸脚到另一个被窝里，用力踹了两下：林根阿嫂，林根阿嫂，有没有听见声音？

林根阿嫂被踹醒：啊？什么声音？

老板娘说话都发抖了：我听见一个女人的声音，喊了一夜"来啊！来香鼻头啊——"

林根阿嫂激灵一下醒了：老板娘你不要吓我，早晓得我就回家困觉，不陪你困了……

两个女人吓来吓去，再也睡不着，天一擦亮，就起了床。撩开窗帘一看，外面的世界一片白亮，雪白的房顶上，瓦楞草的尖头从雪盖里钻出来，房檐的翘角上顶着一嘟噜一嘟噜雪球，夜里的一场大雪，让昨天还灰沉沉的世界，忽然变得明朗了。

两个女人的心情顿时也明朗起来，说，店门肯定给雪堵住了，去扫一下，今天来弹棉被的人肯定多。女人们穿戴好棉袄、围巾、半截头绒线手套，打开棉花店的门。眼前，西市街的青石板路，果然被厚雪覆盖，两米宽的街面上，铺展着一条悠长、纵深，像一匹白色柔润的绸缎一般的雪路。然而，白绸缎上竟布满了错落杂沓的脚印，那些脚印浮在雪路上，仿佛两、三个行走的人，从南走向北，一直走到那栋同样被雪覆盖的小楼门口，寂静的围墙，寂静的黑漆木门，寂静的金色铜环，门口，白雪覆盖的地面上，脚印愈发显然，仿佛光洁的绸缎被烫出无数个黔黔的黑洞……两个女人不约而同地用戴了半截绒线手套的手捂住了嘴。整个早晨，惊恐始终停留在她们的脸上和眼睛里，直到弹花郎林根踩着两脚雪渣子闯进店门。

林根带来了几条最新消息。适才走过桥头，遇到正在方裁缝家窗口探头探脑的沈家姆妈。沈家姆妈逮着人就说：晓得吗？殷小妹发病了，半夜里穿着棉毛裤跑出来，下着雪呢，也不怕冷，一边跑一边喊：来啊——来香鼻头啊。后来？送去了医院，到现在还没回来，痴病复发了……

林根继续往北走，走到辛老师家门口，看见她和寿公公的儿媳妇正说话。辛老师说，方裁缝去日本了，他上班的那家叫"伊豆堇"的服装公司，派业务最出色的职工去日本的总公司工作一年，以后回来，要升中国区高管的。寿公公的儿媳妇说：怪不得，方裁缝一走，殷小妹就发了痴，殷小妹是一天都离不开男人的。

林根还是往前走，走过生煎馒头店，就听小顾的说话声伴随着"呲啦呲啦"的油煎声，飘得满街都是。小顾说：昨天凌晨，季先生家遭了贼骨头，派出所朋友传出的消息，不吹牛皮的。

有人问：是季先生报的警吗？

小顾回答：不晓得谁报的警，反正，季先生这两天没出来逛街。

有人接口说：这就叫好事无双、坏事成对，季先生家凌晨遭了贼骨头，殷小妹半夜里痴病复发，不太平啊！

有人乘机发挥：作兴贼骨头就是殷小妹，要么，是方裁缝……

人们的思维被激活了，暧昧甚而促狭的推理和想象，让人们过足了嘴瘾。然后，就有人把话题转到大家最感兴趣的问题：贴满墙壁和屋顶的钞票，有没有被贼骨头偷去？

小顾回答：贼骨头不笨的，是钞票，肯定偷。

有人问：冥币呢？冥币也偷？

小顾反应很快：偷冥币的不是贼骨头，是小鬼。

这么一说，生煎馒头店里就爆发出一阵哄笑……

林根带来的消息让老板娘的脸上呈现出一忽悲、一忽喜、一忽怨、一忽愁的复杂表情。林根阿嫂松了一口气：遭了贼骨头，不是杀人，那今夜我就不用陪老板娘困了。

老板娘眉梢一挑，嚷道：只一天不和男人困觉就受不住了？你也快变成殷小妹了！

老板娘这么嚷嚷的时候，眼睛里分明流露出两股怨妇独有的哀光。她心里还有一句话没说出口：我一个人困了十几年，我怎么就受得住？我怎么就不发痴？

# 七

西市街上连连发生事故，这无疑增加了人们的饭后谈资。第一桩事故，就是101号季先生家的小楼发生了盗窃案，虽不如凶杀案刺激，但墙上贴满钞票的传说也许可以得到证实，那也未尝不是一种胜利。然而，窃贼似乎并未"先他人之忧而忧"，也许是派出所保密工作做得太好，传出的消息只说遭了贼骨头，除此以外，没有别的。人们对小楼的期许落了空，如此重要的线索，怎就一点儿都没提到？起码应该告诉大家，贼骨头进小楼后，都看到了什么吧？对那个虽然成功进入小楼却什么都没得到还让自己身陷囹圄的贼骨头，人们便也充满了哀其不幸而怒其不争的复杂感情。

第二桩事故，就是殷小妹病了。事情发生在方裁缝悄没声地去了日本的那天晚上，雪下得最大的凌晨时分。人们并未见到当时的场景，却听得西市街上杂沓的脚步声，远远的呼喊声，还有仿佛被捂住了嘴却又挣扎着尖叫的声音，口齿不甚清晰，却也听得见，似乎是：来啊！来香鼻头啊——毫无疑问，殷小妹旧病复发了。

银装素裹的早晨来临时，走过方裁缝家、走上石拱桥去买菜、上班、上学的人们都看见，方裁缝家的门紧锁着。接下来好几天，坐在门口看桥的殷小妹的身影一直没有出现，这就让西市街少了一道必要的景致，这景致必须与石拱桥配套着出现才对，现在没有了，竟让人寂寞得有些意外。不过，这也进一步证明了，只要离了男人，殷小妹的痴病就会发作，这个女人，确乎是不能没有男人的。不晓得去了日本的方裁缝有没有得到消息，他的娘子发病了。辛老师每天下班回家，都要向街坊邻舍报告她的侦查结果，方弟弟没有去城西小学上学，方弟弟没有参加期末考试，方弟弟没来领寒假作业……放寒假了，别的孩子也都不去上学了，方弟弟，就更是没了着落，也不晓得去了哪里，许是被殷小妹的娘家人接走了？

第三桩事故，不能叫事故，只能叫发生在季先生身上的怪事。自从小楼遭贼后，整天在西市街上逛来逛去的季先生，竟变得深居简出，很少露面。西市街上不见了那个从北头的棉花店逛到南头的方家裁缝店的季先生，不见了让自己高高地站在桥上看风景的季先生。西边天空里将落的太阳，或者桥下闪烁着金光的川杨河，没了欣赏的人，人们见不到欣赏完风景的季先生从桥上折回，经过方裁缝家门口，与殷小妹搭上几句话，或者，进门与方裁缝对坐一刻，抽完一支红双喜，再出门，逛回西市街北端的小楼……没有了，这么浪漫而又无用的事情，季先生不去做，西市街上的人，就没有一个能做了。

季先生变得一点儿都不浪漫，有人见到他偶尔出门的身影，却没有机会与他搭讪几句。季先生总是捂着厚厚的中式棉袄，头上扣一顶黑色厚呢帽，脖子里的羊毛围巾掩住大半张脸，脚步还总是急匆匆，去的多是杂货店、油酱店，买一条红双喜烟，或者一斤装的卷面、十个鸡蛋，然后，也不逛街，就直接回了家，仿佛家里有什么重要的事，或者重要的人，一刻都离不了他。可他这样六根清净的单身男人，不需为生计苦恼，也无需为儿女在外面闯祸担忧，能有什么事，竟让他失却了欣赏风景的兴致？

这样的问题，西市街上的人是想不明白的，人们能感觉到的，就是缺了点什么，或者说，生活少了一些意思。这一年冬天，本来总是能令人兴味十足的西市街，变成一条了无趣味的西市街，没有整日介坐在家门口看桥的殷小妹，又没有身穿立领中装随时都在欣赏风景的一本正经而又吊儿郎当的季先生，那简直就不是西市街了。人们只能靠着回忆，生出些许热闹的话题来。生煎馒头店里的食客，吃完两客生煎，喝完一碗牛肉粉丝汤，还不肯走，还要争执一下，季先生家的墙上究竟贴了多少张钞票，贼骨头可曾偷到几张？人们竭尽所能地探讨着、计算着，却因没有新鲜的资料充实，意义就显得薄弱了几许，人们的想象力，也像被这深冬寒冷的天气冻住了似的，生不出些许新东西来。

就这样，寂寞的冬天过去了，三个月后，初春的一个早晨，人们意外地发现，季先生竟从西市街北端的小楼里出来了。季先生端着一口有几处瘪塘的小号钢精锅，到生煎馒头店里买了四客早点，然后端着锅，朝西市街南面的石拱桥走去，是的，不是北边的小楼方向，而是南边。

一百多天来，人们就没见到季先生在西市街上走过这么长一段路，更没有清晰地见着季先生囫囵的整个人。早春了，季先生终于脱掉厚呢帽和羊毛围巾，露出了整张脸和整个脑袋，这回，人们总算是把他看清楚了。看清楚了季先生的人不约而同地发现，几乎一百多天没露面的季先生，竟真的成了一个老男人。虽然季先生仍旧是一身中式服装，深灰色缎子立领夹袄裹着瘦削挺直的身躯，仍旧是一张白皙干燥的面孔，带着些微谦逊而又显然更是清高的微笑，然而，那微笑里，嵌入了比以前多得多的褶皱，并且，季先生的头顶秃了，露出一圈煎饼似的不毛之地，仿佛外星人登陆过他的脑袋，飞碟的停留压出了一圈规整的圆形痕迹。有人远远地跟在季先生身后，也有人壮起胆子追上去与他搭话：季先生早啊！季先生买早点呐？季先生无话，只用鼻子回答人们的问候："嗯""嗯"，脸上依旧带着轻弱的微笑，脚下更是一刻不停地走着。

端着一锅生煎馒头的季先生马不停蹄地走到方裁缝家门口，停下了脚步。那一日，方裁缝家的门竟也是开着的，竹椅还在，并且，有一个人，正坐在椅子上，仰着脑袋朝南端的石拱桥方向看。这个看桥的人，不是殷小妹，而是，方弟弟。

方弟弟长高了，长瘦了，长高长瘦了的方弟弟成了一个俊气的少年。少年方弟弟坐在椅子上，目光定快快地看着石拱桥上走过的每一个人，那眼神，与他的母亲殷小妹如出一辙。

季先生把盛着四客生煎馒头的钢精锅递到看桥人的眼皮底下：方弟弟，吃早饭了。

方弟弟接过钢精锅，揭开锅盖，拎出一只生煎馒头塞进嘴里，鼓着腮帮子咀嚼了两下，喉咙口一阵滚动，生煎就被他吞了下去。方弟弟张了十六次嘴，喉咙口滚动了十六下，四客生煎一个都没剩下，全被他吃了下去。

方弟弟胃口好，长身体的年纪，是要多吃点，站在旁边看热闹的人纷纷说。不过，他们没有说出口的是，他们看见方弟弟咽生煎馒头的时候，喉咙口鼓出一个包，方弟弟长喉结了。还有，方弟弟嚼生煎馒头的时候，上嘴唇覆盖的一层细细的黑茸毛跟着一动、一动。这个小孩，小学刚毕业，就长喉结、出胡须了，不晓得这三个月他是怎么过的。

人们围在方裁缝家门口，忍不住交头接耳：就三个月，方弟弟发育了，季先生变老了，这三个月，赛过三年。

季先生站在门口，看着方弟弟吃完生煎馒头，接过空了的钢精锅，问了一句：吃饱了吗？不够再去买。方弟弟没有答吃没吃饱，方弟弟的目光没有离开过西市街南端的石拱桥，桥上有人走过，方弟弟就紧盯着看，直看得人家低下脑袋，不敢与他对视。沈家姆妈听说方弟弟回家了，一惊一乍地从自家门口跑过来，人还没到，声音就到了：方弟弟，你回家啦！方弟弟，你去哪里了，你姆妈呢？姆妈身体好点吗？

沈家姆妈的脚步追着自己的声音落定在方裁缝家门口，看见瘦了一圈的方弟弟，沈家姆妈几乎要掉下老泪来：方弟弟啊！你受了什么苦？变得这样瘦？说着，伸出一只黄皮老手，想要去摸方弟弟的脑袋。手还没挨到，方弟弟一甩头，躲掉了。沈家姆妈尴尬地举着手，眼睛看向一旁的季先生，"哎呀、哎呀"地叫唤着：哎呀方弟弟，我是看着你长大的，一直胖乎乎的，哎呀，作孽啊！

季先生端着空锅子，朝沈家姆妈谦逊地笑笑，像要解释什么："小妹住在医院里，小孩子没得人照顾。"又朝沈家姆妈点了点头：再会！说完转身，向北头的街尾走去。从后面看，季先生的身形依然是修长挺拔的，然而头顶上却盖着一块白面煎饼，白灿灿的，触目惊心。人们注视着那个渐渐远去的背影，一肚皮的意犹未尽。沈家姆妈忍不住说：这个季先生，三个月里老了十岁。转头再看坐在椅子上的方弟弟，瘦津津，俊朗朗，腿长胳膊长的，一副英俊少年的模样。沈家姆妈好像想起什么，一拍大腿，叫出声音来：哎呀！这就对了。旁边的人也都被惊醒了似的，眼睛里顿时散发出恍然大悟的光芒。

沈家姆妈拍在大腿上的一巴掌，把西市街人丢弃多时的探索精神重新拍活了。那几天，有关季先生的往事，传得纷纷扬扬。据说，季先生年轻的时候，长得那个英俊潇洒、风流倜傥啊！每个见过他的女人，都会不由自主地喜欢上他。

棉花店老板娘挂着一脸少见多怪的表情对弹花郎老婆林根阿嫂说：哪个女人不喜欢季先生？可季先生对每个喜欢他的女人都一样，眯起眼睛笑一笑，点点头，哪个女人都搭不上话。

沈家姆妈不知道从哪里听来的，说：其实，季先生是有过女人的，一起过了一年，还有了一个孩子，结果是，那女的骗了季先生一大笔钱，带着孩子和别的男人私奔了。

这是什么女人啊！这么英俊、有教养、又有钱的季先生都不要，她还想要什么？人们义愤填膺，都替季先生打抱不平。可是，当年，被女人甩了的季先生什么都没做，没有想办法去寻回他的女人和孩子，也没有讨回那笔被骗的钱，所以说，这个男人，其实是懦弱的，一点儿用都没有。可是，辛老师说：季先生很骄傲，骄傲的人大多被动，他怎么肯主动去追回一个背叛他的女人？打死他都不肯的。

这么一说，倒也颇得认同，人们都觉得，一般的女人，是配不上季先生的。他愿意做的，就是让一切发生，再让一切过去，所以，这个男人，就只能孑然一身地生活着，看来是要孤独到终老了。

然而，如今的季先生，每天早上都要送一锅十六只生煎馒头去给方弟弟吃。方弟弟是方裁缝和殷小妹的儿子，又不是季先生的儿子，季先生这样一个高贵、散漫而又被动的人，又怎么能这么主动地给方裁缝的儿子送生煎馒头？还不是送一天两天，而是十天半个月，天天送，看起来还要继续送下去，眼见得是要送到方裁缝从日本回来那一天了。季先生对谁都温和，却又和谁都疏离，为什么唯独与方裁缝、殷小妹一家走得这么近？就为方裁缝包了他身上的所有衣服，季先生就要涌泉相报，替他照顾他的儿子？这实在是令西市街人大惑不解。

要不然……人们大胆地猜测着方裁缝、殷小妹、季先生之间戏剧化的关系，方弟弟的来历，便也在人们的想象中，出现了很多种可能性。

# 八

又一年的深秋来临，冬季将近，去日本工作了一年的方裁缝回来了。方裁缝一回来，就把殷小妹接回了家，那天傍晚，人们纷纷跑到西市街南端，去探望让他们牵挂了一年的殷小妹。沈家姆妈"哎呀哎呀"地叫唤着：哎呀小妹，你胖了，这一年你都吃啥了？

在精神卫生中心住了一年的殷小妹，成了一个又白又胖的呆女人，她依然坐在家门口的竹椅上，目光定怏怏地看着西市街尽头的石拱桥。沈家姆妈与她说话，她似乎听见了，翻一翻厚厚的肉眼皮，视线缓慢地移到说话的人脸上，却什么都不答，定定地看上三秒钟，又把视线移回石拱桥……石拱桥上，季先生有些苍老却还挺拔的身躯正矗立着。

季先生恢复了欣赏风景的习惯，正是傍晚时分，站在桥头的季先生抬起秃了顶的脑袋，看一会儿西边正落的太阳，又低下头，看一会儿闪烁着金子般光芒的川杨河。夕阳的余晖披在季先生身上，他那穿着立领中装的身影，就被一圈金光镶成了一尊佛像。因为挺拔，所以，不是弥勒佛，又不是凶悍而严肃的，所以，也不是韦陀佛，而是，而是……人们怎么都想不出来，披着金光的季先生到底像哪尊佛像。然而，街坊邻舍们仿佛又都明白了一些什么，你看看我，我看看你，面面相觑，而又心照不宣。

殷小妹呱啦松脆的嗓子里不发出任何声音，人们便也无法从她嘴里挖掘出她自曝的隐私，围观了一刻，便纷纷准备回家。正要散时，有人忽然发现，石拱桥上升起一颗黑色的脑袋，然后是一双平直的肩膀，接着，蓝色球衣包裹的身躯升起来，等到那个挺直修长的身躯完全进入人们的视线时，人们"哄"地一声嚷嚷起来：方弟弟，方弟弟回家了。

殷小妹也看见方弟弟了，只不过，殷小妹没有像以前那样对着桥头喊：方弟弟，姆妈在这里——殷小妹不发声，看着桥头的目光也是呆滞的，这一年来，她好像把她的儿子方弟弟也忘了，只坐在家门口看桥，也不知道她要看的，究竟是哪个。

方弟弟远比同龄孩子高大的身躯与站在桥上看风景的季先生擦肩而过，有那么一瞬间，桥上的两个身影同时被夕阳笼罩着，在人们的注视下闪烁着金灿灿的光。人们没有听见季先生说了一声：方弟弟，放学啦！人们只看见方弟弟目不斜视地从季先生身边走过，下桥，径直向自己家走去。方弟弟走到家门口，拨开人群，铁着脸吼了一句：看什么看？走开！

方弟弟下了逐客令，人们只好散了。回家路上，沈家姆妈对辛老师说：看出来了没有？殷小妹的痴病不是方裁缝吓出来的，我看就是季先生害的。

辛老师心领神会地笑了一笑：方弟弟越长越帅气了，不晓得是像殷小妹，还是像方裁缝。

棉花店老板娘听见了，跟在后面说：哪个女人动得了季先生的心？殷小妹是发梦，把自己给发痴了。

辛老师便说：刚才，我倒想起《西游记》里有一段，唐僧去西天取经，路过女儿国，国王让他留下来做她的夫婿，唐僧没动心。娶一国之王做老婆，他都不动心。我看季先生，就是个唐僧，和尚命。

辛老师这么一说，旁人都想起来，刚才站在桥上披着一身夕阳像一尊佛像的季先生，不像弥勒佛，不像韦陀佛，而是，像唐僧，只不过，唐僧不是佛，唐僧只不过是一个和尚。

沈家姆妈不知道《西游记》，她关心的事情要比《西游记》现实得多：可怜方裁缝，把方弟弟养得这么大，不作兴……

棉花店老板娘用一种不以为然却又深以为然的语调跟了一句：管他是哪个的种，总之是种在了殷小妹的肚皮里。

然而，没过多少日子，人们便发现，被他们可怜着的方裁缝，其实并没有那么可怜。那天，沈家姆妈开出租车的儿子带回消息，说拉了一个客人去"伊豆堇"公司，听他在车里和一个叫"方总"的人打电话，说的是服装交易的业务。客人挂掉电话后，沈家姆妈的儿子就与他搭讪："伊豆葸"我有熟人，方裁缝，我们住一条街，隔壁邻舍。

客人说：方裁缝？开什么玩笑，是方总吧，方士良，伊豆葸公司负责生产、技术、质监的总经理。

西市街上的人们叫惯了方裁缝，他们几乎忘了方裁缝的真名，那个叫方士良的瘦津津的裁缝，居然当上了总经理？简直撞了狗屎运！沈家姆妈非常生气，可又说不出来什么事让她这么生气，她指着穿一件冒牌BOSS夹克衫的儿子，咬牙切齿地说：你这个不争气的货色，你啥辰光给我挣一个女人回来？

儿子不明白老娘为啥忽然发起了脾气，咕哝了一句：碰着赤佬了！一转身，进了自己房间，再也不出来。

方裁缝比过去更忙了，忙得几乎没时间回家。然而，只要方裁缝回家，总是要接受一番西市街人钦慕的注视。人们再也不似以往那样低看一个埋头干活的裁缝，他们用的是仰望，尽管方裁缝的身高并不适合被仰望，但这并不妨碍人们对他的尊敬与爱戴。人们想与他搭话，可方裁缝总是挂着一张严肃的脸，一副来去匆匆、时间就是金钱的样子，人们便对他陡增了几分敬畏。相比之下，整天在街上吊儿郎当闲逛的季先生，尽管他比方裁缝高，比方裁缝挺拔，可人们看他的眼光，却越来越低。更重要的是，季先生那栋二层小楼里的墙壁上，是不是真的贴满钞票，终究未得到证实。也就是说，季先生完全有可能是一个游手好闲的穷光蛋，即便有家底，这样坐吃山空，也总有一天会变成穷光蛋。

有可能是穷光蛋的季先生，依然不改旧日习惯，成天在西市街上逛来逛去，从北头的棉花店，逛到南头的方裁缝家，与坐在门口竹椅上看石拱桥的殷小妹搭上两句话：小妹，今朝夜饭准备吃点啥？小妹，方裁缝落班回家了没有？

殷小妹沉默着，视线落在远处的石拱桥上，却又是涣散而不聚焦的。殷小妹不搭理季先生，季先生便继续向南踱十来米，走上石拱桥，然后，站在桥头欣赏一会儿便也折身返回，回到方裁缝家门口。方裁缝是肯定不会在家的，方总经理还在公司里忙着呢，季先生也不再如以前那样跨进门，与方裁缝对坐片刻，抽上一支红双喜，再出门回家。季先生只是站在门口，看看呆坐的殷小妹，再看看洞开的门内正忙着做家务的保姆。如今的方裁缝，有身份、有钞票了，专门请了一个保姆来照顾殷小妹，还给方弟弟做饭。方弟弟呢，一放学，就钻进自己房间，没了影。

一切安好，季先生似乎放了心，抬腿，从西市街南端的方裁缝家，一路逛回北端的自家小楼。人们看着季先生闲逛的身影，愈发觉出了他的苍老和孤独，这个过气小开，真正是过气了。

转眼，方弟弟初中毕业，考不上好高中，被方裁缝送去美国念书了，据说外国的高中，只要有钱，随便上。现在的方裁缝，还有什么事办不了？据说，"伊豆堇"原本的日方公司倒闭了，被一个中方大老板接手，成了一家民营企业，改了名字，叫"博仁织造"。方裁缝也升了，从原来负责生产、技术、质监的总经理，变成了常务副总裁，也就是说，除了大老板之外，他是公司第一人。

然而，奇怪的是，方裁缝花钱送方弟弟出国读书，却没有花钱给自己买一栋好一点的房子，他依然住在西市街上的老房子里，守着愈发痴胖起来的殷小妹。并且，方裁缝天天回家，从不在外面过夜，显见没有别的女人。西市街上的人们亲眼所见，每天晚上七八点钟，石拱桥上一定会出现方裁缝披着夜色回家的身影，千真万确。方裁缝那辆奥迪小车开不进西市街，只能停在城西小学门外的路边停车场，然后走一百多米，走上石拱桥，在殷小妹日渐呆滞的目光的注视下，做着一个让西市街上的人们传颂的归家男人。

# 九

西市街上的人们还在过着慢吞吞的日子，外面的世界却在马不停蹄地变化着。这个城市里变化最大的，就数房子，人们怎么都没想到，多年后的今天，房子竟是比黄金还贵。城里的老街老房几乎都拆迁了，一栋栋高楼大厦建起来，轮到拆迁的住户，得了新房子，还得了补偿款，那可不是一万、两万的数字，而是一百万、两百万。西市街人盼星星盼月亮，盼着什么时候轮到拆迁，也可以当回百万富翁。沈家姆妈的儿子，好不容易挣回一个女人，也有了儿子，沈家姆妈就变成了沈家阿婆，眼看着人家住进有电梯的大楼，自家还守着没有卫生间的老房，实在是有些不甘心。还有生煎馒头店的小顾，杂货店的林妹妹和丝绸厂的宝姐姐甩了他，他娶了一个外来妹，没多久又离了婚，原因是，外来妹嫌他做生煎馒头赚不了大钱。小顾也不甘心，凭什么别人揣着几百万拆迁费当富翁，自家却要靠着一爿小店苦巴巴过，连个女人都留不住？

可是，有人不晓得从哪里听来的消息，说西市街是城里最老的一条街，一百多年历史了，政府不舍得拆，要给所有的住户做一次免费修缮装潢，原来早已关掉的油酱店、绸布庄、碗盏陶瓷店、圆竹木器行，都要重新开张，还有杂货店、棉花店、裁缝店、生煎馒头店，本来就有的，也还要有。在政府的规划里，西市街要开发成一条观光怀旧老街，老街上的居民，自然还要住在里面，做做小生意，卖卖本地小吃，保持一份原生态的老街生活面貌。

西市街人终还是随遇而安的，轮不上拆迁，就想想不拆迁的好处：搬进大楼里的人家，那是一次性补偿。西市街要开发观光街，政府年年都要给补贴的。到时候，家家都破墙开店，人人都当老板，天天都有钞票进账，日子比拆迁户好过不是一点点。再说，拆迁户搬去的新公寓，地段很不好，在城市边缘，靠近农村了。西市街呢，就在市中心，周边都是现代化建筑和商业设施，只要朝南走，过石拱桥，出街口，就是大商场、大饭店、超市、影城、娱乐城，什么都有，所以说，过日子呢，还是住在西市街方便……说来说去，最后人们都确信，西市街不拆，该当庆幸才是。人们开始打算，临街的门面，是开一爿小吃店，卖卖荠菜肉馄饨、油煎臭豆腐，还是开一爿土特产专卖店，经营甜酒酿、状元糕、走油蹄髈土鸡蛋……

西市街人有了期盼，他们盼着政府赶快来修缮这条上百年未变的老街，人人当上老板，赚足观光游客的钞票。唯独殷小妹，外面的世界怎么变，她都不为所动，十年如一日地坐在家门口痴痴地看桥，看得头上都生出了白发。那把椅子，以前是青黄枯涩的，如今也已被殷小妹坐得红亮剔透，不是涂过清漆的生硬的红亮，而是与人体长久接触，在汗水、油脂的不间断浸润之下，散发出的古董一般暗沉的红亮光泽。

季先生呢，大概是年岁大了，失却了欣赏风景的兴致，现在，人们很少见到他在西市街上闲逛的身影。至于方裁缝，他是西市街上最不用担心拆迁问题的人了，方裁缝已经是方总裁了。原先的"伊豆堇"，后来的"博仁织造"，如今已经成了一家集团公司，做的是轻工纺织、服饰制造业，差不多算是本地最大的企业了。西市街上的人们，已经很久很久没见过方裁缝，他们都快忘了，那个整天绷着脸的瘦津津的小个子男人，究竟长什么样。

那一年春末初夏，西市街上几乎所有的住户都惊恐地发现，家里竟出现了成群的白蚁。最先发现的是棉花店老板娘，那些长了翅膀的虫子，它们无孔不入地钻进她家的砖缝、木柱和房梁。接着，白蚁从北到南一路蔓延开来，西市街上的房子，一家家地被白蚁占据。如此一来，观光老街的开发规划就化为了泡影，西市街终是留不住，轮到拆迁了。这又正中了人们的下怀，搬新房子，终究还是比住老街好。

拆迁文件正式下来后，方裁缝是第一个搬家的，也不知道哪一天，悄没声的，就搬走了。方裁缝做什么都效率高，有一天忽然结婚了，有一天忽然去了日本，有一天忽然当了总裁，有一天忽然搬了家……人们忽然不见了坐在家门口看桥的痴女人殷小妹，却也不觉得缺少什么，那些日子，人人都把心思用在了研究拆迁政策上。补偿费和面积是按人头算，还是按砖头算？做人不能太老实，会哭的孩子有奶吃，大不了当钉子户……西市街是动荡的西市街了，谁还顾得上殷小妹？

紧跟着搬家的是季先生，季先生搬家，那可是件大事。西市街北端的二层小楼，终于要撩开神秘的面纱了。仿佛是为成全西市街人多年的愿望，搬家那天，季先生竟不在场。人们看见一个领班模样的男人，带着七、八个穿着搬场公司土黄色工作服的工人，从西市街南端的石拱桥，一路开向北端的二层小楼。看热闹的人跟在后面，一直跟到小楼门口。领班率先打开黑漆木门，毫不迟疑地跨了进去，工人们跟着鱼贯而入。看热闹的人却站定在门口，不知道该进还是不该进。犹豫了一番，有一、两个率先抬腿，尝试着跨进门槛，居然没人阻拦，便挂着一脸欣喜，朝小楼里面走去。后头的人，跟着争先恐后地朝那扇两米高的黑漆木门里挤，挤得门上的铜环不停地晃啊晃。人们终于得了个千载难逢的机会，都急着想看看，这栋从不让人进入的房子，究竟是什么样的，倘若墙上、屋顶上真的贴满钞票，那究竟是美元，还是冥币？

搬场公司领班打开一楼主客厅的大门，刚想跨进去，却被屋内的情形吓住了：等等！

跟在后面的人探头看一眼空荡荡的客厅，顿时一个个惊得目瞪口呆。只见很多很多抖动着透明翅膀的飞虫，密密麻麻地叮在客厅的墙壁和屋顶上，仿佛覆盖着一层微微蠕动的白色云雾。有人抬起一条腿，朝门内跨了半步，蠕动的云雾就"哄"地一下散开，一蓬白色烟尘瞬间升腾而起，人们随之发出一阵惊叫：白蚁，是白蚁！

从没有人见过那么多那么多的白蚁聚集在一起，简直是满墙满壁啊！怪不得，西市街遭的这场蚁灾，源头就是季先生家的小楼，这里就是白蚁的老窝。满屋的白蚁阻挡了搬场工人和看热闹的人的脚步，人们挤在主客厅门口，谁都不敢朝里多走一步。纠结了大约三、五分钟，搬场公司领班忽然回过神来，扭头朝身后的跟班吼了一声：我倒不相信白蚁会咬人，走，跟我进去！

说完，低头猫腰，一抬腿，率先闯进了客厅。七、八个土黄色制服的工人紧跟在领班身后，一股风似地，大呼小叫着涌了进去。看热闹的人中，有几个大胆的，跟着冲了进去。一时间，小楼的主客厅里，一股股白色的烟尘伴随着男人们的呼喝声蓬勃而起。那些被人类惊扰的虫子全体飞了起来，无数双透明的翅膀相互扑打着，刮擦着人们的头面，发出密集的"扑簌簌""扑簌簌"声响，仿佛一场阵雨忽然落下，落在人们的头发上、衣服上。霎时间，人们身上落满了相撞后落下的白蚁尸体，更多的白蚁，朝着洞开的大门旋风般飞出去，或者，飞向屋内某个人类无法走进的角落……

足足半个小时，白蚁才渐渐疏落下来，白色云雾消散了，小楼的主客厅终于露出本来面目。只见墙上、屋顶上缀着一摊摊、一撮撮淡绿色的东西，细看，仿佛是纸，却因虫子的啃噬，早已支离破碎，有一些已成颗粒粉末状，根本看不出曾经的形状和颜色。人们无从获知，那究竟是墙纸还是钞票，可这并没有使他们失望，而是，更加兴奋起来。一个谜语，也许永远不会有答案，才可以尽由着想象去杜撰一切可能与不可能的答案，那才更有意思。

消息一传十，十传百，不到一个钟头，西市街上的所有人都听说季先生的小楼开放了，前呼后拥的，全都跑去看了，搞得二层小楼前前后后挤满了人，仿佛正举行一场亲友告别会。适才还被汹涌的飞虫布满的整栋小楼，此刻被更为汹涌的西市街人完全占据。人们兴奋地在小楼里挤来挤去，有人像考古学家一样从墙上小心翼翼地剥下几粒碎纸，摊在手心里细细观察，可惜的是，他们到底不是考古学家，他们看不出这些碎纸粒曾经的样子。可是依然有人坚持认为，那肯定是钞票，并且，那些碎粒带一点淡绿色，估计是美元。也有人认为，淡绿色是墙壁发了霉，都搬家了，谁会让那么多美元贴在墙上不拿走？亿万富翁也不会这么干。人们争来争去，终是没有确切结论，于是放弃墙壁和屋顶，开始考察小楼有多少房间。很快，通过楼上楼下一趟趟计数，人们统计出，整栋小楼有客厅一间、厨房一间、卧室和起居室上下各三间、卫生间各一间，书房一间，储物室一间，总计十二间。正如人们的想象，楼下的大客厅里果然有壁炉，屋顶上还挂着一盏大莲花似的水晶吊灯，真正是资本家的派头。幸好，吊灯是由三根粗壮的铁链条挂着的，要不早就被白蚁蛀得掉下来，摔得粉碎了。屋里的陈设，却已老旧得不成样子，这么多年，季先生一定没请人来修缮过，厨房里的瓷砖都裂了，家具被白蚁蛀得斑驳破烂，除了水晶吊灯和壁炉，所有东西都已打包，堆在房间的地板上。看来季先生是早有准备，就等工人来搬了，只是，这破败的场景，看着不太像大户人家，倒像是准备逃难的破落户。人们不免对那个"落难公子"，生出了些许"恨铁不成钢"的惋惜。

　　和当年的红卫兵小将一样，人们找遍了小楼每一个角落，遗憾的是，他们没有发现哪怕是一张完整的钞票。生煎馒头店的小顾脑子比较活络，他说：按这栋房子的面积，季先生得的拆迁补偿，大概要上千万，一千万元人民币，一百元一张，就是十万张，十元一张，就是一百万张，贴在墙上，还不一样贴满啊！

　　看热闹的人们顿时醍醐灌顶，便也不觉得再需为墙上贴的究竟是不是钞票而争执了。

　　就这样，人们在季先生的房子里左看右看、七嘴八舌，搬场工人抬着家什、扛着箱子在人堆里挤来挤去，不停地吆喝：让开让开，借过借过。忽然，人群中发出一记"哗啦"碎响，人们纷纷扭头，只见一个面色惊惶的小工人，提着一只不小心开了口的褐色大皮箱，皮箱里的东西掉了一地，一只老式闹钟、几本很旧的书、一捆信件、一本厚厚的相册，还有一只十六寸镜框，玻璃全碎了。几张黑白旧照片从相册里滑落出来，照片上，有长波浪旗袍的女人，有飞机头西装的男人，还有穿长衫马甲的老人，兴许是季先生的父母，以及他那个开了两爿织布厂的资本家阿爷。

工人慌里慌张地蹲下，把掉出来的东西一样样捡回皮箱，又从碎玻璃下面捞出那张原本镶在镜框里的照片。那是一张被放大了的，经过精心着色的彩色旧照。照片的背景，是一栋小洋楼，两个年轻的男人并肩站在楼前的台阶上。小洋楼的外墙上爬满了绿色的藤蔓，二楼的木格子窗户上，挂着暗紫色天鹅绒窗帘……人们立即认出来，照片里的小洋楼，就是他们此刻身在其中的季先生的这栋二层小楼，并且，照片上站在左边的年轻人，就是帅气的、挺拔的、微笑的季先生。年轻的季先生穿着黑色立领青年装，三十岁左右的样子，一只手插在裤袋里，另一只手，紧搂着身边人的肩头。这身边人，就更年轻了，比季先生矮一个头，看上去顶多二十岁，瘦津津的身条，紧绷着脸，表情很严肃，好像是紧张，又好像是害羞，感觉，就是一个没见过世面的腼腆青年。人们并不认识这个腼腆青年，可又觉得很是眼熟，眉眼呢，有点像长高长瘦以后的方弟弟，可面相，又不似方弟弟那般猛煞，况且，按照片上季先生的年龄推算，这年轻人，绝不可能是方弟弟……人们终是想不起腼腆青年究竟是谁，只慨叹着季先生年轻时，真正如传说中一般风流倜傥、英俊潇洒，看来，是货真价实的富家公子。只不过，照片里，季先生搂着身边的年轻人，脸上的笑容，不像平素人们见到的那样谦逊与骄傲，而是，很温柔、很甜蜜、很幸福。

西市街人的探索精神毕竟大不如前，老照片被工人收回了箱子，小楼也已完完全全地参观过，人们便也不觉得再有必要去关心季先生的故事了。眼下他们最关心的，是怎样让自家的拆迁房多算几个平方，或者，怎样得到最多的补偿款。季先生和方裁缝都搬了家，有钱人不用等补偿款去买房，也不用等政府分配安置房，自己却什么都要靠着争夺才能获得的，不去千方百计、钻心脱骨地想办法，哪里来更好的生活？

## 十

西市街全部拆迁了，所有的住户都拿了补偿款，搬进了政府为拆迁户建造的住宅区。按着户口上的人头以及老房子的面积，几乎家家都得了两套或者三套新房子，住不完，就出租，每个月的房租就有好几千，过日子绰绰有余。曾经在西市街上做的营生，现在不用继续做了，小顾不开生煎馒头店了，棉花店老板娘不给人弹棉被了，沈家阿婆的儿子也是三天打渔两天晒网，不再天天出车拉客……不用上班的日子，每天东逛逛、西逛逛，悠闲得，几乎人人都成了从前那个季先生。不过，季先生闲来无事喜欢欣赏风景，他们闲来无事，喜欢搓搓麻将，正好，原来的西市街邻居，除了季先生和方裁缝，其余都住一个小区，也还是邻居，凑一桌麻将，很容易。

一日晚上，小顾吃饱夜饭没事干，约了沈家阿婆的儿子、棉花店老板娘，还有早已升天的寿公公的儿媳妇，到家里来搓麻将。沈家阿婆的儿子最后一个到，手里卷着一张报纸，进门就问另外三个：认不认得一个叫季伯仁的人？

三人齐刷刷摇头：不认得，季伯仁是谁？

沈家阿婆的儿子摊开报纸念起来：博仁织造集团在东南亚投资的第一家企业正式动工，董事长季伯仁出席签约，与印尼合作方签订十年协议……

"好了好了，不要念了"棉花店老板娘打断他："我们怎么会认识什么董事长？快开始吧，搓麻将。"

别急，听我念下去啊！沈家阿婆的儿子继续照着报纸念：集团总裁方士良表示，"博仁织造"投资建设境外企业，之所以选择东南亚，是其具备劳动力优势，印尼是第一家，未来将会有第二家……

寿公公的儿媳妇叫起来：方士良，不就是方裁缝吗？这总裁，和董事长到底有啥区别啊？

小顾想了想：这么讲吧，董事长呢，是投资的人，总裁呢，拿董事长的钞票去做生意，赚回更多钞票，给董事长。

沈家阿婆的儿子表示赞同：董事长就是公司的大老板，总裁是他雇的高级打工仔。

小顾对沈家阿婆的儿子说：你应该问问你妈，你妈年纪大，作兴记得季伯仁这个名字。

沈家阿婆的儿子说：怎么没问？看到报纸我就回家问了，可是老娘说不认识季伯仁。现在她的脑子，就是一只漏筛，不要说装不进东西，存在里面的东西，也在一点点漏掉。

寿公公的儿媳妇跟着说：沈家阿婆多精明的人，现在也是个"寿婆婆"了。对了，我记得，我家"寿公公"活着时讲起过，老底子，季先生的阿爷，就是季老太爷，开的也是织造公司，杨树浦有两爿织布厂，工人就要一千多，大资本家……

这么一说，大家似乎明白了什么，又不能确定地明白究竟是什么。棉花店老板娘听烦了，催促道：好了好了，辰光不早了，先搓麻将。

四人围住一张方桌坐下，开始摸牌。可是，手里摸着牌，心里却还在想着同一个问题：报纸上写的那个季伯仁，和曾经在西市街上闲逛着欣赏风景的季先生，是不是同一个人？感觉像，又不太像。

麻将搓到第三圈，小顾忽然想起什么，说：前天晚上，我去影城看了一部电影，这电影真叫复杂，导演吧，是个台湾中国人，电影呢，又是美国电影，还得了奥斯卡奖，名叫《断背山》。

"断背山是啥意思？"棉花店老板娘年岁毕竟大一些，不了解新事物。小顾想了想，说：看过"香鼻头"的电影吧？

寿公公的儿媳妇打出一张"发财"，说：现在的电影，香鼻头的镜头不要太多哦！我还记得第一次看，是日本的电影，叫《追捕》，杜秋和真由美香鼻头，那时候我还没结婚呢。

小顾喊了声：碰！收了那张"发财"，打出一张"九条"，说：我也是在《追捕》里第一次看到香鼻头，不过，那是男人和女人香鼻头。这个《断背山》呢，就是男人和男人香鼻头。

沈家阿婆的儿子"嘿嘿"笑了两声：男人和男人香鼻头？那男人和男人困不困觉？

小顾被问住了，不过，凭他聪明的脑瓜，想想也能想出来：困觉，也不是不可以，只不过，难度高一点。说完，顾自"呵呵"地笑。沈家阿婆的儿子反应很快，紧跟着"咯咯"地笑。两个女人反应慢一些，不过也就两三秒，就好像明白过来似的，"哈哈"地笑开了。一屋四人，仿佛都要证明自己不比别人笨，前赴后继、争先恐后地大笑起来。

# 唐　装

## 一

清明节那天，我父亲苏伍率领着他的两个儿子——苏潮和苏渡，一起去刘湾乡下为我们的爷爷苏木桥扫墓。五十九岁的苏伍双脚站在大片葱绿的麦田边，就像一只用巨大的爪子抠住树枝的麻雀，消瘦，筋骨间却充满力量。虽然苏伍是一名即将退休的服装厂老技师，但从他的站姿来看，他倒像一个有着丰富的劳动经验的农民。想必，二十四年前，农村的田埂一定比如今细窄得多，农民必须学会麻雀的站姿，才能在田埂上安全妥帖地站住。

我弟弟苏渡用手肘捅了捅我，轻声说：怪事，这么好一块地，哪能没人开发？

苏渡服务于一家全国百强房地产公司，最近，他刚从一名普通员工晋升为开发部经理。苏渡的眼睛是一架城市建设加速器，在他眼中，所有的农田里都应该雨后春笋般长出一幢幢高楼大厦。

我父亲苏伍通过目测，确定了他的目标就是这片麦田。于是，他伸出一只骨节突出的瘦削的手，向着宽阔的麦田深处张开拇指和食指，嘴里喃喃念叨：一虎口，两虎口，三虎口，东三，南四，就在那里，我记得很清楚，你爷爷的坟就在那里。

苏伍毫不怀疑自己与针线长年打交道的手在二十四年内是否有所变化，

因此，当他用手指丈量出麦田中间那块方寸之地时，便用十分肯定的语气确认了那就是我爷爷苏木桥的坟墓所在。可是，麦田在我眼里依然保持着连绵的整体，没有任何特殊的标志证明这里曾经埋葬着一位老人，准确地说，是一位还没有正式步入老年就未老先逝的男人。用什么来证明苏木桥的肉身以及灵魂，曾经在这片麦田里，由这个世界走进了另一个世界？这里只是一片被葱郁的麦苗覆盖的平坦的土地，与周围别的土地并无二致。

四月清明的风依然料峭，我和苏渡站在我们的父亲身后，像两棵迎风矗立的树，又像两个贴身侍卫，相比之下，父亲的身材显得更为消瘦和矮小了。那时候，苏伍的身躯已完全前倾，仿佛我爷爷苏木桥无形的坟墓在早春的寒风中召唤着他的子孙，又仿佛苏伍的骨头里有一股巨大的爆发力，他的身躯被推动着，几乎扑进麦田。可是当我用眼角的余光瞄到站在另一侧的苏渡时，我发现，他也正好在斜眼看我。苏渡的眼神告诉我，对父亲确指的坟墓地点，他也心存怀疑。然而，我们的目光在一瞬交汇之后，不约而同地迅速回到了父亲的手指上。于是，我们跟随着父亲的指点，毕恭毕敬地把目光投向了麦田深处。

苏伍瘦小的身躯果真扑进了麦田，这处不知是哪户农民家的麦田，藏匿着我先祖的坟穴，我们不得不擅自入侵。这情形，忽然让我产生某种幻觉，仿佛，我们父子三人组成了一支考古队，在考古队队长苏伍的带领下，我们正进入一段被生活和世俗淹没的历史。毋庸置疑的是，历史的演绎者，就是二十四年前死去的我爷爷苏木桥。

很久以前，我爷爷苏木桥是刘湾镇方圆周边最好的中式服装裁缝，据说，他最擅长的就是做对襟长衫、缎子旗袍和中装马褂。我父亲苏伍从九岁开始就跟着他学盘纽扣、撬贴边。他既是他的儿子，又是他的徒弟。在苏伍年满十六岁时，擅长中式服装制作的苏木桥近乎陷入了失业的境地。那种对襟长衫马褂旗袍，已不再是人们的日常穿着，中式服装只剩下两种功能——戏服和寿衣。

如果我父亲苏伍在十六岁那年没有被上海的服装厂招去，那么他也许会成为一名手艺超群的中装裁缝，但他必须冒着失业的危险，继续做我爷爷苏木桥的徒弟。然而，在他即将满师成为一名独立作业的中装裁缝之前，他离开了刘湾老家，离开了他的父亲苏木桥苏老裁缝。服装厂的招工无疑是雪中送炭，我父亲苏伍很幸运地走出了未来的失业者行列，并且，从此以后，他成了一个城里人。

二十四年前，老裁缝苏木桥在远离城市的刘湾老家独自去世时，我奶奶苏陆氏正在我们家欢度她此生第一个城市里的春节。顽固不化的苏木桥，却无论如何不愿意离开乡下的老房子度过任何一个年节，这使得我父亲苏伍相当为难。原因很简单，多年前，我父亲结婚的那个秋天，我母亲王美华象征性地在刘湾老家住过一晚。第二天早上，新娘子王美华白嫩的脸上布满了被众多蚊子亲吻的痕迹。乡下的蚊子具备农民的坚韧品质，在秋天越来越寒冽的气候条件下，它们依然顽强地行使着蚊子的职责。除了蚊子以外，还有一样令我母亲无法忍受的是，刘湾老家没有必要的卫生设备。出身并非高贵但却维护着自己城里人生活品质的王美华，由此对刘湾老家的恶劣印象根深蒂固。于是，王美华向新婚丈夫发下了誓言：别想叫我在乡下老房子里住第二夜，永远也别想。

苏木桥的死讯传达到我家时，我奶奶正在大年初一的饭桌上唱歌。在八岁的苏潮和六岁的苏渡共同的起哄和鼓励下，苏陆氏张开缺了多颗牙齿的嘴巴，唱起了一首叫《大海航行靠舵手》的歌。相比我爷爷苏木桥，我奶奶苏陆氏的性格要随和开放得多。她是一个很容易接受新事物的老人，或者说，她从来没有自己的主张。我想，也许正因为她没有主张，所以她总是产生某些担忧。她担心年年守着倔强的丈夫在乡下度过一个又一个寂寞的年，终将导致被儿子媳妇抛弃的结局。所以，在这个举家团聚的春节，我奶奶丢下我爷爷，来到了坐落在城市里的苏伍家，与她的儿子、媳妇和孙子，过了一个开天辟地的除夕。

大年初一的饭桌上，苏陆氏苍老而绵长的歌声被一阵急促的敲门声打断。在拳头和屋门的巨大撞击声中，某一位远房表哥破碎的嗓音宣布了我爷爷苏木桥的死讯。我奶奶苏陆氏黑洞洞的嘴巴保持着张开的姿势，关于一位伟大舵手的歌声依然余音袅袅，我奶奶瘦小的身躯却像一根细弱的丝线，"嘣"的一声断裂、收缩，然后，瘫软了下来。

窗外，"热烈庆祝党的十一届三中全会胜利召开"的红色彩绸随风飞扬。大年初一的喜气在鞭炮零落的炸响声中显得遥远而稀薄，寒冷的空气隔着玻璃侵入我家。我看到，我父亲苏伍年轻的脸颊上，两行溪流正汩汩不断地流淌而下。

　　我爷爷苏木桥死于突发性心脏病，享年五十九岁，或六十岁。老家宅上的某一位乡邻在大年初一上午去给我爷爷拜年时，发现习惯早起的苏木桥苏老裁缝居然还在他的宁式老床上安静地赖床。我们的邻居伸出被寒风吹得冰冷的手，轻轻地摸了摸苏木桥的额头。比手指还要冰冷的未老先衰的额头，让我们的乡邻失声惊叫起来。慌张失措的邻居看到，我爷爷苏木桥平躺着的瘦小身躯上，穿着一套崭新的中式对襟裤褂。

　　从不睡懒觉的苏木桥终于破例，让自己进入了永久的睡眠，然而，我们无法确定，他究竟是在什么时候死去的。除夕夜？或者，他虚弱的心脏勉为其难的跳动坚持到了新年的凌晨？他身上那套崭新的中式裤褂，是他预知了自己的寿数而提前为自己穿上了寿衣？还是因为过年而穿上的新衣服？我们谁也不知道。为此，我父亲苏伍在为他的父亲苏木桥写吊唁的时候，明确地写下了他生于某年某月某日，却在卒于何年何月何日时无法顺利落笔。

　　最后，在与我奶奶苏陆氏商量后，我父亲决定，把苏木桥的死亡时间确定为"己未年正月初一，享年六十岁"。

## 二

　　苏潮和苏渡跟在父亲苏伍身后，作为他的贴身侍卫，我们紧跟着父亲与他保持五十厘米的距离。扫墓的目的让我们的神情显得庄严肃穆，我们的下巴稍稍上抬，我们的眼睛专注地遥望着麦田中央，仿佛那里正矗立着一块雄伟的墓碑，我爷爷苏木桥的名字正在墓碑上流芳百世。然而事实上，我们的视线内，哪怕是一个小土堆也没有。没走几步，我的黑色牛皮鞋上就沾满了潮湿的泥土，脚步因此而越来越沉重，并且，我们的身后，原本整片的麦田留下了一串串杂乱的脚印，就像一块绿色的天鹅绒，印上了许多不规则的图案。我父亲却像一个真正的农民，在麦田里行走得相当自如，这使我们原本五十厘米的距离正不断增大。

　　苏渡一边迈着两只裹满泥巴的阿迪达斯运动鞋，一边气喘吁吁地说：这块地，属于浦东新区管辖吗？前面有一条河，周边还有几个鱼塘，高速公路半小时就能到市区。要是在这里搞个别墅区，肯定有很大的升值潜力。

苏渡浅显分析的背后，是他长年从事房产经济的经验积累。我相信他的眼光，十年前，他曾经游说我购买处于偏僻的城市边缘的一处商品房，我没敢买。如果当时买下，那么现在我就能因一套房子成为百万富翁。

苏渡指着麦田边缘的河流对岸说：我们家老房子的原址，是不是在那里？

我远远地看了一眼，说：想不起来了。我们家是最早轮到拆迁的，那时候我们还小。爸说，三间破房子换了三万块钱。那家香港人开的"美佳"日化厂，后来还是倒闭了。

苏渡深深吸了一口气，然后，嘴里吐出了一句踌躇满志的话：我要把这块地弄下来，我敢保证，三年内，这里将出现一个令人瞩目的高尚居住区！

我父亲苏伍已经站在麦田的中央，他回过头，对着苏潮和苏渡高声喊道：没错，就是这里，快过来。

苏潮和苏渡甩着四脚湿泥紧走了几步，就这样，我们站在了父亲指认的地方——我爷爷苏木桥的坟墓边。抬头遥望，除了零星散落在农田周围的新旧不一的房子，就是一块块如同地球的补丁一样的麦田和油菜田。远处的小河对岸，一条宽阔的水泥大道通向一家外企工厂。紧闭着的铁栅栏大门内竖着两根旗杆，五星红旗和太阳旗并排在灰蓝的天空里迎风飘扬。厂区内，浅草矮木围绕着一排排蓝色的厂房，厂房的高墙上，硕大的品牌图案和英文字母，组成了一个众所周知的企业标识。据说，这家外企解决了周边几乎所有的农村剩余劳动力。

我试图在眼前的景象中找到我们家老房子的原址，可是任凭我挖掘记忆，想象中的三间瓦房，却依然无处安身。

我父亲苏伍从随身携带的一个布袋里掏出一束香烛和几叠锡箔，我赶紧拿出打火机，苏渡在我打亮火机时，伸出双手拢住火苗。我们点燃了三支清香，风很大，蜡烛无法点上。苏伍说：算了，就不要点蜡烛了，你爷爷通情达理，不会怪我们的。

苏渡的鼻子里发出了一记忍而不住的笑声。我知道，苏渡并不认为爷爷是一个通情达理的人。以苏木桥倔强的性格来说，这个连进城过一次年都不肯的人，会不会为我们在祭扫他的坟墓时不按规矩点蜡烛而大为生气？可是，苏木桥是我的爷爷，所以，那时刻，我的内心还是产生了些许哀伤。我默默地对着麦田中央我想象中的坟墓说：爷爷，你一个人住在荒野地里，二十四年了，你有没有觉得寂寞？

风在耳边轻啸，我爷爷苏木桥保持着二十四年来一贯的沉默，他没有回答我的问题。

苏木桥去世的前夜，老家的房子里究竟发生了怎样一幕生命的终极乐章？我们谁也不知道。我奶奶苏陆氏因此而自责不已，她张着缺牙的嘴巴一边哀哭她的丈夫，一边发出歌唱般的诉说：我叫你跟我一道去城里过年，你就是不肯，你还骂我脚头贱。我一光火，就背背包裹自家一个人到城里去了。我要是硬把你拖到城里就好了，你老命就不会没了……

八岁的苏潮发现，奶奶苏陆氏哭泣的声音仿同她《大海航行靠舵手》的歌唱，音色沧桑、音调绵长。在我八岁的记忆中，我奶奶的哭声和歌声同样无以磨灭，从那以后，对女人的哭泣和歌唱，我常常不能清晰辨别。苏陆氏如同哭泣的歌声，抑或如同歌声的哭泣，总是让我产生某种想象：在一艘航行于大海里的巨轮上，苏木桥精瘦的双脚牢牢地踏在甲板上，坚定而迥然的目光注视着前方。巨轮在他的掌控下乘风破浪、所向披靡、勇往直前。"舵手"，就是他，这个瘦弱而苍老的男人——我爷爷苏木桥。

然而，舵手还是离开了人间。

我爷爷的丧事沿袭了那个年代的简朴风格，我还清楚地记得葬礼的最后一个傍晚，我父亲苏伍捧着我爷爷苏木桥的骨灰盒，迈着疲惫的步伐走向田野深处。我跟在父亲身后，我的手里，是爷爷穿着中式对襟上衣的半身相片。所有人跟在父亲后面，我奶奶的手里，提着爷爷生前的衣物。我母亲走在我奶奶身边，她的手里，是苏陆氏的一条手臂。那几天，劳累的王美华不断地在市区和乡下之间来回穿梭。她在结婚的那天就发誓不再在老家的房子里住第二晚，她果真实现了她的诺言。严重缺乏睡眠以及对乡下的厌恶使王美华的脸色看起来甚至比苏陆氏还要疲劳。而苏潮和苏渡，却在那几日里尽享了居住在乡下的乐趣。

那几天的夜晚，七岁的苏潮和五岁的苏渡在堆在灵堂里的稻草中前滚后翻，为苏木桥守灵的任务使苏伍无暇督促我们在规定的时间里上床睡觉。那几日，苏伍利用守灵的时间与远亲近邻们持续交谈到深夜，交谈的内容无外乎是对他死去的父亲苏木桥的缅怀，当然，他们还讨论了有关我爷爷离开人世的具体时间。苏木桥究竟是在除夕夜离开人世的，还是在鞭炮声响起的新年伊始停止了他跳动的心脏？

在大人们乐此不疲的讨论中，苏潮和苏渡耗尽了所有的精力，最后，在爷爷灵位前的稻草堆里，我们无忧无虑地熟睡过去。白天到来时，苏潮和苏渡便在大人们重新响起的哭声中冲向屋外的田野。那里有更吸引我们的游戏，在冬季干涸的水渠里玩解放军抓特务，用火柴点燃田埂上枯萎的茅草，顺着河道边淤泥的洞口挖掘冬眠的蛤蟆……我们过上了前所未有的快乐生活，时间和空间的自由让我们对乡下的日子无比热爱，并且我们都认为，这样的日子将无限期地延续。事实上，苏潮和苏渡只在刘湾老家生活了三天。苏木桥的葬礼完成后，我父亲苏伍就带我们回到了市区的家。

遵照苏陆氏的嘱咐，苏木桥被安葬在了离老房子不远的一块土地里。落葬时，正是暮色降临时分，焚化我爷爷身前衣物和劳动工具的冲天火光，把刘湾老家黄昏肃杀的天空照耀得一片金黄。那些对襟中装裤褂，以及长长短短的竹尺、皮尺，还有纸扎的剪刀和顶针，很快被火焰吞没。它们伴随着我爷爷，去到了另一个世界。从此以后，那个巨大的、没有围墙的别墅，成了我爷爷苏木桥永久的居所。至死，他都没有离开刘湾老家。


# 三


苏伍点燃了一沓锡箔，青烟随着火苗的蔓延团团升腾，麦田中央迅速出现一摊焦黑，一块完整的绿色天鹅绒，被烧灼出了面盆大一个黑洞。我父亲垂首而立，眼睛盯着黑洞，口中喃喃自语：阿爹，二十四年没来看你，不是我不想来。老房子拆迁了，乡下都变样了，今天我也是好不容易找到这里的。阿爹你不要怪我，我带苏潮和苏渡来看你了，他们现在都有出息了，苏潮是中学的教导主任，苏渡是房产公司的经理，他们也都成家了。这都是你老人家在天之灵保佑啊！阿爹，中式服装又开始流行了，您应该感到欣慰，只可惜，你教我的手艺，荒废了……

在我听来，我父亲苏伍在我爷爷坟墓前冗长的倾诉有些空洞和虚伪。我从不知道在什么情况下，苏伍才会表现出真正的自己。通常，他在童年以及少年的苏潮和苏渡面前，总是摆出一副为父的威严和自大。一般是在晚饭结束的时候，他让苏潮和苏渡继续坐在餐桌边不要离开。接下来，在王美华于厨房里洗碗刷锅的交响乐奏响时，苏伍那段百说不厌的骄傲历史，便一百零一次地再度开讲了：想当年，我做出来的中山装，是全中国最好的中山装。周总理身上穿的中山装，就是我做的。周总理到国外去访问，从来不穿别的，就穿我做的中山装……

我父亲苏伍的形象在周总理的照耀下无数次散发出夺目的光芒，苏潮和苏渡因此而经常感受到来自我们的父亲的光荣。然而，我母亲王美华只要牵扯一发，那就会动了他的千钧。当然，年轻的时候，这种特征更为明显。如果我父亲苏伍有足够的孝心，那么二十四年来，他不可能连一次回乡下扫墓的机会都找不到。然而，他站在麦田里毕恭毕敬的样子，又不得不令我相信，他确是对我爷爷苏木桥充满了敬爱。那么，是王美华阻止了苏伍孝心的表达？其实，在刘湾老家，搬进城里后再也不回来的乡邻比比皆是，但他们并没有如苏伍这样在遗忘了父亲的坟墓二十四年后重又想要找回来。为什么要找回来？苏木桥苏老裁缝安静地睡在日新月异的荒野里，从未跳出来发表过任何反对意见。

然而，苏伍适才对苏木桥的坟墓所说的最后那句话，又让我顿生恻隐。五十九岁的苏伍一年后就要退休了，他从十六岁开始就离开老家，到市区的服装厂做了一名工人。他超群的手艺源自他的师傅我的爷爷苏木桥的严厉训教，扎实的基本功使他很快从一个制衣工变成了一名技师。他把他的黄金岁月全部贡献给了中山装，在他即将成为一个老年人时，他又要去学做西装和夹克衫。如今，在他几乎完全遗忘了中式服装的制作技艺时，这个世界又开始流行起了已被称作"唐装"的中国古老服装。如果我爷爷苏木桥在天之灵能看到今天，他一定会感到悲喜交加。想到这里，我看了看我父亲苏伍瘦小而略微弯曲的背影，默默地想：人将入暮，大约就会变得这样怀旧吧。

我们父子三人对着想象中苏木桥的坟墓，低头端立、各思其所。三支清香已燃到一半，一叠锡箔即将化尽，我拿起第二叠锡箔，准备投进火焰。恰在那时，田埂上传来一阵怒气冲天的吼叫：出来，给我出来！

苏潮和苏渡回头，我们同时看见，一位身穿过时牛仔上装、佝偻着背脊的老头正向着我们拍腿跳脚大骂：杀千刀的！啥人让你们进去的？把麦烧坏了，给我陪！

我对父亲的背影叫：爸……

苏伍并未回头：总要把香点完吧，苏渡，你去打个招呼。

苏渡皱着眉头说：这是谁啊？我去看看。

说完，他眉心一展，骨骼鲜明的脸庞顿时舒展开来。苏渡带着满脸笑容向田埂边走去，边走边唱歌一样喊起来：阿公啊，你好你好！老长时间没见，您老人家身体好啊！

麦田的主人铿锵有力的骂声在苏渡热情的招呼下忽然暂停，他眯起眼睛仔细打量，却无法确定迎面走来的这个穿时髦休闲装的年轻人，究竟是他的哪位城里亲戚。

我父亲苏伍依然低头看着插在泥土里的三支香，五分钟后，香火完全燃尽，苏伍才转过身，向田埂边慢吞吞走去。适才进入麦田时，苏伍疾步快行的走姿还像一个标准的农民，此刻却判若两人，他大摇大摆的样子使他看起来像一个正在逛街的游手好闲的城里人。我跟在父亲身后，依然担当着侍卫的角色。那时候，站在田埂上的苏渡已经和麦田的主人如一对忘年交一样谈笑风生了。掺和着笑声和咳嗽声的交谈随风传来：

"苏老裁缝？哪能不晓得？当年名气响得一塌糊涂的。你是苏老裁缝的孙子？介许多年没回来，认不出啦！"

"是啊，这次回来，是给我爷爷扫墓。爷爷的坟还在乡下，我爸不安心。"

"还是你们有孝心啊！哪里像我家那个忘本的小赤佬，过年过节也不晓得回来看看。"

"阿公你客气了，我看你身上的衣裳，很时髦啊，肯定是你儿子孝敬你的吧？"

"孝敬个屁！自家不欢喜穿了，一丢。这么新，一点儿也没坏，我就拣来，随便穿穿，不是蛮好吗？"

"阿公说的对，有钞票了也不能忘记勤俭节约，优良传统嘛！"

……

苏伍的情绪依然沉浸在扫墓的气氛中，他带着忧伤的表情走到田埂边，还未开口，牛仔衣老头便大叫一声：哎呀，阿伍！你不是阿伍吗？对对对，苏老裁缝就是你的阿爹，阿伍就是苏老裁缝的儿子呀！

苏伍悲切的瘦脸上顿时飞起一片淡红的晕云。老家的乡邻遗忘了阿伍和老裁缝苏木桥之间的父子关系，这使我父亲顿觉羞愧不已。显然，苏伍长年不回老家很有可能给人造成忘本的印象。事实上，苏伍的确有忘本的嫌疑。此刻，他看着眼前牛仔衣硬质领口上那张皱纹丛生的黑红脸膛，嘴里却叫不出他的名字，哪怕是小名都叫不出，他的记忆力甚至比看起来年龄更高的牛仔衣老头都不如，于是，他只能张口结舌地发出一些不明所以的声音：啊！好，好啊，是，是的是的……

牛仔衣老头虽老，脑子却很灵清，他一定是猜出了苏伍叫不出他的名字，于是自我介绍道：阿伍你那么多年没有回来，你肯定认不出我了。我是你家东隔壁的阿大啊！唉！我们都老啦！

苏伍依然迷惑不解的表情告诉我，他没有想起这个"阿大"究竟是谁，好在有了称呼，苏伍就可以向他表示城里人适度的礼貌了：哦，是阿大，是啊，我们都老了。阿大，你好啊！

说完，我父亲苏伍从口袋里掏出钱包，抽出两张百元钞票，往阿大的牛仔衣口袋里塞去：真不好意思，我是来给我父亲上坟的，烧焦了你的麦，对不住对不住。

阿大捂住腰眼，像在躲着苏伍给他挠痒痒：开玩笑！我哪能要你的钞票？乡里乡亲的，不要不要。

两张钞票在两位老头的手上来回转移了多次，最后，苏伍不再坚持，阿大把钞票塞回我父亲的口袋，就没有再被他掏出来。苏伍的客气表达得适可而止，无休止地客套推让，不是城里人的习惯。

然而，接下来，阿大在如愿以偿地把钱推还给我父亲后，忽然发表了他的疑问：对了，阿伍，你刚才讲，你是在给你阿爹苏老裁缝上坟？

"是的，是我父亲，给我的父亲上坟。"苏伍强调了"父亲"这个称谓，"阿爹"只是口头用语，不是外交辞令。

阿大却顾不上"阿爹"与"父亲"之间的区别，他拍着脑袋说：那你跑进我家麦田里去干什么啊？苏老裁缝的坟怎么会在我家麦田里呢？

苏伍的脸上，又一次飞起一片红云：我记得，我父亲就是落葬在这里的。

"不对不对，你阿爹的坟不在这里。我们这片，拆迁的拆迁，征地的征地，没有动过的土地，就这五十亩了。我种了三十多年田，苏老裁缝的坟跑到我的田里，我哪能不晓得？阿伍你肯定记错了。"

"我是不会记错我父亲的坟的，虽然我二十四年没有回来过，但我记得很清楚，当年落葬我阿爹的地方，从河边开始数，东三虎口，南四虎口，不会错的。"情急之下，苏伍没有从一而终地使用"父亲"这个词汇，在他的这段话中，"父亲"和"阿爹"融洽而和谐地混在一起。

阿大却对自己的记忆十分信任：不可能！你哪能会把苏老裁缝葬到我的田里去？你要是想葬进去，我也不会答应啊！这块田一直没有变过，我不会记错的。

阿大的大嗓门在早春的风中送出爆米花一样呱啦松脆的声音。与城里人显然不同的是，在刘湾乡下，人们总是用竭尽嘹亮的声音说话，而城市里的人们通常鄙视在公共场合大声说话的人。此刻，我们不是在城里，我们是在刘湾老家仅剩的一片几十年未变的农田边。因此，在这场关于我爷爷苏木桥的坟墓地点的争论中，苏伍明显逊色于阿大。阿大老人自信的断言，使我父亲苏伍的脸上，掠过一阵阵惶然加之迷惑的表情。

然而，房产公司开发部经理苏渡却对这块土地表现出了浓厚的兴趣，他颇为兴奋地问阿大老人："阿公，这五十亩土地，没有人来开发过吗？"

"哪能没有？一直说要开发了、要开发了。有一次，一群人拿着皮尺、架着机关枪一样的铁架子，都来量过了，后来也不晓得为啥，又没消息了。"

我忍不住回头看了一眼麦田中央，适才为祭奠我爷爷苏木桥而焚化锡箔的灰烬，在那里留下了一滩深深的痕迹。整片浓绿的天鹅绒中心，面盆大小的一洞焦黑，赫然醒目。

也许，阿大老人的记忆是正确的，我爷爷苏木桥的尸骨抑或灵魂，并没有沉睡在麦田中央那片平坦的土地中。

## 四

下午回到城里，我父亲苏伍就躺倒在床上变成了一个病人。我母亲王美华给她的丈夫端去一杯开水和两颗"阿莫西林"胶囊。苏伍摇着头说：

我两只手痛，心口也痛，头也晕，你哪能给我吃"阿莫西林"呢？

王美华对我们父子三人去乡下扫墓的行为十分不满，她把茶杯和胶囊放在床头柜上，说：手痛？还心口痛？肯定是疲劳过度。我说不要去了，你偏要去，还带苏潮和苏渡一起去，弄得身体不适宜，有什么意思呢？

我探头看了看父亲，苏伍的脑袋陷在枕头里，双眼紧闭、脸色发灰。我伸手替父亲掖了掖被子，刚想转身，忽然发现，苏伍闭着的眼皮下，两颗浑浊的眼泪滚落出来，随即流淌到了青灰色的脸颊上。我轻叫一声：爸？

苏伍终于发出了沙哑而颤抖的啜泣：我寻不到你爷爷的坟，伊是在罚我啊！小时候，我跟伊学做裁缝时，有一次，我剪坏了一块料子，伊罚我停活三天，让我跟你奶奶到田里去拔秧。我在太阳底下拔了三天稻秧，拔得两只手心里起了一层血泡，痛得要命，太阳晒得我心口痛，头晕。从那以后，我就发誓，要用心学，做一个最好的裁缝。现在，我的两只手心很痛，心口也痛，还头晕。我二十四年没有回去看你爷爷，今天去了，又寻不到，肯定是你爷爷在罚我啊！

我母亲王美华站在一边，很是不屑地说：迷信！你二十四年不去也没事，去了，你阿爹倒要作怪你了？我才不信这一套。

文化程度并不太高的王美华向来是一个现实主义者，这个年龄的人，他们的青春时代，就是在"唯物主义"的教化中度过的，所以，她从来不迷信，她敢说敢为，亦从不惧怕鬼神。

可是我父亲苏伍的话却让我身上顿时凛起一层鸡皮疙瘩。他在被窝里瑟瑟发抖的啜泣让我既感恐惧又觉不可思议，对于此类事情，我是毫无经验的，因此，我只能看着悲伤的父亲，发出爱莫能助的叹息。最后，我向父亲保证，下个周末我将再一次回刘湾老家，想办法找到爷爷的坟墓。

晚上离开父母家，走进暮色，城市已进入华灯璀璨的黄金时段。地铁口人潮涌动，仿佛一片由众多身体组成的海洋，陌生人彼此紧密拥挤，同舟共济。一具具高矮胖瘦各异的身躯，一张张优雅、落魄、冷漠、欣喜的面孔，纷纷流进地下交通要道。地铁走廊里，一幅紧接着一幅灯箱广告在我身旁闪掠而过，尽头，巨大的电子屏幕上正播放某一次在上海举行的重要国际会议的录像，国家第一领导人身穿正红色织锦缎中装，笑容可掬地与世界头号大国总统亲切握手，黄头发高鼻梁的美国人居然也穿着这种团花图案的中装。

我想，这种被叫做"唐装"的对襟中式服装，是否已经成了我们这个古老国家的"国服"？如果我爷爷苏木桥老裁缝还在世，他会不会为此而觉欣慰？我无法猜测已于二十四年前故去的我爷爷的想法。但是分明，我的目光所及范围内，不断地出现着一些身着唐装的男女，色彩鲜艳的绸缎服装使灰暗的人流里不断闪烁出一道道绚丽鲜亮的光芒。

中式服装卷土重来了，我为过早去世的我爷爷苏木桥老裁缝感到遗憾不已，他可真是生不逢时。

周末前夜，苏渡打我电话，我们不谋而合地想到要在第二天再回一次刘湾老家。苏渡回老家的目的，并不是为了寻找爷爷的坟墓。他们的房产公司已经通过了苏渡的计划，刘湾乡下那片仅剩的、还未开发的土地，将成为他猎取的目标。

第二天，坐着苏渡的马自达，我们开始向刘湾乡下进发。半小时的路程，苏渡用了将近二十分钟向我介绍他的房产开发计划，以及计划一旦实施将给他带来多么巨大的收益，我打断他滔滔不绝的演讲，说：不晓得爷爷的坟墓还能不能找到。爸也真是的，怎么从来没想过要回去扫墓？

苏渡现实的脑袋迅速找到了合理的答案：爷爷去世的第二年，乡下的房子就拆迁了，奶奶在我们家住了那么多年，她都没想到，爸想不到，很正常嘛。

苏渡说完，伸手打开了车上的音响，零点乐队的摇滚歌曲顿时在车厢里充斥轰鸣起来。在遭遇无法回答的问题时，我们通常习惯于保持沉默。此时此刻，听音乐远比谈论爷爷的坟墓轻松和安全。

到达刘湾镇上，苏渡把我放下车，去了预先约好的乡政府开发办某领导处。我沿着田埂，独自向老家的方向走去。经过阿大老人的那片麦田，看到上周被我们烧焦的那个黑洞，已经被新长出的稀稀拉拉的麦苗覆盖，远远看去，就像一块因为损坏而织补过的浓绿的天鹅绒，痕迹清晰，但终究，没有了破洞。我的内心，是多么希望我爷爷苏木桥果真在那一方覆盖着稀疏麦苗的泥土里安息。可事实上，我们却根本不知道他灵魂的安身之处，究竟在哪里。

二十四年前，我爷爷苏木桥的葬礼在我的记忆中已近模糊，只有那三天自由自在地玩耍，以及我奶奶苏陆氏歌唱般的哀哭声，依然十分清晰。那是一种绵长、沧桑的声音，哀哭的内容依稀可辨：

你欢喜一竿子住在乡下，你就住在这里吧，从今以后，我也不来管你了，你笃定泰山、安安心心吧！就算我不来，也会有人来给你上坟的……

记忆留至今日，我从不怀疑，我奶奶苏陆氏所说的"也会有人来给你上坟"这句话中的"有人"，是指我父亲苏伍或者长大以后的苏潮和苏渡。事实上，二十四年来，苏伍以及长大以后的苏潮和苏渡，都从未去老家为苏木桥上过坟。而三年前，终老于八十岁的我奶奶，也未曾被我们送回乡下与爷爷合葬。苏陆氏的寿位，是她自己生前选定的。嘉定远郊一处公墓的骨灰堂，像中药房里的小抽屉一样层层相叠的几百个位置，仿同人间的公寓大楼。我奶奶苏陆氏的居所，处于不高不低的中间层面，是一个被叫做 3 区 5 层 73 号的格位。

苏陆氏向来勤俭节约，也向来安于做一名普通女人。她从未想过要做人上人，甚至在为自己确定身后处所时，也没有想过要一个安身于泥土下的、宽敞一些的穴位。她说：一个人睡在地底下，冷清清的，吓人。那些格子不是很好吗？介许多人住在一道，闹猛啊！

苏陆氏的确是一个喜欢热闹的人，自从我爷爷苏木桥去世后，她一直住在我们家，对于城市里的生活，她从未表现出任何不适应的迹象，也从未提过要回刘湾乡下。相比之下，我奶奶的性格，远比我爷爷要随和宽厚。四年前，我奶奶苏陆氏忽然提出要买一个百年之后的栖身之处。她远远超过我爷爷的生命长度让她得到了某种预兆，于是，她为自己选了一处价廉物美的寿位——骨灰堂里形同鸟笼的一格方寸之地。

我还记得，在我为奶奶去购买寿位时，公墓处要求以本人的姓名登记。彼时，我忽然发现，我从来不知道我奶奶苏陆氏真正的名字。于是，我打电话给父亲。

苏伍在电话里支吾了半天，最后，他犹豫着告诉我：你奶奶，大概就叫苏陆氏吧。

我父亲并未觉得作为一个儿子不知道母亲的姓名是一件多么荒唐的事情，并且，为了证明他并不是什么都不知道，电话里的声音很快进行了毫无意义的弥补：姓陆是肯定的。叫什么，就不清楚了。

对苏伍匪夷所思的糊涂我心生不满，但同时，我又开始自责，作为孙子的我却从不知道奶奶的姓名，这同样是一件荒唐的事情。多年来，我的确从未想过要问一下奶奶，在嫁给我爷爷苏木桥之前，她究竟叫什么？

我奶奶接过了电话，听筒里，绵长如歌唱般的声音传来：我娘家姓陆，我叫苏陆氏，就叫苏陆氏。对了，我还叫"苏家姆妈"，还叫"苏家好婆"……

电话再度被我父亲苏伍接过去，这一回，他斩钉截铁地说：就叫苏陆氏，你就用这个名字登记。

一年以后，我奶奶果然在骨灰堂的某一个空格里安息了。那时候，我确信，人的灵魂应该是又小又轻的，若非如此，那么我奶奶怎可以居住在那么小的地方？

那个方寸空格的门扇上，写着我们为她定下的名字——苏陆氏。在她居所的上下周围，更多的居民用他们活着时的姓名表示那里是他们在另一个世界的家，如同我奶奶这样没有自己名字的亡人，亦是不仅仅她一个。她有她的同伴了，在那个世界里，有一群女人，依然为自己冠以别人的姓氏。

也许，在我奶奶苏陆氏活着时，曾经试图做一个独立的自己，所以她没有选择与我爷爷苏木桥合葬在一起。然而，她却至死都沿用着苏家的姓氏，她叫苏陆氏，她至死都没有自己的名字。

# 五

依然身穿过时牛仔衣的阿大老人抱着我送给他的一条红双喜烟，因为欢笑而堆满了皱纹的脸上露出明显的羞涩：我哪能要你的香烟呢？我又不是乡干部，帮不了你啥忙的。

然后，阿大灵清的脑子立即一个拐弯，拐到了我爷爷苏木桥身上：苏老裁缝的丧事，我也去帮忙的，我还记得，伊过世那天，正好过年。你们都不在乡下，年初一上午有人去拜年，才发现伊已经过去了。

我并无兴趣知道第一个发现我爷爷已经去世的人究竟是谁，然而，这个在大年初一去给苏木桥拜年的人，一定与我爷爷有着非同一般的友谊，也许，他会知道我爷爷落葬之处究竟在哪里。

我的推测得到了阿大老人的认可，他猛吸了一口烟，眯缝起眼睛，回忆以及欲言又止使他的表情看上去像一个正在思考的智者。犹豫片刻，他忽然说：这样吧，你去问问东浜头林家姆妈，作兴伊是晓得的。

阿大老人不知道的事情，林家姆妈怎么会知道？想必她是我们老家到目前为止活得最悠久的一位老人，她的年龄和阅历使她像一部历史书，这部书里，记录着发生在刘湾乡下的每一件往事。

阿大老人继续说："那几年，没有人穿中装了，只有林家姆妈一个人穿。伊从来不穿别的衣裳，伊只穿中装；而且是苏老裁缝做的中装。作兴，伊还记得你爷爷的坟在哪里……"

一个身穿对襟缎衫、梳着光滑的发髻、眉眼姣好的女人，在我的脑海里一点点浮现而出。很久以前，在所有人都穿军便装的年代里，林家姆妈是我爷爷苏木桥老裁缝唯一的顾客。那么，也就是说，在苏木桥几乎失业的那段日子里，他成了林家姆妈的专人裁缝。一丝香艳红粉气息在阿大老人意味深长的吞咽吐雾中暧昧地忽隐忽现。

询问了林家姆妈的住处，我便告别阿大老人，穿过农田和小河，沿着那家中日合资企业边的水泥路，向着河浜东头走去。临走前阿大老人特意关照我：这些年，因为拆迁征地，老户人家搬走不少，不晓得林家姆妈是不是住到儿子家去了。你要是碰到伊，不要讲是我叫你去寻伊的！

我不想、也不敢多问，有关长辈的任何隐秘往事，哪怕是不小心了解到，也会让我心生愧疚，尽管我不是很清楚，我的内心究竟是因何而愧，又因何而疚。阿大老人闪烁其词的话语在我耳边回荡，虽然我在不断地控制自己的好奇心，但许多猜测还是止不住地蜂拥而至。也许，那个首先发现我爷爷去世的人，就是林家姆妈。我甚至想到，在苏木桥苏老裁缝去世以前，有一个女人经常与他在一起。也许，因为同样执着钟情于中式服装，或者说，我爷爷和林家姆妈因为共同的爱好而产生许多共同语言，于是，他们之间，发生了一些浪漫的故事。大胆的猜想果真让我感觉到了一阵阵羞愧，同时，我又无法抑制住浮想联翩的继续。

四月的风吹得我身上阵阵发紧，放眼河东，林家姆妈那幢弯檐翘角的瓦房正逐渐靠近。我开始酝酿见到她之后应该说的话，阿大老人叫她林家姆妈，我想，我应该叫她林家阿婆。

虽然我从不认识林家阿婆，但她的形象，却在我的想象中清晰而鲜明。中式团花对襟缎衫、光滑油亮的发髻、清朗洁净的面容、声音绵柔而少言寡语、神情冷淡却偶露笑靥……一个一辈子只穿中式服装的女子，必定是如此优雅素净的。与三年前去世的我奶奶苏陆氏相比，她们应该有着天壤之别。

我从未见过我奶奶苏陆氏穿中式服装，在我的记忆中，她的衣着总是在不断变化。二十四年前，她穿着那种六十年代就已成为人们日常穿着的小方领便装来到我们家，从此以后，她的衣着便由我父亲或者母亲来决定了。她穿过圆领套头衫，穿过粗花呢短大衣，穿过我母亲买的打折的安踏牌运动衣，甚至还把我大学毕业后淘汰的一件七匹狼夹克衫当罩衣穿。她穿着城市老人的日常服装，哼唱着《春天的故事》和《走进新时代》，这是她在我们小区的老年人俱乐部里学会的。她早已不再唱那首叫《大海航行靠舵手》的歌，但她的歌声却一如既往的绵长和苍老。我奶奶也从不梳发髻，过去，她一直留那种叫做"革命头"的齐耳短发，老电影《党的女儿》中的女主角，梳的就是那种发型。后来，她在小区门口的私人理发店里烫了一个城里老人喜欢的卷发。多话和多笑，使原本粗鄙的她显得和蔼可亲，苏潮和苏渡因此而对她倍感亲切。

如此看来，我奶奶并非是一个守旧古板的老人，可是，她却只记得自己叫苏陆氏。形象与内在的不协调，使我对苏陆氏失去了评判的标准。

这么思索着，我便走到了林家阿婆弯檐翘角的三间瓦房前。老旧的屋门关闭着，屋前的场地上，春天的荒草长得葱茏茂盛。我站在门口，如同喊劳动号子一样亮开嗓子叫道：有人吗？屋里有人吗？

没有任何应答我的声音。也许正如阿大老人所言，这幢近乎破败的房子里早已无人居住，它的主人林家阿婆已搬到城里去了。然而，来自场角上三只母鸡觅食的"咕咕"叫唤声告诉我，这里一定还有人住着。于是，我走到门前伸手敲起来。未曾想，木门竟在我用力的敲击下，发出一声"咿呀"呻吟后，晃悠着开了。屋内的一洞黑暗向我扑面而来，我的脑海里，一个女人的形象随着屋门的打开，虚无而又迫近地呈现而出。

门开着，屋内却没有人。依然生活在刘湾乡下的人们，还保持着"夜不闭户"的习惯，他们从不担心会有盗贼。站在门口象征性地喊了几声，好奇心终于让我情不自禁地抬起腿，跨进了林家老屋。

这是一间泥砖地的老式客堂，靠墙底摆着一张很旧的八仙桌，周围是三条同样旧的木头长凳。左侧靠墙是一个碗橱，右侧，没有家具，墙上贴着一张破旧的画报和几张奖状，还有一个压着十几张黑白小照片的镜框。画报上是已经褪色的一男一女两名手扶铁锹的农民，他们的身后，玉米和稻谷堆成了山，显然，这是一张七十年代的宣传画。几张大大小小的奖状上，字迹已模糊，只隐约看出，这是林家的某位子孙在刘湾乡下念书时所得的荣誉。凑近镜框，仔细辨认那些黑白照片上的影像。有单人照，也有集体照，想必，这是林家的主人和家眷在很多年前的留影。有一位出现在多张照片中女子，她身上的衣服，始终是古老的中式对襟衫。头发，也确是乌黑的发髻。从照片上这位女子的身姿看来，她所穿的每一件中装，做工都很精良。中装女子和非中装男子泛黄的合影；中装女子站在场院里的一株大丽花边笑得很灿烂；中装女子怀抱婴儿一脸温柔；中装女子被多位年轻人围绕，正襟危坐……中装女子身上的对襟衫，并不是绸缎料子的，而是某种普通的棉布。林家阿婆就是她？与我想象中那位超凡脱俗的优雅女子比起来，照片上的良家妇女略显普通了点。

我的思路被场院里传来的一阵粗哑的咳嗽声打断，赶紧退出客堂、跨出门槛，只见屋门一侧的篱笆后面站着一位蓬头垢面的老太太，正蹒跚着走来。我迟疑开口：请问，这里，是不是住着林家阿婆？

老太太抬头看了我一眼，目光浑浊而呆滞，似乎没有为一个陌生人擅自闯入她家而感到惊慌。只是一眼，她便不再注视我，仿佛寻找着脚下的路，她低着头，迈着小碎步走来。直到走近我身边，我才听到她心不在焉地问了一句：啥事啊？

她就是林家阿婆？细细打量老太太的穿着，确是中式服装，但不是绸缎料子，而是一种不灰不黑的最廉价的棉布，并且，衣衫上沾染了多处污迹，臂弯和小腹处布满褶皱。再看她的面容，亦并非清朗洁净，脸上的皱纹里甚至还镶嵌着一些来历不明的污垢。头发呢？竟稀疏到无法遮盖头皮，花白、蓬乱、枯燥，把她脑袋上的所有头发纠结起来，也不足以凑一个成型的发髻。钟情于我爷爷苏木桥的手艺、一辈子只穿中式服装的林家阿婆，怎么可能是眼前这个衰老到近乎邋遢的老女人？

然而，我还是不得不开口询问：林家阿婆，你好啊！我来找您，是想向您打听一件事情。您是这里的老田户，几十年前的事，您应该是最清楚的。

林家阿婆目光游离于场地，嘴里发出"咕咕咕"的呼喊声，三只母鸡向着她扑腾而来。我补充说明道：不好意思，我忘了说了，我是苏木桥苏老裁缝的孙子。

"哦——"林家阿婆迟钝的眼神慢慢地转过来，她终于又看了我一眼，然后，目光回到了围绕在她脚边的母鸡身上。那么一瞬间，我敏感地认为，在她几近疮痍的脸上，我捕捉到了一个微小的抽动。我希望果真是苏木桥的名字触动了她，那样，我就有可能从她嘴里打听到我爷爷的坟墓了。然而，我又希望这似是而非的表情变化，仅仅是我神经过敏的想象。

接下去，林家阿婆从那件破旧的对襟衫口袋里抓出一把米，开始给她的母鸡喂食。而我，只能在她身边继续进行着未必被她听进去的发言：林家阿婆，我是来乡下给我爷爷扫墓的，可是，乡下变化很大，我爷爷的坟找不到了。我想向你打听打听，你是不是还记得……"

林家阿婆没有搭理我，她垂着花白蓬乱的头颅，嘴里依旧发出"咕咕咕"的叫唤，一把米在她手里像观音滴水一样一粒粒往下掉，母鸡们欢腾而急躁地配合着米粒的下落，三只尖嘴叩击地面，发出此起彼伏的"嗒嗒"声响。林家阿婆似乎根本不关心我在说些什么，她脸上的表情，竟是如沉浸于某种幸福中，因为陶醉和快慰而眉目舒展开来，脸上的皱纹仿佛一朵绽开的菊花，丝丝缕缕直蔓延到耳根与脖子。我想再努力一下，我说：林家阿婆，我爷爷苏木桥你应该是认得的，你仔细想想，我爷爷的坟……

手心里的最后一粒米落到地上，被一只母鸡飞快地啄去，林家阿婆花白蓬乱的头颅终于抬了起来，然后，我听到她金口难开的嘴里缓缓地说出了宝贵的四个字：我忘记了。

说完，她转过身，慢吞吞地走向她的家门。这就是林家阿婆？我想象中优雅的女人在现实中不仅邋遢老态，而且还木讷迟钝。如果她真的是我爷爷活着时唯一的顾客，如果她真的一辈子只穿中式服装，我总以为，她内心应该是有一些坚守的东西的，比如热爱，比如憎恨。我自然不能对她这样一个迟暮老人有过高要求，但她即便没有热爱，没有憎恨，至少，她还应该有一些记得，一些感情的记得。然而，眼前的林家阿婆，却仿佛只是麻木。

我终于不再对她抱以希望，于是，我对着正准备跨进家门的那个弯曲的背影说：对不起，打搅您了，再见！

我近乎悲哀地转过身，正要离开，却听见背后传来声音：老槐树……

一阵欣喜，慌忙回头，只见林家阿婆伸出一只沾着泥土的手，指向河西：老槐树朝北，一丈半。

毕竟，毕竟……我的内心真是百感交集，我想说：毕竟她对我爷爷苏木桥还是有感情的。可又不甘心这么说，哪怕是在心里说，也不甘心。但我还是给了林家阿婆一个灿烂的笑容：太谢谢您啦林家阿婆，等我父亲身体好了，一定亲自来乡下感谢您。

林家阿婆没有因为我感谢的承诺而有所表示，她面无表情地转过弯腰屈背的身躯，跨进了老屋的门槛。从背后看，她身上的衣服虽然破旧，但却是一件裁剪做工都比较考究的中式服装。


# 六


爷爷的坟墓有了下落，我的脚步变得分外轻盈。我甚至想立即打电话告诉我父亲，我想，苏伍听到这个消息，会不会病就马上好了？为保险起见，还是决定等找到坟墓实地后再告诉他。可又按捺不住兴奋，于是发了一个短信给苏渡。苏渡很快回来短信：祝贺大功告成！

我寻着林家阿婆所指的方向走去，目标是一棵古老的槐树。我的嘴里几乎哼起了小曲，耳朵里是零星的鸟叫声，四月的油菜花已经开得金光点点，但连不成广袤的大片，间隔着麦田，金黄和翠绿镶嵌在一些蓝色的厂房和很多白色的塑料大棚中。一只麻雀落下，在我前面一蹦一跳地走，仿佛是我爷爷派来的使者，一路引领着我，走向我爷爷苏木桥天堂里的寓所。再往前走，鸟鸣声渐渐稀落，麻雀扇动翅膀，扑棱棱飞走了。远远地，我看见一棵大树歪斜着贴在那家中日合资企业的围墙边。林家阿婆说的老槐树，是不是就是它？举目四望，周围没有第二棵树，那么，一定是这一棵了。加快脚步往前走，心里的疑窦却越来越多。直到站在老槐树下，我的脑门上已经冒出了一层冷汗。

　　这的确是一棵老槐树，粗糙的树皮多处皲裂，露出黄褐色的树杆。抬头看树冠，稀疏的叶子吊儿郎当地挂在枝头，在四月阳光的照射下，水泥路上散落着一些斑驳的光影。我默默地在心里作着多此一举的比画：上北下南，左西右东。然后，我沮丧地看到，合资企业的围墙，把老槐树以北的地方完全阻挡。围墙内一丈半处，是一幢四层高的小型办公楼。我情不自禁地在心里发出一声哀呼：爷爷啊！

　　如果林家阿婆的记忆没有出错，那么，我爷爷苏木桥的坟，正被这幢钢筋混凝土小楼压迫着。我必须承认，我没有能力进入这道围墙，更没有能力推翻围墙内的楼房，然后掘地三尺把苏木桥苏老裁缝请出来，不可能。那么，我该如何向我的父亲苏伍交代？

　　恰在这时，苏渡打来电话，他已开车来接我。很快，马自达出现在了中日合资企业外的水泥路上。一下车，苏渡就发出了因情绪良好而显格外朗亮的声音：今天太顺利了，土地批租基本解决。苏潮，你的战绩，刚才我已经在电话里向爸爸汇报了。

　　牙根顿时一酸，我咧嘴苦笑起来，然后，我向苏渡宣布，我并未如他那样好运当头。苏渡听完我适才的遭遇，额上的两条浓眉撮成了一条，紧接着，他发表了一个房地产经营者权威的判断：爷爷的坟应该不在这里。一般土地被批租，只要这块土地上有坟墓，开发商是必须要通知家属，给一笔迁坟补偿金的。要是没有立碑的野坟，那就说不定了。

　　老屋拆迁是在爷爷去世的第二年，那时候，爷爷的坟墓还是新坟，还不至于变成没有墓碑的野坟，但是，并未有人来通知我们领取迁坟补偿金。那么，我爷爷苏木桥苏老裁缝，应该还是栖身于那片仅剩的、没有动用过的五十亩农田中？

　　苏渡明显对我的办事能力产生怀疑，他决定再去一次林家阿婆家，他要得到更加准确的答案。

　　苏渡在苏潮的带领下站到林家阿婆面前时，他满脸堆笑的脸上还是不由地露出了些微困惑的表情。想必林家阿婆涣散的眼神和枯萎的容颜同样不符合苏渡心目中的中装女子形象。然而，苏渡还是堆着笑容向林家阿婆耐心地作了一番自我介绍，然后，他开始帮着她一起挖掘记忆。苏渡良好的口才和竭尽温和的语调让我看到了一名房产开发商的业务能力，然而，此刻，他动之以情、晓之以理的开导，在林家阿婆面前却如同对牛弹琴。在苏渡的一再启发下，我们得到的却始终是林家阿婆指向河西的手，以及重复了无数次的"老槐树朝北，一丈半"的答案。

最后，苏渡认为林家姆妈已经得了轻度老年痴呆。无奈之下，我们放弃了从她这里得到爷爷坟墓地点的希望。

回家路上，我们为如何向父亲苏伍交代伤透了脑筋。苏渡说：暂且不要告诉爸，就当已经找到了。爸要是问，就说，爷爷的坟在一所苗圃里，被园艺所租用，不方便进去扫墓。

不敢确定，我父亲在知晓爷爷的坟已有下落后，忽然又听到结果推翻的消息，是否会病得更加严重？苏渡的主意虽然不能解决长远，但是目前，我没有理由反对。苗圃是一个好地方，就像陵墓一样，苏木桥苏老裁缝安息在虚构的花草树木中，苏伍听了也许会安心一些。

马自达渐渐开出了刘湾乡下，很快上了高速公路。半小时后，我们已经在杨浦大桥上凌空俯瞰。放眼车窗外，东方明珠和金茂大厦两座高耸的巨塔遥遥在望，黄浦江在脚下滚滚流淌。周围已经看不见农田，只有高高低低的楼群和楼群间夹杂的绿色树木。城市与乡下离得如此之近，即便在没有高速公路的当年，回到乡下老家，也只需一个半小时。可是，我父亲苏伍却在整整二十四年里，从未用哪怕半小时或者一个半小时的时间，从市区逾越至乡下。而今，我们想要穿越时空回到我们的故乡刘湾，我们的身躯很快回到了那里，而我们却再也无法找到祖宗、找到家园。

苏渡又沉浸到他的商品房建设计划中去了，他滔滔不绝地谈起了他未来的高尚别墅区，他们的房地产公司将在这一项目中赚到多少钱，他的私囊里又将增加多少财产，他还建议我可以按揭买下一套别墅，未来的某一天，我就能拥有一笔升值了无数倍的固定资产。

苏渡把我送到父母家楼下，他还要去公司向老总汇报今天的洽谈成果。我并不是一个善于说谎的人，即将独自面对父亲说出编造的谎言，我为此而忐忑不安。我希望苏渡跟我一起去见父亲，两个人共同编造的谎言，由两个人一起说出来，就不会显得那么假了。

苏渡却认为完全没有必要这么紧张，他如同兄长一样沉着地拍了拍我的肩膀：胆子大一点，祝你成功！

说完，马自达放出一股尾气，比我小两岁却仿佛是我兄长的苏渡驾驶着他的汽车，汇进了城市的车水马龙里。

在苏渡眼里，一切都是那么易如反掌，哪怕爷爷的坟墓永远找不到，他都不需为此忧虑。

<h1 align="center">七</h1>

我母亲王美华的身影在厨房里忙忙碌碌，我父亲苏伍却不见踪影。母亲说：伊晓得爷爷的坟寻到了，毛病也好了，骨头轻得不得了，吵着出去买老酒了。

王美华身上的红格子厨房专用套衫在油烟蒸汽中朦胧而鲜艳，她保养得很好的皮肤显得白皙滋润，五十六岁的人看起来仅是四十多岁的模样。我靠在厨房门口，嬉笑着问母亲：姆妈，你是城里人，爸是乡下人，当年，你哪能会看上我爸的？

王美华鼻子里发出一记轻哼：我看上伊？是厂里的妇女干部介绍的。不过，你爸老底子里，手艺还是很好的，年纪老轻的，就已经是技师了。我想想，这个人，蛮老实、蛮本分，靠得牢，关键是，伊蛮听话的，我就同意了。

王美华说完，满是自得地"嘿嘿"笑了两声。我也笑起来，我觉得，我心里的笑比脸上笑更加暧昧。向来为自己是城里人而骄傲的王美华嫁给了乡下人苏伍，而她却在结婚那天就发誓永远也不过乡下的日子。幸好苏伍的脾气不像他的父亲苏木桥那样倔强，否则城里人王美华将无法拥有一个听话的丈夫了。

王美华一边切着黄瓜，一边发出了无奈的叹息：唉！老实人吃亏，伊的徒弟都做副厂长了，伊快退休了，还没混上一官半职。死脑筋，只会做中山装。跟不上形势，就要被淘汰。

我母亲王美华的抱怨让我发现，其实我父亲身上还是传承了我爷爷苏木桥的某些秉性。苏木桥老裁缝这一辈子，除了对襟中装马褂旗袍以外，从来不屑于让别种样式的服装在他手里做出来。他的儿子苏伍却执着于一种叫中山装的服装。当然，除了做中山装，他还做西装和夹克衫。苏伍是有组织有单位的人，他不能像他的父亲那样凭自己的喜好只做一种服装，但他却无法制作出同样优质的西装和夹克衫。我无论如何不能相信，一名技艺超群的裁缝只能做一种样式的服装，哪怕技术手法截然不同，也可以触类旁通。也许，是内心的抵触，让他无法如同做中山装那样潜心于西装和夹克衫的制作？

于是，我问我母亲王美华：爸经常提起给周总理做中山装，是真的吗？

"伊就欢喜在你们兄弟俩面前吹牛皮，哪有伊讲的那么神。"王美华对苏伍无情的揭发使我父亲原本就并不太过高大的形象更显弱小。按照我母亲的说法，我父亲苏伍在二十多岁的时候，有一次，被他的厂长委以做三套中山装的重任。要求是，拿出最好的本事，做出最好的衣服。为此，厂长专门给了苏伍一个房间，让他一个人在里面专心做衣服，吃饭、睡觉都不出这个房间。厂长还向苏伍透露，这三件中山装将被穿在某位著名的大人物身上，并且在各种重要场合出现。两个礼拜后，苏伍面色苍白地走出房间，三套中山装完美而隆重地挂在他身后洞开的门内。不久以后，报纸上刊登了周总理出访亚非欧的照片，苏伍把那张报纸研究了半天，然后，他把报纸摊开在桌上，指着大幅照片上的周总理，对王美华说：这件中山装，就是我做的。

最后，他把报纸折叠好，郑重地放进了家里摆放钱和粮票等贵重物品的抽屉。那张报纸作为唯一的证据，让苏伍确定了不久前他做的三套中山装中的一套，已被周总理穿在了身上。

王美华的话让我忽然对父亲同情不已。青年裁缝苏伍制作的中山装，竟被国家领导人穿在身上走遍了世界各国。也许，正是这种传说抑或他自己想象中的巨大荣誉，使他从此拒绝接受别的服装，哪怕这种传说或想象最终也未得到证实。

那么，我爷爷苏木桥，他一辈子只做中装，是否也是为了某一种荣誉，为一个他所崇拜、敬仰、热爱的人？林家阿婆稀疏的白发在她皱纹丛生的头颅上蓬乱着的形象，很是突兀地跳出我的脑海。为了一个一辈子只穿中装的女人，苏木桥成了一名一辈子只做中装的裁缝？

我依然不甘心、也不愿意相信，那个苍老邋遢并且木讷呆滞的老女人，是我爷爷苏木桥崇拜、敬仰，或者热爱的人。我更不愿意相信，我的爷爷苏木桥会把林家阿婆一辈子只穿他做的中装当作一种荣誉。

王美华的饭菜即将做好时，我父亲苏伍提着一个"乐购"超市购物袋，摇晃着身子进了家门。他高昂着头颅大摇大摆的走路姿势显然表示他的身体已经完全恢复，并且，他神采奕奕的目光说明他的心情也相当不错。苏伍从购物袋里拿出两瓶石库门上海黄酒，用洪亮的声音喊道：王美华，把老酒拿去热一下，放两片生姜。

苏伍趾高气扬的声音招致王美华的一个白眼。因为我的在场，王美华还是给足他面子，把酒瓶拿进了厨房。

晚饭，我父亲苏伍喝下半杯黄酒后，话就开始多起来。一如从前的许多次，一开话题，他便提起了他的那段当年之勇。他甚至激动地站了起来，然后一手指着北方，一手叉在腰间，仿同周总理出现在公众面前时的某个习惯动作：想当初，我做的中山装，是全中国最好的中山装。周总理穿的中山装，都要到我们厂来定做。你想想看，到我们厂来定做，不就是请我做吗？

我笑了笑，举起酒杯：爸，为你曾经给伟大的周总理做中山装，我敬你。

苏伍拿起酒杯，与我碰了一下，喝下一大口，继续道：你晓得吗？周总理访问亚非欧时，穿的就是我做的中山装。周总理欢喜穿浅灰色的中山装。尼克松访华，晓得吗？周总理穿的，也是我做的中山装。

我母亲王美华插话道：周总理会见尼克松，穿的是深灰色的中山装。

"深灰吗？我怎么记得是浅灰的？"苏伍尴尬地笑了笑，然后，话题一转："你晓得我的手艺为什么这么好？这要感谢你的爷爷啊！"

苏伍终于提到了他的父亲我的爷爷："你爷爷的手艺好啊！我只学到了伊的一点皮毛。只可惜，伊死得早……"也许是酒精的作用，苏伍的眼圈忽然泛红。他深深地叹了口气，定了定情绪，接上话头："你爷爷去世的时候，才五十九岁，哦不，应该讲，是六十岁。日脚过得快啊，如今，我也已经五十九岁了。"

我说：爸，你身体很好，高血压高血脂都没有，你肯定长寿。

苏伍的说话声里却带了哭腔："唉！我想想都心慌，二十四年啊，我从来没有去乡下给你爷爷扫过墓，不孝啊！所以要生毛病啊！"

王美华放下筷子，很是不满地说：我看你以前从不去扫墓，也一直没啥毛病。

苏伍拿起酒杯，猛喝一口。然后，他居然对王美华拔高了嗓门：你少跟我来这一套！就是一直不去扫墓，结果弄得连阿爹的坟都寻不到。你讲讲看，哪家人家的儿子会寻不到爹的坟？我阿爹还能不罚我生毛病啊？

苏伍前所未有地在王美华面前这么高声说话，酒精给他壮了胆，酒精同样让他表白了内心的自责。然而王美华的嗓门却比他更高：放屁！照你这么讲，你阿爹五十九岁死了，你现在也五十九岁了，是不是你阿爹要罚你去阴间陪伊了？

王美华说完，立即发现自己把话说过了头，慌忙弥补：我跟你讲了，不要迷信。你阿爹人都死了，伊哪能会来罚你？你想得太多了。

然而，王美华唯物主义无产者百无禁忌的说话还是触到了苏伍心头的痛。苏伍的脸色已经变得惨白，拿酒杯的手颤抖着，嘴唇也在发抖，却一句话也说不出来。我只能安慰道："爸，爷爷的坟已经寻到了，伊不会再罚你了。"

我父亲苏伍捂着胸口，颤巍巍地站起来：我心口痛，我头晕，我两只手心也痛得要命。小时候，有一次，我剪坏了一块料子，你爷爷罚我，叫我跟你奶奶去拔秧……

我扶着父亲走向卧室，他适才还昂首阔步的走姿，此刻，变成了缓慢的蹒跚，眼神也变得暗淡忧郁。苏伍认定他身体的不适反应都是来自他父亲苏木桥的惩罚，躺下后，他还反复叮嘱我：苏潮，我要去乡下扫墓，给你爷爷扫墓。

我点头答应：好，去扫墓。

毕竟是带着几分醉意，我父亲苏伍怀着满腹心事很快发出了鼾声。我却开始忧心忡忡起来。明天，如果他向我提出要去扫墓，我该带着已经清醒的他去哪里扫墓呢？

# 八

在我和苏渡的共同劝说下，我父亲苏伍总算答应，等我们把爷爷的坟迁移到公墓后再去扫墓。我们的安排是，先找到虚构的园林所领导，和他们商量，然后，这所虚构的苗圃才会敞开大门，让我们进到里面，这样，我们就可以把爷爷的坟迁移到公墓了。筹备以及完成这些工作，至少需要半年以上。

苏伍答应给我们时间，但他给我们规定的最后期限是冬至，冬至前一定要办好。要是冬至还不能扫墓，很快就是过年了。"唉！我已经五十九岁了，过年就是六十岁了，也不晓得，我还能不能活到六十岁。"我父亲苏伍发出了悲观的叹息。

苏伍最大的担忧，就是我爷爷苏木桥的故事会在他身上重演。苏木桥在五十九岁与六十岁之间的那个夜晚或者凌晨突然死亡，这多少让他的儿子苏伍在自己也从五十九岁过渡到六十岁的当口，产生了许多恐惧的想象。他从十六岁开始，就做了城里人。他在城里的服装厂做了40多年工人阶级，他娶了城里的女人做老婆，他的家安在了远离刘湾乡下的市区。在他的世界里，早已没有了那些古老风俗，也没有任何与亡灵有关的禁忌。然而，他还是在活到五十九岁的时候，如同一片归根的落叶，开始寻找他的故园、他的祖宗。

三个月后，苏渡的房产开发计划正式启动，他竭力劝导我拿出二十万元首付金，订购一套期房，并且向我保证，城市还在向外围的郊区扩张，两年以后，地铁将通到刘湾乡下，到那时候，刘湾的房子肯定天价。

我说：那爷爷的坟，什么时候迁？

苏渡笑着说：我看你教书教得脑子坏掉了，你大概真的以为我们要从刘湾乡下那块地里把爷爷的坟迁出来？

我咧了咧嘴角，做了一个笑的意思。苏渡说的没错，在我的潜意识中，我们是真的要为爷爷迁坟，我们必须要在苏渡开发的农田变成工地之前完成坟墓的迁移。然而事实上，我们又无法真的替爷爷迁坟。爷爷的坟在哪里？即便我们谁都清楚，苏木桥的确在那块土地里安眠了二十四年，但我们还是无法把他的灵魂引迁到新的居所去。

苏渡交友很广，他请一位做墓地开发生意的朋友选了一个风水很好的穴位。订下穴位前，我与父亲商议：要不要把奶奶与爷爷合葬在一起？

我父亲仰着脑袋想了好一会儿，说：你奶奶欢喜闹猛，你爷爷呢，欢喜安静。这两个人，一辈子就是这样，针尖对麦芒。算了，你奶奶欢喜待在人多的地方，就不用迁了。

在订购墓碑和确定碑文时，父亲提醒我，不要忘记在墓碑上刻下我爷爷的丰功伟绩。苏渡问我：爷爷的丰功伟绩？怎么写？

我想了想说：爷爷是一名很敬业的裁缝，伊一辈子只做中式服装，伊做的中装是最好的。

苏渡笑起来：这个，不好写。要不刻上"这里埋葬着一位把中式服装设计与制作当作一生追求的裁缝"？

苏渡在说笑话，这让我想到了美国第三任总统杰斐逊的墓志铭。

苏渡接着说：爷爷做的中装，是不是现在的"唐装"？去年上海开APEC会议，二十个国家首脑穿唐装亮相，引发中式服装潮流啊！

我点头：是啊，爷爷要是活到今天，真是老法师了。

苏渡说：对，这倒提醒我了，我要去订做一套唐装，年底开庆功大会时穿。

苏渡的房产计划已经顺利开工，那段日子，他频繁地往来于市区和刘湾之间。冬至前，我搭乘他的车，去了一趟刘湾乡下。哪怕是形式上对爷爷亡灵的告慰，我也觉得有这个必要。这多少有些自欺欺人，也的确是自我安慰，但，我别无他法。

苏渡把我载到刘湾乡下，下车后，我看到的是一片沸腾的工地，阿大老人所说的五十亩未曾动过的农田，现在终于动了个底朝天。农田周围的人家，也已全部拆迁。我试图找到河浜东头林家阿婆的那幢老屋，没有了，什么都没有了。那个一辈子只穿中式服装的女人，自然也已不见踪影。也许，她被她的子孙接到城里去生活了。我不知道，她在远离农村、不能养鸡的城市里是否能安逸地生活下去。她是一个与我奶奶苏陆氏完全不同的人，我确信她骨子里的固执，也许只有在农田包围的乡下，她才能得到那种单纯、快乐的生活，哪怕是只有三只母鸡做伴的生活。

我站在刘湾乡下已近乎没有农田的土地上，默默地想，也许，这是我最后一次来到我的故乡了。我想对着这片土地，对着我的爷爷苏木桥呼喊：爷爷，你的子孙来请你了，请你在天之灵飞翔起来，飞到我们为你安置的那个新家吧。

然而，我只是沉默地看着尘土飞扬的工地，看着一河之隔平坦的水泥大路，看着蓝色的厂房，白色的塑料大棚，看着我的故乡被尘埃染成灰色的天空，沉默无语。

冬至那天，我们举家去远郊的公墓祭扫我的爷爷苏木桥。我父亲苏伍特地买了一个昂贵的花篮，我母亲破天荒没有在语言和行动上坚持自己的"唯物主义"做派，她很诚意地为爷爷准备了一些水果糕点贡品。进入松柏林立的公墓，我们寻着爷爷的墓穴号码一路进去，终于到达"31区16号"墓前。

如果没有那些矗立的墓碑，这个位置绝佳的墓区很有可能会被人误以为是高尔夫球场。墓穴与墓穴间隔很大，地上铺着大片草坪，冬天降临，草坪依然保持着葱绿。墓区周围种着各种花卉树木，还堆着几座假山，一条人工小河环绕流淌。整个公墓内，爷爷的墓区，应该算是价位比较高的别墅区。刚才进公墓大门时，看见更多的区域里，一块块墓碑挤挤挨挨靠得很紧。想必，那里算是公寓区。这情形，忽然让我想起我奶奶苏陆氏。她住的地方，是上百个格位相叠着的骨灰堂，那里，算是什么区？棚户区？

依然沿用着苏家姓氏而没有自己名字的我奶奶，并未与爷爷一起住进豪华的苏家坟墓，我的心里泛起一阵愧疚。再看我爷爷的墓，做得确是很气派。一圈松树和柏树围绕着墓穴，宽阔的台阶上升三级，就是那块花岗岩墓碑。墓碑上方，是苏伍提供的一张我爷爷的旧相片。苏木桥瘦削的脸庞仿佛从墓碑的窗棂里正往外看，他迥然的眼睛注视着我们，注视着他的子孙。他一如既往地穿着对襟中装，挺括的立领紧扣着他笔直的脖子，领口下的第一颗搭祥布扣，如同一粒精致的蜡梅花蕾，端端正正地凸现在圆润妥帖的衣服前襟上。

照片下面刻着我和苏渡共同商议的、以苏伍的名义立的碑文：先父苏木桥之墓，一生执着于中式服装艺术的敬业者。一九一九年二月十六——一九七九年正月初一，享年六十岁。孝男苏伍，二〇〇二年十二月立。

苏伍像视察工作的领导一样环顾了一下四周，说：这个地方，很不错！碑文也写得很好。你爷爷住在这里，我就放心了。

我们在墓碑前摆上花篮和贡品，点燃了香烛。然后，苏伍便在他父亲苏木桥的墓前跪了下来。他跪在他父亲面前，一边焚化锡箔元宝，一边对着坟墓轻声地诉说起来。冬天的风吹散了他的喃喃话语，我们无法听清他在说什么。他的神色看起来严峻而虔诚，他就这样，对着他的父亲苏木桥长久地诉说着。那时，我却在想，也许，我父亲苏伍永远都不会知道，他面对着、倾诉着的这个墓穴，这个刻着他的父亲苏木桥的名字的墓穴，是一个空穴。

我转过头看苏渡，他也正好在看我。我们相互对视了一眼，然后，很快分开眼神，继续把目光投向坟墓。苏潮和苏渡，我们谁也没有说话，我们只是面向墓碑恭敬地垂首而立，仿佛我们面对的，的确是我爷爷的坟墓。我们就像真的在祭奠我们的爷爷，带着庄重的表情，和沉重的心情。

冬天的寒风吹着我爷爷苏木桥的坟墓，常青的松柏轻轻地抖动着，我的头发，也跟着飞扬起来。我抬头看天，天空阴霾而晦暗。那时刻，我很想对着苍天呼喊：爷爷，请你在天之灵飞来吧，飞到我们为你准备的新居来吧！

然而，我依然没有开口，我只是沉默着。耳边，只有冬天的风轻轻的呼啸声，以及我父亲苏伍对着他的父亲苏木桥混沌的倾诉声。

回家路上，苏渡向王美华请假，晚饭不在家吃，他要去服装公司取定做的唐装，再过一个礼拜他们公司的庆功大会就要开了。我母亲王美华问：现在做一套唐装要几钿？

苏渡轻描淡写地说：还好，不到两千。

我父亲苏伍立即嗤之以鼻：啥世道？一件衣裳要毛两千？你爷爷要是在世，伊就可以帮你做一件了，伊做出来的中装，那是……

苏渡打断苏伍的话：爷爷要是在世，钞票就要赚昏掉了。

苏伍没有接腔，话题没有继续下去。马自达车厢内，某段电子合成的轻音乐柔曼飘逸。

晚饭后告别父母，回自己家。走上街头，发现上海的冬季虽已稍带凛冽寒意，然而，灯火通明的商店，喧嚷拥挤的人群，璀璨绚丽的霓虹灯，无不驱赶着寒冷的侵袭。我猜测，未来的某一天，这个繁华的城市，也许将不再会有冬季了。

进入地铁通道，热烘烘的体味扑面而来。地下走廊里人头攒动，一幅幅灯箱广告闪掠而过，尽头，巨大的电子屏幕上正播放着一场国际时装发布会。那些涂着黑眼圈，梳奇形怪状的发型的模特们，扭动着胯部，迈着所谓的猫步，一脸冷酷地穿越 T 型舞台。屏幕下面，一串小小的中文字不断跳跃：新概念唐装——世界服装的时尚新潮……

我这才看清楚，模特们身上穿的，是各种色彩、各种质地的类似旗袍或者对襟衫的衣服。

什么叫"新概念唐装"？电子屏幕上那些露出乳沟、露出臀线、露出整个肩膀的貌似旗袍或者对襟衫的服装，就是"新概念唐装"？我并非服装行业人员，自然无法理解。如果我爷爷苏木桥苏老裁缝能够看到"唐装"风行的今天，他会如何作想？唉——我的苏木桥爷爷啊！此刻，他的灵魂，会不会在他的子孙们祭扫过的那座空坟上面飞翔？

想到这里，我忽然觉得很荒诞，很好笑。于是，在人流如潮的地铁通道里，我咧开嘴角，笑了出来。

# 隐声街

## 一

刘湾镇上最干净的一条街叫隐声街，负责清扫隐声街的清洁工叫大毛毛。大毛毛不仅街扫得干净，更是刘湾镇上的消息灵通人士。若想打听张家儿子娶了女人否，李家老头啥时候退休，今年环卫所涨不涨工资，国庆节事业单位统一休假几天……只消去问大毛毛，他绝不会回答"不晓得"，在大毛毛的词典里，没有"不晓得"这三个字。

张三根和唐贵龙结伴去吃早茶，与豪迈地扫着隐声街的大毛毛相遇，唐贵龙问：大毛毛，今朝天气如何？大毛毛厚嘴唇一掀，朗朗道来，口齿并不十分清晰，播报的天气倒和广播里一样准确完整，夏至还是春分，也丝毫不错。唐贵龙面露惊艳之色，顿首而道：天才与白痴，果真只有一步之遥啊！

大毛毛究竟是天才还是白痴，这个问题颇有争议。张三根就对"天才"一说很有些不屑，一伸手，竟在大毛毛脑壳上重重地拍了一记：我晓得，大毛毛欢喜宋美丽，一听见宋美丽的名字，个屌就硬了翘翘。

大毛毛虽不是很懂张三根的意思，但知道不是好话，便有些气愤。屌与宋美丽有屁关系，屌在天上麻麻地飞，难看得像是在白白净净的天空里撒了无数泡黑屎，屌哪能和宋美丽比？

刘湾镇人把天上飞的鸟叫"屌"，大毛毛觉得张三根把屌与宋美丽摆在一起讲，简直就是对宋美丽的辱没，在他心里，宋美丽就是一个大脸盘女神。大毛毛是不容许有人讲宋美丽坏话的，便定格两只眼珠，黑白分明并疾恶如仇地死死盯住张三根。张三根被他盯得心里发毛，呵斥道：大毛毛你寻死啊！盯牢我看啥？当心请你吃"毛栗子"！快喊爷，喊我一声爷！

刘湾镇人把父亲叫"爷"，把祖父叫"爷爷"。都知道大毛毛没有"爷"，也因此，人人都可以做大毛毛的"爷"，七八岁的小孩都会跟在大毛毛屁股后面喊：大毛毛，喊爷，喊我一声爷……被人逼着喊"爷"的趟数多了，大毛毛自家也犯愁。他时或会想，他的"爷"是谁？他的"爷"在哪里？为啥总有人吵着要做他的"爷"？

唐贵龙打圆场：三根走吧，吃茶去。大毛毛，好生扫街，茶场收了，我请你吃香烟。

张三根作罢，两个半老头走向隐声街街尾。大毛毛这才握起扫帚，略有茫然地继续他扫街的工作，脑壳里，却想着他的"爷"。

大毛毛知道的事情完全有可能比张三根多，况且又是那样精力充沛，扫街之余，双脚几乎踏遍了刘湾镇上的商店、影院、浴室、茶馆，任何一条消息，只要被他听到，他就会记在并不发达的脑子里，适当的时候，便可成为他沟通交流、广结朋友的资本。可是有关他的爷，大毛毛自始至终未有得到过一点确切的消息。这状况，对于大毛毛来说很丢份，他是什么消息都有本事打听到的，唯独在自己的亲爷问题上失了水准，使他的人生顿时降低了境界。为此，大毛毛对自己很不满意。

这一天下班回到家，大毛毛用他那双聚焦略有分离的眼睛盯着他的亲娘王囡囡，狠狠地问了一句：我爷是啥人？他在哪里？

大毛毛没有爷，却有娘。王囡囡原本是环卫所的清洁工，大毛毛子承母业，顶替了王囡囡的活。王囡囡退休后不肯忘本，日日出门捡垃圾，家里塞满了破布烂纸、瓶子袋子，搞得像个垃圾站，她就是名副其实的垃圾站站长。

改革开放后，环卫工人的薪水渐涨，王囡囡退休工资一千多，加上大毛毛全数上交的月薪，吃穿无忧。可王囡囡不怎么会持家，月首拿到工资，便连日鱼肉荤腥，最热衷的就是猪头肉。也不给猪头刮一下毛，整个地扣进大锅满水煮上。不晓得啥时候熟，便提一把切菜刀，热腾腾地割一块填进嘴里品尝，等大毛毛扫完上午的街回到家，一只猪头差不多割剩了半只。自然还是不晓得熟了与否，大毛毛便接过他娘手里的刀，一块块割来试吃……直到猪头煮烂，锅里只剩了一只厚墩墩的猪鼻和半锅稠白的汤，只好去熟食店买一斤猪脚，半斤花生米，加上猪头汤，开饭。半个月下来，未曾记得猪头吃了几只，熟食店跑了几趟，钱袋就见了底，便要赊借度日。好在大毛毛人头熟，有地方可借，人们甚至争相要借钱给大毛毛，因为大毛毛守信，利息还高。每月五号领了工资，第一件事就是还钱，借一百块还一百二十块，借两百块还两百五十块。无论如何不会亏的生意，哪个不愿意和大毛毛交易一下？只是这个月的后半段，又无钱开火仓，又要靠赊借度日。

王囡囡就是一个顾了上半个月，就顾不了下半个月的女人，就像她顾了大毛毛，再也顾不上小毛毛。人问她：囡囡，你是啥时候嫁了大毛毛的爷？

王囡囡便把下巴朝肥圆的脖子里一扣，脑壳霎时与脖子叠套了起来，一圈圈白旺旺的肉箍裹得像围巾，使她成了一个没有头颈的女人。没有头颈的王囡囡连下巴都不敢露出来，显然她讲不上来是什么时候嫁人的。人又问：囡囡，那你是啥时候养下大毛毛的？

王囡囡肉套里的下巴一顶，脑壳伸出来，顿时高了两寸。提到大毛毛，王囡囡总是颇觉骄傲，她亮开嗓子，"噼里啪啦"冒出一串炒黄豆般脆响的声音：十六岁，我养下大毛毛，我又养下小毛毛，大毛毛大了，小毛毛回转去了……

小毛毛回转哪里去了？王囡囡并不解释。这事，大概只有刘湾镇上的老人知道，大毛毛和小毛毛，是一对龙凤双胞胎。出娘胎时，大毛毛五斤四两，小毛毛才二斤六两，猫似的一只。王囡囡怀孕时吃进去的二十八只猪头，营养全叫大毛毛吸收了去，大毛毛肥大的身躯完全堵住了小毛毛的活路，使小毛毛一落地就气息奄奄，三日后便折回了天堂。还是卫生院的一个杂工，把小毛毛抱到镇东头的河滩边，草草埋了。至于大毛毛的爷、她的亲夫究竟是哪个，她也似乎永远地遗忘了。

也有依稀想起来的时候，比如，夏天的晚上，女人们聚拢在一起，拍着蒲扇谈论各自的男人。对门杨木匠嫂嫂说：他老是困不着，半夜里还要起来给他赶蚊子，涂万金油……

隔壁温家姆妈说：蚊子？我看是你让他困不着……

杨木匠嫂嫂有些腼腆：天气介热，蚊帐里，汗嗒嗒滴……

后弄堂李家婶婶就说：卖力点，肚皮里有了，就是他给你赶蚊子，他给你涂万金油。

女人们聊到这里，发现一旁静静聆听的王囡囡，便说：囡囡，你肚皮里怎么会有大毛毛的？也没见你有过男人。

王囡囡忽然被人想起，终于也有了插嘴的机会：我没有汗嗒嗒滴，我肚皮里就有了。

女人们相视而笑，却不敢大笑，怕把王囡囡好不容易冒头的记忆笑回去。温家姆妈问：囡囡，人家都是汗嗒嗒滴的，你为啥不出汗？

王囡囡肉脖圈一阵滚动，骄傲地回答：落雪啦！天冷啊！他一把捉牢我，钻进了防空洞。

李家婶婶掩住嘴角边差一点儿溜出来的笑：他一把捉牢你，你为啥不逃？

王囡囡头一低，竟羞涩起来：落雪啦！天冷啊！防空洞里暖哦！

杨木匠嫂嫂伸手摸了摸王囡囡叠壮的肚子，近乎妒忌地追问：防空洞里一钻，肚皮里就有了？你的男人究竟是啥人？张三根？姚水发？难不成是大毛毛？

王囡囡抬起头，露出难得一露的头颈，朝着撒满点点繁星的天上望去，胖面颊镶嵌的一双细眼里，闪出两缕茫茫然的神往：那一天，雪落得真大啊！

再追问，就是无限地重复了。往事只匆匆露个头，复又隐没在王囡囡混沌无边的记忆中，再也寻不着根根脉脉、细枝末节。

二

大毛毛脑子先天略有缺陷，不知是遗传了王囡囡的基因，还是防空洞里下的无名种，太过匆忙而质量不高，用医学上的话来讲，叫轻度智障。然而，轻度智障并没有使大毛毛降低工作质量，大毛毛的敬业，是刘湾镇人有目共睹的。

一日当中有三次，大毛毛挥着一把高大粗壮的硬竹篾扫帚，从隐声街口一路向街尾横扫而去，姿势潇洒流畅，动作雄浑有力，赛过武林高手。一条四米宽、三百米长的青石板街路，就这样被大毛毛建设得纤尘不染、远近无敌。

扫街的余暇，大毛毛也是不得空闲的，他要去粮站看看新大米收上来了没有；再去看看电影院最新排片表里，有没有那部讲一艘船沉到海底里去的外国电影；还要去一趟茶馆，那里消息最多，大毛毛去则坐在角落里翻着白眼静静地听，偶尔发出求知的提问，引起哄堂大笑，大毛毛便也跟着笑，笑得真诚而骄傲；当然，最终他要去烟糖批发部，把听来的消息全面细致地发布给宋美丽。

宋美丽是烟糖批发部的会计，生一张圆盘脸，团团的一面孔洋洋喜气。宋美丽对大毛毛格外的仁善，借钱给大毛毛次数最多的就是她。每个月的五号，大毛毛照例是领了工资即刻跑去批发部还钱。宋美丽接过大毛毛还给她的钱，低头数过，又抬头笑眯眯说：

"大毛毛，我带了半只黄金瓜来，在窗台上，你拿去吃吧。"

"大毛毛，我有两件旧衣裳，卖给废品站三钿不值两钿，送给你算了。"

"大毛毛，八只雪碧瓶你去卖掉，卖来的钞票你拿去。"

……

宋美丽的男人是镇政府的干部，家里生活条件相当好。宋美丽对大毛毛很是慷慨，家里吃不完、用不完的，笼笼统统收归好，就等大毛毛来还钱的时候送给他。当然，大毛毛也是无一遗漏地记得宋美丽对他的好。宋美丽借给他一百块钱，他要还给宋美丽一百五十块，比还给任何人的多。宋美丽给他吃半只黄金瓜，他就告诉她一条最新消息，"王寡妇其实五十岁，她自家报四十五"。宋美丽送给他两件旧衣裳，他再告诉她一条最新消息，"姚水发刚领工资就丢了钱包，他老婆罚他跪了两个钟头搓板。"

宋美丽自然是十分欢喜听这一类消息的，还总要追问"后来呢？""再后来呢？"后来或者再后来的情况，大毛毛无法及时更新，便翻箱倒柜抖搂出一些消息：张三根的老婆打了王寡妇一记呱啦松脆的耳光……说的时候，白眼里还要翻飞出几缕神秘的气息。

宋美丽就捂住圆脸上的嘴巴"咯咯"地笑，笑得浑身发抖。大毛毛最欢喜看宋美丽笑，只要宋美丽"咯咯"地笑起来，那便是他莫大的幸福。这种时候，大毛毛的两只眼珠子翻得格外灵活，闪光灯似地"噼里啪啦"光芒四射，厚嘴唇掀开，发出满足的"呵呵"憨笑。

因为宋美丽的格外恩宠，大毛毛竟把批发部当成了除隐声街以外的第二根据地，这就是他的"不识相"了，便有了讨嫌的时候。女人们要说两句私房话，他却站在一边，扑闪着洋白眼注视着宋美丽，有所期待而又耐心无比，一副求知欲甚是强烈的样子。

小费朝宋美丽使了个眼色，宋美丽便轻轻咳嗽一声，说：热煞了，我要换件衣裳。

说着，慢吞吞站起来，两只手拎拎衣角，摸摸纽扣，做出一副预备脱衣的样子。大毛毛的目光霎时黯淡下来，痴肥的身躯随即转向门口，逃也似的飞奔而出。跑得太快，双腿拔得凌乱恐慌，一脸松肉颠簸得鼻子嘴巴一律错了位，像一块被紧紧揪成团后又松开的土布，千褶百皱。直到跑回隐声街，才停下脚，大喘着坐倒在街边某只垃圾箱旁，白眼翻得几乎剩不下黑珠，张开的嘴巴里，发出数声"呵呵"，以表庆幸。

刘湾镇人都知道，对于女人换衣裳这件事，大毛毛心有余悸，因为女人一换衣裳，他就有可能犯法，并且罪孽深重，不至于枪毙，也要判个"无期徒刑"。

事发有因，那是一个初夏的午后，大毛毛的亲娘王囡囡捡了一麻袋废瓶子扛回家。王囡囡肥腴的身躯因为劳动而横汗淋漓，衬衣像被雨淋透了，湿漉漉地贴着身，使她层次过于丰富的身材毕露剔透。王囡囡放下麻袋说："热煞了，我要换件衣裳"，便进了卧房。王囡囡换衣裳也不把房门关好，只旁若无人地剥下透湿的衬衣，露出粉白的肥肉。

恰在这时，隔壁温家姆妈来问王囡囡讨一只旧瓶子，要装她那一钵臭气熏天的咸菜卤。温家姆妈踏进王囡囡家对隔壁邻舍永远洞开的大门，只见大毛毛站在卧房门口，脑袋竭尽所能地探向前，身体却钉在原地，整个人保持着角度极大、难度极高的倾斜状，看起来，身躯和双脚立即就要跟着脑袋前赴后继地扑进卧房。

温家姆妈很好奇：大毛毛，你在看啥？

大毛毛太专注了，大毛毛听不见温家姆妈的说话声和脚步声，直到背后一声尖锐的炸响把他的耳朵震得"嗡嗡"乱鸣，他才回过神来。回过神来的大毛毛就听见温家姆妈一张一合的嘴巴里，正发出过于嘹亮的叫嚷：大毛毛！你这只戆大，流氓，偷看你娘换衣裳！

温家姆妈的叫嚷使大毛毛忽然意识到，女人换衣裳是不能偷看的。虽然他并未觉得看他娘换衣裳有什么不齿，他从小到大不止一次看过他娘换衣裳，但温家姆妈嗓门这么大，显然是在骂他，被人骂总归是可耻的。大毛毛便把身躯紧紧佝偻起来，作低头挨骂状，脑袋垂到当胸口，下巴几乎陷进了肚脐眼。

温家姆妈的叫嚷威力极大，衣裳换到一半的王囡囡听见了，立即从卧房里连滚带爬跑出来，衬衣的钮子却还没扣上，王囡囡就成了一团裹在破布片里的炫白肥肉，颤颤巍巍地刺激着目击者不堪正视的眼睛。

温家姆妈被刺激得倒退了三步，叫嚷声变成了亢奋的呼喊：大毛毛，你偷看女人换衣裳，当心派出所捉你进去，判你个无期徒刑——

纯洁的温家姆妈惊恐万分地大呼小叫着，退出了堆满垃圾的王囡囡家，仿佛她养过三个小孩徐娘半老的清白身子即刻就要遭受流氓大毛毛的奸污。在温家姆妈正义而声势浩大的呼喊声中，刘湾镇人很快了解了发生在大毛毛和王囡囡身上的一桩流氓未遂案。

此事在刘湾镇上风传得沸沸扬扬，然而王囡囡却丝毫没有受伤害的模样，依旧在大街小巷里拾着旧瓶破布烂纸，做着她风生水起的垃圾站站长。大毛毛却连日心慌意乱、寝食不安，温家姆妈的一句"当心派出所捉你进去，判你个无期徒刑"，使他对未来产生了无以名状的恐惧。他不晓得"无期徒刑"是个什么东西，派出所，他是晓得的，就是个收捉人的地方，要是被捉进去，就不让他去扫隐声街了，也不让他走街串巷去听各种新闻了，还不让他睡觉，不让他吃饭，尤其不让吃猪头肉……这可是要了大毛毛的命了，不晓得温家姆妈会不会去报告派出所，不晓得派出所哪天来捉他，只要有穿制服的人走进隐声街，大毛毛霎时一身冷汗，果然就来捉了，隐声街再也扫不成了，猪头肉再也吃不着了……

大毛毛病了，足足病了一个礼拜，发高烧，裹在被子里瑟瑟发抖，梦中还说胡话，"不要捉我""不要关派出所"……那一个礼拜，隐声街成了刘湾镇上最脏的一条街。唐贵龙和张三根去吃茶，走在落叶纷飞、纸屑遍

薛舒中篇小说选

地的隐声街上，就想起了大毛毛。唐贵龙问：大毛毛呢？这几日怎不见他来扫街？

张三根把听来的故事稍作发挥：大毛毛发花痴了，关在屋里不能出来，出来就要耍流氓。

唐贵龙就笑：治疗花痴最好的办法，就是给他寻个女人，保管灵。

张三根"嘿嘿"笑：哪个女人肯嫁给大毛毛这只戆大？要么防空洞里的垃圾阿宝。

唐贵龙表示赞同：垃圾阿宝配大毛毛，戆对戆，倒是门当户对、天造一双。

垃圾阿宝是刘湾镇上除了王囡囡以外靠捡垃圾为生的第二个人，张三根和唐贵龙私下里把垃圾阿宝配给大毛毛，自然未征得过大毛毛的同意。然而他们觉得，倘若真的去征求大毛毛的意见，他又如何会有反对的权利抑或能耐呢？"一只戆大而已。"

一个礼拜后，大毛毛的病终是好了，戆人命贱，不吃药不打针，医院也不曾去过，只痴睡了几天几夜，出了几身臭汗，脚摊手软地起了床。

大毛毛重新扛起扫帚走进了隐声街，只不过原本挺胸叠肚的身形略有萎缩，扫街的动作不如过去豪迈而干劲十足。张三根问：大毛毛，好几日不见，哪里去了？

大毛毛硕大的脑袋朝多肉的胸膛里一埋：派出所要捉我去，要判我"无底徒刑"，我躲起来了。

大毛毛不甚清晰的口齿把"无期徒刑"说成了"无底徒刑"，这种仅次于极刑的刑罚所代表的无限期时间特征，被他擅自篡改成了方位性特征，无底徒刑，听起来比无期徒刑更可怕，坐不穿的牢底，可怕之极。

张三根说：派出所为啥要判你无期徒刑？肯定是你耍流氓了，你偷看女人换衣裳了！

大毛毛本已垂至胸口的脑袋，往更深的肚脐眼处一埋，再也抬不起头来。

从此以后，大毛毛只要听到有女人说要换衣裳，便立即起身拔腿，义无反顾地离开现场。人们便也掌握了诀窍，倘若想撵大毛毛走，只要让某个女人宣布要换衣裳。大毛毛不愿意被判"无底徒刑"，哪怕要换衣裳的是他欢喜的宋美丽，他也无疑是不回头地快速离去。

然而，宋美丽终究不会时时刻刻要换衣裳，况且，宋美丽还要借钱给大毛毛，大毛毛若不去批发部，怎么还钱给宋美丽？宋美丽家里总有吃不完用不完的东西，没有大毛毛，她又能把哪个当施善的对象呢？刘湾镇上，除了垃圾阿宝，谁愿意捡别人的旧衣破布，吃别人的残羹剩炙？这么一说，好像，宋美丽也离不开大毛毛，大毛毛这个人，对她来说亦是十分的重要。

## 三

张三根和唐贵龙去泡茶馆，走进隐声街，见大毛毛正专心致志地挥舞着大扫帚。唐贵龙说：大毛毛，街路扫得清爽呢！

大毛毛停下扫帚，张嘴笑，笑得凶猛，额上堆起数道深刻的皱纹。张三根问：大毛毛，看你年纪也不小了，今年几岁？

大毛毛急翻数下白眼：我属牛。

张三根伸手拍了拍大毛毛尘土蓬勃的肩膀：人家和你一样岁数的，儿子都会给老子买老酒了。你怎么还不寻个女人？

大毛毛从来不曾想过寻女人的问题，张三根忽然提起，使他感到有些突然，白眼便翻得更加激烈起来。张三根说：大毛毛，你晓得女人是要来做啥的？

大毛毛厚嘴唇掀了掀：烧饭，困觉，养儿子。我娘讲的。

张三根点头：对！那你想不想要个女人，给你烧饭，陪你困觉，为你养儿子？

大毛毛嘴角一咧，竟有些羞涩，想了想，正色道：我娘会给我烧饭，我自家困蛮好，困得着，养儿子……说到养儿子，大毛毛语塞了，似乎，这的确是个问题。

张三根就说：对啊！没有女人，哪能养儿子？大毛毛，我给你介绍一个女人，垃圾阿宝，认得吗？

刘湾镇上的阿猫阿狗，大毛毛哪个不认得？垃圾阿宝，就是住在防空洞里的女人。

唐贵龙在一边劝道：三根不要白相大毛毛了，他会把玩笑话当真的。

张三根却说：我没有白相大毛毛，我真的给他介绍女人。大毛毛，你欢喜垃圾阿宝吗？

这个问题，大毛毛不好回答。垃圾阿宝确是个女人，只不过脸盘生得不够圆，衣裳穿得不好看，还脏，况且又从来不曾送过黄金瓜、烂香蕉给大毛毛吃，她只会满大街捡破布烂纸废瓶子，垃圾阿宝，哪能和宋美丽比？

大毛毛不表态，张三根就坏笑着说：我晓得，你欢喜宋美丽，可宋美丽有男人。垃圾阿宝没有男人，正好给你做女人。

大毛毛握着扫帚无语，涣散的视线看向不明所以的前方，目光里透出一丝郁郁寡欢的忧伤。张三根见大毛毛闷声不响，提高了音量：喂，大毛毛，我在给你介绍对象，你怎么木头木脑的？

大毛毛翻了翻眼睛，依旧无语。张三根终于失去了耐心，低骂一声"戆大，你以为垃圾阿宝会稀奇你？"

唐贵龙说：好了三根，不要寻开心了，吃茶去。大毛毛，好生扫街，茶场收了，我请你吃香烟。

两个半老头向隐声街深处走去。大毛毛重新拾起扫帚，"唰——唰——"的扫地声复又响起，只是不如刚才有力，节奏也不怎么清晰，还不时地停顿下来，好一会儿才接上。

大毛毛没法专心致志扫街了，大毛毛素来宁静的心湖里泛起了波澜，张三根适才的话在他耳边反复回响：垃圾阿宝没有男人，正好给你做女人……给你做饭，陪你困觉，为你养儿子……你欢喜垃圾阿宝吗？

垃圾阿宝的名字在大毛毛过于空旷的脑壳里撞来撞去，就像乒乓球装进了樟木箱，弹过来，弹过去，怎么都停不下来，垃圾阿宝、垃圾阿宝、垃圾阿宝……

垃圾阿宝也是一个拾荒者，只不过，和王囡囡不一样。王囡囡有退休工资，王囡囡拾荒是因为她有拾荒的业余爱好。垃圾阿宝却是靠拾荒生存的，她若不拾荒，就没有办法活下去了。所以说，垃圾阿宝是刘湾镇上唯一的职业拾荒者。

其实，垃圾阿宝和大毛毛是一样的人，只是智障程度比大毛毛高出两个级别。垃圾阿宝的命，也比大毛毛苦得多，大毛毛没有爷，但有娘，垃圾阿宝却孤身一人、爷娘全无。白日里，垃圾阿宝在大街上荡东荡西，靠捡垃圾活命；天夜了，就到镇东头一个废弃的防空洞里去睡觉。

垃圾阿宝曾经有过爷，只不过不是亲爷。三十多年前，刘湾镇上有一个叫阿福的鳏夫，因为靠捡垃圾为生，就被人叫了"垃圾阿福"。他可算是老一代的拾荒者了，那时候，王囡囡还在环卫所上班，还没有加入拾荒者的行列。阿福无儿无女，垃圾捡到五十多，竟捡回了一个弃婴。从此以后，阿福就有了女儿，出门捡垃圾就不再形单影只。他背着婴儿，走在刘湾镇大街小巷里，婴儿哭了，就反手拍着绑在后背上的被褥包，嘴里喃喃而唱：阿宝乖囡，阿宝不哭……婴儿睡着了，他就解下被褥包，摆进某一只垃圾箱里，自己一身轻松，就抓紧时间多捡一些垃圾。

刘湾镇的每条街巷里，都有一个水泥垃圾箱，一米五十见方，顶上一扇朝天开的窗，是用来倒进垃圾的；侧面一扇朝街开的门，是环卫工人用来出垃圾的。水泥垃圾箱很结实，婴儿睡在里面，倒也淋不着雨、吹不到风。当然，顶上的窗和侧面的门，阿福都用铁皮盖子关得严严实实，野猫野狗绝对进不去。至于人，除了阿福，又有哪个会对垃圾箱感兴趣？环卫工人只在每天清晨出一次垃圾，剩下的时间，刘湾镇上的所有垃圾箱，全数归阿福管。

那时候，刘湾镇的民风是很好的，婴儿躺在垃圾箱里，竟无人偷去。只是，也会遇到有人去倒垃圾，就有一次，一簸箕垃圾倒进去，把个婴儿洒得一面孔烂菜叶，就"哇"的一声哭起来，把倒垃圾的人吓了一大跳。脑袋伸到顶窗往下看，"乖乖我的娘"，这不是阿福整日驮在背上的囡吗？怪不得，铁皮盖上还压了三块大砖头，幸好倒进去的是烂菜叶，不是破瓦片、碎砖头。

从此以后，人们每每倒垃圾，总要先打开垃圾箱门，看看里面是否躺着阿福的囡。有时候，阿福捡着垃圾，越走越远了，婴儿却醒了，哭起来，就有人端出自家的米汤来喂她。婴儿一吃饱，就不哭了，人就把她放回垃圾箱，把门关关严，太平无事。这婴儿，独自躺在昏暗的垃圾箱里，瞪着眼睛看污渍斑驳的水泥顶，无声无息地，倒也慢慢长大了。刘湾镇上的人们，就把这个在垃圾箱里睡大的婴儿，叫成了"垃圾阿宝"。

垃圾阿宝长到五六岁，还不会开口叫爷；垃圾阿宝长到七八岁，还把屎尿拉在裤子上；垃圾阿宝长到十五六岁，还当街褪下裤子随地大小便……垃圾阿宝长到十七八岁，长成了一个女人的身形，却只晓得吃饭、睡觉、捡垃圾，别的一概不懂。人都说：阿福捡了一个讨债鬼，本是想叫她养老送终的，现在看来，阿福倒要服侍她一辈子。

阿福却不这么认为，看看阿宝的长相吧，双唇半张，鼻翼上扬，眼角的鱼尾纹呈放射状扩散，虽然瘦弱，笑容却像一朵永不衰败的花一样真诚而持久地开在她泥垢斑驳的脸上。夏天里，阿福领着阿宝去捡垃圾，阿福问：阿宝，热不热？要不要吃棒冰？

阿宝看着她爷笑，笑得面额上的汗水滴进张开着的嘴巴里。阿福就给她买一支四分钱的赤豆棒冰，她笑着接过棒冰，笑着吃，黏稠的糖汁淌满下巴，依然笑。

冬天里，阿福会问：阿宝，冷不冷？要不要吃烘山芋？

阿宝还是笑，笑得一面孔冻疮开裂出丝丝血纹。阿福就给她买一只烤得焦黄喷香的山芋，她捧在手里连皮带肉朝嘴里填，笑着咀嚼，笑着吞咽，吃完，一嘴黑乎乎的笑。

阿福逢人便说：阿宝是个笑面佛，会带来好运气。可也未曾见他碰到过什么好事，倒是捡到过十块钱，还捡到过五斤粮票，最幸运的一次，是捡到一只钻石牌手表，完全没坏，指针"嚓嚓嚓"走得欢畅。从此以后，阿福与垃圾打交道的手上就戴了一只银闪闪的手表。可是，这又算什么好运气呢？又不是捡到稀世珍宝，况且一个拾荒人，没有单位给他考勤，戴个手表有什么用？

阿福并没有因为阿宝这个笑面佛而改变命运，他捡了一辈子垃圾，最后还死在捡垃圾上。那年的冬天可真冷啊！天上飘着雪花，河里结着薄冰，阿宝缩在被窝里，等着她爷回家给她做饭。早上阿福出门时说过：阿宝，天冷，你不要跟我一道去捡垃圾了，你困在被头里，等我回来烧饭。

阿福说完，就拎着空麻袋出了门。阿宝头一歪，就在被窝里睡了过去，一直睡到饿醒，她的爷还没有回来。阿宝睁着眼睛，环顾着破陋的小屋，小屋里满满地堆着垃圾，就是没有她的爷。阿宝醒了睡，睡了醒，直到天色傍黑，昏睡的阿宝听到一个陌生的声音在她头顶上喊：阿宝，阿宝，快点儿起来，你爷死了……

垃圾阿福为了捡一段冻在河中央的枯树桩，跌进河里溺死了。要是别的季节，阿福可能会找一根长竹竿探到河里，把树桩拨到岸边。可不是冬天吗？河里不是结了冰吗？阿福是一个很瘦的老头，他大概以为，河里的冰完全能承受他的体重，于是，阿福下了河道。

当时蹲在河滩边拉屎的一个男人说，阿福被冰窟窿囫囵吞进河肚子里的时候，嘶哑的老嗓门还叫了一声"阿宝"，随即"咕咚"一下，就没了顶。哪里敢下去救？哪个下去，哪个就会被吞进河肚子里。

垃圾阿福死了，留下扔在河滩边的小半袋垃圾，以及跟着他人一起没入水中的钻石牌手表。有人把小半袋垃圾和进水后不再走的手表一并交给了阿宝，阿宝接过她爷的麻袋，戴上她爷的手表，开始了她爷生前做过的工作。

幸好阿宝从小被她爷驮在背上走街串巷地捡垃圾，总算是学得了一门活命的营生，活得惨淡枯萎，却也活到了如今。

如今，垃圾阿宝拾荒的身影还是每天会出现在刘湾镇大街小巷里，人们看得多了，眼睛里就看不见她了。垃圾阿宝只是一株移动的电线杆，谁会多注视她一眼呢？又不如大毛毛好玩。她只是拖着一条麻袋，黑瘦的脸上持久着笑，兀自行走在刘湾镇人熟视无睹的目光中。

有时候，会在某一条街巷里遇到迎面而来的王囡囡，阿宝便在原地站定，注视着她的同行慢慢走近，脸上是由衷而信任的痴笑。王囡囡便也朝垃圾阿宝笑，笑得警惕，似担心阿宝会抢走她辛苦捡来的上好垃圾。阿宝却只是看着她，迎面看，侧身看，擦肩而过了还意犹未尽，还跟着王囡囡转过脑壳，继续看，脸上依旧是笑，笑得一往情深。


四


大毛毛对垃圾阿宝，却不怎么待见。垃圾阿宝时常拖着一只大麻袋到隐声街来捡垃圾，大毛毛不反对她来捡垃圾，大毛毛反对的，是她捡垃圾的时候不注意卫生。隐声街的每一个角落都那么洁净，近乎一尘不染，那都是大毛毛的心血。可是垃圾阿宝来过一趟，她那只破麻袋，就总要零零落落地漏下一路杂碎，被她翻过的垃圾箱，周围总是一片缤纷狼藉。大毛毛便经常感觉到，他是有责任教育一下阿宝的。大毛毛说：垃圾阿宝，我刚刚扫清爽街路，你就来弄得介龌龊，你晓得吗？我是环卫所的职工，环卫所是国家单位，这条街上的清洁卫生，是国家叫我管的……

垃圾阿宝默默地看着大毛毛，目光很是虔诚，脸上还带着微笑。大毛毛心里"咯噔"一下，想好的训话就出了轨：垃圾阿宝，你不要以为你戴了一只手表，就可以把隐声街弄龌龊。宋美丽的手表，比你这只高级多了，你要是不相信，我领你去批发部看。不过，宋美丽有时候不戴手表，她戴手链。手链比手表还要高级，你懂啥叫手链吗？手链就是……

大毛毛的脑瓜毕竟不是十分通畅，本来是想批评教育一下阿宝，话说出来，却拐到了手链上。然而，不管大毛毛说什么，垃圾阿宝始终微笑着，眼睛黑漆漆地注视着眉飞色舞的大毛毛，直到讲演者过足了瘾，戛然停止于不知所踪的话题末端，她还保持着微笑的凝视。大毛毛无奈地叹一口气：唉，我忘记了，你是戆大，戆大是不会懂的，对你讲也是白讲。

说着，老练地挥挥手：走吧走吧，以后注意点，不要再弄得地上都是垃圾了。

刘湾镇上任何人叫大毛毛"戆大"，他都不敢驳斥，他是从小被人叫惯"戆大"的。然而在阿宝面前，大毛毛显然是聪明和自信的，他骄傲地叫着垃圾阿宝"戆大"，心下里便对张三根很有意见。一个戆大，竟要介绍给他做女人，这多少让大毛毛感到有些憋屈。他不由地要把垃圾阿宝和宋美丽摆在一起比较，比较下来，他发现，垃圾阿宝和宋美丽最显著的区别，倒还不是长相和穿着的问题。大毛毛发布消息的时候，宋美丽会问，"后来呢""再后来呢？"垃圾阿宝只会傻笑，什么都不会问。作为一个讲演者，自然喜欢倾听者与他互动起来，有互动的讲演，才是成功的讲演。况且，垃圾阿宝手上戴的那只钻石牌手表，早已过时了，还根本不会走。

大毛毛对宋美丽，倒是毫无疑问的欢喜，欢喜得服服帖帖。每每听到宋美丽追问"后来呢？""再后来呢？"大毛毛心里便会滋生出莫大的成就感和荣耀感，便在宋美丽追问得他再无新闻可发布时，转而生出了些微失落感。

听消息的人胃口越来越大，发布消息的人很有些跟不上步伐的意思，便分外努力地走街串户，把听来的一切可说和不可说的话，都拿到批发部去复述一遍，好似宋美丽的滴水之恩，大毛毛必须用无限量的小道消息来涌泉相报。

那一次，大毛毛就听到了一条非常重要、非常秘密的消息，消息是幼儿园的厨师姚水发传出来的。姚水发在镇政府门房口与张三根聊天，大毛毛扫完了街无事做，逛到那里，便站在一边扑闪着洋白眼听。姚水发说：闽建昌和小尹老师"轧姘头"，每天都要来幼儿园接小尹老师下班。

张三根抿着大嘴笑：嘿嘿，怪不得最近闽建昌面色发白，原来是两头做生活，人虚。

姚水发说：闽建昌有老婆，要么包小尹老师做二奶。

张三根笑得愈发诡秘色情：嘿嘿嘿，一、三、五宋美丽，二、四、六小尹老师，神仙日脚啊！

大毛毛晓得，闽建昌就是宋美丽的男人，那个镇政府干部。大毛毛还晓得，小尹老师是幼儿园里生得最好看的老师，白面皮，大眼睛，脑壳后面扎一把粗壮的辫子，像他那把硬竹篾扫帚。最要紧的是，大毛毛晓得，闽建昌和小尹老师轧上了姘头，吃亏的人就是宋美丽。事情一牵涉到宋美丽，大毛毛顿时敏感起来，张三根和姚水发在他眼里忽然变得很是面目可憎，便用仇恨的目光黑白分明地盯住了两人。张三根发现了：大毛毛，你盯牢我看啥？有啥好看？去去去！

大毛毛忽然掀开厚嘴唇，口齿并不十分清晰地发布了一条消息：告诉阿花，三根和王寡妇"轧姘头"。

阿花是张三根的老婆，一个排骨似的瘦女人。大毛毛显然是在编造假新闻，以往他发布的消息，总是有根据、有出处的，现在居然制造假新闻来传播，这于大毛毛来说，近乎是丧失了职业操守。大毛毛撒谎了，大毛毛素来诚实，一旦撒谎，倒也显得不是很假。

姚水发哈哈大笑：三根啊！你就不要对王寡妇有啥想头了，给阿花晓得，当心她抽下裤腰带去上吊。

阿花已经上吊过三次了，自从张三根出过一次桃色新闻后，阿花只要觉得不称心，就抽下身上的裤腰带，往房梁上一甩，哭着闹着要把自己吊死在上面。

张三根大约觉得事情有些凶险，便朝大毛毛骂道：戆大！敢瞎讲，当心敲死你。

姚水发在一旁添油加醋：大毛毛不会瞎讲的，他最老实了。大毛毛，你去告诉阿花，三根对王寡妇是真心的，不过，三根决心改邪归正了……

张三根一抬手，果真在大毛毛脑壳上狠狠地敲了两下：你敢去讲，我打死你！

姚水发还在说：大毛毛，你去告诉阿花，其实三根要是讨王寡妇做小老婆，她是不吃亏的，以后洗衣烧饭，使唤王寡妇做……

张三根抬手又朝大毛毛脑壳上打去，还破口大骂：戆大，今朝不打死你我不姓张……

大毛毛只说了一句，后面的话都是姚水发说的，张三根却对大毛毛又是打又是骂，张三根的脑子简直比大毛毛坏得多。张三根第三次抬手时，大毛毛已经撒腿逃到门房外面的街上去了。

脑子坏掉的张三根向站在街对面远远盯着他的大毛毛继续他意犹未尽的怒骂，骂的是有关大毛毛既然无爷，他就暂时充当一下他的爷，来教育教育他之类的话。骂了一阵，张三根就发现，大毛毛死盯着他的眼睛里，充满了真实的愤怒。张三根就不敢再骂下去了，戆大要是真的发起戆劲来，会拼命的。

张三根偃旗息鼓，进了镇政府门卫室。大毛毛这才折身，怏怏地往回走，走得很慢。一路上，被张三根打得隐隐发痛的脑壳里不断想着，"轧姘头"究竟是个啥东西？

大毛毛曾经围观过一次阿花和张三根吵架，阿花一边解裤腰带，一边唱山歌似地哭：我命苦啊！男人和野女人轧姘头，我不要活啦——然后就把裤腰带甩上了房梁。阿花的裤子因为没了腰带，正慢慢地往下掉，白生生的后腰连着屁股沟沟，露出了一小截。大毛毛的视线穿过围观人群的夹缝，紧紧盯着阿花。他对阿花是否真的会吊到房梁上去不是特别感兴趣，他感兴趣的是阿花的裤子，只要再蹬几下腿，裤子就完全褪下来了，那样屁股就完全露出来了，虽说瘦了点，但也是个屁股。然而，遗憾的是，围观的人很快七手八脚地把阿花拖住了，自然是没有成功上吊，连裤子也只退到一半，真正令人失望。

那是大毛毛第一次听到"轧姘头"这个词，大毛毛的智慧足够让他明白，那必定是一件男人和女人一起做的事，并且，这男人和女人，肯定不是一家人。张三根和王寡妇轧了姘头，阿花就要抽下裤腰带去上吊，吃亏的无疑是阿花。那么，闽建昌和小尹老师"轧姘头"，吃亏的就肯定是宋美丽了。

大毛毛怎么能让宋美丽吃亏呢？他要把闽建昌轧姘头的消息告诉宋美丽，他要快快去批发部。大毛毛撒开腿奔跑起来，奔跑着的大毛毛两只眼珠还不忘活跃地翻飞，翻出一路闪闪的白光。大毛毛越跑越快，越跑越兴奋，他已经好几日没有向宋美丽发布重要新闻了，这么紧俏而又秘密的消息，宋美丽听了，一定会追问，"后来呢？""再后来呢？"

再后来，宋美丽就抽下身上的裤腰带，往房梁上一甩，哭着上吊去了……大毛毛飞奔的双脚忽然一阵剧痛，不知谁把一块石头扔在弄堂当中，大毛毛几乎踢断了脚趾，剧烈的疼痛使他混沌的头脑里忽然划过一道刺亮的闪电，肥壮的身躯一软，坐倒在了地上。

宋美丽若是上了吊，就不会有人请大毛毛吃黄金瓜、烂香蕉了，也不会有人送给他旧衣裳、雪碧瓶了；宋美丽若是上了吊，大毛毛去批发部发布消息，还有什么意义呢？

大毛毛捧着痛得犀利的脚，连带着心头也是一阵阵痛，痛得几乎要哭出来。

大毛毛重新站起来往前走时，脚步明显一瘸一拐，他一路朝批发部挪去，心里已暗暗下了决心。大毛毛不打算发布那条消息了，永远不发布。他只是想去看看，宋美丽是不是和以往一样，好好地坐在办公室里轧账？会不会有人已经把消息告诉了她？会不会已经抽下了裤腰带，已经甩上了房梁，已经吊在了上面……

大毛毛瘸着腿进了烟糖批发部大院，宋美丽正站在院里，正和一个背对着大门的男人说话。宋美丽说：牙痛又不是病，还用你来接？

男人说：牙痛不是病，痛起来很要命，我接你去医院，拔了那只槽牙。

大毛毛定睛看，果然，宋美丽的圆盘脸有些歪，左腮帮子大，右腮帮子小，好像左边的面孔里含了一只咸橄榄，咸得眉心都皱了起来。

男人搀住宋美丽，转身跨下台阶。宋美丽一抬头，看见站在院门口的大毛毛，嘴角一抽：咝——大毛毛，今朝不是五号，我没给你带香蕉来。

大毛毛的眼睛看向搀扶宋美丽的男人，男人国字脸，宽额头，鼻子上架一副黑框眼镜，还朝大毛毛似笑非笑地点了点头，很绅士的样子。男人这一点头，顿时把大毛毛淤积了一路的惆怅烫得不敢再流露一丝，额上的抬头纹都失去了多层次的褶皱，竟像一个无辜的儿童，一脸的莫名和茫然。

男人搀扶着宋美丽向院外走去，与大毛毛擦肩而过时，宋美丽停下来，嘴角又是一抽：咝——大毛毛，我要去医院拔牙，五号你来还钞票，我会给你带香蕉来的。

宋美丽离得如此之近，大毛毛几乎闻到了她身上的气味，暖暖的，香香的，显然不是猪头肉，也不是花露水。大毛毛从来不知道，世上还有这般好闻的气味，可是分明，他又觉得这气味有点儿熟悉，好像在哪里闻过，只是久远而渺茫。大毛毛似是不甘心想不起这气味的出处，便使劲地擤着鼻子，那股气味便钻入了他的鼻息，钻入了他的脑壳、肠胃、心肺……暖融融、甜丝丝，那么好闻的气味啊！大毛毛被这种没来由的气味熏得恍惚起来，心脏渐渐加快了搏动，血液正在沸腾，眼珠子不由自主一顿翻飞，随即，掀了掀两片厚嘴唇，嘟囔出一句无人懂的话。

宋美丽正和男人相携着朝外走，听到大毛毛说话，便回头：大毛毛你还有啥事？想借钞票过两天再来，现在我要去拔牙。

说完转过身，与男人一起，把两个背影留给了大毛毛。大毛毛的眼睛里，早已没有了那个叫闽建昌的男人，此刻他能看见的，独独是宋美丽的后背。白底碎花涤棉衬衣隐隐地透出白色胸罩的轮廓，米色派力司裤子滑脱脱、轻飘飘地裹着两条腿，不晓得有没有系裤腰带，要是把裤腰带抽掉，就会"唰"的一下脱落下来，就会露出白炫炫一片，就会让他看见……

大毛毛再次掀开两片厚嘴唇，对着宋美丽的背影，用了十二分的努力，发出一句清晰而真诚到无辜的召唤：宋美丽，我要跟你轧姘头！

五

大毛毛当着闽建昌的面，向宋美丽提出"轧姘头"的请求，大毛毛如此光明磊落、胸怀坦荡，结果却使闽建昌从一名绅士刹那间变成了一头野兽。闽建昌以迅雷不及掩耳之势反身扑过来，左手揪住大毛毛胸口的衣襟，右手朝大毛毛多肉的脸上狠狠地扇了两记耳光。大毛毛肥腴的脸庞顿时如同某种打击乐器，在乐手的击打下发出了具有共鸣效果的"啪、啪"之声，与此同时，闽建昌的厉声警告伴着充沛的唾沫雨，热烈地喷射到大毛毛脸上：再敢放屁，打你半死！

待大毛毛反应过来，闽建昌已经松开手，回身扶住宋美丽，扬长而去。宋美丽略有嗔怪的声音断断续续传来：他是戆大，戆大讲话能当真？万一打伤了，要付医药费的……

批发部里的所有职工，包括出纳、仓库保管员、司机、搬运工，全数挤到了院子里。众目睽睽之下，大毛毛呆呆地立在原地，两片本来就不薄的嘴唇，整个地朝外翻翘，肿得像一双海绵拖鞋，肥嘟嘟的面孔因为发了红，更是显得胖大了一圈，仿佛是王囡囡煮出来的一只半生不熟的猪头。

大毛毛的身后，众人杂七杂八的议论声此起彼伏：

"这只戆大，他懂啥叫'轧姘头'吗？"

"戆大别的不懂，倒懂吃女人豆腐。"

批发部里年纪最大的职工老李头喊了一句："好了好了，不要立在这里看西洋镜了，上班上班。"

众人便陆续回了各自的岗位，老李头走到大毛毛身边，朝外推他的肩膀：快回转去吧，以后不要再瞎讲了，瞎讲是要吃耳光的，快走吧。

大毛毛顶着猪头似的肿脑壳，孤独地回到了他的隐声街。这一日里，大毛毛竟遭了两趟打。适才张三根为啥打他，他没想通，现在闽建昌为啥打他，他还是没想通。大毛毛的身心受了严重的创伤，可他牢牢地记得，这一日的清扫工作还未曾做完。大毛毛是只要人还能竖着，就要坚守在岗位上的，只是身手腿脚明显僵硬，动作也是无力而迟钝，手中的扫帚飘忽游离地掠过地面，刮出一缕缕尘土的花纹，本就涣散的目光，竟散成了断线珠子，"噼里啪啦"掉到视线所达的街面上，再也找不回来。

受伤的大毛毛连街都扫不干净了，好不容易扫拢的一堆枯树叶，竟未用簸箕装好倒进垃圾箱。一阵风吹过，枯树叶就"呼啦啦"地飞散开去，飞得整条隐声街东一片、西一片，像一条青白色的被单洒上了斑驳的污渍，显得尤其脏。

大毛毛再也没有去批发部给宋美丽传达过新闻，每个月的五号，是大毛毛铁定了要去批发部还钱的日子，可是这一日，宋美丽把吃不掉快要烂掉的香蕉带到单位，大毛毛却没有出现。宋美丽问小费：大毛毛怎么好几天不来白相了？

小费说：你男人请他吃了两记耳光，他还敢来？

宋美丽说：戆大还会记仇？

小费说：他能记得介许多小道消息，记性肯定不错。你夜里不要一个人出门，他讲过要跟你轧姘头，当心真的被他强……

宋美丽朝小费身上扔去一个废纸团：烂嘴巴，不许瞎讲。

小费"咯咯"乱笑。宋美丽忽然一拍办公桌，账台上的一支碳水笔顿时跳了一跳：他不会赖账吧？这只戆大，上个月问我借了一百五十块铜钿，今天五号了，还不来还。

小费说：大毛毛是戆大，利息再高也是戆大，我老早讲过，借钞票给大毛毛的人，自家就是戆大。

宋美丽觉得自己的确做了一件"戆大"做的事，可是，宋美丽还很要面子：也不好意思问戆大讨还一百多块铜钿，算了，就当发善心，送给了叫花子！

刘湾镇人已经很多日子不见大毛毛在扫街之余，来往奔波于粮站、影院、浴室以及茶馆之间了。就有人问：咦？最近怎么不见大毛毛？

回答说：大毛毛魂灵不在身上，隐声街扫得不清不爽。

经验丰富的人说：我看，他是在发春。

人们就笑了，却笑得并不十分起劲。若是大毛毛在场，一定会翻飞着洋白眼问，"啥叫发春啊？"他的提问肯定会让人们笑得更加酣畅淋漓，人们就可以顺便把大毛毛调侃一番、嘲笑一番，捉弄一番，大毛毛一知半解的对答，便会把场面推向极致的欢乐。没有大毛毛，人们就无从体验这种欢乐，好比一桌丰盛的宴席，必须要有一款合适的酒。酒能助兴，酒能让一桌好饭菜更显精彩，没有酒的宴席，不可能达到一场宴席的高潮。

大毛毛就是这么有用，虽然除了清扫一条隐声街，他并没有给刘湾镇创造什么财富，但他给了人们精神上的愉悦。所以，人们还是十分想念大毛毛的。

大毛毛呢，其实还是每天扛着大扫帚，顶着胖脑袋，去隐声街干他环卫工人的营生。扫完街，他就坐在某一只垃圾箱旁边，翻着白眼，眺望着街巷深处。不多时，垃圾阿宝拖着一条破麻袋的身影，就从街尾蹒跚而来。垃圾阿宝越来越近了，大毛毛看见了她脸上始终不变的带着泥垢的笑容，大毛毛还看见了她手腕上那只已经从银色变成灰色的钻石牌手表。阿宝走到垃圾箱边，大毛毛就把拾拢的几个饮料瓶、两叠废报纸、一只旧塑料盆塞进了阿宝的破麻袋里。垃圾阿宝并不言谢，只永恒地笑着，拖起沉重几许的麻袋继续上路。

大毛毛看着垃圾阿宝远去的背影，空荡荡的心里，越发地空荡荡起来。

大毛毛很久没有到人群中去打探消息了，现在，人们见到大毛毛，已经不再会逼着他喊"爷"了，人们会在大毛毛面前重复另一句话——宋美丽，我要跟你轧姘头。大毛毛也不反击，只把脑壳一低，下巴陷进叠壮的肚皮，继续扫他的街。

整个刘湾镇上，只有王囡囡和垃圾阿宝从来没用这句话来打击过大毛毛。王囡囡是大毛毛的亲娘，自然不必说。垃圾阿宝却是外人，可以说，她是唯一一个不会欺负大毛毛，却总是对着他笑的外人。这世上有人对大毛毛好，大毛毛就一定会反过来对这人更好，这是大毛毛为人处世的原则。

大毛毛决定要报答垃圾阿宝。以前，大毛毛以加倍的利息以及秘密紧俏的消息来回报宋美丽对他的好。可是垃圾阿宝不可能借钱给大毛毛，他便没有机会还给她加倍的利息。垃圾阿宝对小道消息更是无甚兴趣，她感兴趣的是垃圾，丰富多彩的垃圾、美轮美奂的垃圾、多多益善的垃圾……

大毛毛一改扫街之余搜集小道消息的习惯，从此开始搜集各种值钱的垃圾，只等垃圾阿宝一来，就把上好的垃圾全塞进她那条破麻袋。可也并不是每天都有那么多废报纸和饮料瓶的，大毛毛就觉得没有尽到责任似的，很是对不起垃圾阿宝那张微笑着靠近他的脸。

那段日子，王囡囡发现，她储存在家里的优质垃圾，莫名其妙就会少了一两样。她从电器商店里捡来的两张电视机纸箱，明明压扁后塞在床底下的，却找不到了。她要用几张纸糊一扇碎掉玻璃的窗，想起从刘湾中学收发室捡来的一叠废考卷，可是废考卷却没了影……入了秋，天气有些发冷，野外作业的王囡囡要给自己添衣，却找不到她那件暗紫红的绒线衫了，王囡囡就叫：大毛毛，看见我的绒线衫吗？

大毛毛正端着一只搪瓷大茶缸跨出家门，王囡囡裹着一团肥胖的风追到门口：大毛毛，你不吃饭了？

大毛毛捧着茶缸一溜烟地走远了。王囡囡回身，拿起菜刀，揭开正在煮猪头肉的锅盖，准备割一块下来尝尝熟了没有。白腾腾的蒸汽弥漫而上，王囡囡抢起肥厚的手掌扇开蒸汽，随即发出了一声大叫：我的猪头呢？我的猪头没啦——

# 六

早些年，刘湾镇人民为了备战备荒，建设了一批坚固牢靠的防空洞。防空洞最后没派上正当用场，倒是为犯罪分子、流浪乞丐提供了窝藏赃物、苟且生存的场所。除此之外，防空洞里常常会上演诸如男盗女娼、私订终身的好戏。最恐怖的一次，是刘湾镇上卖肉的孙屠夫，失踪了一个多月的老婆，竟在防空洞里找到了，脖颈处被一把杀猪刀捅了一个大窟窿，死得煞是惊悚。当然，案子很快破了，凶手就是孙屠夫。孙屠夫被抓走时，对他十三岁的儿子说：你不是我的种，我却养你到今朝，我吃了枪子以后，你就来为我收尸吧。

人们这才恍然明白，孙屠夫为啥要像捅猪一样把他老婆给捅了。从此以后，防空洞便成了刘湾镇上最肮脏、最黑暗、最暧昧、最色情的场所。若是小孩不听话，大人就会恐吓道：再吵，再吵关你到防空洞里去。

当然，那是多年前的往事了。如今的防空洞，早已失去了防空的意义，和平年代，备什么战呢？人民生活也很富裕，不需要备荒。防空洞多数被填平，上面造起了一幢幢新式小洋楼，城里人还喜欢买这里的别墅，周末开着车全家来度假。刘湾镇人的生活，也过得越来越好了，往事就像被填平的防空洞，淹没于泥沼之中，不再被记得。唯有镇东头河滩边的那个防空洞还在，它被垃圾阿宝占据着，成为一段历史的唯一见证。

有一年，市里的领导要来刘湾镇检查，镇长说：要杜绝和消灭刘湾镇上一切不文明、不和谐、不符合改革开放大好形势的脏、乱、差现象，尤其是市领导的汽车进镇必经的几条路。于是，民政部门派人把阿宝从防空洞里接出来，送到镇上的养老院，没想到，当天晚上她就逃回了防空洞。

民政部门只好再把阿宝捉去，请人看住她，足足关了一天一夜，直到领导离开，才放她出来。恢复自由的垃圾阿宝，自然还是住回了她的防空洞。

刘湾镇人已经习惯了垃圾阿宝的做派，没有人在意她，更没有人突发奇想，要进防空洞看看阿宝的生活状况。

然而最近，人们发现，大毛毛痴肥的身影偶尔会在防空洞附近出现。那天，姚水发去河滩边钓鱼，蹲了半天，鱼没有钓到一条，却见大毛毛端着一个搪瓷茶缸，猫着腰，正朝防空洞里探看。

这简直比钓到一条大鱼还让姚水发感到兴奋，他咧开嘴，笑得很是邪淫：戆大也会想女人！

很快，刘湾镇人对镇东头那口几乎被遗忘的防空洞重新燃起了热情的火焰。姚水发说：两只戆大，在防空洞里谈朋友，被我撞见。

张三根问：你撞见啥了？两只戆大在防空洞里做啥？

姚水发嘴角一撇：一男一女在防空洞里，还能做啥？你和王寡妇会做啥，两只戆大也就会做啥。

张三根嘿嘿一笑：戆大倒也不戆，防空洞里冬暖夏凉，困在里头肯定适宜得一塌糊涂。不过，阿发，你进防空洞去做啥？作兴你也看中了垃圾阿宝？

姚水发面红耳赤地争辩：要么你才看中垃圾阿宝。我进去是撒尿，撒尿不可以啊？

大家就哄笑起来：阿发不要吹牛皮了，尿哪里不好撒，要跑进防空洞去撒？

姚水发的面孔在众人的笑声中变成了猪肝色。张三根一脸得意地接上话题：你们晓得吗，是我把垃圾阿宝介绍给大毛毛的。

大家都说：三根又要卖功劳了。

张三根正色道：不相信问唐贵龙，他在场的。我对大毛毛讲，你想不想有个女人给你烧饭，陪你困觉，为你养儿子？垃圾阿宝给你做女人要不要？大毛毛就动心了。

大家就把目光看向唐贵龙。唐贵龙微笑着点了点头。张三根就叫起来：看看，就是我介绍的嘛。

姚水发说：三根，你一辈子没做过几桩好事，这一桩算是做好了，修善积德，来世会有好报的。

张三根却说：照理，王囡囡应该请我这个媒人吃十八只蹄髈，不过，王囡囡连十八只猪头都拿不出，不要讲十八只蹄髈了。算了，等大毛毛和垃圾阿宝办喜事的时候，给我鞠个躬，叫我一声爷就可以了。

有人起哄：三根，大毛毛和垃圾阿宝给你鞠个躬，叫你一声爷，等于你就是王囡囡的男人，垃圾阿宝的公公阿爹啦！你当心阿花裤腰带一抽去上吊……

人群便再次发出一阵沸沸扬扬、热气腾腾的笑声。刘湾镇上的人们，只要是拿大毛毛来说事、开玩笑，总能达到更好的喜剧效果。现在，与大毛毛有关的笑话中，又多了一个搭档——垃圾阿宝，且是男女搭配。两个主角虽然不在场，但以他们为主题的笑话，听起来总归要更加滑稽、更加精彩一些。

夏天过去了，天渐渐凉下来，中秋一过，刘湾镇上就忽然涌进了一群乞丐，也不知是从哪里来的。领头的是一个瘸腿老头，手下一帮缺胳膊断腿烂脖子瘌痢喽啰兵，嘴里"叽里咕噜"说着刘湾镇人听不懂的外乡话，占据着镇上的街头巷尾、车站路口，向走过路过的人们伸手乞讨。方法还多种多样，有的跪在地上，面前摊一张黄纸，纸上歪歪扭扭地写着可怜的身世；有的截了腿，只剩上半身，坐在一张木板凳上，双手撑着地面，矮矮地挪动在人流中；还有的，大孩子领着小孩子，不间断地叫着"叔叔阿姨，可怜可怜吧"，在车站里来回地乞讨……总之，这群人，白天出外行乞，一到晚上，便"呼啦啦"集合起来，住进了垃圾阿宝的防空洞。

那段日子，镇东头的河滩边，经常会发出一些打打闹闹的声音，天天飘逸出柴草烟火的气味，就好像，紧挨着刘湾镇的边上，开发出一个新的村庄，村民们日出而作、日落而歇，过着自给自足、自食其力的生活。

刘湾镇人完全被这帮乞丐吸引了注意力，有这样一群叫花子在跟前对比着，他们深深地体会到自己的生活实在是太富裕、太优越了。况且乞丐们住的是防空洞，并没有影响刘湾镇人的生活，他们便也不必去干涉乞丐们的生活。讨饭叫花子嘛，给个一块两块打发就行了。只是，没有人想到那些天垃圾阿宝是怎么过的。

唯有大毛毛手持一杆粗壮的硬竹篱扫帚，站在隐声街口，严禁大小乞丐进入他清扫过的这条街。大毛毛如捍卫领土一样保卫着他的隐声街，仿佛是坚守在阵地上的最后一名战士，敌人若是踏入一寸，他将愤然而起，以一己之力，予以坚决的抵抗和殊死的反击。

大毛毛不仅守卫着他的隐声街，还管起闲事来了。有一天，他抱着一茶缸猪头肉去防空洞，被乞丐们拦在洞口。乞丐问他讨猪头肉吃，他不给，还死死地盯着那个瘸腿老头，朝老头身上啐了一口浓烈的白唾沫。结果猪头肉被抢，人也被打了一顿，鼻青脸肿地回了家。

人们都认为，大毛毛不免有些过于自私，既然他自家肚皮不饿，为啥不给饿着肚皮的苦恼人一口饭吃？人家要讨点猪头肉，又何必死死地把着不肯给？还吐人家唾沫。他以为这是在帮垃圾阿宝？作兴有这帮乞丐陪着，阿宝住在防空洞里倒不寂寞了。大毛毛真是不识时务，被打一顿也是活该。

然而一段日子后，刘湾镇人相继发现，晾在自家门口的衣裳少了，养在院子里的鸡莫名其妙不见了，挂在窗台边的风肉、咸鱼、梅干菜，一样样失了踪。进入腊月，刘湾镇人开始备年货，家家都磨了糯米粉，晒了年糕，可是连着糯米粉和年糕，也不断地少去，不是有人偷，还能自己长出翅膀飞了？于是人人都变得小心翼翼起来，该晾出去的收回来，该晒太阳的锁在屋里阴着，门窗关关牢，家什收收好，乞丐可不是好惹的，一无身家的亡命之徒，得罪了他们，说不定就会和人拼了命。

刘湾镇人就是这么胆小怕事，欺负起大毛毛来生龙活虎的，就怕落了后，遇到外来的强盗痞子，一个个都变成了缩头乌龟。

那天傍晚，不晓得乞丐们遇到了什么好事，竟在刘湾镇上过起了狂欢节，从河滩边的防空洞开始，一路敲打着，朝镇中心大街蜂拥而来。人们听到一阵阵喧天的哄闹声正由远而近，便纷纷跑出来看，一看，就全都笑了。这群叫花子，正在猢狲出把戏，他们组成了一支游行队伍，开道的是两个墨黑脸的侏儒，左边一个捏把勺子，"哐哐哐"地敲着一口破锅，右边一个使劲拍着两个锅盖做的镲，后面跟一群衣衫褴褛、面目不辨的大乞丐、小乞丐，有的缺胳膊断腿，有的癞痢头驼背，有的身上披挂着红红绿绿的塑料袋，有的举着破被单做的旗帜，吆三喝四、耀武扬威，像是在举行什么庆典。

乞丐队伍敲敲打打、轰轰烈烈地过来了，人们站在街边看，个个笑弯了腰。笑弯了腰的人们刚刚直起腰，又听见开道的两个小乞丐伴随着一阵敲锣打鼓发出大声地呼喊："皇后娘娘驾到！"

皇后娘娘？还有皇后娘娘？人们抬眼看去，发现游行队伍中，大乞丐、小乞丐们抬着一块门板，门板上坐着的，竟是垃圾阿宝。可是，可是，人们一个个瞪大了眼睛，目光里生出了惊异。垃圾阿宝没穿衣裳！

快看，垃圾阿宝没穿衣裳！垃圾阿宝没穿衣裳！

刘湾镇人奔走相告，为了证实自己的眼睛没有看错，他们反反复复地传递着这句话。没错，他们的确没有看错，垃圾阿宝真的没穿衣裳。赤身裸体的垃圾阿宝坐在门板上，门板被一群乞丐抬着，摇摇晃晃地过来了。真正要命啊！裸着身子的垃圾阿宝还在笑，她裸露的脖子里挂着一束束野草树枝，她裸露的腰腹间扎了几张塑料袋和几缕破布条，她裸露的手臂和大腿冻得乌紫发黑，她蓬乱的头发上套着一只由废报纸和树枝编的皇冠，她瘦削的脸上还涂满了红红绿绿的颜料……人们看得目瞪口呆，看得张大了嘴巴，看得忘记了呼吸。在乞丐们的阵阵吆喝与簇拥下，坐在门板上的垃圾阿宝，永恒地微笑着，颠簸前移。

不知道是谁，忽然发出一记突兀的笑声，随即，零零落落的笑声相继起来了，然后，笑声越来越多，笑声此起彼伏，笑声连续不断，最后，所有人都发出了"哈哈哈哈"的笑声，仿佛人人唯恐自己笑得不够响亮、不够用力。刘湾镇人集体发出了大笑声，他们大笑着目送乞丐们抬着小丑一样的垃圾阿宝一路前行，他们还跟着乞丐队伍从一条街走到另一条街。他们看看前面披挂着垃圾袋举着破床单的大乞丐小乞丐们，就觉得好笑。他们再看看后面门板上披挂了树枝野草却无以遮蔽赤身裸体的垃圾阿宝，更觉得好笑，于是，他们发出了一阵接一阵狂乱疯癫地笑声。他们几乎乐疯了，他们一辈子都没有遇到过这么可乐的事情，他们简直要笑翻天了。

有人不知从哪里听到消息，传过来说，乞丐们这是在过腊月二十三。人们把话传过来传过去，便愈发觉得好笑。这群叫花子，太滑稽了，简直像是在拍电影，都做了叫花子，还要过小年，还把垃圾阿宝封了乞丐皇后，也不晓得哪一个可以当上乞丐皇帝。不过，世上哪有不穿衣裳，只穿树枝和垃圾袋的皇后？

人们跟着游行队伍，一路喧闹哄笑着往前走，好像，乞丐们的狂欢节，恰是刘湾镇人自己的狂欢节。游行队伍走过了东市街、丁香街，又走过了竹林街、云台街，紧接着，就走进了隐声街。

走在隐声街上的人们继续张着嘴巴发出阵阵大笑，大笑着的人们，忽然就看见一个痴肥的身影举着一把硬竹篱扫帚发疯似的扑进了游行队伍，人们还听到，这个疯了的人嘴里发出一声惊人的长啸。游行队伍顿时乱作一团，乞丐们丢下门板，叫喊声和喝骂声交相呼应着，向那把高举的硬竹篱扫帚黑压压地涌去。

人们张开的嘴巴还来不及合拢，笑声却戛然而止。隐声街变成了战场，锅盖、勺子、砖头、瓦片来去横飞，呐喊声、嘶吼声、哭骂声、尖叫声混杂一片。人们纷纷躲避，一个个抱着脑袋四处逃窜，一边逃，一边骂着：

哦哟哇，我脑壳被打中了，大毛毛这只戆大！

和叫花子打架，大毛毛寻死啊！

介好白相的，被大毛毛搞砸了。

人们骂着跑远了，跑远了的人们隐约听到隐声街上传来哭声，似乎，是王囡囡炒黄豆似的呱啦松脆的嗓音。

"戆大就是戆大，一家门都是戆大！事情不就是她的儿大毛毛惹出来的！"人们一致地这么议论着，都觉得好戏这么快就收场，实在遗憾，便各自悻悻地、意犹未尽地回了家。

大毛毛睁开肿得只剩下两条缝隙的眼睛时，看到的是隐声街上的一片狼藉。夕阳已经落下，余晖薄薄地敷在街面上，四周没有一丝嘈杂的声响，那么安静的隐声街，静得像一场无声的梦。大毛毛不知道自己睡了多久，适才的一场混战，难道果真是梦？可是，他看见了坐在青石板路上朝着他哭的王囡囡，他听不见她的哭声，他只看见她哭着的脸，和她脸上淌下来的眼泪，她还张嘴呼喊着什么，他听不见。大毛毛耳朵里的世界，竟是一片寂静。

凌晨时分，菜市场里的送货工看到那群乞丐扛着大包小包悄悄离开了刘湾镇。想必，乞丐也是要回家过年的。

刘湾镇人松了一口气，好了，这下可以轻松安全地过年了。人们抢着年前的最后几天，把糯米粉和年糕重新端到街沿边，晒在太阳底下；把腌好的腊肉咸鱼挂到朝北的窗台下，再不风干就发霉了；还有水发的笋干、油炸的肉皮、成堆的蔬菜，都摆回了院子，挂回了廊檐。

镇东头的河滩边重新变得冷冷清清，人们无暇关心大毛毛或者垃圾阿宝，要过年了，过年可是大事，谁还有空去管两只戆大？

# 七

一开春，刘湾镇上就传开了，说宋美丽要调走了，调到她娘家洋泾浜去。洋泾浜离黄浦江很近，几步路就是大桥三线车站，坐上一块钱公交车，就到了杨浦大桥对面的市区。洋泾浜比刘湾镇繁华多了，那里也有一个烟糖批发部，比刘湾镇上的批发部大多了，宋美丽是"水往低处流，人往高处走"。只不过，宋美丽不再是闽建昌的女人，她和闽建昌离婚了。

不晓得哪个烂嘴巴，把闽建昌和幼儿园小尹老师轧姘头的事，传给了宋美丽听。一向过得很幸福的宋美丽，忽然就变成了可怜的宋美丽。可怜的宋美丽跑到幼儿园，一间间教室找过去，最后站定在其中一间教室门口，微笑着朝正在上课的小尹老师招了招手。小尹老师走出教室，刚问了一句"寻我有啥事体？"，宋美丽那只灵活的右手，就朝小尹老师雪白粉嫩的面孔上扇了两记脆响的耳光。扇完耳光，一句话不说，转身出了幼儿园大门。小尹老师捂着脸，眼泪汪汪地站在原地，直到宋美丽的身影消失，才"哇"一声哭起来。小尹老师一哭，她那一班小朋友也跟着"哇哇"地哭起来，哭得煞有介事而又莫名其妙。

事情发展到这个地步，闽建昌一不做二不休，决定和宋美丽离婚，讨小尹老师做女人了。

那天清早，张三根和唐贵龙去吃早茶，走进隐声街，看见大毛毛正握着扫帚低头挥洒。张三根已经很久没和大毛毛寻开心了，张三根有些犯瘾，他走到大毛毛身边，拍了拍他的肩膀：大毛毛，闽建昌和宋美丽离婚了，宋美丽没有男人了。

大毛毛停下扫帚，盯着地面的视线转向张三根，面上却无表情。显然，大毛毛听不见张三根在说什么。

年前和乞丐的那场打架，使大毛毛聋了耳朵，凑近了大声喊，只依稀可听见个大致意思。幸好大毛毛皮实，力气也大，那么多乞丐打他，也没被打死，只鼻梁和手肘处缝了几针，在刘湾镇卫生院住了一个春节，又全手全脚地出现在了隐声街上。耳朵聋了倒也不影响扫街，只是这样一来，大毛毛就不能走街串巷去听各种新闻了，大毛毛也就做不了刘湾镇上的消息灵通人士了。宋美丽离婚的消息，大毛毛就比刘湾镇上任何人知道得晚。

张三根把嘴凑到大毛毛耳边，大声喊道：宋美丽离婚了，没有男人了，你和她好，不算轧姘头。

大毛毛隐约听到了"宋美丽""轧姘头"，呆滞的目光忽然一动，朝天翻了翻白眼，厚嘴唇一掀，说出一句口齿含混的话：要么你去轧姘头！

张三根伸手在大毛毛脑壳上敲了一记：大毛毛你狗咬吕洞宾、不识好人心啊！我是讲真的，你不相信问唐贵龙，宋美丽都要调走了，调到洋泾浜去了，你还不快点去寻她。

唐贵龙推了推张三根：好了好了，三根你就不要和大毛毛寻开心了，再讲，大毛毛真的要去寻宋美丽了。走走走，吃茶去。

回头又对大毛毛说：大毛毛，好生扫街，这一腔，街路扫得不如以前清爽，要努力啊！

两个半老头并肩朝隐声街深处走去，大毛毛愣愣地站在原地，看着他们渐远的背影。背影在隐声街与云台街拐角口消失了，什么都没有了，只剩下一街清冷的晨曦稀疏地洒落在石板路面上，发出幽幽的黛色微光。

以往这个时候，垃圾阿宝就该在拐角口出现了，垃圾阿宝会拖着一条破麻袋，一如既往地微笑着向大毛毛走来……可是，大毛毛从医院里出来后，一直没见到垃圾阿宝。大毛毛也没有再去过防空洞，他娘王囡囡关照过，不可以再去防空洞，再去，王囡囡又要哭了。为了大毛毛被乞丐打的事，王囡囡已经哭过好几场了。

大毛毛依然一天三次在隐声街上做着清扫工作，依然会把值钱的垃圾收起来，坐在某一只垃圾箱旁边，等着垃圾阿宝的到来。可是，垃圾阿宝没有来，照理，年过完了，她也应该出来了，不晓得她是在别的街上捡垃圾，还是跟着那帮乞丐走了。

大毛毛把隐声街从头至尾扫过一遍后，在一只垃圾箱边恹恹地坐下，肥厚的背脊靠着垃圾箱一侧的水泥墙。一阵冷风带着朝露吹过，大毛毛打了一个寒噤，腮帮子"呼啦啦"一阵颤抖。忽然的，大毛毛就感觉喉头有些梗塞，似是呼吸不畅，宽大的鼻翼努力扩张了几下，两只聚焦不统一的眼睛里，竟落下了几串沾染了尘土的泪珠子，越落越多，浑黄的泪水就在他蒙着灰尘的面孔上爬出了无数道泥垢的溪流。

天色越来越亮了，隐声街的东头，初升的太阳照进青石板铺就的弄堂，仿佛浸入了一轮闪亮耀眼的时光隧道，金色的光圈里，一个身影蹒跚而出，一个拖着破麻袋的身影，正沐浴在金灿灿的晨光中，慢慢地向大毛毛走来。

大毛毛婆娑的泪眼刹那间一亮，佝偻着的身躯顿时挺直了，他抹了一把湿漉漉、灰蒙蒙的面孔，从垃圾箱边站了起来。

垃圾阿宝拖着她的破麻袋，远远地走来了。她脚踩着青砖，向着大毛毛无声地走来，走得很慢，却还是越来越近。大毛毛的眼睛翻得白光闪闪，愈发活跃，他看见了阿宝的面孔，那张面孔和原来一样，鼻梁与眉眼间堆着永远的笑。笑着的垃阿宝迎着大毛毛来了，她身上穿了一件破旧的男式大外套，脚上套了一双不知哪里拣来的看不出颜色的大棉靴，整个人，竟比原来肥壮了一圈，那张越来越清晰的笑着的脸，却比原来更加尖瘦肮脏了。

垃圾阿宝终于站在了大毛毛跟前。大毛毛赶紧从垃圾箱里掏出一堆饮料瓶、一大捆报纸，三件破衣裳，四个蛇皮袋……一并塞进垃圾阿宝的麻袋。大毛毛等了垃圾阿宝那么多日子，实在是等得怨愤了，他一边朝麻袋里装垃圾，一边气咻咻地数落：你跑到哪里去了？你再不来，我就要把瓶子报纸统统丢掉了。

大毛毛真心实意地数落，使垃圾阿宝的面孔更增了一层笑的意思。大毛毛的数落就更有了底气：我以为你跟着那群讨饭叫花子走了，你要是真的走了，我倒省心了，也不用给你攒垃圾了。

垃圾阿宝笑得温和而恬美，好似明白大毛毛的嗔怪全是因为对她关心太多。大毛毛就愈发的气起来，朝麻袋里塞垃圾的动作亦是狠狠的：笑笑笑，只晓得笑，我被人家打得住了医院，耳朵也聋掉了。你倒好，吃得介胖，胖得像只猪头，也不来看看我，你要气煞我了……

差一点要气死的大毛毛忽然发现，阿宝手腕上的钻石牌手表不见了。大毛毛一惊，问道：你的手表呢？手表到哪里去了？

阿宝笑嘻嘻地看着大毛毛，没有回答。大毛毛就果真生气了：手表是你爷留给你的，你怎么可以丢掉呢？我没有爷，我的爷要是留一只手表给我，我肯定保管得牢牢的，自家丢了也不会把手表弄丢的……

那只钻石牌手表，不管是春夏秋冬，还是刮风下雨，垃圾阿宝都戴在手腕上的，戴了几十年了。虽然手表从溺水而亡的垃圾阿福手腕上脱下来时就不会走了，可它毕竟是阿宝的爷留给她的唯一一样纪念品啊！可是这个年一过，垃圾阿宝竟连她爷留给她的唯一一样纪念品都弄丢了。

大毛毛恨铁不成钢地骂起来：你这只戆大啊！肯定是被讨饭叫花子偷去了，你连一只手表也看不牢，你还能做啥？

垃圾阿宝依然永恒而莫名地笑着，笑得两只眼睛黑漆漆的，看不出两团漆黑后面究竟是什么。可分明，她尖瘦的脸庞上从不消失的笑里，竟有着以前从未有过的慈爱和美丽。

# 八

宋美丽要去洋泾浜了，大毛毛想，是不是应该送送她呢？倘若去送她，让闽建昌晓得了，会不会请他吃耳光？大毛毛对闽建昌的耳光心有余悸，只是，闽建昌已经不是宋美丽的男人，他还有资格请大毛毛吃耳光吗？

这么复杂的问题，大毛毛并不十分通畅的脑瓜有些梳理不清，他翻来覆去地想了无数遍，终究没有想出该不该去送宋美丽。问题是，大毛毛从来没有忘记，他向宋美丽借的一百五十块钱，都隔了年，还没有还。有借无还，那不是大毛毛的风格。

那天清晨，大毛毛一如既往地等来了垃圾阿宝。大毛毛一边朝垃圾阿宝的破麻袋里塞废纸旧瓶，一边翻着白眼说：阿宝，宋美丽要走了，你讲，我要不要去送他？

垃圾阿宝无声地微笑着，乱蓬蓬的头发上沾了两片粉色的桃花瓣。春天到了，河滩边的桃花开了，垃圾阿宝一定是钻进了桃林，搞得头上、脸上都沾了花粉和花瓣。大毛毛抬手替她拂去头发上的花瓣：阿宝，你这几天越来越胖了，身上这件衣裳都嫌小了。

垃圾阿宝皱了皱鼻梁，鼻翼两侧伸展出大片褐色的蝴蝶翅膀，脸上的笑更浓烈了。大毛毛说：我娘讲了，吃啥补啥，你吃了介许多猪头肉，身上就长肉了。

垃圾阿宝咂了咂嘴，好像正回味着大毛毛从家里偷出来给她吃的猪头肉。大毛毛就翻着白眼笑了：你这只馋痨虫啊！吃得介胖，再吃，真的要变成猪猡了！

垃圾阿宝笑得有些羞涩，还扯了扯身上的破衣裳。垃圾阿宝胖了，尤其是肚子胖了，污迹斑斑的外套前襟，绷开了两粒纽扣，露出明显隆起来的肚子。大毛毛说：明天给你带一件大一点的衣裳来，我娘的衣裳大，穿在你身上肯定正好。

说着，大毛毛伸了伸手，想在垃圾阿宝胖乎乎的肚子上摸一摸，可那只手还没有碰到叠壮的肚子，就缩了回来。大毛毛晓得，男人是不可以随便摸女人的，这和偷看女人换衣裳是一样的道理，被派出所捉去，要判"无底徒刑"的。

太阳完全升起来了，垃圾阿宝拖着破麻袋，挪动着肥圆的身躯，沿着隐声街蹒跚着走了。大毛毛在她身后翻着白眼大声喊：衣裳明天就给你带来，不要忘记来拿。

垃圾阿宝没有回头，她一摇一摆地挪着两条短而粗的腿，就像一只渐渐走远的胖企鹅。大毛毛看着垃圾阿宝的背影，自言自语道：下个礼拜就要发工资了，一百五十块铜钿要还给宋美丽。

四月的刘湾镇，是一年当中最美的季节。河滩边的桃花开得喧喧嚷嚷，大片大片的油菜花，染得天空都发了黄，川杨河里漾起绿色的波纹，浮萍和木排草从水里钻出来，翠盈盈冒了头，防空洞坡顶上长出一丛丛油绿的马兰头，开出了很多很多繁星点点的荠菜花。

三个镇上的小孩提着竹篮，到河滩边去割马兰头。他们发现防空洞坡顶上的野菜特别茂密，便"呼啦"一下爬上去，埋头割了起来。割着割着，女小孩抬头看了看天：要落雨了。

天色果然越来越阴沉了，像是作雨的样子，风吹在身上，本来是暖爽爽的，现在变得冷飕飕了。另一个女小孩也拎起篮子：我要回转去了，我的鞋子是新买的，不好淋湿的。

男小孩很是不屑：落雨怕啥？落雨就躲到防空洞里去。

女小孩说：我娘讲，防空洞里有鬼，你敢进去？

男小孩就受了刺激，一屁股从泥坡上滑下去。三个小孩都下了坡顶，他们沿着防空洞转了一圈，发现入口就在河滩背面，半人高的一个洞，被几丛隔年的枯草遮挡着。男小孩胆大，拨开枯草，一猫腰就进了洞口。一会儿，女小孩们听见男小孩的声音：里头啥也没有，进来吧。

两个女小孩还是不敢进去，又听见里面叫唤：进来吧！很暖和的。

女小孩们犹豫了几秒钟，也猫下腰，钻了进去。

防空洞里果真一片漆黑，什么也看不见。一个女小孩说：我爷讲的，眼睛闭起来，五秒钟，再睁开就看得清了。

于是三人一起闭上了眼睛，女小孩数：一、二、三、四、五，好啦！

三人睁开眼睛的瞬间，同时听见一声小猫叫似的低泣，恹恹的、倦倦的，于是，三人同时看向发出声音的角落。角落里，一张尖瘦的脏脸正看着他们，黑漆漆的眼睛里，凝固着两团漆黑的微笑。

防空洞里轰然炸起一片尖叫，三个小孩连滚带爬朝洞外逃去，乱糟糟的声响里，混杂了一息恹恹的、倦倦的低泣，小猫叫似的，衰弱而无力。

小孩们冲出防空洞时，阴涩的天空竟飘起了碎碎的雪花。四月的天啊，居然会下雪！河滩边的桃花还旺旺地开着，花瓣被雪粒子坠啊坠的，颤颤地发着抖，一片片打着旋儿坠落下去，落了浅浅的一层粉红……油菜花也还是黄黄的连着片，雪花一把一把地洒下来，油菜花晃着黄脑袋打着寒噤，慢慢地，菜花上就积起了白白的雪花……

这一年的四月里，刘湾镇上很是让人不可思议地下了一场春雪，竟纷纷扬扬地下了大半日。三个小孩引着一群大人跑到河滩边时，雪已经覆盖了整个防空洞坡顶，以及防空洞周围的草丛、桃林和菜花地，一眼望去，河滩边竟是白茫茫一片。

雪依然在下，王囡囡挤在人群中，松肥的身躯随着剧烈的喘息上下起伏。有人要进防空洞看个究竟，有人说还是报告派出所，兴许又是一桩谋杀案。王囡囡在沸腾的人声中，抬头静静地看了一会儿灰蒙蒙的天空，低头默默地看了一会儿白皑皑的茅草地，又朝天伸出她肥厚的手掌，碎雪花落下来，落在她的掌心里，刚要融化，新的雪花又落了下来，王囡囡的手心里，就积起了一小撮白盐似的雪霜。王囡囡摊开着手掌，恍惚如梦般自言自语道：那一天，雪落得真大啊！

薛舒中篇小说选

温家姆妈听见了，回头问：囡囡，你讲啥？你刚刚讲啥？

王囡囡忽然抬起扣在肥肉脖套里的下巴，大叫一声：小毛毛，你回转来啦！

王囡囡肥厚的身躯竟无比灵活地跑向防空洞，扒开沉甸甸白绒绒的枯草枝，猫起肥腰，钻进了洞口。站在洞外的人们，混沌的头脑里依稀闪出一些模糊的影子，好像，这样的一幕，在很久很久以前，曾经发生过。可是，究竟有没有发生过呢？又想不全了。不晓得谁说了一句：唉！日脚过得真是快，我的记性怎么介坏？真是的！

# 九

刘湾镇上的新鲜事不算太多，但今年开春以后，就发生了两桩奇闻。四月里下雪算一桩，大毛毛当上了爷，算另一桩。

下雪那天，人们在防空洞里发现了已经不再出气的垃圾阿宝，人们还发现了垃圾阿宝的脚边，躺着一个赤身裸体的婴儿，幸好被三个小孩发现，要不，婴儿都快没气了。

垃圾阿宝死了，死的时候，脸上还保持着永恒的微笑。

王囡囡是继三个小孩之后，第一个进防空洞的。王囡囡出来的时候，手里抱着那个早产的婴儿。王囡囡再没有把婴儿放手给过别人，她把婴儿抱回了家，她叫婴儿"小毛毛"，她抱着婴儿唱山歌似地念：小毛毛，你回转来了！小毛毛，你倒还晓得回转来啊！

刘湾镇上的人们，对垃圾阿宝养出来的这个孩子，就有了各种各样的猜测。张三根说：肯定是大毛毛的种，阿发看见他钻进防空洞去的。

姚水发纠正：我没看见大毛毛钻进防空洞，我只看见他在洞口朝里看。

张三根猜测：野种吧？说不定是那个瘸腿叫花子……

张三根有些"拎不清"，刘湾镇人都回避提及那群乞丐，他是哪壶不开提哪壶。就有人扯开了话题：怪也怪，垃圾阿宝肚皮大起来，怎么就没人发现？

姚水发说：拖一只破麻袋，穿一件晃里晃荡的破衣裳，醒龊得来，啥人会多看他一眼？只有大毛毛看得上眼。

唐贵龙说：对大毛毛来讲未尝不是一件好事，王囡囡对这个小囡，宝贝得来一塌糊涂。

张三根猪嘴里总是吐不出象牙：这个小囡长大了，不要也是戆大。

姚水发想起了什么，说：听我娘讲，王囡囡当初养下了大毛毛和小毛毛一对龙凤双胞胎，大毛毛大了，小毛毛没活过来，丢在了河滩边。现在王囡囡捡到一个小毛毛，倒称心了。

张三根说：大毛毛和小毛毛是龙凤胎？垃圾阿宝不会是王囡囡丢掉的小毛毛吧？

唐贵龙摇头：不大可能，小毛毛是没气了，才让卫生院的杂工抱到河滩边去埋掉的。不过，垃圾阿宝，倒的确是阿福捡来的，不晓得是不是在镇东头的河滩边捡的……

众人忽然哑了口，都若有所思着，总觉得这事，很是奇异和神秘。

不过，人们认为，垃圾阿宝是不是当年的小毛毛并不重要，重要的是，垃圾阿宝搭上了命生出来的这个孩子，注定了要做大毛毛的儿。至于那群外乡叫花子，人们觉得，不提也罢，提起来，总叫人心里不痛不痒、不上不下。

王囡囡依旧做着她的垃圾站站长，出门捡垃圾时，总是背着那个早产儿，从不肯脱手。婴儿哭了，她就拍着绑在背上的被褥包哼哼：小毛毛，乖哦！不哭哦！等一歇阿奶烧猪头肉给你吃……

王囡囡并没有真的把这个婴儿当成她的小毛毛，她很清楚，她现在做"阿奶"了。不过，王囡囡是不会把婴儿摆在垃圾箱里的，现如今的刘湾镇，民风远没有过去好了，有钱人多了，总有造屋或者装修房子的，砖头啊，混凝土块啊，朝垃圾箱里一倒，小毛毛不被砸死，面孔也要被砸烂了，而且，还有人贩子出没，摆在垃圾箱里，被人偷走拐走都说不定的。

大毛毛还是一天三次去隐声街做他的环卫工人，只是，耳聋，听不见。听不见也不影响扫街，这世间不好听的声音，大毛毛可以不去听见，岂不是更好？

大毛毛挥洒着他那把强壮的硬竹篾扫帚，姿势潇洒流畅，动作雄浑有力。扫帚静静地落在隐声街四米宽、三百米长的青石板路上，落叶静静地飘舞着，尘土静静地飞扬着，晨辉或者夕阳静静地洒在街头，有人静静地走过来，有人静静地走过去……大毛毛就在这条静谧无声的街上长久地做着他的清洁工。在大毛毛的耳朵里，现在的隐声街，才是真正的隐声街呢。

大毛毛挑选了一个休息日，独自去了一趟洋泾浜。大毛毛没有坐公交车，他怕公交车把他带到很远的地方，就回不去刘湾镇了。大毛毛选择了步行，洋泾浜真远啊！大毛毛一早出发，步行了四个多小时，耳朵听不见，也不敢问路，最后，居然也走到了洋泾浜，还找到了烟糖批发部。

宋美丽看见翻着白眼的大毛毛出现在她面前时，惊讶得叫起来：大毛毛，你怎么来了？

大毛毛翻了翻洋白眼，没有听见宋美丽说的话。可他是来还钱的，他不需要听见宋美丽说的是什么。大毛毛掏出两张百元纸币，朝宋美丽手里一塞：欠你的铜钿，今朝来还你。

宋美丽就"咯咯"地笑起来，好像是假客气，又似是真的被感动了：大毛毛，这点铜钿你还记得介牢，不要给我了，你自家拿去买奶粉，给小毛毛吃好了。

消息传得真快，远在洋泾浜的宋美丽都知道大毛毛有了一个小毛毛。不过，大毛毛还是没有听见宋美丽在说什么，当然，他也听不见宋美丽"咯咯"的笑声了。大毛毛只晓得，既然已经把钱还了，就应该回家了。于是转过身，嘟哝了一句：我回转去了。

宋美丽叫住他：哎，大毛毛，等等，大毛毛……

大毛毛听不见，宋美丽追上去，一把抓住他的肩膀，嘴巴凑到他耳边，大声喊：大毛毛，你给我讲老实话，小毛毛，是你的吗？

这句话，大毛毛倒好像听清了，他咧了咧嘴，竟腼腆地笑了。笑完，翻了翻洋白眼，掀开厚嘴唇，说：要不是我的，他就没有爷了。

也不晓得大毛毛是否理解了宋美丽的意思，抑或，他只是为了让那个没有爷的孩子有一个爷，将来长大了，不要总是被人逼着喊"爷"。大毛毛很清楚，没有爷的孩子，会被人欺负。

# 那时花香

## 一、姚所长

隐声街一号居民姚水根家庭，又一次被评为五好家庭。姚水根年将五十，在家里，他是公认的好丈夫、好父亲。在外，他是刘湾镇派出所的一所之长，正当中流砥柱、事业有成之年。姚水根姚所长站上五好家庭领奖台，发表他的获奖感言：感谢居民同志们的信任和支持，居委会干部要我谈谈经验。我没有什么好谈的，我只有一句话：哪怕做一名最普通的公民，也要过有远大理想的生活。

姚所长的发言众口皆碑、广为传诵，隐声街一号家庭，成为众多普通家庭的榜样。那段日子，刘湾镇上的男女老少，纷纷对自己平凡的生活提出了更高的要求。父母教育孩子的时候，经常发出一些关于"理想"的自问和考问。问完自己或者孩子，人们发现，提出"要过有远大理想的生活"这句口号的姚所长，却没有公布他自己的理想是什么。

其实，姚所长的理想并不十分远大，很简单，就是把派出所所长位置坐到退休。姚所长知道，他的理想，实现的可能非常巨大，但容不得闪失，必须以"合格的派出所所长"为标准，做一名廉洁奉公、恪守职业道德、平易近人的基层公安干部。这是他为自己定下的戒规。其中有一点，姚所长认为很重要。作为基层公安干部，平易近人，是必须具备的条件。姚所长最大的优点就是平易近人，所以，姚所长的群众基础，那是相当好的。

三十年前，农村青年姚水根穿上了警服，戴上了大盖帽。那时候，他为自己树立的理想是做一名优秀的民警。他没想过，有朝一日他会当上派出所所长。当年的姚民警接到任命通知后，好长一段时间找不到自己的位置。姚民警一贯用普通民警的姿势走路、用普通民警的口气说话，忽然变成了所长，他就不知道应该怎样走路、怎样说话了。他使劲回忆已经退休的老所长的走路姿势和说话腔调，老所长双手反背，一脸严峻的样子，以及三棍子打不出闷屁的性格，在姚水根脑子里像放电影一样清晰。可是那些动作和神态，一到自己身上，不伦不类的，就走了样，怎么看都不像所长的样子。当然，最后，姚民警还是学会了做姚所长，而且是与老所长不尽相同的、有自己特色的所长。

　　基层公安干部姚水根同志走在大街上，通常会受到群众的热情招呼，"姚所长吃了啊""姚所长好啊"，听起来很是受用。姚所长呢，脸色尽量显得严峻一些，眉头稍撮，嘴角下弯，对，老所长差不多就是这样的。姚所长带着一脸老所长的表情走在大街上，本是黑瘦脸上的音容换在他的白胖脸上，就变严峻为稍稍的不耐烦了。然而，群众并不在意姚所长脸上终日的不耐烦，恰是因为姚所长的表情不同于姚民警，他们的招呼，便更加热情起来。

　　姚所长因为所长的身份，群众尊重度大大提高，这让他充满了荣誉感，他因此而更加热爱他的职业了，不，应该说，他更加热爱他的职位了。姚所长每天坐在派出所小楼里，大盖帽压着他的大脑袋，蓝制服锁着他的肥肚子，样子显得十分像所长。若有人去派出所办户籍或报案，一眼便能认出哪位是所长。姚所长是有他的典型特征的，手里总捧着一把紫砂茶壶的那位富态人，就是他。姚所长的茶壶里一准泡着高山乌龙，若没有外出开会任务，姚所长喝茶的声音便一整天响彻在派出所里外相通的三间办公室里。到了下班时间，姚所长把茶壶放下，站起身，"噼里啪啦"拍几下坐皱了的深蓝色警裤，抻一抻警服下摆，压了压大盖帽，提上公文小包，抬起腿，跨出派出所大门。一出派出所小院的青砖围墙，远远的，就见暮紫桥在拐角处的路口了，隐声街，就在暮紫桥的西边。姚所长顶着他那被大盖帽包裹得挺严实的毛发稀少的脑袋，向着回家的方向走去。

　　隐声街是刘湾镇上历史最悠久的老街。著名的川杨河朝夕奔流，贯穿刘湾镇东西，镇上最古老的石拱桥——暮紫桥桁架河上。隐声街上的房子，都是白墙黑瓦的老房子。隐声街上的六十三户居民，都是本镇的土著，若要究根溯源，可以追到十八代祖宗。姚所长不属土著，当年的姚民警，眉清目秀的小伙子，被隐声街一号当家大囡看上，做了人家的入赘女婿。如今，只有隐声街，还留有丝丝缕缕的老镇气息，其余几条街，几乎全让外来户占据了。甚至川杨河里，也停靠着一些装满缸钵碗盘的外来船只。船头搭着简易行灶，船尾挂着平脚裤头、棉布胸罩或者毛巾被单。那是拖家带口来刘湾镇上卖陶瓷的宜兴人。瞧瞧，连川杨河里都进驻了外来人口，要不了多久，刘湾镇就快变成一个移民镇。

姚所长的那把紫砂茶壶，就是川杨河里的船家送的。宜兴人要落脚在刘湾镇地盘上做生意，送一把茶壶给派出所所长，不算行贿。可姚所长硬是撮着眉头、摇着他毛发稀少的脑袋，一脸不耐烦地说：不行不行，你不要来这一套，我是不会收你东西的。

姚所长经常说的话就是"不行不行"，姚所长对宜兴人说"不行不行"的时候，正坐在办公室里喝着一只旧玻璃杯里的茶。姚所长的脑袋上没扣大盖帽，两片女式皮鞋搭襻似的头发勉为其难地履行着遮盖脑袋的任务，白森森的头皮在宜兴人眼前一览无余。这使姚所长有些不耐烦的表情里，带了一丝捉襟见肘的羞涩。这么一来，不戴帽子的姚所长，比戴帽子的姚所长，看上去倒要慈祥一些。或者说，宜兴人要送姚所长礼物的时候，姚所长不耐烦的表情里，就带了一丝慈祥了。

姚所长没有收下茶壶，姚所长拿起大盖帽扣上脑袋，对宜兴人说：走，去你船上检查一下，公事公办嘛。

宜兴人捧着送不出去的紫砂茶壶，带着姚所长上了他的船。姚所长眉头紧撮、嘴角下弯着，从船头到船尾兜了一圈。他指着船上的女人和女人怀里的孩子说：女的和小的都来了？没有暂住证是不能留的，要报临时户口啊。

宜兴人说：要的要的。

姚所长又从甲板兜到船舱，船舱里堆满了稻草，稻草中窝着各式各样的瓦钵碗盏。姚所长从稻草里挖出一把茶壶，捧在手里细细观察着，自言自语道：这个好，这个很好，我一直想买这样一把茶壶。

姚所长挑出来的茶壶，比适才宜兴人要送他的那把好上十倍。宜兴人一脸拉不出屎的表情，嘴里说：这个，所长喜欢，拿去就是。

姚所长连连摇头，差点把大盖帽象飞碟一样摇进河里去，幸好宜兴人手脚快，大盖帽被制止于将要落水的低空抛物线中。姚所长接过帽子扣回脑袋，摇头的幅度明显下降：不行不行，怎么能拿呢？我可以买下来，不付钞票的东西我是不会要的。

当然，姚所长最后也没有把钱成功塞进宜兴人的口袋，人家实在太客气、太执拗了，人家说一把茶壶嘛，老家屋后山上挖的泥巴，自家土窑烧制的，不金贵。姚所长想想，这么好看的茶壶，是泥巴做的，还是自家屋后山上的泥巴，那的确是没什么要紧的。

从那天起，宜兴人的船，就停靠在了川杨河里，宜兴人一家三口，顺利地做上了刘湾镇的临时居民。姚所长办公桌上的旧玻璃杯不见了，取而代之的，是那把小巧精致的紫砂茶壶。至于茶壶里泡的高山乌龙，那是南市街上开茶叶店的福建人送的，茶叶而已嘛，福建人老家屋后山上种的。土特产，不金贵的。姚所长一边喝茶，一边撮着眉头想：老家屋后的山上，物产一般都很丰富，上海这种地方没有山，上海人明显吃亏嘛。

就这样，姚所长很是泰然自若地喝着上班茶，很是具有成就感地做着有理想的派出所所长。姚所长的日子过得很惬意很舒展，当然，姚所长的公务也是很繁忙的，要不，刘湾镇怎么能评上"百日零案件"乡镇？刘湾镇派出所怎么能获得"先进集体"称号？这些，不都是姚所长的功劳吗？虽然姚所长经常有些不耐烦，但在刘湾镇人的眼里，他是一位平易近人的好所长。他与外乡人都能打成一片，还用说本镇人？

## 二、孙美娣

姚所长下班了，下班了的姚所长跶着缓慢而轻松的步子，一路向前走去。姚所长的方向是隐声街一号。此刻，夕阳正从天边斜洒过来，照在川杨河上，河面闪耀着粼粼的金红色波光。暮紫桥和它水里的孪生兄弟，双双沐浴在绚丽的暮色中，将落的日头把它们染得通体金红，一上一下，一正一倒，组合成一轮金子打造的大圆环。隐声街蜿蜒伸展，麻石街路的一边，家家小院里飘出鱼肉的香味、夫妻对话的声音，女人端着面盆跨出门槛往川杨河里泼水，放学孩子的身影向着家门飞射而入……傍晚的隐声街，便是这么烟云四起、生气勃勃。

姚所长鼻子闻着一路气味，眼睛看着一路风景，心满意足地走在回家路上。他把他的下班之路走得挺胸叠肚、眉目含笑。姚所长走上了暮紫桥，高高地站在石桥的拱背顶端欣赏着隐声街黄昏的美景，他情不自禁地在心里慨叹道：真漂亮！

刚慨叹完，姚所长就发现，隐声街中段的川杨河边，一大群人围成了一个不小的圈子，似是出了什么事。姚所长大腿一拍：完了，出事了，肯定出事了。

登高远眺的姚所长立即下桥，迎着夕阳以百米速度飞奔而去。姚所长跑得很快，脑子转得更快：千万别出事，评年度先进派出所的关键时刻……姚所长跑到河岸边，拨开人群奋力挤进去。只见隐声街45号张家媳妇孙美娣正蹚着水，一步步往河道里走去，河水已经没到她的腰。孙美娣一边下河，一边"呜呜"哭着说：我活不下去了，我跳河自尽算了。

姚所长大喊一声：救命！扔下手提小包，一个箭步扑下了水……

孙美娣嫁到隐声街四十五号张家之前，一直生活在刘湾镇三十里外的农村。乡下姑娘孙美娣靠着一张好脸蛋、一副好身材，做上了镇上人家的媳妇，而且是早年声名最显赫的地主家的媳妇。不要以为地主家就该出手阔绰做事派头，人家做成地主不容易，那是靠着对内对外高度一致、持之以恒的抠门和搜刮，才攒成了一户地主的门第。当然，如今的张家，早已不是地主了，可是祖宗勤俭持家的优良传统，还是无一遗漏地被传承了下来。这种人家的媳妇，可是最难当了。刘湾镇上的人，相互都知根知底，谁愿意把女儿送到抠门老地主家去做牛做马？农村姑娘孙美娣误入歧途，完全是只见其表不见其里。孙美娣犯的是未经调查研究轻率决定终身大事的错误。

孙美娣跳河的起因，是为一块红烧肉。那天，孙美娣照例在做晚饭，一锅红烧肉即将完成，香气飘满了厨房。张家的餐桌上，很少有肉菜，婆婆做的主，半个月买一次肉。如今这样的年月，隐声街上最穷的六十三号居民潘大妹还吃油爆虾呢，地主家的日子，过得反不如穷人。孙美娣有些馋了，孙美娣看着浓油赤酱热气腾腾的一锅肉，实在是憋不住了。她想，不知道肉煮烂了没有，就这么看，是看不出来的，要用嘴巴尝尝才晓得呢。孙美娣决定提前品尝红烧肉，她捏着一双筷子，从锅里捞出一块肥瘦参半的肉，"唏唏嘘嘘"地送进了嘴巴。

恰在那时，她婆婆正好跨进厨房。孙美娣的腮帮子，鼓得像两只蠕动的小老鼠。她含着肉，一边努力咀嚼，一边冲婆婆尴尬地笑笑：我尝尝烂了没有。

还没有开饭，就吃掉一块红烧肉，孙美娣无意中创下了张家的历史记录。婆婆一脸不满，冷言冷语道：偷食的猫还晓得躲一躲人呢。

孙美娣顿时停下咀嚼，"哇呀"一声把那块嚼得半烂的红烧肉吐在地上：谁是偷食的猫？

婆婆被孙美娣反应极快的一声质问吓了一跳，刚想说话，但见一只黑白条纹的母猫窜进厨房，毫不犹豫地叼起地上半烂的红烧肉，随即转过猫身，飞驰离去。老地主家的女当家心头顿时一痛：整整一块红烧肉啊，咽进肚皮里也就算了，给猫叼了去，这是要败了我的家啊！

孙美娣被激怒了，或者说，孙美娣嫁进张家以后压抑到现在的怨气，此刻终于爆发了。农村出身的孙美娣还没有把自己乡下人的粗犷身心改头换面，她的嗓门竟比婆婆还大：谁是偷食的猫？不就是一块肉，至于吗？

张家婆婆"哎呀呀"地叫起来：哎呀呀，世上哪个媳妇是这样对婆婆讲话的？

孙美娣立即反驳：媳妇也是人，人和人是平等的。

正当新时代儿媳妇对封建主义婆婆发出"人和人是平等的"呐喊时，张家儿子从客堂飞速赶到了厨房。男人出场了，一老一少两个女人，便不约而同地表现出万分委屈的样子，一老一少两张殷切的脸对着唯一的男人，等待着判决。

男人在两双眼睛泪汪汪的注视下，没有丝毫犹豫地伸出手，指着妻子的鼻子说：你再和姆妈顶嘴，当心我一只耳光刮上来！

男人的话刚一出口，婆婆在一边"哇"地哭开了。她以哭声表示她是受了委屈的一方，受委屈方得到了公正的判决，申冤成功，那是一定要哭的。张家婆婆时间接点都很准确的哭声，使孙美娣在该事件中完全陷入了被动。

孙美娣简直气疯了，自家男人怎么能不帮自家女人呢？孙美娣勇气可嘉，智慧不足，她自不量力地把希望寄托在新婚一年的丈夫身上，她就不想想，做儿子的怎会不帮他的妈？结婚一年来，孙美娣第一次遭受了严重的感情挫折。遇到挫折后的孙美娣毫不犹豫地向男人仰面送去她光滑的脸蛋，发出了刘胡兰般勇敢的、视死如归的讨伐：你刮呀，你刮呀，你刮自家老婆的耳光，算什么男人！

张家的男人，当然是男人，张家男人刮了老婆的耳光，还是男人。一记清脆响亮的耳光应声落下，巨大的号哭声从孙美娣嘴里猛然爆发。这记耳光，终于让孙美娣发现自己是多么孤立无助，刚烈的乡下姑娘哭着一头撞出厨房、撞出天井、撞到了隐声街上的夕阳下。

此时，隐声街正处于一天中最美丽的时刻，暮色铺满了整个世界，白墙黑瓦、飞檐指天、青石小街、拱桥流水，每一处都被金色的余晖笼罩着，每一处都散发出温湿甜润的水乡气味。孙美娣就在这黄昏的美景中，横跨过街，踏上石岸，然后，一边大声哭泣，一边亦步亦趋地向川杨河里走去。

端着一个蓝边大碗游荡着喝粥的王多多首先发现了孙美娣的异常，王多多对哭着往水桥下走的女人喊道：孙美娣，你下水去干吗？

孙美娣哭着回答：我活不下去了，我跳河自尽算了。

王多多才十三岁，王多多不知道什么是自尽，但他知道什么是跳河。夏天的时候，光着屁股往河里跳，那是很好玩的，所以王多多认为，跳河自尽，也应该很好玩。王多多就有些羡慕孙美娣，他喝了一口粥，很内行地说：原来你在跳河自尽啊！我也想跳，等我喝完粥，我也来跳吧。可你为什么哭呢？

孙美娣没有回答王多多为什么哭。那时候，孙美娣的脚脖子，已经踩入了河水。

潘大妹被孙美娣的哭声和王多多的说话声召来了，潘大妹看见这情形，顿觉很是新鲜，她朝哭着一步步下水的孙美娣喊道：孙美娣，你下河去干吗？你是去川杨河里摸虾吗？

孙美娣哭着回答：我活不下去了，我跳河自尽算了。

潘大妹脑筋有问题，自从二十多年前取消凭票购粮制度后，她就守着她积攒了半辈子的三百一十六斤全国粮票发起了痴，她似乎也不明白什么是跳河自尽。她提醒孙美娣：川杨河里还有河虾吗？上趟我摸了半天一只都没有摸到，你摸到过吗？

孙美娣没有摸过虾，这个问题她没法回答。那时候，河水已经没到孙美娣的小腿了。

接下来，隐声街上的居民们陆陆续续地被哭声和喊叫声吸引到街上来了。他们看见孙美娣一边哭一边慢慢地往河里走，他们还看见王多多和潘大妹和水里的孙美娣上下对答着。他们有些搞不明白这究竟玩的是什么游戏，他们纷纷对孙美娣喊道：孙美娣，你在干吗？你下河干吗？

孙美娣哭着回答：我活不下去了，我跳河自尽算了。

问的人就笑了，他们笑着说：你会游泳吗？你这样怎么死得掉？

孙美娣没有回答会不会游泳，这时候，河水已经把孙美娣的大腿全部浸没了。

岸上站了许多人，他们站在那里看着正在跳河自尽的孙美娣，他们一致认为，孙美娣这样跳河，肯定是死不掉的。所以，他们便也任由着她亦步亦趋地往水里去。幸好，走在下班路上的姚所长见义勇为，扑向了正投河自尽的女人。

姚所长只趟了几步水，就扯住了孙美娣的臂膀。姚所长以为孙美娣会挣扎，便作好了把自己投入水中战斗一番的准备。可孙美娣根本没有一丝反抗的意思，姚所长一拉，她就顺势往后一歪，把已经被自己吓得软绵无力的身体，很是配合地靠在了拉扯她的男人肩头。姚所长便把孙美娣滑腻腻的胳膊搁上自己的肩，一手扶着女人湿漉漉的腰，就这样，一男一女，一个架着另一个，拖着水淋淋的四条裤腿，爬出水面，爬上了岸。

姚所长挽救孙美娣的生命于投河自尽的当口，姚所长提溜着孙美娣走向她四十五号的家，两人身上滴也滴不尽的川杨河水洇湿了隐声街上的麻石路面。

姚所长把孙美娣架进家门，才放开了他揪胳膊扶小腰的手。孙美娣的男人和婆婆站在门里，很是尴尬地招呼：姚所长来啦。

姚所长发现张家人都在，便气愤地冲男人教训起来：一街的人都看到你老婆在跳河，都听见你老婆在哭。你眼睛瞎啦？耳朵聋啦？为什么不出来救你老婆？真出了人命，我看你怎么交代！

男人说：她死不了的。

姚所长骂了一句"混账"，转身对张家婆婆说：到底出了什么事？讲给我听听。

张家婆婆避重就轻、三言两语草草一说，姚所长就明白怎么回事了。姚所长是尊重女性的模范，欺负女人的男人，他最看不上眼。他对孙美娣的男人呵斥道：你听着，我现在要回家换裤子，晚上，晚上再来好好教育你。先帮你老婆换身干净衣裳，听见了没有？

张家男人黑着脸点了点头。姚所长的话，他不敢违抗。临走，姚所长看了一眼缩在墙角里瑟瑟发抖的孙美娣，才回过头，拖着两条湿腿，跨出了张家门槛，踏上了隐声街。

天色已昏黑，姚所长的脚步有些沉重，他不由地想：孙美娣啊，孙美娣，长得这么标致，为啥非要投河自尽呢！

这么想着，姚所长就感觉手里沉甸甸的，刚才他就是用这双手，捏着孙美娣的胳膊，扶着孙美娣的小腰，一步步把她拖上了岸。那条胳膊，可是又细巧又柔顺啊！那个小腰，真是又绵软又紧实啊！姚所长无声地赞叹着孙美娣的胳膊和腰，很自然地，他就想起了自家老婆的胳膊和腰。相比之下，姚太的胳膊和腰，显著的特点就是粗壮和松垮。姚所长情不自禁地在心里把两条胳膊和两个腰身分别对比了一下，对比完，他就默默地感叹道：不一样，摸上去的感觉，真是很不一样啊！

那会儿，姚所长发现，他那两只英雄救美的手里，有一股热血，正向着手心悄然涌动。

那是孙美娣首次跳河自尽，从此以后，孙美娣像是染上了跳河自尽的瘾，半年里又接二连三地跳了三次河。幸运的是，孙美娣每次跳河，都是在傍晚时分，走在下班路上的姚所长每次都义不容辞地扑下水去，把孙美娣救上岸。

## 三、隐声街

隐声街上紧挨着住了六十三户居民，姚所长的家，在离暮紫桥最远的街头一号。隐声街上每户人家门前，都有一个小小的天井，两米见方的地儿，种着一两株蜡梅、丹桂，或者一丛紫竹。别条街上的居民总取笑说：哪怕搭一棚丝瓜扁豆，也比丹桂蜡梅实在。可隐声街上的老住户，都爱种这些不实用的东西。富家遗少，改不了附庸风雅的脾性。事实上，现在的隐声街居民，哪一户还有像样的家底？可隐声街比别条街显得雅气，那倒是真的。仲秋丹桂开了，或者腊月梅花开了，整条街上，便飘逸着淡淡的花香。若是春天，又多雨，一方小院围着被雨水洗得绿生生紫竹，枝杆上挂着一串串墨色闪耀的水珠子，衬着湿漉漉的青砖地面，更显宁静雅致。房子自然是老式平房，黑瓦铺就的屋顶，锗红的瓦楞草长得又密又壮，像是缩小了数倍的宝塔阵。古老的檐角尖尖翘翘，仿佛一根根手指，向着灰蒙蒙的天空戳去，似要用那一指的力量，使劲儿撩开云幕，拨出一片蓝天来。刷着石灰粉的白墙壁在经年的日晒雨淋下，布满了斑驳的黄色水迹。有发了霉的，长出一层黑乎乎的霉斑，便有一滩滩黑印子上了墙。窄窄的隐声街，白墙黑瓦的房子，和着一条潺潺流经的川杨河，以及静静伫立在街口的石拱暮紫桥，交相辉映着，就像是一副刚完成的水墨画，还带着潮气，满是写意的韵味。

姚所长每天都要在隐声街上至少走两个来回，早上一回是去上班，傍晚一回，下班回家。相比而言，姚所长更喜欢上班。刘湾镇社会治安良好，刘湾镇百姓生活得幸福平安，"先进集体"和"百日零案件"的锦旗常年悬挂在刘湾镇派出所墙上。姚所长坐在奖旗下的办公桌边喝茶，每天都觉得很光荣。上班时候的姚所长，被人尊重着，被人需要着，重要性十分显见，他因此而感觉到他这个人存在于世界、存在于刘湾镇的价值。这里的人们是多么需要他啊！生了孩子来找他办户籍登记；外来人口来求他办暂住证；开店做生意的也来拜访，请求保驾小本生意的平安。甚至夫妻打架、偷鸡摸狗、吃药上吊，都要他去劝导、去评判，去拯救。虽是鸡零狗碎，但是，做一个无时不被需要着的人，那是多么充实，多么幸福！姚所长甚至觉得自己像……像什么呢？想了半天，姚所长觉得自己有点像外国电影里演的那个给新人主持婚礼、为死人送葬、坐在小黑屋子里听人们倾诉罪错为人们驱赶心魔的人，那个无所不能做、无所不能容的伟大的男人。姚所长的想象，与他"把派出所所长位置坐到退休"的理想，几乎是风马牛不相及的。派出所所长与那个伟大的外国男人又有什么关系呢？打个比方吧，如果说浦东区公安局局长是主教，那么刘湾镇派出所所长，应该是什么呢？姚所长觉得，自己离主教还缺好几口气呢。牧师，对，是牧师。每每想到这里，姚所长嘴角一抿，颇具顽童似的笑容在他脸上轻轻漾起来。

在外面像牧师一样被人需要的姚所长，回家后就不是牧师，也不是所长了，他只是一个普通的男人。家里人是不会热情地招呼他"姚所长吃了啊""姚所长好啊"的，这也罢了，更让姚所长颇觉郁闷的是，他入赘女婿的身份，使他在家里常年处于比较低下的地位。一回到家，姚所长身上被需要的所有特质，就消失殆尽了。为家人做任何事，都是应该的，而家人对他的贡献，他是必须要感恩戴德的。这个中的滋味，姚所长已经体验了半辈子，谁让他是上门女婿呢？

于是，姚所长的下班之路，就比较特殊了。他是格外珍惜下班时分的隐声街的，从暮紫桥头走到家里，这一路，是他在一天中，最后感受到被需要的成就感的时段。隐声街六十二户居民在姚所长走过他们家门口时，一次又一次地用各种鸡毛蒜皮的事儿挽留住他，使他走向他比较枯燥的隐声街一号家庭生活的路程，显得分外有了意义。隐声街仿佛是一条没有尽头的小街，六十二户居民的后面，是一个没有休止的省略号，他将一直被人们需要着，直到，直到退休吗？直到退休，那是最好，这是姚所长的理想。

姚所长下班了，姚所长撮着眉心、嘴角下弯地走在他无比热爱的隐声街上，看起来十分的"先天下之忧而忧，后天下之乐而乐"。刚走到隐声街六十三号的当口，居民潘大妹一如既往地把水桶样的身躯堵在了路口。

潘大妹的脸上盛开着壮丽的笑容，她笑着冲姚所长发出声如洪钟的询问：姚民警，我手里还有三百一十六斤全国粮票，你说，什么时候可以用啊？

潘大妹年将六十，黑胖的老女人，看起来身强力壮，说话也很有力气，脑筋却早已不管用。她那颗肥硕的脑袋里，记得的都是二十多年前的老事儿，她至今还叫姚所长"姚民警"。姚所长对自己的职位是很介意的，潘大妹二十年如一日地以姚所长的初级职称称呼他，这让姚所长稍觉不适。然而，姚所长是不会和一个脑筋不太好使的人计较的。所以，姚所长对着潘大妹有些呆滞的眼睛，眉头一皱：粮票老早就不用了，跟你讲过多少次了？

潘大妹翻了翻浮肿的眼皮，忽然把胖脸凑到姚所长耳边，压低嗓门说：姚民警，我用竹篮在川杨河里撩起来一篮河虾，你跟我来，尝尝刚做好的油爆虾。不要告诉王多多，他嘴巴最馋了。

尽管潘大妹说话压低了嗓门，但还是把一嘴口水像春雨一样淅淅沥沥地洒在姚所长的面孔上。姚所长捋了一把脸，气咻咻回答：做大头梦，川杨河里老早没有鱼虾了，还油爆虾呢。

说完，姚所长绕开潘大妹路桩似的胖身体，继续往隐声街里走去。姚所长身后传来潘大妹殷切的呼喊：姚民警，我还有三百一十六斤全国粮票，你说，什么时候可以用啊？

潘大妹对她那三百一十六斤全国粮票念念不忘，那是她省吃俭用攒下来的。姚所长耳朵里响彻着"粮票"的余音，人就走到了隐声街五十六号门口。王多多正坐在门槛上喝稀饭，王多多举了举手里的蓝边大碗，口齿含混地说了一句充满稀饭味儿的话：姚所长，吃啊。

姚所长停下来，皱着眉头训道：坐在门槛上吃饭，像什么样子嘛，快进屋吃去。

王多多咬了一口大头菜，腮帮子一鼓一鼓，咀嚼得很是吃劲。王多多嚼完大头菜，就对姚所长说了一句充满酱菜味儿的话：姚所长，潘大妹瞎说，我不稀罕她的油爆虾，我嘴巴不馋的。

"文明礼貌懂吗？潘大妹是你叫的吗？"姚所长认为，教育王多多也是他的职责。

王多多吐了吐舌头，舌苔上沾着嚼碎的大头菜黑沫子。王多多不敢顶姚所长的嘴，当年要不是姚所长托关系想办法替王多多办上了户口，给隐声街上的孤老王婆婆当了养子，那个被扔在暮紫桥下被蚊子咬得满脸肿块的弃婴，怎么能长成今天坐在门槛上喝稀饭的王多多？姚所长对王多多有恩，姚所长在刘湾镇群众王多多面前很有威信。

王多多受了姚所长批评，为了将功赎罪，他端着饭碗站起身，又踮起脚跟，对着深蓝色制服的胳肢窝处说：姚所长，刚才孙美娣又哭了。

姚所长眉心一跳，两条朝中心聚拢的眉毛顿时在额中夹出一个"川"字：你怎么知道孙美娣又哭了？

王多多嘻嘻笑：我听到她婆婆骂她"乡下坯子，没教养"，又听到他男

那时花香　153

人吼她"黄鱼脑子，没清头"。

姚所长摇了摇头，嘴角下弯得更厉害了。王多多知道自己提供的案情对姚所长有吸引力，便继续发挥：她婆婆骂她，她男人吼她，她肯定要哭的，她一哭，就要跳河自尽了，我说得对不对啊姚所长？

这回姚所长没有训王多多，他拍了拍半大小子的肩膀：快回去吃饭吧，别让你娘找。

王多多的情报让姚所长的态度有所改变，脸上就堆满了喜气，他一边喜气洋洋地往回走，一边把蓝边大碗扣到脸上，喝下了最后一口稀饭。

姚所长拎着手提小包，顶着大盖警帽继续往前走。夕阳把金光铺洒得越来越厚重，川杨河水流淌得越来越深沉。不知不觉中，姚所长走路的姿势，就从昂首挺胸变成了低头沉思。姚所长边走边想：孙美娣的婆婆和男人又欺负她了，王多多说得对，她肯定又哭了。孙美娣一哭，就要跑到川杨河边去跳河自尽了。

想到这里，姚所长脚下的步子就加快了。姚所长疾步向前，心里默默祈祷：千万别急，孙美娣，我马上就到，等一等再跳啊！

姚所长用非标准竞走夹杂零碎小跑步的姿势，尽快接近着隐声街四十五号。他质量上好的皮鞋踏在青石街面上，显得力量不均而节奏纷乱，很难说，他的脚步里不带有一丝压抑的兴奋或激动。然而，姚所长近乎兴冲冲地赶到四十五号门口时，并没有发现孙美娣跳河自尽的迹象。青砖院墙围着的那幢独立二层小楼就是张家，细听，墙里也未有骂声、吼声，抑或哭声传出，只闻得一股淡淡的花香从墙里飘逸而出。姚所长站在门口静静地听了五秒，依然没有声音，心头便莫名其妙地一酸，随即涌出一丝带着懊丧情绪的恨意。怀恨对象却无所指，便在心里随便找了一个人，想象中，是揪住了那人的衣领，狠狠骂道：王多多，臭小子，你谎报军情，我揭了你的皮！

姚所长一出口，骂的就是王多多。细想，又觉身为派出所所长，那么容易听信一个十三岁半大小子的话，简直是耻辱。可是，孙美娣每次哭着跑到川杨河边跳河，都是与她婆婆和男人吵架之后，王多多的推理是合乎逻辑的，那么问题在哪里呢？姚所长想了好一会儿，觉得问题可能出在自己身上，是不是，他对孙美娣过于关心了？想到这一层，姚所长浑身激灵

薛舒中篇小说选

了一下，他发现了自己身上的问题。姚所长经常发现自己身上的优点，但他很少发现自己身上的缺点，一个满身优点的人，忽然发现了自身的问题，这个人难免会感到有些恐慌的。姚所长开始审视自己，他把孙美娣四次跳河自尽的过程一一回忆了一遍，最后，他惊恐地发现，对孙美娣的跳河自尽，他竟是有着不知觉地盼望的。他居然盼望孙美娣跳河自尽？姚所长看了看隐声街四十五号张家那扇紧闭的黑漆木门，强烈地自责起来。

恰在这时，四十五号黑木大门"吱呀"一声打开了，只见孙美娣低着头，提着一个塑料袋跨出门槛，随之而来的，是一股扑面的花香。姚所长一惊，随即，心头掠过一阵莫名的欣喜。孙美娣抬头，看到姚所长站在门口，便红了一下脸，轻声招呼：姚所长下班啦。

不等姚所长回答，孙美娣就往川杨河边走去。今天，孙美娣的神色比较正常，大概没想跳河。但是此刻，姚所长是不能走开的，万一呢，万一她要跳河呢？他得下水救她啊！姚所长看着孙美娣的背影，等待着已经演出过四次的跳河事件的开始。背影把那个塑料袋丢进岸边的垃圾箱，背影向后一转，就把脸对着姚所长了。

原来孙美娣是去倒垃圾。现在，姚所长比较清晰地看见她的面容了。多周正的女子啊！姚所长轻轻叹息了一声，然后，他发现，孙美娣那双好看的大眼睛，竟有些红肿。很明显，的确是红肿的。可以确定，孙美娣一定哭过了。姚所长浑身一紧，肌肉骨骼迅速进入戒备状态，只等孙美娣下水桥，入河道，然后，他就可以去救她了。

然而，红肿着双眼的孙美娣并未跳河，她拍了拍拎过垃圾袋的手，过街，向自家屋门走来。走到姚所长跟前，又招呼了一声：姚所长，还不回家啊？

姚所长擤了擤鼻子，充分地嗅吸着来自孙美娣身上的花香，然后才应答：就回就回，这就回家了。

孙美娣一脚跨进门，苗条的身影消失在黑洞洞的门里，那股花香，也随之隐没在了院墙里。姚所长的心脏就像被针尖戳到一样，一阵刺痛袭过：孙美娣又被婆婆数落了，孙美娣又被男人欺负了，孙美娣又哭了。可是，孙美娣哭了，怎么就没跳河呢？姚所长未免感到有些失望，孙美娣啊，这个女子，哎——"啊咳、啊咳"，姚所长的嗓子眼里发出两记干燥的咳嗽声，咳得有些心虚，似要通过咳嗽，把他对孙美娣跳河的盼望掩饰了去。可是分明，他是多么疼惜这个红肿着眼睛的乡下姑娘啊！姚所长是四次救起落水美人的英雄，英雄的侠骨里也有柔情啊！一个有柔情的英雄，怎么会盼着一个美丽的女人去跳河自尽呢？

姚所长脚下的步子交错碰撞着，像两颗矛盾的心脏此起彼伏的跳动，节奏明显有些混乱。


# 四、姚太

姚所长踏进家门，天色已擦黑。隐声街一号女主人正独自坐在客堂里看电视，八仙桌上摆着做好的三菜一汤。姚所长的岳父岳母早在几年前仙逝，儿子考上了上海交通大学，隔两周回家一次。平时家里只有姚所长夫妇俩，日子过得略显冷清。

姚太相貌一般，一张胖脸上，除了下巴底部出现一道深刻的皱纹，使她白皙的下巴成为双层奶油蛋糕发泡状，此外没有第二条皱纹。姚太的职业也不错——中国人民银行上海市分行浦东支行刘湾镇储蓄所出纳。幸好只是出纳，不是行长，否则，姚所长在家里，将成为名副其实的"公仆"。

平时，按照正常速度，姚所长把自己略微发福的身躯移动到隐声街底一号门口时，姚太应该正做好晚饭，把餐具摆放完毕，只等下班的男人跨进门，往餐桌边一坐，开饭！对了，姚太一般会提醒准备吃饭的男人：洗手。已经坐下来的屁股只好再抬起来，屁股决定脑袋，此刻的脑袋已不是所长的脑袋，此刻的脑袋，以及脑袋下面的肠胃正准备享受妻子做好的现成饭，脑袋上的嘴巴就一定要发出"呵呵"的笑声，一边笑一边还要说：遵命，老婆大人！

这就是姚所长在家里的样子，尊重女性，乐观向上。姚所长很绅士。

然而今天不是平时，今天，姚所长在路上耽搁了一会儿，回来得晚了。姚太的脸色，分明有些阴沉。姚所长一跨进家门，严肃的脸如同解冻的土地，刹那间萌发出一丛丛新鲜的花：哎呀，很香啊，让我先看看，老婆做了什么好吃的？

姚太的目光从戏曲频道里正要死要活的林黛玉身上，转移到姚所长身上，眼白明显占据绝对优势。姚所长很自觉地解释：被潘大妹拖住了脚，一定要叫我吃她的油爆虾，缠了半天。

姚所长说着，走到院子里，从井里压上一桶水，很自觉地洗手。姚太终于开口说话：天都黑了，一条隐声街，你天天走，一走就是半个钟头。今天更不像话，走了三刻钟，难不成，孙美娣又跳河了？你又到川杨河里去救他了？

姚所长甩着洗干净的双手回到餐桌边，似是漫不经心地说：刚才，在路上，我倒是看见孙美娣去川杨河边的，不过是去倒垃圾，不是去跳河。

姚太继续发表高见：你可以去评选"见义勇为奖"了，孙美娣的男人也太不够意思了，你救了他老婆四次命，他怎么就想不到写封感谢信到区公安局，或者送面锦旗表扬表扬你？

姚所长小心翼翼：人命关天的，不能见死不救。

姚太嘴角一瞥：世上哪有这样寻死的？挑人多的时候去死，分明是不存心死。那么多人看着她往水里走，只当看热闹，她男人都不下水去救他，你倒下水。

姚所长心里一惊，姚太的话提醒了他，他忽然有些明白了，为什么他总觉得，自己是盼望着孙美娣去跳河的。姚所长是上门女婿，上门女婿的地位，和童养媳差不多。要说刘湾镇上哪家的媳妇最像童养媳，非孙美娣莫属。姚所长盼望孙美娣跳河，孙美娣跳一次，姚所长就可以救她一次。那是他借以救她的方式，表示一个上门女婿对一个童养媳惺惺相惜的感情。

像童养媳一样的上门女婿姚水根同志不再发表意见，他开始埋头吃饭。隐声街一号的客堂中间，头上一盏明灯，桌上四盘好菜，姚所长和姚太，就这么东一筷，西一勺地吃开了，葱靠鲫鱼、丝瓜炒毛豆、蛤蜊炖蛋、榨菜肉丝汤。伙食标准不低，姚所长自比童养媳，显然对姚太很不公平，世上哪有吃得这么好的童养媳？姚所长吃着姚太做的好饭好菜，不禁扪心自问：既然世界上没有吃得这么好的童养媳，那我还有什么不满意呢？

姚所长扪心自问后，就觉得有些郁闷，仿佛自己不像一个童养媳，与孙美娣惺惺相惜的理由，便也不再成立。那么，他究竟为什么盼望孙美娣跳河呢？姚所长郁闷着吞下一勺炖蛋，细腻滑溜的口感，倒像是孙美娣落水后的皮肉。姚所长的脑海里，便很突兀地跳出了孙美娣湿漉漉的胳膊和腰身。那条胳膊，可是又细巧又柔顺啊！那个小腰，真是又绵软又紧实啊！

这么想着，姚所长的心里，便又生出一层惶恐和沉重。彼时，他脑子里充满了孙美娣的胳膊和腰。只有在浸过水后，孙美娣的胳膊和小腰才那么线条毕露，只有在跳河的时候，姚所长才有可能去把握拿捏孙美娣湿漉漉的胳膊和小腰。那么，姚所长几次三番下河救孙美娣，甚至盼望孙美娣跳河，都是为了她的胳膊和小腰？孙美娣的胳膊和小腰的确出众一些，手感好一些，但那毕竟只是胳膊和腰而已啊！那么，他究竟是为了表达与孙美娣惺惺相惜的感情呢，还是想捏他的胳膊摸她的小腰？姚所长被自己的胡思乱想弄得忘记了夹菜吃饭，一副魂不守摄的样子。

姚太用筷子狠狠敲了一下姚所长手里的碗：发什么呆？魂灵不在身上啊！

姚所长吓了一跳，赶紧捧起碗，大口吃起来，吃得满嘴"吧唧"声，好似这饭菜在他嘴里，吃出了万般好滋味来。姚所长调整情绪的能力还是很强的，他一边吃，一边不时地赞美着厨娘的手艺，还配以频频地点头，看起来很真诚。姚太的心情，也因此好转起来。

姚太并不是一个精明的女人，她没有那么多心计，不会居安思危。她只是顺着当年男人进门起就养成的习惯，颐指气使着，把他当成这个缺少男人的家庭里的长工。难道不是吗？要没有她，也许他只能讨一房乡下女人做老婆，他的孩子，也将是农村户口。姚太给了姚所长从乡下人脱胎换骨成镇上人的滴水之恩，姚太就该享不尽男人对她终身的涌泉相报。

心情稍有好转的姚太，话也多起来："孙美娣已经好久没跳河了，大概，她以后不会跳河了，她婆婆和男人也不会欺负她了。"

"为什么？"

"孙美娣怀孕了。"

"什么？我怎么不知道？"姚所长脱口说道，说完觉得很是不妥，赶紧自圆其说：刚才，我还看见她倒垃圾，看不出来嘛"

"刚怀上，还不显形，今天菜场遇见她婆婆，张家老太买了两条猫食样的小鲫鱼，说晚饭给孙美娣做鱼汤喝。真是抠门，都给她怀上孙子了，还……"姚太对街坊邻居的家长里短津津乐道。姚所长沉默着吃饭，不时在姚太的话间插进"哦""是吗"之类的虚词，以表示他在倾听。姚所长的脑子，却飞速运转着，他在回忆，回忆刚才在隐声街上看到的孙美娣。当然，姚所长最终也没有回忆起孙美娣的肚子有何变化，他只记得，她的眼睛有些红肿。可是怀孕了，为什么又要把眼睛哭肿呢？姚所长略觉心酸地想。

这一餐晚饭，姚所长吃得严重身心分裂。他都忘了究竟吃了几碗饭，直到姚太一把夺下他手里的筷子：好了，不要吃太多，小菜好，也不能撑坏肚皮。怎么一点儿都不晓得节制？

晚饭后的时间，除了每周一次派出所的值班，姚所长一般会早早靠在床上看电视，看倦了，遥控器一按，关电视，睡觉。可是今夜，姚所长却睡不着。将近五十岁的男人，也有男人的需要。刚才，电影频道播的那个外国片子里，有一个女人，年纪轻轻的，穿着露出半个奶的低胸吊带连衣裙，在一群男人中间走来走去，一边喝酒，一边抛媚眼。姚所长看着，就很担心，外国女人的裙子吊带很松，一不小心就有可能滑脱下来的样子。女人在电视里每走一步，姚所长就在心里为她紧张一下，他又是担心又是期待地等了好久，女人肩上的吊带还是没有掉下来，他就有些失望了。眼见两个白晃晃的半球跳跃波动着，呼之欲出，似多云天里的太阳，随时要揭开云层露出整个大圆日头，却总是被云层遮挡着那半个，藏藏掖掖的，把人弄得心潮涌动。

直到电视放完，女人裙子的吊带也没有掉下来，姚所长很生气，姚所长一生气，就想把躺在旁边的姚太胸前的云层揭开，让姚太的两个大圆日头露出来。可是，很生气的姚所长是不能表现出很生气的样子的，一个男人对女人有需求，就得低声下气一点儿，不对，怎么是低声下气呢，那是绅士风度嘛。

姚所长开始很绅士地向姚太提出他的需要了。白白胖胖的姚太长得不好看，但她的两个日头还是很有手感很有质地的，姚所长向遮挡日头的云层伸出手去。对外国电影没有兴趣的姚太早就睡得迷迷糊糊，鼻息里吹出均匀的呼吸。可怜姚所长的那只先遣之手，刚把姚太身上远比外国女人的吊带连衣裙严实得多的衣服拉到胸口，姚太就一个翻身，把他那只小心翼翼地手甩了开去。姚太懒洋洋地说：好不容易睡着，怎么越老越不省心呢？

　　说完，又一个翻身，鼻息里很快多了一丝啸叫。姚太睡着得很容易，姚太真是比姚所长省心多了。可姚所长的身上，却停不住地继续血脉贲张着。很绅士的姚所长是不会强迫老婆的，很绅士的姚所长此刻显得比较无奈。电视结束了，穿吊带裙的女人也不见了，姚所长只好用想象了。想象的对象呢？电视里的女人吗？究竟不熟悉，且还是个外国女人，当真要亲热起来，是有些吓人的，哪怕是拿来想想，都觉得不合胃口。姚所长觉得，那个外国女人之所以看着诱人，完全是得益于那条丝质吊带裙。于是，姚所长的想象，就用了蒙太奇、剪切、复制、粘贴之类有科技含量的手段。最后，是孙美娣穿了那条一不小心吊带就要滑脱的连衣裙，孙美娣正一步步走下河道，因为浸水，很薄的裙子紧贴身躯，女人的玲珑曲线便毕露无余。姚所长扑进水里去救她，他一手揪住她的胳膊，一手扶住她的小腰，居然并不上岸。他和她，两人的半个身子都浸没在水中，温暖的水，凉爽的水，那感觉，真是天上人间，真是无与伦比……

　　姚所长完成自慰，已是筋疲力尽。他脚瘫手软地平躺在床上，颇为留恋地回味着适才想象的那一幕。忽然想起，孙美娣已经怀孕了，哎呀，刚才与孙美娣在水中那个那个，会不会伤了人家的身子？

　　这么想着，姚所长心里又荡漾起一丝隐隐的甜蜜。他嘴角一扯，竟在黑暗中发出了一记"嘿嘿"的笑声。姚太在另一个被窝里动了动，姚所长赶紧捂住嘴，闭上眼睛。很快，他便困倦得要睡着了。进入梦乡前，姚所长有些悲伤地想到了一个问题：我这样一个人，在外面是多么被人需要啊！可是在家里，怎么就不一样呢？

　　这么想着，姚所长就悲伤地睡着了。


## 五、值班


　　姚所长去区里开了一次会，回来后，情绪有些低落。政府要在刘湾镇周边四五个镇的地盘上造一个很大的国际机场，比首都的机场还要大。也就是说，未来的刘湾镇，也许是停机坪，未来的隐声街，也许就是跑道……刘湾镇要拆迁了，隐声街上的居民，要搬家了。派出所的任务，就是配合动迁工作组，做好居民的思想工作，保障安全顺利地完成动迁。

隐声街上的土著居民们听说要拆迁，一片反对之声。他们祖祖辈辈都住在这里，房子是好几代的祖屋，隐声街，担当的是故乡的意义。姚所长对隐声街也有感情，他在这条刘湾镇最古老的街上来来回回走了三十年，这条街上的每一块石头，每一个凹塘，他都那么熟悉，就像是他家里的天井或者走道，闭着眼睛走，都不会别了脚。更重要的是，若没有了隐声街，姚所长多年来走在下班路上的美好体验，岂不就此终断了？潘大妹不会堵住他问"粮票什么时候再用"的问题了；王多多也不会坐在门槛上喝粥看风景等着姚所长来批评教育他了；孙美娣，关键是孙美娣，以后她若被婆婆和男人欺负了，要自尽都没得河可跳了。当然，姚所长也就没得人可救、没得胳膊可捏、亦没得小腰可扶了。这损失，何其巨大！想起这些，姚所长心里，就有了一丝忧伤，隐声街在他的眼里，也充满了毁灭前的沧桑和落寞的气氛。

那几天，姚所长下班后回家，从暮紫桥端一路往里走，隐声街上的六十二户居民便一次次地问他：姚所长，给我们的动迁费哪里够买新房子啊！

姚所长皱着眉头回答：政府给我们的新房子，比市场价低三成呢，可以贷款啊，慢慢还，国家不会催你还钱的。

又有人说：姚所长，给上头说说吧，我们不要住新房子，我们住在这里挺好的。

姚所长嘴角下弯，摇了摇头说：目光放远一点嘛，人家想住新房子还轮不上呢。

还有人说：姚所长，要是住进楼房，我太爷爷种的丹桂和蜡梅搬到哪里去啊？

姚所长咂了咂嘴：哎呀，你可以住一楼嘛，一楼有院子，丹桂和蜡梅移栽过去就是。

姚所长似乎是无所不能的，居民们提出的疑问，他都能应答如流。只有那个刘湾镇小学退休教师老林提的建议，把姚所长吓出了一身冷汗。老林说：姚所长，我来写一封上访信，我们挨户在上面签字，然后集体送到政府那里去，我们不要搬家，我们就要住在隐声街上。

姚所长吓坏了，姚所长把老林拖到一边，轻声说：政府的市政规划，不是儿戏。千万别乱来啊，扰乱动迁工作是违法的，你是有文化的人，怎么能和他们一样呢？

姚所长一边劝说一边想，潘大妹、王多多之类，最多提出一些金钱问题、房子面积问题、抑或丹桂蜡梅问题。这些问题解决起来容易，怕就怕有文化的人，鼓动一批人，搞个集体上访，我这个所长的位置，就坐不到退休啦。姚所长这么想着，就远远地看见孙美娣站在隐声街四十五号门口。他想：孙美娣大概也有什么问题吧。

孙美娣上身穿一件粉红朝阳格棉布衬衣、下身着一条黑色涤纶裤子，瘦条条的身躯倚着门框，正朝这边张望呢。夕阳洒在隐声街上，青石路面发出灼灼亮光，四十五号屋檐下，孙美娣粉红的身影一半是明的，一半是暗的，衬着她身后的黑色门框和白色墙壁，远远看去，像一副水粉画，很是妖娆的样子。姚所长便想起那晚他把孙美娣编排进他的想象，未经允许就与她做了一场虚拟的好事。姚所长顿时感到羞愧不已，虽然只是想象，但也很不地道，那是对她的侮辱，是亵渎了他对她的感情。想到这里，姚所长又把自己吓了一跳。他想，他对她，难道已经有感情了？那么究竟是什么感情呢？

姚所长刚走到孙美娣面前，一股淡淡的花香飘至鼻息。他近乎贪婪地撷了撷鼻子，然后站定下来，等待着她向他提出一系列有关拆迁的问题。孙美娣却并未有向姚所长咨询的意图，她只是看着他，脸庞有些红，眼睛也有些红。姚所长就想，不是说怀孕了吗？她婆婆都给她做鱼汤了，眼睛怎么又哭红了呢？

姚所长看了一眼孙美娣的肚子，扁扁平平的，一点也不像怀孕的样子，就似笑非笑地说：孙美娣，听说这几天，你日子过得不错啊。你婆婆和男人，态度怎么转变了？

姚所长说完，发现自己的话怎么是酸溜溜的。孙美娣呢，眼圈一红，奴了奴嘴唇，欲言又止的样子。姚所长便改了语气：有什么事情，你对我讲好了，我想办法帮你忙。

孙美娣摇摇头，垂下了眼皮。姚所长等了好几秒钟，孙美娣还是没有说话。姚所长就说：那我走了，有什么事情，尽管找我，不要怕。

姚所长刚想迈腿，孙美娣忽然抬起头说：姚所长，我想，我想和你谈谈。

孙美娣的声音轻得像蚊子叫，但姚所长还是听明白了。姚所长一听明白，心里就一阵热血沸腾，两条腿顿时软软的，仿佛随时有可能晕倒。姚所长头晕腿软地说：好啊，我也想和你谈一谈。那么，什么时候谈呢？现在吗？

孙美娣摇头：现在不行，饭还闷在炉子上呢。

姚所长想了想：今天晚上我值班，你可以到派出所里去找我谈。

孙美娣点点头：晓得了。

姚所长又补充了一句：我从夜里7点开始值班，一直到明天早上7点，啥时候我都有空。

孙美娣又点了点头：晓得了。

孙美娣说了两次晓得了，不知道她是否真的晓得了。

回家后，姚所长向姚太请假。姚太说：前天你刚值过班，不是一个礼拜值一次班吗？

姚所长飞快地往嘴里扒饭，抽空说：拆迁的事情，居民们意见大，上头要求加强值班警力，防止出事。

姚所长吃完晚饭，匆匆回到派出所，把值班民警小李替换下来。小李意外地得了休假，欢天喜地地去约会女朋友了，留下姚所长独自一人，坐在灯火通明的派出所里。"先进集体"和"百日零案件"的锦旗红彤彤亮闪闪地挂在头顶上，姚所长的手里，照例捧着那把紫砂茶壶，办公室里不断响起一声声热茶吸入肺腑后惬意的叹息声。姚所长看了一眼墙上的钟，刚好7点。他禁不住想，孙美娣究竟要找我谈什么呢？拆迁问题？怀孕的事情？都不太可能。

姚所长想了半天，最后基本确定，孙美娣是要来感谢他，因为他四次把孙美娣从川杨河里救了起来。现在她怀孕了，婆婆男人也不为难她了，往后如果搬家了，再闹矛盾，要自尽也找不到河了。这感谢，应该也是带有告别的意思的。想到这一层，姚所长就颇觉伤感。他无法想象，若没有隐声街，往后，他走在一条陌生的下班路上的情形，会有多么落寞。

姚所长想着心思，一个小时就过去了，孙美娣还没有来。他想，孙美娣大概已经吃完晚饭了，晚饭后肯定要洗碗，所以，稍微晚一点儿，也是正常的。姚所长拿起一份白天读过的《解放日报》，打算再读一遍，也许报纸读完，孙美娣就来了。

姚所长从第一版读到最后一版，又把中缝里的广告、寻人启事、支票遗失公告等等全部读完，读得眼皮都耷拉下来了，孙美娣还是没有来。姚所长重新泡了一壶茶，加大了茶叶量。他想，也许，孙美娣要躲开她婆婆和男人，悄悄溜出来，一时找不到机会吧。这么一想，他又担心起来，要是孙美娣溜出来，被她男人和婆婆发现怎么办？虽然是在派出所办公室里谈话，但一个男人，和一个女人，半夜三更的，说不明白。姚所长想到自己一贯良好的名声，就有些后悔了，怎么能答应孙美娣晚上谈话呢？白天什么时候不能谈？还硬是顶了小李值班，真是劳命伤身！

现在，姚所长已经不太希望孙美娣来找他谈话了。可他又很想知道孙美娣究竟想和他谈什么，并且，对与孙美娣单独谈话的场面，他是充满了想象和期待的。孙美娣可不是一名普通的隐声街居民，这个世界上，除了她的男人，还有谁捏过她的胳膊？谁摸过她的小腰？还有谁，把她编排进虚构的情节，与她配合默契地完成想象中的大好事？这样一个女人，要来找他谈话，他能不期待吗？

姚所长不断抬头看墙上的钟，指针已经越过九点，孙美娣仍然没有来。姚所长想，都是自己不好，谁让他对孙美娣说"值班是从今晚7点开始，到明天早上7点"呢？既是自己说出口的时间，那就应该守候着。姚所长既是一个讲究原则的人，又是一个诚实守信的人，当然，还是一个怜香惜玉的人。万一孙美娣来了，他还是要接待她的，谈话，还是要进行的。当然，姚所长认为，半夜之后单独和一个女人谈话，态度和语气最为重要，一定要不卑不亢，否则，会被人家说闲话的。

姚所长就这么坐在办公室里，旧报纸已被他翻了个遍，茶水已经泡得淡而无味。直到过了半夜，姚所长知道，孙美娣不可能来了。这时候，他才轻轻地松了一口气。孙美娣没有在半夜里溜出来找他谈话，姚所长颇觉庆幸。可究竟，这场不是约会的约会最终没有达成，姚所长又感到很是失落。很是失落的姚所长没有一点睡意，他坐在明晃晃的灯下，少有遮盖的头顶仿佛是一片刚收割过的麦田，留下几丛遗漏的麦秆，蔫蔫地贴在头皮上。姚所长的坐姿，依然似是等着随时有人来访一样，腰板和腿脚摆放得挺直规正，姚所长的样子，就显得有些自恋般的悲壮了。

不知道什么时候，姚所长趴在办公桌上睡着了。直到天色发亮，他才被脖子里的一阵酸痛弄醒过来。姚所长一抬头，发现脖子不能动了，脑袋一转，钻心的痛。姚所长硬邦邦的脖子顶着个歪愣愣的脑袋，整个身躯都僵硬了。他像个大木偶一样站起来，推开办公室门，走到派出所小院里。初秋的晨光暖融融地淋在他身上，靠墙的一丛野菊花刚绽开了苞，叶片上还带着露水。姚所长挺着身躯，尽力保持脖子的固定，深深地吸了一口有些寒冽的空气。

现在已经是白天了，白天的姚所长，脑子比较清醒，他清醒地意识到，自己付出了歪脖子的代价，是为了等一个女人来找他谈话。姚所长很是懊恼地想，孙美娣明明说了两次"晓得了"，为什么又不来呢？答应人家的，怎么能不兑现呢？姚所长站在晨光中的派出所小院里，发出几声无奈的叹息，心里却惦记着：现在，孙美娣在干什么？她是否知道，有一个人，等了她一夜，整整一夜啊！

这一天，扭了脖子的姚所长无法坚持上班了，他在办公室里骂骂咧咧说：扯那娘的，不晓得哪家狗，叫了一夜，半个小时都没睡着。不行，今朝我要调休了。

姚所长受伤了，脖子受伤，心里，也有点受伤。因为身心受了伤，姚所长要调休。姚所长很少在清晨时分从隐声街六十三号往家里走，这是傍晚下班回家的方向。虽然是同一条路，但方向不同，意义就完全不同了。早出晚归，那是正常的上下班。晚出早归，就不太正常了，只有夜总会小姐，才会有这样的作息。有正经职业并且还颇具声誉的派出所所长姚水根同志，一大清早，竟走在回家的路上，看上去就有些特殊了。


# 六、受伤


姚所长梗着脖子走在早晨初升的太阳里，姚所长一改左顾右盼的走路习惯，他受伤的脖子使他必须保持目不斜视的姿态。早晨的隐声街显得有些忙乱，少了傍晚时分的从容。许是拆迁在即，亦许是清早，都要赶着上班。大饼油条捏在手里吃着飞快地往街口走的，喝了稀饭忘了擦嘴就出了门的，边骑车边吆喝着"当心身体、当心身体"的，都是急匆匆的样子，竟没有人关注一下与他们逆向行走的很特殊的姚所长。

姚所长清晨的下班之路，因为没有人招呼"姚所长吃啊""姚所长好啊"，便走得甚是落寞。连潘大妹和王多多这样的闲人，都不见了身影。姚所长习惯了皱着眉头、嘴角下弯，带着稍稍不耐烦的表情，义不容辞地干预隐声街上的一切大小事务，这会儿，没有人也没有事需要他干预，他便觉脖子疼痛得越发厉害了。正僵直着走，只听得有人叫他：姚所长。

竟是轻柔的女声，随即，飘来一股淡淡的花香。孙美娣？姚所长慌忙扭头，还没看清叫他的人，便"哇——"地一声喊起来。脖子、肩膀，连同腰，一阵抽心的剧痛，直痛得身体一个趔趄，几乎跌倒下来。接下来，姚所长便感觉到，有一双柔软的手扶住了他，然后，他听到那个女声焦急而又柔和的问候声吹到他的耳边：姚所长，你怎么啦？你没事吧？

姚所长痛得眉毛眼睛鼻子嘴巴挤成一堆装错了方位的零件，待痛感稍稍缓解，五官慢慢舒展开，恢复了原位，他才睁开眼睛。现在，他很正式地看到，扶着他嘘寒问暖的女声，正是孙美娣。姚所长撑着直不起来的腰，心里却是浓浓地一酸，眼眶居然一红。孙美娣见状，更是问得紧：姚所长，是不是腰痛啊？眼泪都要出来了，肯定很痛，我送你去医院吧？

姚所长怎么都想不到自己会在这种时候潸然欲泪，奇怪了。他努力平息了一下情绪，摇了摇头：不碍事，夜里值班，趴在桌上瞌睡，大概扭了筋骨。

一提起值班，孙美娣就红了脸，她羞愧地低下头，诺诺地说：姚所长，昨天夜里，我本来，可是后来，其实，我是想……

孙美娣说得语无伦次，说到后来，干脆也红了眼圈。姚所长便打断她：哎呀，别别，当街上，别哭，我跟你说了，有啥事对我说嘛。

孙美娣回头看了一眼自家的门，似是害怕婆婆和男人听见。姚所长就冲孙美娣摆了摆手：好啦，我现在要回家睡觉了，明天上班时间，你要有空，就来派出所找我好了。

姚所长撑着腰，梗着脖子往自家方向走去。孙美娣轻柔的声音在身后传来：姚所长，我晓得了，我明天就去找你。

姚所长勉为其难地回过身子，冲孙美娣笑了笑，笑里搀了许多别的东西。孙美娣看着姚所长，目光里满是殷切的希望、感激，以及似是而非的心照不宣。姚所长浑身疼痛，心里却隐隐地甜蜜着。虽然孙美娣什么都没有和他谈过，但他仿佛已经知道了她的秘密，并且，刘湾镇上，唯有他是掌握孙美娣的秘密的，他是有某些特权的，什么特权呢？姚所长身上的筋骨可真是实打实的痛，头脑里，却一遍遍回顾着孙美娣扶着他嘘寒问暖的场景。他反复回忆着孙美娣的手触碰他的肌肤的感觉，犹如他每次把她从水里扶上岸时，她也一定体会到了他暖乎乎的大手握住她的胳膊、扶住她的小腰的感觉。那么现在，他们是在相互搀扶、相互触摸，而不再是姚所长单方面的意愿了。想到这里，姚所长蹒跚的脚步都轻盈起来，仿佛一个近乎绝望的人，又看到了新的盼头，生活便又充满了希望。可身上的疼痛，还是真切的，所以，姚所长的表情，依然是愁眉苦脸。然而，愁眉苦脸的后面，幸福的想象，却进行得流畅而无所顾忌。

现在，姚所长成了一个身体的痛苦和心灵的幸福严重冲突的复杂的人。这个复杂的人一回到家，就躺倒起不来了。姚太请来了隐声街上开私人诊所的郑老中医来给他推拿。郑老先生白发飘飘地进入隐声街一号的卧房，伸出筋脉突显的老手，给姚所长把了脉、瞧了舌苔，然后，白胡子一翘一翘说：也不尽是扭伤，还有肝火肾虚，阴阳不调。

姚所长说：一向好好的，怎么就肝火肾虚了呢。

待姚太去泡茶时，郑老先生笑咪咪地在姚所长耳边说：上了五十，房事就不可过度了。

姚所长被郑老先生说得脸红了，他讪笑着说：哪里有啊，不要说过度，我都快忘了世上还有这件事呢。

郑老先生更是笑得一脸皱纹丛生：照理，男人呢，房事多了易肝火旺、肾虚。你说是少了，少了也不行，阴阳不调，排火不畅，也会作病的。

姚所长似信非信："是吗？少了也不行？"，心里却在想，和姚太的房事，那可真是一个月也过不了一次。他一个人的自助房事，倒是隔三岔五的有。那么，这算多，还是少呢？

姚太端着一碗白糖炒米茶进屋，两人便停了关于房事的讨论。郑老先生虽老，手下的劲道还是很足，他在姚所长的腰背上一顿揉搓拍打，又开了几贴中药，交代静卧休养一周，然后，飘着白头毛白胡须，仙风道骨地飘走了。

姚所长的腰，竟扭伤得很厉害。这可真是一件怪事，姚所长的筋骨一向很好，为了等孙美娣，趴桌子上一夜，却把脖子给扭了。扭了脖子也罢了，还是为了孙美娣的一声"姚所长"，他又把腰给扭了。这世上，幸福总是伴随着痛苦一起来的。想起这句话，姚所长便把自己弄得近乎"嘿嘿"笑出来。笑完又忽然想到，静卧休养的这一周里，他不能去上班了，那么孙美娣去派出所找他谈话，岂不是也落空了吗？又没办法通知她，叫她晚几日再去。想起这一层，姚所长顿觉心急火燎的，休息也不安生了。

姚所长可真是有人缘，隐声街上的居民们听说他躺倒了，便络绎不绝地来探望他。张三李四王五赵六都来啦，来的，都带了水果、鸡蛋、奶粉、昂立多邦什么的。连潘大妹和王多多都来过了，姚所长家的门槛都要被踏破了。姚所长看着一拨拨客人进门，人头里没有孙美娣，期盼的眼神转而变成失落，便果真像个病人一样，恹恹的样子。客人们说：这是怎么弄的？好好的，就躺倒了？

姚所长皱着眉头，嘴角下弯着说：哎呀，值了一夜班，扭了脖子，早上回家，哎呀，刚走到四十五号门口，一扭身子，哎呀……

接下来，客人们便把姚所长的卧室当成了派出所的办公室。有人说：姚所长，新房子我去看过了，那片地，过去是个池塘，地势不好。

姚所长回答：不想住那个房子，就折算钱，自己去外面买房子，完全可以。

又有人说：姚所长，折钱不划算的，那点钱，只买得上两间套的二手房。我们一家四口人，怎么够啊！

姚所长就说：拆的是老房子，还能算新房子的价给你？嫌贵，就住政府造的动迁房好了。

还有人说：姚所长，新房的院子小得一塌糊涂，把丹桂和蜡梅移栽过去，屋里就照不到太阳了。

姚所长就说：那就把丹桂和蜡梅卖给园林公司。新房子那边有公共绿化带，不用自家种。

姚所长躺在床上，还能驾轻就熟地解决群众提出的问题。就是那个刘湾镇小学退休教师老林，是个危险分子。老林说：姚所长，我已经写好了上访信，我打算挨户让大家签字，然后送到政府那里去。这是草稿，你看看吧。

姚所长接过两张报告纸，看都不看，一把揉成团扔在地上，气急败坏地说：哎呀老林啊，你怎么还没有搞清楚呢，这是市政规划，不是儿戏。你是有文化的人，可不许胡闹啊！

老林看姚所长把信揉成了废纸，笑笑说：姚所长，我就知道你会反对的。你是政府的人，你也是没办法的，我理解。不过，我是不怕这一套的，我一把老骨头，怕什么？

姚所长就急得要坐起来，一动身子，却痛得直咧嘴。老林按了按姚所长的肩头：你可别起来，我不会让你操心的。我们是老街坊了，我总要考虑到你的处境，放心吧。

姚所长便叹了口气：老林你是顾全大局的，到底是有文化的人。这事情，等我身体好些，我们再好好商量，可不能乱来啊！

待客人走尽了，姚所长禁不住想，谁都来探望他了，就孙美娣没来。孙美娣不来也是正常的，她婆婆来过了，等于他们一家都来过了。问题是，孙美娣是否明白，他躺倒在床上，完全是为了她？姚所长想了很多，最后，他发现自己简直像一个害了相思病的毛头小伙子，便羞愧得自责不已。这种时候，怎么还能老想着孙美娣呢？他最应该想的，是动迁时期的治安问题。

姚所长关照姚太，密切观察危险分子老林，以及居民们的情绪和动向，千万别在关键时刻捅下娄子。姚太眼白一翻：林老头子吃饱饭撑的，谅他也不敢怎么样，出一张嘴而已。

姚所长连连说：不可大意，不可大意。

就这样，姚所长躺了五日，又在家里养了几日。这期间，姚太每天回来，报的总是平安。隐声街上太平无事，一如既往。一个礼拜之后，姚所长的行动稍稍自如了一些，他就打算要去上班了。一想着要去上班，姚所长就有些急不可耐。好多天过去了，不知道孙美娣想找他谈话的想法有没有打消。

那天，姚所长早早起了床，细细地刮了胡子，穿戴整齐，提上公文小皮包，出了家门。一个星期没在隐声街上走过，姚所长的脚下有些轻飘飘。

他想，不知道能不能碰见孙美娣，要是碰见，她就知道今天他上班了，那么她就会去派出所找他谈话了。要是碰不见呢？怎么让她知道他去上班了呢？

姚所长一边想着，一边在秋日早晨的阳光中轻飘飘地移动着隐声街居民们久违了的派出所所长的身影。可是，隐声街却安静得出奇。往日里嚼着大饼油条赶上班的、喝了粥忘记擦嘴就出门的、骑着自行车喊着"当心身体、当心身体"的，今日里都没有。姚所长就觉得有些奇怪，难道是自己起晚了，已经过了赶上班那个喧闹的时段？

正思忖着，小李民警骑着自行车从暮紫桥端冲了下来，一个紧急刹车停在姚所长跟前：所长，刚接到区局办电话，紧急会议，八点开始，你不用去所里了，直接走吧。

姚所长问：这么急，什么会议？

小李摇头：不知道，电话里没说。我让司机把车停在北市街路口了。

姚所长坐上小李自行车的后座。一辆自行车，两个大盖帽，在安静的隐声街上扬长而去，留下一路链条带动轮胎，碾过青石街面的"嚓嚓"声。

# 七、紧急会议

刘湾镇派出所那辆刷着大大的蓝色"POLICE"的警车正驶向区公安局，姚所长坐在车里，猜想着紧急会议，一定是为了动迁的事情。这一回造的国际机场，是亚洲最大，世界第三，这是国家行为，关系重大。姚所长看着车窗外闪掠而过的高尔夫俱乐部、仓储式大型超市、无土转基因蔬菜基地，这些过去从未见过的洋玩意儿，如今在浦东地面上层出不穷地矗立起来了。那些土地上，曾经居住着一些村民，现在，这些村民都住到不知道哪一处的楼房里去了。姚所长想，很快，隐声街上的居民们，也要住到不知道哪一处的楼房里去了。不太可能住在一个小区，更不可能住在一幢楼里。有自己找到更好的住处的，有子女接到市里去住的，剩下的，也是拆散了，零星安排。想起这些，姚所长心里，不免有些伤感。

姚所长坐了半小时车，想了半小时乱七八糟的事儿。到达区公安局，八点还差十分。进入会议室，姚所长看到，与刘湾镇毗邻的几个乡镇派出所领导都来了。姚所长和张所长李所长之类一一招呼，相互询问紧急会议的议题。八点一到，局长亲临会议，果然不出所料，就是为动迁的事。局长开门见山：改革不可扰，建设不可停，民心不可乱，工作不可疏。虽然公安部门做的是动迁的辅助工作，但没有安全保障，一切皆为零。我已向市局立下军令状，保证完成动迁期间的安全工作。

接下来，局长严肃地不点名批评了安全工作出现纰漏的某些镇，老百姓出点什么花样，还可以理解，我们有些干部，非但不制止，不做思想工作，自己也参与其中，向政府提要求，给动迁的顺利进行设置障碍。今天在这里，你们也要给我立军令状，完不成任务，自己摘下肩上的警衔。

说到这里，局长扫了一遍正襟危坐的各位派出所所长。所有人都脸色铁青，姚所长、张所长、李所长们，都属那些镇上的老土地，拆迁都直接关系到自家的未来安居问题，对拆迁费和安置房，自然是有要求的。被局长不点名批评，姚所长、张所长、李所长们无一例外地额角冒汗、心脏打鼓。每个人都在回忆，自己有没有在群众面前说过与党和政府的方针政策不保持一致的话。每个人都在揣摩，局长批评的是不是自己。同时，每个人都在心里嘀咕：局长怎么了解得那么清楚？有眼线？

局长批评完，话头一转，又点名表扬了到目前为止尚属稳定的刘湾镇，对姚水根同志抱病在床依然不忘做群众思想工作的行为，局长表示了赞赏。姚所长紧张的面部肌肉顿时一松，下弯的嘴角往上一翘，心想：局长真是英明，连他抱病在床也知道。姚所长的表情变化仅是纤毫之间，局长明察秋毫，立即提醒：注意了，尚属，只是尚属稳定。动迁工作还刚启动，道路还很漫长，大意不得……

姚所长心情大好，局长越是严厉，这表扬越来得珍贵。看起来，躺在床上一个礼拜，还是很值得的。姚所长不禁产生了强烈的感恩之心，感谢隐声街居民们来探望他，感谢孙美娣让他扭伤了腰，感谢……

会议结束，受了批评或者得了表扬的各乡镇派出所所长挂着同样严肃的表情，上了各自的车，紧赶着进一步去落实"改革不可扰，建设不可停，民心不可乱，工作不可疏"了。姚所长扶着还留有残痛的腰，爬上自己的车，紧锁的眉头一下子舒展开来。司机说：所长，直接回了？

姚所长心情一好，心眼也好起来。他想起姚太嚷嚷了好几回，让他到区里开会时，顺便买一套哈磁五行针，说是电视里看到的，按照穴位针灸，可以减肥。刘湾镇上没有卖。

姚所长对司机说：到购物中心去一趟。

姚所长进入头攒动的购物中心，跟随着一群时髦抑或土气的妇女踏上了自动扶梯。姚所长的身躯在上升，视线却无法穿透面前两个紧密相挨的女人，他看到的始终是一个咖啡色的浑圆臀部和一个蓝色牛仔的瘦削臀部。姚所长想，要是以后离开了隐声街，每天在这么拥挤的地方生活，肯定会提早衰老的。

自动扶梯升到二楼女装部，浑圆和瘦削的臀部终于在姚所长的目光里移走了。姚所长在人群中左冲右突，一不小心，肩膀碰上了一位顾客的身体。姚所长忙道"对不起"，侧身一看，原来是一俱塑料模特站在拐角上，身高体态，如真人一样。姚所长哑然失笑，刚想迈步，忽然发现，模特身上穿的裙子，是一条吊带连衣裙。丝质、藕荷色，裙摆及踝，细细的吊带松松垮垮地扣在模特瘦削的肩膀上，随时都有可能掉下来的样子，居然与他电视里看到的外国女人穿的裙子几乎一样。

姚所长暂时丢下模特和吊带裙，上到五楼，在医药柜台买了姚太要的东西，然后从自动扶梯原路下楼。姚所长的脑子里，吊带连衣裙始终挥之不去。再次经过二层女装部拐角，姚所长干脆停了下来。在充满流动人口的城市里，他不必担心被人认出来，他只在刘湾镇上有知名度，离开刘湾镇的姚所长，只是一个普通的男人。现在，普通的男人站在塑料模特面前，细细地打量着那条熟悉的裙子。他左右看看、前后看看，一会儿凑近模特，伸出手，用两根手指捻了捻裙子吊带与胸口的衔接处，似是在研究料子的质地；一会儿又后退几步，全局地打量裙子穿在模特身上的感觉。渐渐地，姚所长看到的，就不再是塑料模特了，也不是电视里的外国女人，恍惚中，他觉得，这个女人，是孙美娣，对，就是她。

姚所长在模特身边厮磨良久，不舍离开。这时候，年轻的营业员小姐走过来，说：先生，这是今年的最新款，好莱坞电影《泰坦尼克号》看过吧？里面的女主角，叫露丝，她穿的就是这个款式。

姚所长想，原来那个穿吊带连衣裙的外国女人叫露丝。

营业员劝道：买下来吧，特别流行的，给你太太一个惊喜，她肯定高兴。

姚太肥嘟嘟的白胖脸马上在姚所长脑海里浮现而出，姚所长笑着摇摇头。营业员不甘心，继续说：买吧，多好的款式啊，我自己也买了一条呢。

姚所长看了看营业员，觉得这个姑娘的年龄，应该和孙美娣差不多。一想到孙美娣，姚所长便成了一个被施了魔法的人，呆立在柜台前走不动了。最后，鬼使神差地，姚所长居然跟着营业员小姐到收银台，掏出钱包，付了三百八十元钱，买下了裙子。

姚所长左手拿着给姚太的"哈磁五行针"，右手拿着给孙美娣的"吊带连衣裙"，不对，目前，这裙子还不属于孙美娣，所以不能叫"孙美娣的吊带连衣裙"。当然，果真送给孙美娣的话，她穿在身上，一定和姚所长想象的一样漂亮。可是，姚所长没有想过要把裙子送给孙美娣，送给她，不就是犯错误吗？虽然姚所长在想象中已经犯下了无数次错误，但那毕竟是想象。难道一个人，梦见自己杀了人，他就成罪犯了吗？但是，如果一个人，梦见自己杀了人，醒来后，他真的去杀了这个人，那他无疑就是罪犯。想到这里，姚所长一惊。要是他果真把裙子送给孙美娣，岂不就是把梦想落于行动吗？天啊，撞上鬼了，竟然差一点儿犯下大错。姚所长把丝质裙子细细地折叠起来，折到不能再小为止。他不好意思回去退货，他把折成一小团的裙子装在塑料袋里，硬是塞进了公文小包。幸好是丝质的，体积很小。

姚所长坐在回刘湾镇的车里，局长表扬后的好心情已经被那条吊带裙破坏。他一边心疼着三百八十元人民币，一边想着怎么处理这条裙子。最后，他打算，暂且把裙子放在办公室抽屉里，抽屉是上锁的，没人会看见。可是就这么浪费了一条裙子，多可惜啊！要是真能送给孙美娣，那有多好！对了，孙美娣不是要和他谈谈吗？等她来找他的时候，若把裙子送给她，该怎么说呢？姚所长的想象又一次调动起来。

"这个，孙美娣，刘湾镇马上要消失了，隐声街也快要没有了，你对我这么信任，我非常感动。以后我们见面的机会，就很少了。这样吧，为了表示纪念，我送你一样小礼物……"想到这里，姚所长马上否定了这种很虚伪的设想。

"孙美娣，你四次跳河自尽，四次被我从水里拖上来。听说，你快做母亲了，希望你以后珍惜生命，不要随便动轻生的念头，哪怕不为我对你的救命之恩，也要为你的孩子好好生活。为了表示……我送你一样……"也不对，这样说，很有一些居功自傲的意思。姚所长觉得，应该直截了当一些。

"孙美娣，我送你一条裙子，这是今年的最新款式，你看过好莱坞电影《泰坦尼克号》吗？里面的女主角，叫露丝，她穿的就是这个款式。你穿上，一定比露丝还漂亮……"更不行，这样说，明显就是想犯错误。

姚所长想了一路，也没有想出好办法。他怀揣着黑色公文小包，觉得这比巴掌大不了多少的包包，今日里尤显沉重。车窗外的景致，已是刘湾镇界内。姚所长把大盖帽扶了扶正，又清了清嗓子，然后，锁起了眉头，弯下了嘴角，把表情调整到"标准姚所长"版本。进入刘湾镇后，姚所长就不是普通的男人了，姚所长又变回了姚所长。

# 八、河边的错误

姚所长刚踏进办公室，还未把包里的裙子拿出来锁进抽屉，小李民警就急匆匆地跑进来：所长，隐声街上的一帮人，结伴去区政府静坐抗议了。

姚所长的屁股像被火炉烫着了一样从椅子上跳起来：什么时候？为什么不通知我？

已经劝回来了。我中午一得到消息，马上打电话到局里找你，局里说会议已经结束。我也不敢跟局里说这事，就叫上小刘小陈，和镇里的动迁工作组两位同志一起，赶去了区政府。这会儿，刚回来。

姚所长额上的汗水当场滴落下来，他一把扯下大盖帽，往办公桌上一摔：谁，是谁带的头？人呢，那帮人呢？

"我问过了，就是那个老林。早上我去通知你开会，那会儿他们就已经商量好了，他们晓得你肯定会阻止，就统一口径，瞒着你。你前脚刚走，他们后脚就出了门，还包了一辆车。"

姚所长一屁股跌回椅子，怪不得，怪不得今天早上，隐声街安静得出奇，原来准备好了集体上访。躺在床上一个礼拜，果然就出了问题。这个刘湾镇，哪一天少得了他姚水根姚所长？他每天在隐声街上这么来回走一趟，哪怕什么都不做，都能把危险元素消灭在萌芽时期。坏就坏在，他在家里躺了一星期。更坏的是，上午开会的时候，局长还表扬了刘湾镇尚属稳定，表扬了姚所长抱病坚持工作。因为受到了局长的表扬，他还心情大好地逛了一回购物中心，还给姚太买了哈磁五行针，给孙美娣买了吊带连衣裙，不不，不是给孙美娣买的，可是，不是给孙美娣买的，又是给谁买的呢？倒霉的连衣裙。姚所长气急败坏地想，最最倒霉的是，他正流连于购物中心那条吊带连衣裙时，刘湾镇隐声街上的人民，却聚集在区政府开发办前静坐抗议。这是什么事儿啊！

姚所长懊恼得简直想立即一拳砸倒隐声街上最有文化的老林。然后，他想，他要一户一户地走访这些闹事的居民，还要和镇政府的动迁工作组领导商议一下处理解决的办法。还有，这件事情，局长早晚会知道，还不如主动向他汇报。那么是现在就打电话汇报呢？还是去一趟局里当面汇报？姚所长正在举棋不定时，镇长办公室来电，请他速到镇政府会议室，关于刘湾镇隐声街二十六户居民集体上访静坐抗议事件，紧急会议。

姚所长开了这一天的第二次紧急会议，刘湾镇党委书记、镇长、常务副镇长都参加了会议。镇长说：静坐抗议，毕竟不算犯法，所以，重要的不是惩办，而是深入到位的思想工作。可居民上访事件，又非同寻常。所以，千万要重视。

与镇政府班子领导坐在一起，姚所长发现，自己还并非事件的中心责任人。整个会议，他一直处于配角的位置。可姚所长不是一个喜欢推卸责任的人，他一向认为，刘湾镇上发生的任何重大事件，他所担当的，从来都是不容忽视的重要角色。虽然这一回挣的不是功劳，但责任的大小，也说明了他的重要性嘛。姚所长的心情，因此而持续郁闷着。

会议进行到过了下班时间还没结束，直到镇长秘书走进来，在他耳边悄悄说了句话，镇长才抬起头说：晚上我还要参加一个世界五百强外资企业的投资谈判，国际机场的配套工程，区长也要参加，要争取把这个项目放在刘湾镇地盘上。动迁户的工作，就按刚才的决定，各行其职，不可麻痹大意。

刘湾镇的头头脑脑们纷纷点头，一副摩拳擦掌信心十足的样子。姚所长并未领到过于重要的任务，依然是安全保障的辅助工作。

姚所长拖着疲惫的脚步，走在回家的路上。腰伤刚好，劳累了一天，此刻，脖子、肩膀连着脊椎一径酸痛下去。他爬上暮紫桥，放眼望去，夜色已笼罩了整个刘湾镇。上弦月挂在树梢头，银白色的一弯，川杨河里便也倒映着另一弯月牙。河边的石街，在月光下散发着灰白的光芒。姚所长叹了一口气，心想：隐声街就要没有了，我还能在这条街上走几回呢？

姚所长的忧伤情绪在夜色中尤显忧伤，他拖着脚步下台阶，踏上了将不久于这个世界的隐声街。潘大妹像幽灵一样撞到姚所长跟前，把他吓了一跳。姚所长一咂嘴巴：天都黑了，还在外面干吗？

潘大妹居然未提她的粮票，她破着嗓子嚷嚷：出事了出事了，姚民警，出大事了。

姚所长心想，脑筋不好的人，倒也晓得出事了。便没好气地说：潘大妹，虽然你没去静坐抗议，但你肯定晓得这事，为什么不早告诉我呢？

潘大妹顾自说下去：孙美娣跳河自尽了。

姚所长更是生起气来：胡闹什么，又跳河自尽，还有完没完？

潘大妹顾不上姚所长，一边嚷嚷着"出事了出事了"，一边往隐声街深处跑去。姚所长摇了摇头，继续往前走。没走几步，王多多趿着拖鞋跑过来，气喘吁吁地说：姚所长，孙美娣跳河自尽了。

姚所长说：晓得了晓得了。

王多多说：真的，没骗你，跳了，跳到水里去了。

姚所长右眼皮猛地一颤：什么跳到水里去了？跳河，当然是跳到水里去，难道还跳到天上去？

王多多不等姚所长的话音落下，人就往隐声街深处奔去。姚所长看着王多多像只蚂蚱一样瘦小的背影消失在黑暗中，右眼皮又连续颤了两下。姚所长伸手揉了揉眼睛，自言自语道：今天已经够倒霉了，孙美娣也真是轧闹猛，这个时候还搞什么搞，又跳河自尽。要跳河自尽，也该拣个好时间吧。今天跳，今天跳我哪里来得及下河拖她回来啊！

想到这里，姚所长忽然一惊：哎呀，孙美娣又跳河了？孙美娣每次跳河都在我下班的时候，可是，今天我在镇政府开会，下班时间早已过了，那么今天是谁把她从河里拖起来的？是谁捏了她的胳膊，是谁扶了她的小腰？

想到这里，姚所长心里就冒出了一股酸水：扯那娘的，不晓得是谁，便宜了他。

姚所长刚骂完那个代替他把孙美娣从水里拖上来的不晓得是谁的人，

就听到隐声街深处传来一阵巨大的哭喊声：天啊，我跳进黄浦江也洗不清啦——我也死掉算啦——

姚所长浑身一紧，随即像一支离弦的剑，射向了隐声街深处。那里，已经围了一群七嘴八舌的人。姚所长挤进人群，低头看去，只见石岸上躺着一个水淋淋的人，暗淡的月光下，那人像一片薄薄的影子，轻轻地浮在地面上。姚所长定睛细看，粉红朝阳格衬衣，黑色涤纶裤子，姚所长的心脏猛地收缩成一团，天啊，孙美娣！

姚所长的心脏一阵阵抽搐着，他觉得他浑身都在疼痛，皮肤痛，骨头痛，肌肉也痛。脑袋痛，鼻子痛，眼睛也痛。这么痛着，他还是朝地上那片薄薄的身影蹲下去，他想看看，孙美娣，她到底是睡着了，还是真死了。他伸出手，轻轻地推了推湿漉漉的人，姚所长只觉那具躯体滑腻腻的，推上去，又是沉甸甸的，纹丝不动。他不敢相信，这个孙美娣，真的就这么死了？他听到旁边有人说：都下去一个多钟头了，没用了。

巨大的哭声再一次刺破隐声街的夜空：你往河里一跳你就落得清爽了，我跳进黄浦江也洗不清爽了呀！都说是我逼你死的，你自己要寻死，我有什么办法——

那是孙美娣的婆婆，张家老太的声音。姚所长终于确信，孙美娣真死了。姚所长看着眼前那片湿淋淋的身躯，黑暗中，依然隐约可见两条肉色的胳膊，还有，湿衣服紧裹的腰身，没有过去那样细巧，稍稍有些浮肿。可是，为什么这个本来活生生的人，这么一躺在地上，看起来就那么薄，薄得像一片影子呢？如果有一束强光打过来，这薄薄的影子，一定会像尘土一样消散在空气中，那片石岸上，也许只留下一片湿淋淋的水印，别的，什么也没有了吧。姚所长想叫人拿手电来照着看看，又怕一照，影子一样的身躯，果真被照成一缕烟尘飘走了，再也看不见了。

姚所长听到有人在嚷嚷：别让她躺地上了，搬回家吧。

孙美娣男人的声音吼道：落水鬼，不许进屋！

所有人都摇头叹息，所有人都把目光射向姚所长：姚所长，你看怎么办啊？

这时候，一个背药箱穿白大褂的医生被人叫来了，他身后跟着两位提担架的护工。他们被让进人群，医生蹲下来，拿出小手电，翻了一下孙美娣的眼皮，摇了摇头说：没用了，搬回家，操办后事吧。

孙美娣男人的吼声又一次传来：谁要把她搬进来，我和谁拼命！

医生吓了一跳，也把目光看向姚所长。姚所长就说：先抬到医院去吧。

医生说：又不是在医院里抢救时死的，不用去医院了吧。

姚所长忽然大吼一声：先抬到医院，听见没有！

两个护工赶紧上前，七手八脚地搬弄了一番，抬着担架往医院方向去了。

岸边的人群渐渐散去，潘大妹还没走，她站在姚所长身边喃喃地说：我看见的，她哭着跑到水桥边，往川杨河里走下去。我问她：孙美娣，你干吗去啊？

她哭着说：我活着还有什么意思，我跳河自尽算了。

王多多也没走，王多多凑过来说：她一边往水里走，一边回头朝暮紫桥那边看。

潘大妹说：我对她讲，你慢一点儿，姚民警一会儿就下班了，他会下去拖你起来的。

王多多补充说：我也对她说了，姚所长很快就来了，你不要急哦。

潘大妹说：后来，就看见水淹到她脖子了。

王多多说：后来，就看见她的脑袋"咕咚"一下没进水里了。

潘大妹说：再后来，我就回家了。

王多多说：我也回家了。

潘大妹说：他们都说她这样跳河是死不掉的，跳了四次也没死，没有人看了。

王多多说：他们看一眼就走了，没人爱看她跳河自尽了，我都看腻了。

姚所长仰起头，对天长叹了一声，心里默默地呼喊着：哎，为什么偏偏拣今天跳河？不是我不救你，我在开会，我怎么知道你今天要跳河啊！

姚所长没有回家，他以派出所所长的身份，和值班民警一起，把孙美娣的男人和婆婆叫到派出所，例行公事，做了笔录。又叫了潘大妹和王多多来，做了旁证笔录。

姚所长一整夜没回家，姚所长在挂着"先进集体"和"百日零案件"红色锦旗下的办公桌边坐了一夜。他想：孙美娣没怀孕，却骗她男人和婆婆怀孕了，肯定是想博得她男人和婆婆的好感。这个笨女人啊！

姚所长气愤地骂起已经死了的孙美娣来：事情早晚要败露的，你怎么就那么笨呢？可是即便事情败露了，被男人和婆婆骂了，你也不该真的跳河自尽啊！

姚所长又自责地想：如果，如果今天我按时下班，孙美娣也不会真的死啊！

想到这里，姚所长的眼眶里，就冒出了两汪泪水。他打开一直丢在办公桌上来不及动的公文小包，掏出那条藕荷色吊带连衣裙。姚所长抖开裙子，轻轻地摸了一下丝质料子，竟是凉冰冰、滑溜溜的，就像每次把孙美娣从水里拖上来时，他一手捏着她裸露的胳膊，一手抚着她柔软的小腰，那感觉，也是凉冰冰、滑溜溜的，真好，真舒服。

这一夜，姚所长捏着那条裙子，一直在想一个问题，这个问题困扰着他，让他一夜不得安宁：孙美娣要找我谈话，可直到她死，话也没有谈成，她究竟要和我谈什么呢？

## 九、尾声

半年内，隐声街上的居民一家家搬走了，姚所长一直留守到最后。潘大妹走的时候，拉直了嗓子大声喊道：姚民警，我手里还有三百一十六斤全国粮票，你说，什么时候可以用啊？

姚所长锁着眉头，嘴角下弯，很是不耐烦地说：粮票老早不用了，你还留着干吗？都住上新房子了，脑筋还没转过来。

王多多走的时候，踮起脚跟对着姚所长的胳肢窝处说：姚所长，我跟我寄娘住在三楼，我去看过了，新房子没有门槛的，以后我就不能坐在门槛上喝粥了。

姚所长勾起食指，敲了一下王多多的脑袋：不要端着碗跑东跑西，也不要没大没小，对你寄娘要好。

隐声街上的所有住户都搬走了，姚所长送走最后一户居民时，已经是冬天了。姚所长站在暮紫桥上，看着即将消失的隐声街。冬天的阳光照在川杨河上，格外灿烂明亮，河水闪耀着粼粼的金色波光。隐声街蜿蜒伸展，石头台硌路一边，紧挨着一所所老式平房，黑瓦铺就的屋顶，瓦楞草红得沉甸甸。院子里的丹桂早已凋谢，蜡梅的枝干上蒙着一层厚厚的灰尘，连一颗花苞也没有。每一所房子的白墙壁上，依然布满了斑驳的黄色水迹，只是墙面上多了一个个大大的"拆"字。那些房子里，已经没有鱼肉的香味飘出，也没有夫妻对话的声音传出，更没有女人端着面盆跨出门槛往川杨河里泼水，没有放学孩子的身影向着家门飞射而入……

姚所长走到孙美娣跳河自尽的那片石岸边，走下水桥。他从公文小包里掏出那条藕色吊带连衣裙，往川杨河里轻轻一甩，然后蹲下身，对着河水，自言自语道：你说，你要找我谈话，可到最后也没谈成，你究竟要找我谈什么呢？

川杨河水近在眼前，丝质连衣裙浮在水面上，渐渐地漂远。一股隐隐约约的花香从水面上轻轻地飘过，姚所长擤了擤鼻子，心想，这香气，是丹桂的呢？还是蜡梅的？姚所长盯着水面看，看得有些头晕，恍惚中，竟听见孙美娣的声音从水里悠悠地飘了出来：姚所长，我要找你谈谈。

姚所长对着轻泛涟漪的水面说：好啊好啊，孙美娣，趁我还在刘湾镇派出所所长的位置上最后几天，你想谈什么，就抓紧谈吧。

水里的声音带着一丝羞涩和不安：姚所长，其实，水里的世界，比岸上的世界，要好得多呢，你相信吗？你下来试试吧！

姚所长"呵呵"笑起来：鬼女子，你每次跳河，都是我把你救起来的，我怎么会不知道水里的感觉？

水里那声音，也发出两记"嘻嘻"的轻笑，忽而，语气又转为忧伤：姚所长，你走了，那以后，谁做刘湾镇派出所的所长呢？

姚所长叹了一口气：哎，说你鬼，这会儿，你又傻，刘湾镇没有了，派出所也就没有了。所以呢，我是刘湾镇上的最后一任派出所所长，我也算善始善终啊！

水里那声音，竟"嘤嘤"地哭起来：可是，刘湾镇没有了，你们都搬走了，以后，谁还会来这里看我呢？

姚所长的眼睛里也冒出了眼泪：孙美娣啊，你好好地，在那里过你的日子吧。这条裙子，是我送给你的。今年最流行的款，你穿在身上，一定很好看，就像外国电影里的那个"露丝"……

姚所长眼前一晃，一个旋涡，藕色连衣裙被卷进了水底下。丹桂抑或蜡梅的花香消失了，川杨河水恢复了平缓的流动，阳光照在水面上，闪耀着粼粼的波光。姚所长一个人自言自语的谈话，随着水波的流动，渐渐地消失了余音。

又是半年以后，政府把刘湾镇周边四五个乡镇，合并成一个"机场新镇"。四五个镇变成一个镇，就不需要那么多派出所所长了，姚所长当仁不让退居二线。上海市公安局出台了新规定，所长级别的基层干部，位居一线岗位至五十岁。姚所长年龄到了，自然是要让位给年轻人了。当然，动迁中，姚所长管辖下的刘湾镇，曾发生居民集体上访静坐抗议事件。姚所长工作不力，位置自然要让给有能力的人坐。

看起来，姚所长是无法实现他的远大理想了。他曾经在刘湾镇人面前说过：哪怕做一名最普通的公民，也要过有远大理想的生活。其实，姚所长的理想并不远大，他只是想把派出所所长的位置坐到退休。现在，姚所长不是派出所所长了，他是普通公民姚水根。不知道，姚所长成了一名普通公民后，还有没有远大的理想。

# 裘皮大衣

一

我们刘湾镇上有四大美女，水果西施阿珍算一个。另外三大美女不说也罢，阿珍这个女人，却有得一说，原因并非水果西施在四大美女中排名第一，而是，阿珍被冠以"水果西施"称号才半年，就死了男人。阿珍的遭遇印证了"红颜薄命"这个成语的正确性，我们刘湾镇人都说，一个女人，生了一张好看的面孔，总之是要招来祸事的。

阿珍的水果店，设在政府统一规划的简易售货亭里，叫蓝亭1039号。阿珍到工商所领到属于她的售货亭号码时，被1039这个数字吓了一跳，刘湾镇上租蓝亭做生意的人那么多？已经排到第1039个了？

油葫芦对阿珍说：不单单是刘湾镇，你是整个浦东新区第1039个租下蓝亭的个体户。

阿珍之前的1038位，有卖书报期刊的、卖饮料烤肠的、卖鲜花盆景的，当然，也有和阿珍一样卖水果的。不过，阿珍的水果店，还是有些与众不同的。要不，西市街上蓝亭569号的女老板杨囡囡，卖的也是水果，长相也不输给阿珍，还比阿珍年轻，为啥人家轮不上叫"水果西施"，阿珍却轮上了？那是有道理的。

阿珍开水果店，实在是无奈之举，好端端在电器厂做工人，忽然有一天，电器厂被油葫芦收购了。油葫芦说：要介许多人做啥？企业不是慈善

薛舒中篇小说选

机构，老的退休，半老的下岗，留下小的，好管理。

油葫芦现在是大富翁了，当年，他还是电器厂的一名车工时，因为偷了厂里一台报废电泵，遇到严打，案子被挖出来，判了三年。油葫芦这台报废电泵偷得实在巧，三年牢狱，正值中国经济改革的特别时期。三年铁窗烈火不算短，也不能算长，他在牢里闭门思过，卧薪尝胆，三年一过，油葫芦就如期获得了自由。出来后，原单位不要他了，他就像一只无头苍蝇，扑腾着翅膀，撞进了经济改革的崭新空气中。油葫芦从贩卖外烟做起，摆过地摊，开过饭店，一直做到建筑包工头，十分幸运，油葫芦捞到了第一桶金。

二十年后的今天，油葫芦已经成了大老板。油葫芦开着奥迪座驾来到依然坐落在刘湾镇上的电器厂，他推开车门，双脚踏上那片久违的癞痢头一样稀疏的草坪，张开嘴巴，深深地吸了一口满含机油味的空气，"哼哼"冷笑两声，铿锵而道：我胡汉三又回来了！

油葫芦大名尤武良，因为脸皮生得黑，从小得了这个绰号。上海人把一种浑身墨彻黑的叫蝼蛄的昆虫，称作"油葫芦"。油葫芦在电器厂濒临倒闭之际，毅然出手买下了已然沦落的企业。一夜之间，这位曾经的车工，摇身一变，成了电器厂董事长。过去叫他"油葫芦"的老同事，现在要改口叫他"尤董"了，这"尤董"，上海话念来，就是"油桶"。到底也没脱离"油"，只不过葫芦改了桶，容量变大了，可见现在的尤武良，有多少财大气粗。

阿珍是主动提出下岗的，沈三妹对她说：啥人下岗也轮不到你下岗，油葫芦和你啥关系？他回来了，你倒要走，脑子坏掉了。

沈三妹写了两张申请留厂的报告，一张是为自己写的，一张是帮阿珍写的。也不知哪一个想出来的，油葫芦一回来，人人都开始写报告，写家里上有老，下有小，当中还有不大不小，要是厂里的岗位保不牢，就要拖儿带女要饭逃荒去了。油葫芦大概没时间仔细看那一大沓报告，但是，沈三妹相信，她和阿珍的报告，油葫芦还是会看的，他不会连这点面子都不给吧。

想当年，油葫芦、阿珍、沈三妹同一年毕业于刘湾镇上唯一一所高级中学，同样没有考上大学，同一批招工进了电器厂，同一年满师，工种级别都是一样的。时间一转眼过去了三年，小青工做成了老油子，可工资一次都没涨过，拍一拍皮夹子——瘪塌塌，抽出来数一数——没几张。总的来说，工作三年，进步都不大！

某个礼拜天，这三个人，就各自进步去了。周一来上班时，油葫芦报告说，我回了一趟乡下爷叔家，爷叔屋门前有个废水塘，塘里长满了水葫芦。爷叔养了三只小猪猡，饲料就是塘里的水葫芦，三只小猪猡吃得滴溜滚圆，一年以后，就会变成三只壮年猪猡，就可以卖钞票了。不过，我是不会去养猪猡的，我要养鱼，买一批鱼苗投进鱼塘，一年下来，能收多少鱼？能卖多少钞票？我就可以用卖鱼的钞票讨娘子了。

油葫芦的目标是讨娘子，讨到娘子以后还养不养鱼，他没有说。

阿珍报告说，她参加了业余高考复习班，领了一大沓《语文》《数学》《英语》课本和练习册，从此每天夜里要去上课。那些书一拿到手，阿珍就感觉头脑里迸出了一丝丝裂痛。阿珍人长得好看，性格也文静，还善良，但阿珍读书不聪明，高中毕业都勉强，物理差点不及格，还是油葫芦交卷时走过她课桌边，手指头在她摊开的卷子上点了一点，是一个选择题，阿珍改了答案，得了2分。成绩出来一看，61分。阿珍十分感激油葫芦，2分改变了她的人生。要是拿不到毕业证书，她都没资格参加招工。

阿珍是一看见书本就要头痛的人，可她却说：毕业三年后又做回学生，感觉蛮好白相的。天晓得为啥她单单挑一样非强项去进步。

这一天，最后一个到厂的是沈三妹。沈三妹身上穿着和阿珍一样的女式咔叽工作服，头上戴着和阿珍一样的有鸭舌的工作帽，脚上蹬着和阿珍一样的大头工作皮鞋，可面孔上，却架着一副大框框蛤蟆镜，像只女苍蝇一样神抖抖地撞进了车间大门。这一天，沈三妹始终没有摘下蛤蟆镜，在车床上做活都戴着，惹得她师傅一顿臭骂，骂她像街上那些不三不四的小流氓；骂她学西市街上的算命瞎子装神弄鬼。骂也不摘下，还戴着，还回嘴：我老早就满师了，你管不着！沈三妹不肯摘下蛤蟆镜，是因为她刚开了双眼皮，还没拆线，还肿着。其实她悄悄摘下眼镜给阿珍看过，阿珍一看吓一跳，原本一双三角小眼，变成了一对肚脐眼，复杂到层出不穷。

沈三妹打算，两个礼拜后，双眼皮一拆线，她就去拍一组照片，完成她容貌上的巨大进步。

这三人各自去争取进步的行动，也只有油葫芦算是选了一条相对有前途的路子。女人呢，毕竟是女人，不会读书的要去读书，长得难看的要去改造成美人。厂里的同事都说，她们的脑子被枪打过了，一团浆糊。结果不出所料，阿珍当然没有考上大学，《语文》《数学》《英语》课本都新崭崭的，显然没有认真翻过，送给下一届高复班的人了。沈三妹的眼睛倒是从此变成了双眼皮，但是这对双眼皮也双得太过分了，睁着是双眼皮，闭着也是双眼皮，这就比较吓人了，谁见过一个人闭着眼睛睡觉了还保持着双眼皮的？

油葫芦后来的经历，就复杂一些了。他果真开始了养鱼行动，没有买鱼苗的钱，他就去问阿珍和沈三妹借。沈三妹说，我哪里来钞票？我眼睛刚开过刀，钞票都用在医院里了。我还要买黑鱼、买鸽子炖汤喝，医生说，多吃蛋白质对刀口恢复有好处。我还想问你借钱呢。

油葫芦就瞪着一双葫芦眼说：三妹，你好像不是去开双眼皮，你是做剖腹产手术了？

沈三妹就扑到油葫芦身上一顿拳打脚踢：你妈才剖腹产！

油葫芦一边躲，一边首肯同意：你讲对了，我在我妈肚皮里的时候，调皮得很，横过来长的，我妈养我就是剖腹产。

沈三妹的新双眼皮很不老练地眨了眨：你妈养你的时候已经有剖腹产了？吹牛皮不打草稿，不睬你了！

说完，沈三妹一扭一扭，跑到自己的车床边，拿出一面小镜子去照她刚出炉的双眼皮了。

幸好阿珍没有开刀，阿珍不需要吃大量蛋白质，阿珍脸皮还薄，油葫芦问她借，她不好意思拒绝。她把一张零存整取的单子领了出来，一百五十块，油葫芦这才有了买鱼苗的钱。接下来，油葫芦就开始大显身手了。

放鱼苗之前，要清除塘里的水葫芦，要挖掉太厚太深的淤泥，所以，就要先撒干水塘里的水。这可是一个工程啊！油葫芦先是跟他的爷叔吵了一架，爷叔反对他养鱼，理由是，清除了水葫芦，猪猡吃什么？最后油葫芦的爷爷出面摆平了他爷叔，爷叔家的猪猡从此断了天然绿色环保粮草。接下来，油葫芦叫上爷叔村里的一批青壮年，请他们帮忙出干塘里的水，挖清淤泥，酬劳是：塘里的泥鳅、蛤蟆、穿皮条、包括可作肥料的淤泥，都归劳动者所有，多劳多得，少劳少得，不劳不得。

油葫芦简直像生产队长了，当然，生产队长那里，他已经送过两条大前门香烟了。油葫芦很早就显示出了在企划、管理、公关方面的能力，他还懂得运用激励机制，懂得如何凝聚人心、如何提高生产效率。可见，未来的某一天他将成为"尤董"，那是早有端倪的。

然而，油葫芦却与他伟大的养鱼事业失之交臂。他脑子再活络，也活络不过政策。政策说，生产队现在不叫生产队了，叫村民组；队长也不叫队长了，叫村长；农民现在可以自己干专业户了，可以承包村里的荒地、废塘，开展发家致富的养殖和种植业。政策一说话，农民就行动起来了。油葫芦的鱼苗们长到半大之际，变成了村长的生产队长忽然找到他，说有人写信到乡政府告状，说某些人霸占村里的水塘，养私人的鱼，且这人还不是本村的，甚至还不是农民。村民们一致要求把水塘收回来，把鱼们分配给大家，然后再把水塘承包给本村的农民……

油葫芦懊悔之极，当初蛮好让爷叔出面养鱼，自己只需躲在爷叔背后做做策划即可。怪只怪爷叔和他的三只猪猡，畜生毕竟是畜生，只晓得"哼哧哼哧"吃，"呼噜呼噜"睡，也不晓得就是因为它们，爷叔变成了一个目光短浅、心胸狭窄的男人。爷叔只看见眼前的利益，看不见远大前程，造成了与油葫芦合作养鱼的不可行性。当然，油葫芦也自我反省了，其实，他并没有和爷叔合作养鱼的打算，他怕爷叔分享他的成果。爷叔不要讨娘子，爷叔的娘子油葫芦的婶婶每天晚上胖乎乎地睡在爷叔的床上，又花不掉几个钞票。要花钞票的是油葫芦。

生产队长收回了鱼塘，油葫芦只象征性地得了一筐半大的鱼。那段日子，尤家姆妈为如何以鱼为原料做出美味并且不重复的菜而伤透了脑筋。油葫芦每天吃鱼，清蒸鱼红烧鱼油炸鱼鱼汤鱼丸鱼面筋，吃了一个礼拜，眼皮一抬，只见朝北的窗口还挂着一长串风干的咸鱼，油葫芦就有了女人在壬辰期三个月时的感觉。从此以后，油葫芦对鱼深恶痛绝。

自然，油葫芦没有因为养鱼而讨上娘子，非但没有讨上娘子，他还欠阿珍一百五十块鱼苗钱。报废电泵事件，就在这当口发生了。

# 二

我们刘湾镇上，走出去闯世界的人有不少，不过大多是小打小闹，真正闯出点名堂的，也就油葫芦了。油葫芦现在可是货真价实的大老板，除了电器厂，他还有一家服装厂和一家皮鞋厂，在青浦和松江。他的公司总部设在浦东陆家嘴花园石桥路上，面朝黄浦江的那幢高层大楼里。他很少回刘湾镇，但电器厂刚收购下来，还需要多关心一下，他就隔三差五地到厂里来巡视一番，看看哪些设备还有利用价值，哪些设备需要更新换代。工人呢，和设备是一样的，有价值的留下，没价值的请他走。油葫芦以前的师傅，特地跑来找他：油葫芦啊！哎呀，错了错了，尤董事长，你看我这个老糊涂。尤董事长，我跟你说啊，辞工人这桩事体，要想想好哦，都是以前的老同事，要过日脚的……

油葫芦的师傅已经退休十多年了，但他的大儿子还在厂里做，他厚着脸皮来说情，还不小心把"油葫芦"三个字叫了出来，真正是难为他了。

油葫芦好像并不介意师傅叫他油葫芦，他面孔本来就黑，现在还是黑，黑得一如既往。他耐心听着老头子说张三老婆身体不好刚刚乳腺癌开刀变成了只有一只奶奶头的女人，说李四的双胞胎儿子都在上高中胃口比猪还好开销大得吓死人，说王五家里年前着火烧光了家当眉毛也烧脱了长了三个月才长出一点点，说赵六都已经四十岁了还没讨上老婆眼看着讨老婆的价钿越来越高你叫他哪能办呢？最后，老头子说，他自己的儿子，去年离婚了，小孩归他带，难呐！叫人家回去喝西北风，哪能好意思？

油葫芦听完他师傅的长篇报道，那张比过去大了两圈的黑面孔，朝着他师傅亮出一个黑黝黝的笑：当年没有一个人肯接收我回厂上班，啥人想过我要去喝西北风了？

油葫芦劳改三年回来，厂长书记工会主席没有一个敢接收他的。油葫芦去找他师傅，老头子说，领导不同意，我有啥办法？连帮忙去说个情都不肯。所以，油葫芦一提到这事，他师傅就晓得没希望了，就拍拍屁股走人了。他师傅一出油葫芦办公室，就对人说，不要去求情了，求也没用，油葫芦是来报仇雪耻的。

沈三妹就去找阿珍，她对阿珍说：油葫芦是来报仇雪耻的，他师傅去求情都没给面子，看来只有你去了。

阿珍不肯去，沈三妹就把一对人工双眼皮包裹的眼珠子瞪成了两只小核桃：你这个十三点，啥人不晓得油葫芦欢喜你？我要是你，早就去了。你相信吗？你只要发一句话，油葫芦肯定一帖药。

阿珍笃悠悠慢吞吞地说：要去你自家去，我是不会去的，我要在东市街的市场里租个摊位，卖水果。

阿珍不想去找油葫芦是有她的道理的。想当年，油葫芦养鱼是为了赚钱，赚钱是为了讨娘子，油葫芦认为，讨上娘子才是真正的进步。油葫芦想讨的那个娘子，其实就是阿珍。结果，油葫芦养鱼没赚到钱，还赔了本，一百五十元本钱，还是问阿珍借的。

那时候，一个小青工，月工资拿到手里才四、五十块钱，吃饭穿衣、日常开销，哪里还有余钱存下来？阿珍却很会省，饭么，吃爷娘的；衣裳么，买块料子自己在缝纫机上做；平常没事么，还让她阿嫂从乡办缝纫厂里带点撬贴边的活回来做，阿嫂给她记件数的，一个月下来，也有好几块。就这样，阿珍一个月贴花十块，一年多才省出这一百五十块钱。结果，油葫芦把钱扔到鱼塘里没有收回来。油葫芦就对阿珍说：借你的钞票，我一定会连本带利还你的，我还要送给你一件裘皮大衣，你欢喜狐狸皮还是狗熊皮？

油葫芦真是狮子大开口，脸皮的厚度远远超过狐狸皮和狗熊皮。阿珍指了指他油迹斑斑的工作服说：我看你现在连自己身上这层皮都保不牢了，你就好好上班吧，不要再两投三兼、七想八想了。

说完，阿珍就抱着她的《语文》《数学》和《英语》课本，去成人高复班听课了。油葫芦早就听说，阿珍去上高复班，不是真的要考大学，她是去陪高林读书的。高林也是他们班的同学，学习成绩一向很好，谁都认为他肯定能考上大学，结果不知什么道理，成绩出来，差三分，落榜了，只能暂时在乡下的小学里做代课老师。高林不甘心，还是想考大学，就去报了业余高复班。

油葫芦不相信，阿珍文文静静的，哪能跑去陪男同学读书？再说，那个高林，家里条件很差，人也长得精精瘦，像只营养不良的猢狲，除了皮肤白一点，学习成绩好一点，哪一样比得过油葫芦？阿珍又哪能看得上他？可反过来想想，又觉得不对，阿珍这样的人，再复习十次都不可能考上大学，她不会这么没有自知之明吧？看来事情有些凶险。不过，油葫芦这个人，还是很乐观的。他想，他每天白天和阿珍在一起上班八小时，高林每天和阿珍在一起上学两小时，相比之下，他的机会要比高林多得多。还有，高林在乡下的小学里做代课老师，拿的是临时工资，连饭都吃不饱。油葫芦是电器厂的工人，有铁饭碗，虽然工资也不高，但比高林好得多，油葫芦敢向阿珍许诺买裘皮大衣，高林肯定不敢。

油葫芦是说话算数的人，他既已跟阿珍说过要给她买裘皮大衣，那他就一定会给她买的，并且，他一定要买得早，要赶在高林考上大学之前就把裘皮大衣送出去。他认为，找女朋友就像攻坚战，谁先把红旗插上阵地，谁就获得胜利。油葫芦的红旗就是裘皮大衣。

阿珍是喜欢裘皮大衣的，油葫芦知道。记得念高三的时候，有一天，教历史的顾老师骑着一辆女式脚踏车来上班，居然穿着一件长及脚弯的黄棕色裘皮大衣。大冬天的，恰好是晨跑时间，全校学生绕着教学楼正跑得满场尘土飞扬。顾老师顶着呼啸的北风，面孔吹得通红，像马戏团的狗熊一样骑着脚踏车摇摇晃晃地冲进了校门，即刻，顾老师成了全校师生的观瞻中心。女同学们一边跑步，一边发出白汽蒸腾的议论：

顾老师这两天去结婚了，刚做过新娘子，脸上的胭脂还没有揩掉。

顾老师穿的是裘皮大衣，我家隔壁的阿美结婚，就穿了这样一件裘皮大衣。

裘皮大衣很贵的，要一百多块。

你们看过电影《舞台姐妹》吧，里面有个越剧皇后，后来跟了上海滩上一个大流氓，她就穿了一件裘皮大衣出场的，配上高跟皮鞋、玻璃丝袜，那才叫好看。

最后一句，是阿珍说的。阿珍难得发表意见，一发表，很多女生都想起来，好像，裘皮大衣的确不应该像顾老师那样穿的。最后，她们一致认为，顾老师的涤卡长裤、黑色高帮皮鞋，以及领口露出一截很厚的玫瑰红绒线衫，都是与裘皮大衣不般配的。当然，她们的参照，是《舞台姐妹》中的越剧皇后。

阿珍说的话,油葫芦听到了。油葫芦就想,要是阿珍穿上裘皮大衣,和电影里的越剧皇后一样,配上高跟皮鞋、玻璃丝袜,那肯定不是一点点的好看。那时候,油葫芦就喜欢上阿珍了,话说回来,班里的男生,又有哪个不喜欢阿珍的?阿珍长得漂亮却不张扬、成绩不好心眼倒蛮好,这样的女生,最讨男生喜欢。

　　油葫芦开始策划买裘皮大衣的行动了。他看上了厂里的一只电泵,这只电泵早已报废了,在仓库外面一个被人们遗忘的墙角里躺了好几个月,与报废电泵躺在一起的,还有几只废木板箱,和一堆锈迹斑斑的烂铁皮。那些日子,油葫芦几次三番地在这个被大多数人遗忘的角落里流连忘返,最后,他宠幸了那只被长期冷落的电泵。电泵出了厂门,电泵变成了两百块钱,最后,变成了一件裘皮大衣,不是狐狸皮,也不是狗熊皮,而是水獭皮。

　　油葫芦抱着水獭皮大衣送到阿珍家里时,阿珍正坐在八仙桌边就着一碗咸菜炒毛豆吃晚饭。阿珍刚喝了一口开水泡饭,正用筷子挑起一撮咸菜送进樱桃小嘴,油葫芦和裘皮大衣就一起卡在了阿珍家低矮的门框里。油葫芦感觉到阿珍的眼睛亮了一亮,然后,他就让自己和裘皮大衣一起耸在了阿珍眼前。

　　阿珍抬头看了看油葫芦,又看了看他满满一怀抱灰色的毛皮,嘴里含着一口开水泡饭,说出了一句散发着咸菜味的话:你怎么抱着一只大灰兔啊?

　　阿珍真是不识货,水獭皮可是名贵皮草,居然认作兔子皮,油葫芦就有些出师不利的感觉。但他很快调整自己,作出了必要的解释。阿珍继续吃她的泡饭,油葫芦对裘皮大衣制作材料的详细说明随着泡饭的进食进入她的听觉系统,等她把一碗泡饭吃完,油葫芦已经抖开大衣,双手捏着衣领,满面含笑地说:阿珍,试试吧,看看合不合身。

　　阿珍没有试穿,阿珍放下饭碗,抱起一叠《语文》《数学》《英语》课本,一边朝门外走,一边说:来不及了,我要去上课。

　　油葫芦再一次感觉到这场还没有真正打响的战役显见的败象,然而,他总是说话算数的,他是男人。油葫芦把裘皮大衣放在那张八仙桌上,跟在阿珍屁股后面出了门。跨出门槛时,他恋恋不舍地回头看了一眼,只见一只巨大的灰兔子匍匐在桌上,仿佛正津津有味、乐此不疲地吃着它面前的半碗咸菜炒毛豆。那时候，油葫芦清晰地预感到，这场以裘皮大衣为旗帜的攻坚战，结局将凶多吉少。

三个月后，有一天上班时，保卫科长来到车间，他也不进来，就站在门口招了招手，方向是油葫芦的那台车床。保卫科长招乎的肯定不是车床，油葫芦很拎得清，他冲着保卫科长远远地点了点头，关掉车床，朝阿珍很有风度地笑了一笑，向门口走去。

油葫芦一出车间，就被请到一辆早已停在厂门口的警车上去了，并且，他这一去，就没有回来。阿珍终于知道油葫芦买裘皮大衣的钱是哪里来的了，那段日子，她吓坏了，她很担心保卫科长会再次出现在车间门口，也向她招招手，然后，她也被请到那辆警车上，从此一去不归。当然，她的罪名，可能是窝藏赃物，也可能是同案合谋。她甚至还找高林商量怎么办，高林白脸上的两条眉毛一皱，反问道：油葫芦还欠你一百五十块钱，裘皮大衣不是他拿来抵债的吗？

阿珍紧张的心情就此一松，关键时刻，女人身边就该有个男人。阿珍欣赏的，就是高林这样的男人，他不庸俗，不关心街头巷尾、鸡毛蒜皮的小事，他有理想，有追求，学习好，虽然没有考上大学，但他一直没有放弃过，照这样努力，早晚会考上的。

保卫科长没有再一次出现在车间门口，阿珍也不必澄清裘皮大衣的来历了，油葫芦却被判了三年有期徒刑。阿珍觉得很内疚，油葫芦是为了送她裘皮大衣才坐牢的，然而反过来想想，阿珍又觉得很吃亏，油葫芦判了刑，那一百五十块钱就收不回来了。虽然裘皮大衣抵得上这个价，但这一件，哪能是灰色的呢？油葫芦真是的，啥眼光，为啥不买黄棕色的？

## 三

我们刘湾镇上，曾经一度风行过裘皮大衣，女人们几乎人人拥有一件，却也不怎么穿，只在逢年过节走亲戚时穿一穿，或者，结婚做新娘子的时候穿一穿。当然，做新娘子的，不是在隆冬季节结婚，那是穿不得裘皮大衣的，穿了是要捂出痱子来的。说实话，裘皮大衣在我们南方，的确不太实用。可我们刘湾镇上的女人，就是喜欢裘皮大衣，哪怕一年到头穿不了几回，有一件挂在衣橱里，也是好的。总的来说，那时候，裘皮大衣是最受我们刘湾镇女人欢迎的高档服装。

油葫芦三年劳改结束恢复自由，一出来，就听说阿珍和高林结婚了。油葫芦很想知道，阿珍做新娘子的时候，有没有穿裘皮大衣。当然，他很清楚，阿珍是不可能穿着他送的那件水獭皮大衣去结婚的。阿珍嫁的人是高林，不是他尤武良。

高林还是没考上大学，第一次只差三分，这一次，干脆差了二十分，想必是阿珍陪读陪坏了。想想也是，两个人坐在教室里一边读书，一边谈恋爱，哪能把书读好？高考成绩一出来，高林的脸就变得煞白，他对阿珍说：叫你不要来陪我，你偏要来，看看，影响我了吧？明年我还要再考一次。

阿珍觉得很委屈：哪能怪我呢？你在乡下小学里教了三年书，乡下小囡笨得来一塌糊涂，你去教他们，你本来蛮聪明的脑子也教笨了。你也不要再高考了，我们就结婚吧，以后养个小囡，让小囡好好读书，将来叫他考大学，让儿子来帮老子实现理想吧！

高林薄瘦的背脊挺得笔直，一副很有骨气的样子，他看了阿珍一眼，意味深长地说了一句话：是你的理想吧？

高林这么说，证明他是十分了解阿珍的，阿珍的进步是要靠男人的，老公靠不上，就靠儿子。不过，阿珍的话也不是没道理，要是再考一次还是考不上，那就太坍台了，面孔都没地方放了。于是，高林接受了阿珍的建议，结婚了。那时候，阿珍很自信地认为，她肯定能和高林生出一个脑子很聪明的小囡来的。没想到，结婚以后，阿珍的肚子像一片贫瘠的荒原，一直没有鼓胀起来。这就比较麻烦了，养不出儿子，谁去替老子娘实现理想？几年以后，高林重新拾起了课本。

沈三妹也出嫁了，嫁了一个大眼睛男人，男人不仅眼睛大，个子也大、头也大，脸也大，手脚都大。这么大的一个人，做的却是修钟表的活，坐在钟表商店的玻璃柜台后面，摆弄着那些芝麻大小的零件，简直像一只大象在拨弄一群小蚂蚁。他要是抬起头来，亮出眼睛，那简直就是一张大脸上镶了两块上海牌手表，又白又圆，还闪闪发光。可沈三妹喜欢啊，长得像上海牌手表似的男人脸上的大眼睛可是货真价实的，不是开刀开出来的，沈三妹看上的，就是他的眼睛，她希望，将来她的孩子能遗传到这个男人的大眼睛，即使未能全部遗传到，两相互补，也会比她自己那双三角小眼乐观许多。

油葫芦、阿珍、沈三妹，这三个起点一样的同学，当属沈三妹的进步最大，最有成效。阿珍差一点，但高林还没对高考死心，说明还有进步的可能。只有油葫芦，非但没有进步，反而倒退了。更糟糕的是，他居然回不了厂里，成无业游民了。

幸好，改革开放的春风吹遍了祖国大地，当然也吹到了刘湾镇这块弹丸之地，油葫芦托政策的福，写下了他的创业史，二十年后的今天，他已经成了一名扬眉吐气的大富翁。现在再来看这三个人的进步，油葫芦非但把阿珍和沈三妹远远地甩在了后头，并且如今，倘若没有他的恩典，她们连饭碗都要保不住了。来求油葫芦的人实在太多了，但他不能无原则地开绿灯，他是来开厂办企业的，企业的成败将决定他的命运，他是不会为了情面而牺牲前途的。除非，除非阿珍来求他。

可阿珍说什么也不肯去求油葫芦，好像欠债的人不是油葫芦，而是她。谁说不是呢？为了一件裘皮大衣，油葫芦平白无故地丢了三年青春和自由，阿珍能还得清这笔债吗？阿珍也从来没有让那件水獭皮大衣在公开场合露过面，它被阿珍塞在一只收藏旧衣物的箱子底下，默默地度过了二十个春秋。

沈三妹劝不动阿珍，就只好自己上阵了。油葫芦变成电器厂的董事长后，沈三妹还没有见过他。她不晓得他是胖了，还是瘦了，也不晓得他那张面孔是不是比过去白一点了，更不晓得他现在还认不认她这个老同学。不过，她想，油葫芦肯定是胖了，谁见过发了财还能做瘦子的？住高楼大厦，坐高级轿车的人，根本晒不到太阳，想必，面孔也应该变白了。虽然是老同学，但人家现在是大老板，去见大老板，是不能太随便的，起码，要穿一件好看一点的衣裳吧，还要把这几年脸上多出来的皱纹涂平一些吧。

沈三妹咬咬牙，花了一百五十块钱，买了一套没有牌子的职业装。她知道，油葫芦一般会在星期一上午或者星期三下午来电器厂巡视。就选星期三吧，下午油葫芦来厂里，上午她还可以去镇上新开出来的永琪美容美发连锁店吹一个三十八块的头。当然，出门前，还要在脸上擦粉底霜，扑粉饼，描眉毛，刷眼影，涂口红……

星期三如期来临，沈三妹打扮就绪，照照镜子，发现口红涂得太浓了点，刷白的脸上一张血盆大口，这样子跑出去，人家会以为她发花痴了。她抽了一张草纸，放在嘴唇上印了印，草纸上留下一个大红唇，再照镜子，好多了，自然多了，这才出了门。

沈三妹妖娆的身姿出现在油葫芦办公室门口时，尤董事长正握着一支黑色水笔在一张大名单上埋头打钩，他刚好准备在沈三妹的名字后面打上钩，就听门口传来嗲里嗲气的一声呼唤：哎呀，尤董，好久不见，发财发财！

油葫芦抬头就吓了一跳，随即咧开嘴角，对着白脸红唇熊猫眼的沈三妹露出一个黑亮黑亮的笑：哦，是三妹啊！今朝来做啥？打扮得介漂亮！

油葫芦这一笑，把沈三妹笑得心花怒放。油葫芦胖是胖了一点，不过没有变得白一点，还是和过去一样黑，而且，还认得她这个老同学，看来有希望，于是老腰一扭，跨进了门：尤董，你现在是我们电器厂的再生父母啦，我来没啥事体，就是老长辰光没见，想你了呀。本来，阿珍要和我一道来看你的，不过，她觉得不好意思，就让我代她问个好。

油葫芦黑脸上的黑眉毛微微一撮：哦？有啥不好意思的，又不是新面孔。

沈三妹说话三句不离阿珍：阿珍这个人，就是面皮薄，宁愿下岗，也不肯来寻你商量。她老公么，还在乡校里教书，一个月赚不了几个铜钿，身体又不好。

高林还在代课？身体哪能不好了？

倒是转正了，不过，还在乡下那个小学。你又不是不认得他，一向皮包骨头的样子，身体哪能会好？阿珍说他不来事，那个那个，不来事……他哪一样好跟你尤董比啊？沈三妹说着，笑得一脸暧昧。

油葫芦就说：三妹你真热心，阿珍的事体你很关心啊！

沈三妹承认，她的确很关心阿珍：那当然了，我和阿珍是啥关系？比亲姐妹还亲啊。昨日阿珍还跟我说，要在东市街市场里开个水果店。我跟她讲，我们去寻尤董，老同学，有啥关系？她就是不肯。我就说，你不好意思去寻尤董，我帮你去寻。所以，今朝，我就来寻你了……

油葫芦手里捏着黑色水笔，眼睛看着沈三妹，两片红嘴唇在他视线里飞速蠕动着，他想：这两片嘴唇不至于也是假的吧？这么想着，他就把视线射向沈三妹的眼睛。沈三妹正说得眉飞色舞，眼皮一睁、一闭、再一睁、

薛舒中篇小说选

一闭，睁着是双眼皮，闭着还是双眼皮，油葫芦就忍不住要打断她了：三妹，你家的小囡，眼睛大不大？

沈三妹高速运行的语言列车紧急刹住：啥？你讲啥？

油葫芦没有重复这个问题，而是说：三妹，阿珍的事体，你叫她自家来寻我。我还有一个重要会议要开，不好意思！

说完，站起来，走到门口，拉开了办公室的门。油葫芦的动作很明白，这是请沈三妹走呢。沈三妹白脸红了一红，很有自尊地转过身，对油葫芦说了声：尤董，请多多关照！

居然说的是普通话，说完，脑袋一扭，跨出门槛，顺手把门一带。门"哐当"一声碰上，扇出一阵风，沈三妹脸上的白粉就扑簌簌掉下一层，骂骂咧咧的句子随着白粉的纷纷跌落而蹦将出来："阿胡卵"冒充金刚钻，有了钞票就忘本，哪能不在监牢里多关几年？放他出来做啥……

这一边，油葫芦兀自笑了笑，回到办公桌前，拿起黑色水笔，在那张大名单上"沈三妹"三个字的旁边，打下了一个又黑又粗的勾，随后电话招来人事科主任，关照道：裁员名单可以公布了，这份大名单上打过钩的名字，用毛笔抄一份，写得大一点，贴在布告栏里。

油葫芦布置完工作，就独自开着车，去了东市街上阿珍的家。虽然当年他没有攻克下阿珍这座堡垒，还耗费了一件水獭皮大衣，为了这件大衣，他还坐了牢，但是，油葫芦的脑子不坏，逻辑并不混乱，人还蛮讲义气，所以，他还是很感激阿珍的。阿珍借给他的150元鱼苗钱，他到现在还没还。本来他打算用一件裘皮大衣拿下阿珍，然后他们就成一家人了。成了一家人，还分谁借谁的钱？

遗憾的是，油葫芦遭遇了养鱼事件后的第二次惨败。从牢里出来后，他没有去找阿珍，人家已经结婚了，而且，他也没有钞票还给人家。后来他赚到一点钱了，不会再喝西北风了，可还是没有勇气去找阿珍，用什么理由说服自己堂而皇之地去找一个已婚女人？还她150块钱？说出来自己都不会相信的。再后来，三十年河东，三十年河西，黎明前的黑暗过去了，坏事坏到底，就否极泰来了。油葫芦终于发迹了，油葫芦成了大老板，想要去找阿珍，就好像没时间了。然而，油葫芦没时间找阿珍，却不会忘记他还欠阿珍的钱，他想，以后要还，就还一笔大一点的钱给阿珍，150块，算什么钱嘛！起码，可以让阿珍买一件世界上最名贵的裘皮大衣吧？对，最贵的那种，紫貂皮的！

油葫芦的奥迪车停在东市街邮车弄阿珍家门口，本来看起来还算宽敞的弄堂就一下子显得很窄很小了。收垃圾的阿六推着三轮车，从弄堂尽头一路过来，车轮压在石板街上，发出"咯噔、咯噔"的回响，听起来还很有节奏。阿六的三轮车推到阿珍家门口，就过不去了，就"哇啦哇啦"叫起来：喂！啥人的车子？啥人把车子停在这里啊！

油葫芦从阿珍家的门框里冒出来，一头钻进了驾驶室。阿珍跟在油葫芦后面，也从门框里冒出来，一头钻进了黑色奥迪车。发动机一响，车就倒退着出了弄堂口。

收垃圾的阿六目瞪口呆地看着奥迪车黑黝黝亮闪闪地往弄堂口退去，车身一扭，油门一轰，然后就飞驰着消失在了大街上。阿六像从梦里忽然醒过来一样，大叫一声：啊呀！阿珍不会下岗了，高老师这只绿帽子戴得不大不小！

# 四

我们刘湾镇上最大的企业，居然就这样被油葫芦收购了，电器厂里的工人，有一半多回家拿下岗工资去了。阿珍也下岗了，只不过阿珍一下岗，就把水果店开出来了，东市街市场边上的蓝亭 1039 号。

阿珍的水果店开出没多久，"水果西施"这个称号，就被我们刘湾镇人叫开了。西市街上的杨囡囡对此不太服帖，杨囡囡的水果店开了两年多了，阿珍才开了不到一个月，凭啥水果西施的称号被阿珍占了去？杨囡囡就跑到东市街去观摩蓝亭 1039 号了，一观摩，杨囡囡就服帖了，杨囡囡承认，她确实比不上阿珍，刘湾镇上的水果西施，非阿珍莫属。

阿珍的水果店和别人家的水果店是有区别的，别人卖水果，也就卖卖芝麻香蕉、红富士苹果、橘子甜橙什么的。阿珍的水果店一开出来，却引起了刘湾镇人空前的关注，人们只要经过蓝亭 1039 号，都要停下来看看西洋镜。

阿珍啊，这个红颜色的刺毛球，是啥东西？

阿珍笑眯眯地回答：红毛丹。

红牡丹？牡丹花也生果子的？第一趟听说，好白相，好白相……

阿珍啊，那个刺猬，哦哟，手都被它刺痛了，哎呀呀，哪能介臭的啦？是啥东西？

阿珍笑眯眯地回答：榴莲。

榴莲？不要吓人哦，介臭的！像刚刚从粪坑里捞出来，吃不消，吃不消……

阿珍的水果，多半是刘湾镇人从来没见过的，有的听都没听过，样子长得怪，名字起得也怪，什么红毛丹、榴莲、火龙果、菠萝蜜、番石榴、莲雾……即使是苹果，也不叫苹果，叫"嘎纳果"；猕猴桃也不叫猕猴桃，叫"新西兰奇异果"；葡萄么不叫葡萄，叫"美国提子"；李子么不叫李子，叫"布朗"……一听就晓得，都不是中国出产的。刘湾镇人是很愿意尝一尝这种进口水果的，但一看价格，都吓得不敢尝了。可也有见过世面的年轻人，发了财的有钱人，他们就不会被进口水果的标价吓退掉。就这样，蓝亭1039号开出没多少日子，就成了刘湾镇人心目中某一种档次的标志。

比如村干部要去拍乡领导的马屁，比如毛脚女婿要上丈母娘家的门，比如穷娘舅要到富外甥家去走走亲戚，比如……就去阿珍那里买一个水果篮，篮子底下装的是澳橘和嘎纳果，篮子顶上摆两只红艳艳的火龙果，边上还要挂一串绿色的美国青提，一串紫色的美国红提，边上再嵌一只奇形怪状的杨桃，玻璃纸亮闪闪地一包，篮柄上扎一根粉红色的蝴蝶结飘带，五彩缤纷的，好看得一塌糊涂。拎着这样一个水果篮去走亲访友，那是很出客、很有面子的。收到水果篮的人，态度也会变得不一样。

阿珍的水果成了刘湾镇人高档礼物的必选品，高档到什么程度呢？这么说吧，市面上流行的礼品，比如脑白金、椰岛鹿龟酒、红双喜香烟，这些，可以与普通水果搭档。而阿珍的水果，那是要和XO马爹利、武夷山大红袍、软壳红中华配套的。再比如说，刘湾镇上的政府部门、企业单位，开个普通的会议，招待与会者的，只要普通水果就可以。但要是有区领导乃至市领导来参加会议，或者企业里有大董事来视察开会，那就要用阿珍的水果了。这就是档次。

阿珍的水果店开得很成功，成功的原因，就是阿珍的定位准确。她不开一般的水果店，她的目标顾客，是中产阶级，是平民阶层偶尔的奢侈消费。她卖的不是水果，而是品位，刘湾镇上独此一家。

当然，以阿珍的脑子，是想不出这么好的主意的。这就要感谢油葫芦啦！油葫芦在商场上跌打滚爬那么多年，早已今非昔比。那天，油葫芦把奥迪轿车开到阿珍家，把半老徐娘却风韵犹存的阿珍接到了刘湾镇乡下他爷叔家的那个村里。村子已经拆迁了，现在成了一个农业园区，新农村示范点。

油葫芦在一片静悄悄的湖泊边停下车，阿珍从车上下来后，就被眼前的烟波舫廊弄得心神舒爽起来：哎呀，这里介好看呀！

油葫芦伸手一指：阿珍，你肯定认不出来，这片湖滨，就是我爷叔家门口的水塘。当年，我问你借钞票，就是要在这里养鱼。

阿珍当然认不出来，她从来没见过传说中的那个水塘。油葫芦把两手往腰里一插，很有派头地朗声说：现在，我已经把它租下来了。

阿珍张开惊讶的嘴巴：你还想养鱼啊？

油葫芦哈哈大笑，笑得十分扬眉吐气：这是我的鱼塘，我只负责休假日来这里钓鱼，养鱼么，我专门聘请人来干的。阿珍，你晓得，我为啥要带你来这里吗？

油葫芦不等阿珍回答，就手指鱼塘，郑重宣布：阿珍，这是我欠你的150块钞票！二十多年了，今朝还给你，不要怪我还得太晚，好不好？

午后时分，热辣辣的骄阳照在鱼塘里，湖面上闪烁着粼粼的波光，阿珍觉得有些热，额头上渗出了细密的汗。她眯起眼睛看看鱼塘，再抬起头看看油葫芦，一张黑黢黢的脸在太阳底下，像是曝光过度的相片，轮廓模糊。

阿珍闭着嘴巴说不出话来，耳根却辣辣地发烫，油葫芦说的每一个字，都像一个个烧红的煤球，烤得她耳朵痛：阿珍，这个鱼塘，以后就是你的了。你想啥辰光来钓鱼，你可以随便来。这个鱼塘里的鱼，也是你的，你想吃多少就吃多少，不过你肯定吃不掉的，这个鱼塘里的鱼，让你吃一辈子也吃不光。吃腻了就卖，卖鱼的钞票也是你的。以后你就不用去厂里上班了，你每天到鱼塘来看看，冬天么晒晒太阳，夏天么乘乘风凉，收鱼的日脚么，来监督监督。我签了十年的租期，十年内，这个鱼塘全归你管。不过，还想问你一个问题，以后，我要是想来钓鱼，你不会把我赶走吧？

油葫芦说完，顾自哈哈大笑。阿珍发现她的耳朵果真被油葫芦的煤球烫出毛病来了，像是装了一层隔膜，油葫芦的笑声进入她的听觉，就变成了"嗡嗡"的轰鸣声，像成群结队的黄蜂正前呼后拥着飞来。阿珍抬起手，按了按左耳朵，又拍了拍右耳朵，好像要把耳朵里的黄蜂赶跑。

　　阿珍和自己的耳朵纠缠了好一会儿，才放下手，发了一会儿呆，然后，很突兀地，说出了一句没有标点符号的话：你有钱想要养女人就去养一个年轻漂亮的现在叫包二奶我平白无故要你一个鱼塘我算啥？

　　油葫芦一听又笑了，笑着说：我哪能会去包二奶呢？二奶要的是我的钱，我是把欠你的钱还给你。你叫高林不要去乡校里教书了，在家里休息休息，有啥不好？鱼塘一年的收入，抵得上他在乡校里教一辈子书，再说他身体也不好……

　　阿珍像是被揭了短，忽然就发起火来：啥人说他身体不好了，啥人说的？

　　油葫芦怔了怔，看看阿珍。这个女人，年纪不轻了，仔细看，也看得出眼角有几丝鱼尾纹，不过，身材倒没啥变，毕竟没有生养过，脸色也干净，不像刘湾镇上那些中年妇女，腰腹臃肿、满脸黄斑。最主要的是，阿珍的性格比较文静，嘴不碎，话不多，待人还和气，可以归入淑女的行列。淑女难得发起火来，男人就欢喜得犯贱了，仿佛是远远地欣赏火山喷发，危险没有迫近，就是美景。现在，油葫芦看着阿珍发火，就好比在欣赏一座正要喷发的火山。阿珍的白脸上泛起一阵阵红，脸一红，皱纹就看不出了，就显出了娇滴滴的女人相，更是经看了。

　　油葫芦知道自己的话戳到了阿珍的痛处，惹得火山快要喷发了。不过他认为，痛了才好，痛了才会醒，当然，油葫芦也不是来做阿珍的鞭子的，他没想把睡梦中的阿珍抽醒，他只是不甘心，话继续说下去，就有些迂回着挑衅的意思了：身体不好也正常的，我们这个年纪的人，都亚健康了，我还高血压高血脂呢。高林一向瘦，也没啥力气……

　　油葫芦还没说完，阿珍的火山就彻底爆发了，她像一只强撑余威的母老虎，忽然举起拳头向油葫芦身上砸去：啥人说他没力气了？你才没力气，你才瘦……

　　阿珍的话实在没道理，说油葫芦没力气也就算了，说油葫芦瘦，全刘湾镇人民都不会同意的。阿珍的两只拳头才真是没力气，砸在油葫芦的肩膀上，简直像刚入行的按摩小姐，敲背敲得很不到位，不痛不痒。可是阿珍一边给油葫芦敲着不到位的背，一边就哭起来了，眼泪滴滴答答的，纷纷往鱼塘岸边的泥地上落，落得黄泥巴变成了黑土地，湿漉漉的一小片，肥沃得紧，好像立时三刻就要长出青草来。

油葫芦缩着肩膀任阿珍捶打，打了三、五拳，油葫芦就一把捉住阿珍的拳头，问了一个很奇怪的问题：阿珍，你结婚的辰光，有没有穿裘皮大衣？

阿珍怔了怔，随即，眼泪落得更凶猛了，简直像一场突如其来的滂沱大雨。油葫芦乘势伸手一揽，把阿珍搂进了怀里：看看，眼泪水都落到鱼塘里去了，鱼塘要变成咸水塘了。

阿珍像一只被黑熊逮住的母鸡，彭开翅膀"咯咯"叫着挣脱起来：你放开，放开啊！

阿珍也真是自不量力，她明明晓得一只母鸡和一只黑熊是不能比力气的，可她还是毫无意义地挣扎着。油葫芦这只稳重的黑熊牢牢地戳定在地面上，用力搂着阿珍，动都不动。最后，阿珍究竟是在油葫芦怀里安静下来了。他们面朝水塘站着，什么话也不说，只看着波光闪闪的水面。四周没有一个人，偶尔，一条鱼没事找事地从水里一跃而起，塘里便溅起一朵浪花，这条鱼又吊儿郎当地游走了，浪花就跌回了塘里，泛起一阵涟漪，一圈一圈的，光闪闪地荡漾开去。

他们就这么依偎着站了五分钟，然后，油葫芦就听见阿珍用很响很响的声音说了一句话，这句话在他的耳根边突然炸开，喊口号似的，震耳欲聋：我要开水果店——

阿珍的话很快传到鱼塘里去了，不晓得是她的声音太大，还是正好刮过一股风，只见水面上忽然卷起一波水浪，"哗啦啦"响动了好一番，才慢慢地恢复了平静。

阿珍的水果店就这样开出来了，策划运作、前后打点，都是油葫芦帮她办的。阿珍不懂市场经济的规律，只晓得要开水果店，也不晓得，刘湾镇上开出那么多家水果店，再开，能赚钱吗？幸好有油葫芦，要不，阿珍的蓝亭，哪能这样红火？

# 五

这些年，我们刘湾镇发生了巨大的变化。原本一片荒凉的海滩，现在造起了中国最大的国际机场；迪士尼游乐场和高尔夫球场一开出来，刘湾镇就成了上海最大的休闲度假地；麦当劳和肯德基不远万里从美国开到了这里，生意还不是一点点的好。用一个时髦的词汇来说，我们刘湾镇，现在已经是"国际化"的刘湾镇了。当然，我们刘湾镇人的观念，也发生了天大的改变。世上最时髦的物事我们都见识过了，大老板油葫芦塑造出一个"水果西施"来，也就没什么不可以接受了。当然，大老板油葫芦为啥不去塑造沈三妹，而要塑造阿珍，这道理，我们刘湾镇人也是心知肚明的。

相比阿珍，沈三妹就要落魄一些了。沈三妹下岗了，她写的留厂申请报告没起作用，她买了一身新衣服打扮得花枝招展去找油葫芦，也没起作用。沈三妹的老公，像上海牌手表男人，以前是供销社钟表店里的营业员，后来，钟表店差不多变成了钟表博物馆，多少年了，那几只老钟表依然摆在柜台里，挂在墙壁上，积满了灰尘，根本卖不出去，更不要说修理钟表了。现在的刘湾镇人，年轻的，大多用手机看时间。老年人是不用看时间的，眼睛一睁，去西市街上的茶馆店，泡一壶茶，坐到茶馆店打烊就回家，要啥手表？戴手表的人越来越少，有手表的，也很少去修，坏掉再买一块，没几个钱。要是很好的进口名表，那是要到专业店去修理的，沈三妹的老公修不了。上海牌手表男人的两只大眼睛只好干瞪着，瞪得再大也没用，上海牌手表老早就停产了，现在还有谁会用这种破表？

在沈三妹的主张下，男人辞了供销社的工作，在刘湾镇上开了一家礼品店，卖的是五颜六色的卡通表，买主一般是小孩子和时尚女孩，这种表的主要功能不是看时间，而是用来装饰搭配服装，看起来漂亮花哨，进价却便宜，三、五元一块，温州人做的。当然，卖得也便宜，十元、二十元，利润不小，但销量不会太大。上海牌手表男人上交给沈三妹的人民币，就让她有些失望，对这个大眼睛男人，便也失望起来。

但有一点，沈三妹还是觉得自己很有远见，那就是她的儿子，这个男小囡，果真遗传了上海牌手表男人的大眼睛，眉毛还浓，脸庞有棱有角的，哎呀，简直就是老电影里的英雄人物，像啥人呢？沈三妹每每端详儿子，就会想起"梁波罗"，《五十一号兵站》里的小老大。儿子是沈三妹要求进步的唯一成果，儿子有明星相，沈三妹比较满意，一满意，就盯牢儿子的面孔看，半天看不够。可是，这世道真是瞬息万变啊！沈三妹的思路实在来不及跟上。有一天，沈三妹正陶醉地欣赏着念高中的小梁波罗，小梁波罗就很有个性地问：你盯牢我看啥？我脸上有播韩剧吗？

小梁波罗说话带着港台腔，听听，"有播韩剧吗"，电视里的港台明星都这么说话，语法不正确，还漏风，牙齿没长齐似的。

沈三妹嘻嘻一笑：我家小宝好看啊！我家小宝这张面孔真是帅，将来要当电影明星的，看看，眼睛大得来，像两只铜铃，眉毛粗得来，像两条毛虫……

小梁波罗打断沈三妹的想象：有没有搞错？现在哪里还有大眼睛的男明星？老早过时了，你不晓得就不要乱说。

沈三妹吓了一跳：我哪能不晓得？我年轻的辰光最欢喜看电影了，大眼睛明星不要太多哦！梁波罗、孙道临、敬爱的周总理……

小梁波罗嗤之以鼻：你年轻的辰光？那是啥年代？你看看现在的明星，周杰伦、佟大为，哪个是大眼睛？你不是欢喜看韩剧吗？你有发现韩剧里的男主角是大眼睛的吗？

接下来，沈三妹就听到小梁波罗的嘴里爆出了一连串奇怪的名字：车太弦、金在元、苏志燮、金南镇……

沈三妹的确喜欢看韩剧，很多女人都喜欢看韩剧，但沈三妹喜欢的原因，和一般的女人不太一样。听说，韩国女明星都整过容，那些标致得很过分的脸蛋，都不是天生的，都是动刀动枪改装出来的。沈三妹简直要佩服自己了，二十年前她就在眼睛上动过手脚了，她可是刘湾镇上最早意识到可以通过改造五官以求进步的女人。为此，沈三妹在观看韩剧时，十分自豪地把自己与剧中的女人们作着不断的比较。沈三妹注意到了韩剧中的女明星，但她从未注意过男明星，更没有注意到，韩国男明星居然都是小眼睛。小梁波罗这么一说，沈三妹就想起，她最喜欢的中国明星陈道明、张国立，还真的是小眼睛，对了，还有那个姜文，那个葛优，那个濮存昕……要命了，哪能全是小眼睛？这么想想，沈三妹就觉得自己很失败，年轻时要求进步的唯一成绩居然也被否定，简直一败涂地！

沈三妹一旦发现如今的明星都是小眼睛后，就看不惯她男人的大眼睛了。最看不惯的就是，这个男人被她一骂，就瞪着一对上海牌手表眼，死白鱼一样地发呆。沈三妹一光火就说：当年油葫芦追我追得紧，我死活没答应，早晓得你这样没本事，我就跟油葫芦了！

油葫芦追的是阿珍，不是沈三妹。沈三妹大概得了臆想症，仿佛世上所有的幸运原本都应属于她，只因嫁了一个倒霉的大眼睛男人，她的生活就变得像上海牌手表一样，落伍得惨淡。

沈三妹通过自己的眼睛和男人的眼睛，认识到了一个道理，那就是：小眼睛可以开刀开大，大眼睛是不可能开刀开小的。沈三妹还认识到另一个道理：大眼睛不能变小，命运却是可以改变的。油葫芦帮阿珍开了个水果店，阿珍的命运因此而改变了。沈三妹和阿珍有啥区别？除了一个是人造双眼皮，一个是天然双眼皮，别的，沈三妹哪一样输给阿珍？沈三妹依然要求进步，她想，是不是，可以通过阿珍来改变自己的命运？

阿珍的进口水果生意做得很好，钞票赚得不少，乡村小学教师高林发现，他的老婆自从变成"水果西施"后，他们家的生活水平果然大大提高了。照理，这应该是好事，可高林却没有高兴起来，高林薄瘦的腰身努力挺直着，脸上却是一派严峻，像个先天下之忧而忧的志士，身在福中却居安思危着。

前些年，高林通过自学考试，拿到了大学毕业证书，代课教师转正了，虽然仍在乡校里教书，但毕竟是有文凭了，高林轻轻地松了口气，心想，这回可算是替阿珍实现了进步的理想。然而，阿珍却轻声轻气地说：你还记得我们班的杨兵吗？现在是刘湾中学的教导主任，他女儿考上复旦了。还有那个庄敏敏，成绩很一般的，她老公在区重点中学教英文，庄敏敏把儿子送到澳大利亚去读书了……高林，照这样下去，总有一天你会赶上杨兵的。

阿珍的话，听似热情鼓励，实则严厉打击。高林努力争取来的进步，阿珍根本不放在眼里。阿珍的理想，早已不是一张大学文凭了。要是他们有个一男半女，她说不定想把孩子送到牛津剑桥去呢。好在，阿珍毕竟是阿珍，她用来举例的那些人，都是知识分子，起码，她没有拿油葫芦来说事，这说明，阿珍依然尊重知识，还没有在铜钿眼里窜跟头。

高林每天一早骑一辆脚踏车赶到六里路外的乡村小学，上完一天课，傍晚骑着脚踏车回刘湾镇东市街邮车弄里的家。高林弓着腰用力踩脚踏车的身影，二十年如一日地在刘湾镇东市街上穿行而过。高林口袋里的皮夹子，也近乎二十年如一日地瘪塌着，没有鼓胀起来的迹象。高林忧患天下的严峻表情，更是保持至今，哪怕阿珍当上了"水果西施"，赚到了不少钱，哪怕每个星期三阿珍都给高林做鱼吃，还换着花样做。高林最喜欢吃鱼，但高林是很有骨气的人，有鱼吃的日子当然是好的，但他怎么可能因为有鱼吃就在脸上堆起笑容，就以为天下无忧了呢？只是，难为阿珍想着特意为他做鱼，星期三傍晚，高林骑脚踏车回家的时候，感觉还是不太一样的，至少，两只脚上的力气，比平日里要大一些。

每个星期三，也是油葫芦铁定回刘湾镇的日子，上午，尤董事长先在厂里视察一番，中午与中层以上干部们吃一顿工作餐，布置一下工作，下午，就是他约会阿珍的时间了。刘湾镇人发现，星期三下午，阿珍的水果店总是关门，国营企业似的，好像这半天是蓝亭1039号的固定休假日。

油葫芦工作那么忙，每个礼拜能留给阿珍半天，很不容易了。他约会阿珍，不去别的地方，就去乡下的鱼塘。鱼塘呢，也不只是一个鱼塘，边上还有餐厅、度假村、农家乐。离鱼塘最近的一幢农家小院，是油葫芦专门包租下来的，外面看起来很普通，里面装修得像五星级宾馆，豪华得不得了。油葫芦带上阿珍，每个礼拜去一回，清清静静地在岸边的田埂上坐一会儿，吹吹风，钓钓鱼，累了就去水边的农家小院里歇歇神，睡一个午觉，半天时间，就飞快地过去了。这一天晚上，高林就会吃到红烧鱼或者糖醋鱼了。

某一个礼拜三下午，阿珍忽然提起了沈三妹的就业问题。阿珍说：三妹现在没生活做，她老公的小店也赚不到几个钞票，你就帮帮她忙吧，看在老同学的面上。

油葫芦黑脸一沉：这个女人嘴巴不牢靠，要是让她晓得太多，要出事的。

阿珍咧开嘴角一笑：你不帮她，她的嘴巴就会咋咋巴巴到处乱说。她有求于你，才会敬你怕你。

阿珍这个女人就是这点好，好事坏事，经由她的脑子一过滤，她都会报以一笑。油葫芦最喜欢的，就是阿珍时不时地一笑，轻描淡写，又善解人意。油葫芦就说：那你关照沈三妹，鱼塘聘请她来管理可以，不过顶要紧的是叫她管理好她的嘴巴，不要到处乱说。

阿珍又是一笑：晓得啦！

这会儿，鱼塘就像一个女人，随着风起风落，这个女人一会儿是妙龄少女，一会儿是皱皮老太婆，变幻莫测的。风静的时候，鱼塘就是少女，水面就是少女的皮肤，光滑得像一面大镜子，阳光落在水里，如同一整片闪着光亮的粉绿绸缎被面，被面下，睡着大群大群安逸的鱼儿。风一过，鱼塘就变成了老太婆，水面上生出无数皱纹，一面镜子碎成了千万面小镜子，太阳裂成了千万块碎光斑，粼粼波光闪烁不断。

刘湾镇靠近海边，没有风的日子很少见，所以，鱼塘大多时候就是一个皱纹丛生的老太婆。阿珍其实不会钓鱼，煞有介事地坐在鱼塘边，只是装装样子。鱼线一会儿飘到东，一会儿飘到西，鱼上钩了，油葫芦不提醒，阿珍都不知道要拉杆。这会儿，阿珍感觉到手里沉甸甸地一动，鱼竿弯成了一张弓，刚想提，又一阵风吹过，杆头一轻，上钩的鱼就逃走了。阿珍就叹了一口气，把鱼竿放在草地上，幽幽地发愁：唉！高林已经问过我两次，为啥每个礼拜三都吃鱼。

油葫芦张嘴笑，脸上漾出两波得意的笑纹：你告诉他，是我尤武良请客。

阿珍说：你可不能欺负高林，高林也是你同学。

油葫芦就像狗熊抓小鸡一样一把拽过阿珍：高林高林，只晓得高林，你啥辰光做鱼给我吃？

阿珍推开油葫芦：你不是早就吃腻了吗？

油葫芦就"嘿嘿"笑着说：你做的我就吃，下趟我到你家里去吃饭，叫高林作陪。怕啥？老同学一起吃吃饭，很正常。

阿珍就红着面孔一笑：亏你想得出，高林又不是不晓得，你送过我一件裘皮大衣的。

那是古代的事情了吧？那件裘皮大衣，蹩脚得一塌糊涂。我在淮海路一家皮草行里看见一件，那才叫好，意大利进口紫貂皮的，不贵，六万八千块。你要欢喜，我们就买下来。

阿珍：钞票长虫了？钞票太多就去捐给灾区，我才不要裘皮大衣。那件水獭皮的，藏在箱子里二十年了，一次都没穿过。

油葫芦看了一眼阿珍，很正经地说：你回去打开箱子看看，你会发现奇迹的。

啥奇迹？

箱子盖头一掀，爬出来一群小水獭……

油葫芦哈哈大笑，阿珍忍不住捏起拳头，又给油葫芦做了一次刚入行的按摩小姐。油葫芦便丢下鱼竿，拉起阿珍的手，向塘边的农家小院走去。

# 六

我们刘湾镇人最大的特点，就是热心，就是有情有义。谁要是有困难，都愿意伸出帮助的手；谁要是请人帮了忙，一定会记得感谢人家。这就叫礼尚往来。还有，我们刘湾镇人是很善良很懂事的。比如"水果西施"和大老板油葫芦有情况，这事传遍了全刘湾镇，也不会传到水果西施的男人耳朵里去。我们刘湾镇人懂得，过日子，偶尔出点情况，可作为谈资供茶余饭后议论，但不可作为证据提供给当事人的配偶，否则你就是存心不让人家把日子过下去。

沈三妹也很懂事，沈三妹请阿珍帮忙在油葫芦面前说了情，解决了工作，沈三妹就送了阿珍一块手表。至于油葫芦，沈三妹是不用感谢的，阿珍自会用她的方式去感谢。沈三妹就是这么"拎得清"。她懂得她该做什么，不该做什么。

沈三妹送给阿珍的手表叫"欧米茄"，阿珍知道，"欧米茄"是瑞士名表，沈三妹是不可能送一块瑞士名表给她的，这一块肯定是冒牌货。不过，冒牌货做工很不错，看起来比较时尚，厚墩墩、沉甸甸，拿在手上分量很重。沈三妹说：这只手表，是我老公店里最贵的一只，从广州进来的，送给高林戴吧，你戴太大，下趟叫我老公去给你进一块女表。

晚上，阿珍把"欧米茄"交给高林，高林沉着脸，接过手表，往左手上一套，左肩膀立马一沉，细条条的身躯整个都倾斜了。高林就很懂行地评价起来：这只表货色不错，现在我感觉我的左手臂比右手臂重了三斤。不过，我搞不懂，三妹为啥要送你手表？

阿珍去厨房洗水果了，阿珍的声音从厨房出发，七拐八弯地，进入卧室中高林的耳朵：上趟三妹来水果店，我送了她一箱特级小香梨。

阿珍在洗一种叫车厘子的水果，其实就是进口樱桃，比中国樱桃个头大一些，皮色红亮一些，就不叫樱桃，叫车厘子了。阿珍把十几颗颜色发黑、软皮拉耷的小果子泡在一只碗里，加了一滴妈妈柠檬，然后一颗一颗捡起来，轻轻捻着果皮。阿珍洗的这十几颗车厘子，都是快要烂掉的。阿珍每天都会从店里拣一些快要烂掉的水果回家，不拣出来会搭烂整筐，扔了又可惜，不如给高林吃，要不是开水果店，自家是不可能花钞票去买这么贵的进口水果来吃的。

阿珍托着一小碟车厘子走进房间，高林正昂首挺胸地举起左手，皱着眉头端详腕上的手表：一筐小香梨，也抵不上一只介好的手表啊！

阿珍捏起一颗车厘子塞到高林嘴里：这你就不领行情了，你晓得你现在吃的水果是啥价钿？六十八块一斤嘞！

高林吓了一大跳，紫黑色的果子镶嵌在两排牙齿中间，吃进去舍不得，吐出来也舍不得。阿珍就笑了：现在的冒牌货，做得像真的一样。这块表，还不及我五斤车厘子呢。

高林的手顿时轻了几分，手腕抬起来也不吃力了。他轻松地把手举到耳边，煞有介事地听了听：哦，是假的呀，怪不得……

怪不得什么？高林没有说下去，他开始咀嚼嘴里的车厘子，他皱着眉头，抬着下巴，腮帮子一挪一挪，很认真地品尝着，嚼了大约半分钟，喉结一滚，车厘子下了肚，高林又发表意见了：凭啥卖六十八块一斤？吃了长生不老吗？淡几呱嗒的，一点也不甜。

阿珍就轻悠悠慢吞吞地数落了一句：假的么，看成真的；好的么，当成次的。不识货！

阿珍慢性子，说话温吞水一样，而且又说得轻，高林没听见。这会儿，高林正把手臂举起来，对着灯光鉴赏着他的新表。高林的左手袖子撩得高高的，露出麻秆似的一条手臂，腕关节处，亮着一圈闪闪的银光，看起来就像自来水管子上装了一只大水表。

阿珍就想，人和人就是不一样，这块手表，戴在高林手腕上，一点都没派头，要是戴在油葫芦手腕上，那就有腔调了。不过，油葫芦手上的表，不会是沈三妹老公店里卖的假名牌，他要戴，一定戴真名牌。油葫芦真是一块做生意的好料作，当年哪能没发现？

阿珍一想到这里，就自责起来，就在心里骂自己：十三点，花痴！戴名牌手表又不多长一块肉，这一腔我脑子是不是出毛病了？

阿珍认为，她的脑子大概真的出了一点毛病，这些天，她总是想起那件在箱子里藏了二十年的裘皮大衣。油葫芦说：回家打开箱子看看，你会发现奇迹的，一群小水獭……

每次想到这里，阿珍就会忍不住咧嘴一笑。一群小水獭，当然不可能！不过，那件裘皮大衣，倒是应该拿出来吹吹风了，放在箱子里那么多年，大概早就发霉了。

阿珍的脑子出了点小毛病，沈三妹的脑子也出毛病了，毛病比阿珍还要重一点。沈三妹终于再就业了，油葫芦聘请她做鱼塘负责人。那可是管理岗位，在沈三妹的职业历史上，那是绝无仅有的。以前，她管理的是一台车床，前后左右一共两米立方，主要工作是在车床上做电器设备的零件，兼带打扫卫生、擦机器。现在，沈三妹管理的是四亩地大的一片鱼塘，四亩地，相当于三分之二个电器厂。能管理三分之二个电器厂的人，肯定比车间主任还要厉害，比车间主任厉害的人，就是副厂长了。沈三妹就把自己当成了副厂长，每天穿得山清水绿，脸上涂得红红白白，提着小包包，像个副厂长似地上班下班，只差专车接送了。傍晚，沈三妹总要等到五点以后才回家，男人开了一天店，回家一看，冷锅冷灶的，就对沈三妹很有意见，就经常把两只手表眼瞪成一对咄咄逼人的电灯泡。沈三妹才不理他呢，世上哪有副厂长早早回家给男人做饭的？沈三妹说：我是有上下班时间的！我管着那么大一个鱼塘，事情不要太多哦！不做事，老板哪能给我发工资？

沈三妹把男人两只电灯泡里的火焰浇灭了，变成了两只死白鱼眼，一翻一翻的，哑口无言。她男人两只眼睛一翻一翻的时候，就表示他在思考。他是一个善于思考的男人，不要看他长得五大三粗，但他会修手表，手表是多么精细的机械装置啊，会修手表的人，一定是心思缜密的人。男人一思考，两只大眼睛就没了光芒，他想：一个鱼塘管理员，真有那么多活要干？每天早出晚归，到底在做啥？

男人的思考是有依据的，也是有见地的。沈三妹去鱼塘上班，的确没有太多活可干，可她就是愿意让自己显得很忙碌，拿着一份三千块的工资，能不忙碌吗？她手下管着四个人呢，两个养鱼师傅，一个餐厅厨师，一个餐厅小工兼农家小院清洁工。虽说那片鱼塘平时很少有人去钓鱼，但每个星期三下午，油葫芦是铁定了会来的，当然，油葫芦来的时候，一定会带着阿珍。沈三妹对油葫芦的服务，那可真是周全。每个星期三，她让清洁工把农家小院打扫得干干净净，在卧室里插上花，在床上铺好蚕丝被。她还会提前准备好水果点心功夫茶，在水塘边支起一顶巨大的遮阳伞，伞下摆两只藤条椅，一只藤茶几。至于油葫芦和阿珍是去塘边钓鱼，还是去农家小院休息，那她就不管了。

沈三妹的上班日里，星期三下午的工作可算稍稍繁重。可这工作，她干得实在不爽，甚至，忍辱负重。油葫芦和阿珍都是她曾经的同班同学，他们还在电器厂里做过同事，现在，她倒成了他们的服务员，看着他们幽会，心里不舒服，很不舒服！

每个星期三，是沈三妹最不舒服的日子，可偏偏这一天，沈三妹又总是把自己打扮得格外花枝招展，晚上回到家，她对自家男人说的话里，就会三句不离尤老板。沈三妹说：尤老板讲啦，我泡的功夫茶最好，下个礼拜要带朋友来鱼塘钓鱼，喝喝我泡的茶。

沈三妹说：尤老板今天带了三个朋友来钓鱼，都是老板，个个身家超过千万。

沈三妹说：中秋节快到了，尤老板今天来发红包，我问过养鱼师傅，他的红包是三百块，我有五百呢。

沈三妹说：尤老板……

男人巨大的身体陷在一张旧沙发里，就像沙发上堆着一团又厚又重的旧被褥，懒洋洋的，一点骨头都没有。沈三妹眼睛里就容不下像一团棉花胎一样没有骨头的男人了：你坐在这里一动不动做啥？老年痴呆啊！

沈三妹的眼睛毕竟开过刀，开过刀的眼睛，大概眼神不会太好，她看得见男人老年痴呆的表面，看不见男人活泛的心思。其实，她男人的脑筋一直没停止过运转，他的思维在沈三妹的话语间来回奔跑，他擅于思考的头脑敏锐地捕捉到一些蛛丝马迹，并且作了理性而逻辑的分析，然后，他在脑子里勾勒出了事件的来龙去脉，很完整，很详细，具体有两点：第一，油葫芦是个流氓，勾引了阿珍，还来勾引沈三妹；第二，沈三妹是一个倒贴户头，明明晓得油葫芦和阿珍有一腿，自己再去插一腿。最后，上海牌手表男人作出总结性判断，得出了唯一的结论：三只狗男女！

上海牌手表男人的大眼睛里，冒出了两团火焰，像两口炼钢炉，熊熊地燃烧起来。

# 七

我们刘湾镇上，每天都会发生一些鸡毛蒜皮、鸡飞狗跳的事情。工商所的张炳昆随单位去港澳台旅游，在澳门的赌场里把家当输了个精光；杂货店里卖酱油的马来娣跟新华书店的小白脸好上了，要跟杀猪的老公离婚；贩外烟的"老屈死"这段时间撞霉运，一家屋的香烟全部被查了封……这样的事，摆在我们刘湾镇上，不算事，所以，沈三妹的老公不小心跌进醋缸里，沈三妹也没把他当回事。男人跌进醋缸以后，悄悄地爬了起来，但他浑身散发着一阵阵浓烈的酸味，沈三妹居然一点都没有警觉，她照样早出晚归，做着她那与副厂长同级别的鱼塘管理员。沈三妹的确太大意了。

沈三妹的男人跌进了醋缸，阿珍的男人却掉进了蜜缸。这几天，高林的心情好得一塌糊涂，原因呢，就是高林被刘湾镇中心小学校长招去谈了一次话。从校长办公室里出来时，高林的个子忽然长高了三到四公分，脚步迈得又快又大，原本薄薄的胸膛，霎时间变得厚实起来，骑脚踏车的时候，两个肩膀朝前一窜一窜，像一头刚放出笼子的西班牙斗牛，浑身用不完的力气。高林的脚踏车"叮铃、叮铃"地，从中心小学一路响到家，东市街上就洒满了他的好心情。进弄堂口时，收垃圾的阿六正好推着三轮车走过，车轮在石板街上滚出"咯噔、咯噔"的响声，与高林的脚踏车铃声混合在一起，邮车弄里便飞旋着一曲欢快的二重奏。

高林的脚踏车骑到阿六跟前，一个刹车，停在垃圾车旁：阿六，你好啊！

阿六两只手握着垃圾车的龙头，眼睛看着高林，嘴里很突兀地吐出一句牛头不对马嘴的话：太阳从西边出来了！

阿六每天在这条弄堂里收垃圾，阿六晓得高老师这个人不喜欢跟邻居打招呼，高老师出出进进，一向独来独往，今天居然特意停下，叫了声"阿六，你好啊"，真是怪事。

太阳从西边出来了！阿六把这句话重复了一遍，就见高林右腿一甩，跨上了脚踏车。阿六只觉得眼角边闪过圆溜溜一团银光，一阵"叮铃、叮铃"响，脚踏车载着西班牙斗牛，往弄堂深处去了。阿六看着高林理直气壮的背影，忽然大叫一声：哎呀，高老师戴了一只三万块的外国手表！

阿六虽然是收垃圾的，但阿六可算是刘湾镇上最懂市面的人了，垃圾里可以淘出黄金来，啥高档的东西他没见过？高林手腕上的一团亮光，哪能躲得过阿六的眼睛？阿六没有看错，高林的确戴了一块外国手表，不过他没有看出来，这块外国手表是冒牌的。

戴着冒牌外国手表的高林骑着脚踏车回到家时，阿珍正坐在凳子上看电视，两只手浸在白色的淘米水中。这是阿珍每天必做的手部护理，据说，淘米水有滋养皮肤的功效。高林刚跨进家门，阿珍就发现，男人脸上破天荒地露出灿烂的笑容，不似往日那样一脸忧国忧民。

还没等阿珍询问，高林就迫不及待地宣布：阿珍，告诉你一个好消息，你男人，我，高林，要当校长啦！

阿珍惊得瞪大了眼睛，嘴里发出一声脆得几乎要碎裂开来的尖叫声，一只湿淋淋的手从淘米水里跳出来，捂在了嘴巴上，米白色的水迹沾了一脸。紧接着，阿珍另一只湿淋淋的手也从淘米水里跳出来，一把抓住高林的肩膀，一连串地追问道：真的吗？真的还是假的？有没有骗我？

阿珍是很少这样大惊小怪的，多大的惊喜、多恐怖的消息，她都是一副稳笃笃的表情。可见，高林宣布的这条喜讯，对阿珍来说有多么重要。

高林要升迁了，霉了半辈子，终于时来运转了。乡村小学的老校长即将退休，接任的新校长不是别人，正是高林！虽然乡村小学每个年级只有一个班级，并且坐落在离刘湾镇六里路的乡下，但也算是刘湾镇中心小学所属的唯一一所乡村完小，校长的级别，相当于中心小学的教导主任，不过，叫起来要比教导主任好听多了。以后，刘湾镇上的人们，该叫高林

"高校长"了。

高林告诉阿珍：下星期三，中心小学开大会，宣布任命，发聘任书。

阿珍咧开嘴角，露出一个很明亮的招牌笑：下星期三，我去买瓶葡萄酒，买两根红蜡烛，我们学外国人的样子，庆祝一下。

高林忽然偏着脑袋，翻起眼睛看着天花板，轻声叫道：高校长！高校长——

高林叫了自己两声，觉得不太习惯，就对阿珍说：你来叫两声我听听，我怎么觉得不像是在叫我呢？

阿珍就笑眯眯地亮起嗓门：高校长！高校长——

高林总算点了点头：嗯，这回像了，是在叫我，你的确是在叫我，我是高校长，高校长就是我……

阿珍看着正自我陶醉的男人，忽然感觉有些心酸，眼眶里热乎乎的，便伸手抚了一把高林乱糟糟的头发，心里想：这一回，可是真正的进步，巨大的进步啊！

阿珍这一把抚摸，摸到了一掌湿漉漉的汗水。高林的心情太激动了，从知道要当校长那一刻起，他已经出了好几身汗了。他并不理会阿珍的抚摸，只满头大汗地伸出一只手，操练着当上校长后的指点江山状。那条细抽抽的手臂上，冒牌欧米伽忽闪着一亮、一亮。阿珍就说：高林，我要给你买一块真的欧米茄，戴着冒牌货当校长，不像样。

高林抬头看看阿珍，眼睛一眯，笑了。高林难得笑，一笑起来，眼角边的皱纹竟那么浓密。淘米水和高林的汗水在阿珍手上充分混合，勾兑出一种黏稠的液体，阿珍的手因此而像敷了一层手膜，营养很丰富的样子。阿珍搓着手，默默地想：下星期三不去钓鱼了，以后再也不去钓鱼了……

星期三还是如期到来了，下午，油葫芦来接阿珍。阿珍坐进奥迪车，关了车门，却不让油葫芦发动。阿珍说：从今朝开始，高林就是校长了，我不去钓鱼了，以后也不去了，永远都不去钓鱼了。

油葫芦就忍不住笑出来，一所乡村小学的校长算得了啥？同时担任三所乡村小学的校长，油葫芦都不会放在眼里。油葫芦心里不屑，说出来的话，倒还蛮客气：升校长好啊！我要祝贺一下老同学，今朝夜饭我请客，去饭店里吃，晚饭前我来接高林，不影响下午钓鱼。

阿珍却不领情，温吞吞地说：你不要去我家，我不想被人说三道四，高林做了校长，我就更要注意影响了。

阿珍当上了乡村小学校长夫人，思维都不一样了，不高不低，不上不下，油葫芦听来很不是味道。不过，阿珍待高林可真是好，好得油葫芦心里泛起一阵阵妒忌的酸水。油葫芦嘴角瘪了瘪，沮丧着脸说：高林比我有福气啊！我怎么就讨不到你这样好的娘子？高林要是肯把你让给我，我花多少本钿都肯的。

油葫芦这么说，阿珍觉得心里蛮适宜的，嘴上却嗔怪道：介大一把年纪的人了，还瞎三话四！

油葫芦很无奈地笑笑，然后别过身，从后座捧过一个白色的大盒子，放在阿珍腿上：阿珍，我尊重你，就不去你家了。不过，我有样东西要送给你，打开看看吧。

阿珍掀开盒盖，眼睛一下子就花掉了，盒子里妥妥帖帖地铺着一件紫貂皮大衣，厚绒绒的灰色毛皮中透着一丝丝闪亮的银毫。

油葫芦说：谢谢你，阿珍……

阿珍就感觉心里一热，绵绵的，像要融化了似的。抬头看油葫芦，他也正看着她，黑脸上的两只黑眼睛一闪一闪的，简直像个纯真的大男孩。阿珍就被油葫芦看软了心，就说：晚上你来我家吃饭吧，我自己做，不要去饭店吃。你去鱼塘把三妹一道接来，两个人来，高林不会疑心的。

油葫芦"哈"的一声笑了出来，他笑着追问：今天准我去你家吃饭，那以后，还准不准我接你去钓鱼？

阿珍举起拳头，在油葫芦肩膀上软软地砸了一拳：以后再说！

阿珍这么说的时候，觉得自己的脑子真的出毛病了，刚下好决心不再跟油葫芦去钓鱼，两分钟后就松了口。不过，阿珍有些迷恋这种脑子有毛病的感觉，甜滋滋、麻酥酥、热腾腾的，受用！

阿珍下奥迪车时关照油葫芦：接沈三妹来的时候，带几条鱼，高林欢喜吃鱼。

阿珍早早关了蓝亭1039号的门，去菜场买了菜，去烟酒商店买了王朝葡萄酒，还去百货商店买了一套高脚酒杯。阿珍两只手提得满满当当的，胳肢窝里还搂着一个白色的大盒子，走回家的路上，停下歇了两次脚。进弄堂时，阿六推着垃圾车，正昂首挺胸、神气活现地迎面走来。

今天，阿六的垃圾车里装的不是垃圾，而是一车旧衣服，车上还插着一块牌子，牌子上写着"捐衣捐被，温暖灾区"。阿六把装着旧衣服的垃圾车停在路边，用目光迎接着阿珍以及阿珍手里的老酒小菜和大盒子。阿珍和她的大包小包在阿六和垃圾车跟前擦身而过，阿六就像一盘追逐太阳的向日葵一样，转脸目送着阿珍的背影和背影手里的大包小包。背影快要消失时，阿六好像忽然从梦里惊醒一样，大叫一声：啊呀！今朝夜里高老师家要请客啦！高老师有老酒吃啦！

回到家，阿珍把紫貂皮大衣盒放进了衣橱，又把那件藏在箱子里二十多年的水獭皮大衣翻了出来。果然有些发霉，皮毛蔫塌塌的，一点亮头都没有，有几处还脱了毛。相比之下，白色大盒子里的紫貂皮大衣，是贵妇人，这件水獭皮大衣，简直就是个垃圾瘪三。阿珍把发霉的水獭皮大衣挂在门廊上晾着，就去厨房做菜了。

高林回家的脚踏车一路"叮铃叮铃"欢歌笑语，想必任命会议已经开过，聘任书已经拿到。到得家门口，高林停好车，嘴里叫着"阿珍"，兴冲冲一步跨进了门槛。

接下来，高林就碰到了一件怪事。高林带着一脸喜气冲进家门时，就感觉一个毛茸茸的东西朝他勇往直前的身躯扑面而来。毛茸茸把高林撞得倒退了一步，抬头一看，只见一只巨大的动物尸体吊在门框边，在高林鲁莽的撞击下，尸体仿佛复活了，激动地前后摆荡着。

阿珍在厨房里做菜，阿珍捏着一把锅铲，正朝滚热的油锅里倒一碗打好的鸡蛋，鸡蛋"滋啦"一声刚开炸，阿珍就听到自己的名字被一个尖锐的声音呼喊出来，像油葫芦那辆奥迪的刹车声。阿珍以为油葫芦来了，不急不火地翻炒了两下鸡蛋，才关了火，两只塑料拖鞋"踢踏、踢踏"，笃悠悠向门口踩去：怎么来得介早？高林还没回家呢。

仿同奥迪刹车的尖叫声再一次响起：阿珍！阿珍！啥东西上吊了？

阿珍这才发现，奥迪刹车声居然发自她的男人高林的嘴巴。其实，高林的喊声与他瘦削削、细抽抽的人还是蛮般配的，一般这种长得又白又瘦的人，说话声大多是尖细的。只不过高林平时很少说话，除了他的学生，外人几乎没听他说过一句完整响亮的话。而现在，高林的喊声，分贝又稍微高了一些，听起来，就不太像他的声音了。高林的脸色还有些发白，戴着冒牌欧米茄的白手伸出来，指着挂在门廊上的裘皮大衣，尖声喊着：啥东西？啥东西上吊了？

阿珍一看就笑出来：十三点啊你，那是裘皮大衣，我晾在风口里吹一吹，吹掉点霉味，明天交给阿六拿去捐给灾区的。

高林像个帕金森患者一样连续不断地摇着脑袋，嘴唇微微发抖：不吉利，不吉利……

阿珍笑骂了一句"神经兮兮"，把裘皮大衣从门廊上取下来，挂到门背后，回厨房做菜去了。

高林这两声"不吉利"，显然表示他具备了一定的先知先觉的本能，在他升任校长的这一个喜庆日里，他预感到了某种未知的灾难正紧迫而来。

果然，紧接着的晚宴上，就出事了。


# 八


太阳再一次升起的时候，我们刘湾镇上的人们，都知道东市街邮车弄里的"水果西施"家出大事了。昨天夜里，"水果西施"的男人高老师被送到医院的急救室里去了，送高老师去医院的居然是油葫芦的奥迪车，当然，开车的就是油葫芦。后来，高老师从急救室里出来，又被送到太平间里去了，这一回，送他去太平间的，就不是油葫芦的奥迪车了，而是医院的停尸车。推停尸车的，也不是油葫芦，是穿蓝大褂的医院工人。

事情经过大致是这样的。这一日天刚擦黑，油葫芦的奥迪车就开进了东市街邮车弄，两只大光灯一路射进来，把小小的弄堂照得像白天一样，明晃晃地耀眼。邮车弄里的隔壁邻舍纷纷跑出来看：啥事体？啥事体？

奥迪车"嘎吱"一声，耀武扬威地停在了阿珍家门口。而后，车里下来两个人，一个油葫芦，一个沈三妹。只听得油葫芦朗声呼喊：高林，高林啊！恭喜恭喜！

沈三妹跟在油葫芦后面，尖声笑嚷着：阿珍，阿珍啊！老同学来给你贺喜啦！

随即，这两个吆五喝六的人，就进了阿珍家的门。餐桌上早已摆好了酒菜，阿珍一边招呼客人落座，一边冲房间里喊：高林，快出来啊！客人都来了。

沈三妹看了一眼虚掩的卧室门，油葫芦看了一眼阿珍，阿珍抿了抿嘴，轻声笑说：这个书呆子，回家时被挂在门廊上的一件衣裳吓昏了头，我去叫他出来。

高林被阿珍连拖带拽地拉出卧室，这个男人，大概还不习惯做校长，身姿明显有些僵硬。油葫芦伸出手，迎上来招呼道：哎呀呀，高林啊，老长辰光没见你了，今朝借你的酒，我们老同学又相聚了。

高林直挺挺地站着，没有把手伸给油葫芦，而是一脸郑重地说：尤董事长，你太客气了。

沈三妹紧跟着说：恭喜高林荣升校长，阿珍有福气，当上了校长夫人，把我眼红得一塌糊涂。

高林的嘴角歪了歪，表示了一下笑的意思。三人看高林笑了，便跟着朗朗而笑。

接下来，邮车弄的居民们，听见阿珍家里传出一阵阵男男女女的说话声、笑声、碰杯声，人们听出了油葫芦高亢的声音，听出了沈三妹尖锐的声音，还听出了阿珍温柔的声音，就是没听见高林的声音。不过，这一点，大家觉得也没什么不好理解，高林向来说话少，听不见他的声音，那是十分正常的。

男主人高林很少说话，男客人油葫芦却滔滔不绝，他回忆起了中学时代的往事，回忆起了电器厂的学徒生活，回忆起了自己那三年牢狱生涯，回忆起了他创业的艰难和成就……好事坏事，一旦写进回忆录，就是"天将降大任于斯人"的考验和磨炼了。

油葫芦说话的时候，高林一直沉默着，脸上基本没有表情。直到油葫芦说：高林啊，读书时你是学习委员，成绩好，记得老师说过，班里只要有一个人考进大学，就是你高林，那时候，我真妒忌你。后来，你把我们班的班花阿珍讨回家做了老婆，你小子怎么福气介好？你真是招我妒忌。现在你是校长了，我这辈子赚再多钞票也做不了知识分子，我还是妒忌你啊……听到这里，高林缺乏表情的白脸忽然动了一动，嘴角一扯，说出了一句话：尤武良，我谢谢你！

说完，举起酒杯，在油葫芦的杯子上碰了一碰，而后仰头干下。高林沉默了半天，终于发表意见了。油葫芦可真正是煞费了苦心，他尤董事长什么时候这样拍过别人的马屁？还不是为了阿珍？油葫芦对阿珍可真是一往情深，在阿珍的男人面前，也算是忍辱负重了。不过，油葫芦说的，倒也句句是心里话，他妒忌高林，那是真的。

为了巩固高林对自己的信任感，紧接着，油葫芦连敬了他三杯酒。第一杯，是为祝高林飞黄腾达！第二杯，是为祝老同学友谊长存。第三杯，是为祝高林和阿珍幸福美满……

油葫芦喝掉两杯酒，端起第三杯，待要送到嘴边时，阿珍却一把按住了他的手：不要喝介许多，等一歇回去还要开车的。

阿珍一出手，桌面上就忽然安静下来。高林的眼睛直瞪瞪地盯着自家女人和别家男人叠在一起的两只手，沈三妹的人工双眼皮眨了眨，目光在高林和油葫芦的面孔上滴溜溜地扫过来、扫过去。阿珍的面孔顿时通红，她赶紧缩回手，站了起来：对了，三妹拿鱼来了，我去烧鱼汤。

说着，阿珍就朝厨房跑去。油葫芦真的有些喝多了，他好像没发现高林的白脸变得越来越白，他继续高谈阔论着，说说生意经，说说股票内幕，再说说高尔夫，说到养身之道时，油葫芦忽然朝厨房喊：阿珍啊，鱼汤做好了没有，快给高林端来，高林最欢喜吃鱼汤了，你快点啊！

这么一来，油葫芦就完全像个男主人了，高林倒变成了客人。阿珍呢，好像与油葫芦配合得很是默契，随着厨房里一声应答：来了来了！人就端着一碗鱼汤出来了。油葫芦站起来，高壮的身躯晃悠了一下，接过阿珍手里的鱼汤，端到了高林面前，带着醉意说：来，高林，喝一碗鱼汤，补补身体！

油葫芦反客为主，对高林献足了殷勤。高林呢，恰似一个被太过热情的主人弄得感动不已的客人，微微颤抖着双手，接过汤碗，低下头，一口一口喝起来。阿珍站在旁边问：味道怎么样？咸了吗？烫不烫？鱼还新鲜吧？

高林居然把一碗鱼汤全部喝了下去，喝完鱼汤，高林的白面孔顿时泛起一片赤红，红了大约一分钟，又渐渐恢复到煞白，而后，白面孔又渐渐变色，变成了青面孔。接下来，就出事情了。餐桌上的另三个人，看到高林发青的面孔上忽然露出一个奇怪的笑容，他笑着张了张嘴，好像有话要说。阿珍、沈三妹和油葫芦看着高林，等待着他发出声音。然而，他们没有听到高林的说话声，他们听到的，是"哐当"一声巨响，然后，他们发现，那张竖在桌面上的青脸不见了，那只被高林喝光了鱼汤的空碗也不见了。

高林蜷缩着身子倒在地上，他侧躺在一片片白色的碎瓷中，像一只怕冷的流浪狗，紧闭着眼睛，睡在零零落落的白花瓣里，轻轻颤抖着……

我们刘湾镇人是十分神通广大的，他们好像把眼睛散布在了每一条大街小巷，他们随时可以看见发生在每个角落里的故事，连细节都看得一清二楚。有人说，阿珍这个女人心狠手辣，叫自家男人和情人坐在一起吃饭，不出人命才怪。

有人说，沈三妹也在场，她是油葫芦派去的电灯泡。

有人说，高老师被送到医院的时候，身上穿着一件灰色的裘皮大衣，手上戴着一只瑞士名表。

还有人说，高老师太冤啦，刚当上高校长，才半天就一命呜呼了，命里无福啊！

至于高老师为什么会进了太平间，故事出现了好几个版本。

有人说，油葫芦看上了阿珍，就下毒手把高老师给害死了。

有人说，阿珍想抛弃高老师嫁给油葫芦，就下毒手把自家男人给害死了。

有人说，高老师晓得自己戴了一顶很大的绿帽子，受了刺激，穿上油葫芦送给阿珍的裘皮大衣上吊自杀了。

我们刘湾镇人的想象力是很丰富的，多种版本在众多人的嘴里传来传去，故事被编得有板有眼，简直像一部悬疑片。人们经过多方证明和细致周密的推理，最后版本基本定局，事情大致是这样：阿珍和油葫芦好上了，就商量着要把高老师给害死，就假装为庆祝高老师升官，搞一次家庭晚宴。晚上，油葫芦带着沈三妹就来了，然后，他们就勾结起来，把高老师给害死了。他们是用啥方法害死高老师的呢？下毒！毒下在哪里呢？鱼汤！那天晚上，沈三妹从鱼塘里带去几条鱼，阿珍做了一碗鱼汤，这碗鱼汤只有高老师一个人吃过，另外三个人都没有吃。

人们大叹一声：唉，总算真相大白！

218 隐声街

薛舒中篇小说选

可是，故事的最后版本刚颁布了一天，我们刘湾镇人就吃惊地听说，事情有了新进展。据说，油葫芦在乡下包租的那个鱼塘里，所有的鱼都翻了肚皮，都余在水面上，死翘翘啦！

再接下来，人们更加吃惊地听到一个消息，说沈三妹的老公去投案自首啦，上海牌手表男人说，他在鱼塘里下了毒，他想让油葫芦吃点苦头，谁叫他勾引了"水果西施"，还和他老婆沈三妹搞不清爽？他要好好地惩罚三只狗男女。没想到，狗男女没惩罚到，却害死了高老师。上海牌手表男人知道自己闯了祸，就去投案自首了。

半路里杀出个程咬金，我们刘湾镇人就糊涂了。油葫芦和阿珍好，除了高老师，谁都晓得，油葫芦还和沈三妹搞不清爽，这就没人晓得了。大老板油葫芦是不是前世里没见过女人？哪能"拿到篮里都是菜"，啥样子的女人都要啊！看不出来，油葫芦钞票多得吓死人，品味却低得一塌糊涂。最后，人们一致认为，有钱人没一个好东西。这一回，沈三妹的男人是肯定逃不脱坐牢了。可真正的祸害是油葫芦，他却逍遥法外，继续做他的董事长。唉，这世道，不公平。

事情发展到这里，人们就关心起阿珍来，说到底，这个女人福气是很好的，要是高老师不死，她就是校长夫人。现在高老师死了，这个女人倒因祸得福了，不做校长夫人，倒可以做董事长夫人了。

那段日子，我们刘湾镇上可真是热闹非凡，"水果西施"家的飞来横祸丰富了人们的业余生活，我们刘湾镇人的思想交流也因此而上了一个台阶，他们从事件的表面现象，思考到本质原因，最后，上升到了世界观、价值观的高度。人们一致认为，金钱是万恶之源，拥有大量金钱的人，当然更是丑恶之极，没有金钱却对金钱有奢望的人，一定要引以为戒，弄不好，就要家破人亡。看看，"水果西施"的蓝亭1039号就此关了门。上海牌手表男人的小礼品店，当然也开不下去了。沈三妹更是不可能再去做什么鱼塘管理员了，鱼都死光光了，男人都进监狱了，和油葫芦搭上界，没得一个好结果。油葫芦呢，从此再也没有在刘湾镇上出现过，电器厂还开着，产品每天还在源源不断地生产出来，董事长却已经好久没来视察过了。

然而，一个多月后，人们发现，沈三妹的男人的礼品店又开门了，这个男人瞪着一双一如既往的大眼睛，站在柜台后面，卖着那些十块、二十块的卡通手表，一百块、两百块的假名牌手表。据说，高老师的死，和那一水塘被毒死的鱼没关系。

那天一早，沈三妹打扮得花枝招展准备去上班，大上海牌手表男人看不下去，骂了一句"贱骨头"，沈三妹回了一句"你有本事做大老板，我就对你贱骨头。"为了这句话，男人冲上去，破天荒甩了沈三妹一个耳光，拔腿出了家门。沈三妹气得躺倒在床上，没有去鱼塘上班。傍晚油葫芦差人来通知她，说带上几条鱼去阿珍家吃饭，沈三妹就到菜场里买了三条鲫鱼，带到了阿珍家。上海牌手表男人打完沈三妹，的确去鱼塘放毒了，但高林喝的鱼汤，不是鱼塘里的鱼做的。上海牌手表男人在拘留所里待了十五天，罚了一笔款，恢复了自由。

阿珍已经很久没出门了，人们依然记得"水果西施"这个诨号，却再也没有看见蓝亭1039号开过张。阿珍整天待在家里，她基本是靠吃水果过日子的。那些卖剩下的进口水果，好的、烂的，全数被她吃了下去。

阿珍吃着一大堆黄澄澄的澳橘，吃得嘴角蜡蜡黄。她一边吃，一边想：高林啊高林，你眼睛一闭走了，扔下我一个人，叫我以后哪能办啊？你早不走晚不走，就在当上校长的第一天走了，你是存心不想叫我享福啊！

这么想着，阿珍就开口叫了两声：高校长！高校长——

这么一叫，阿珍就抿嘴笑了，她觉得挺安慰，幸好，幸好之前她叫过高林两声"高校长"，要不，他这一辈子辛辛苦苦，好不容易当上了校长，却从没听人叫过他一声"高校长"，那他实在是太冤了。

阿珍抱着一个很大的菠萝蜜，挖出果肉果核，一股脑地往嘴巴里塞，一边塞，一边说：高林啊高林，你早就得心脏病了，怎么从来不说身体不适宜呢？你早不发作晚不发作，就在我请油葫芦来吃饭的这一晚发作出来，你是存心要我丢脸，你就是不想让我阿珍在刘湾镇上做人啊！你这是在惩罚我吗？

阿珍一想到这些，就觉得很对不起高林，再怎么丢脸，她还活着，可高林死了。阿珍还记得，那天她说要给高林买一块真的欧米茄，高林听了就笑，笑得眼角边堆满了皱纹。时间过得真快啊！念高中时，那个瘦削削、清爽爽的书生还在眼前，怎么忽然一下子，他就死了呢？人都死了，手上戴的还是一块冒牌欧米茄。薄命人啊！这么想想，阿珍的眼睛里，就"噼里啪啦"地掉下眼泪来。

阿珍捧着一筐烂糊糊的车厘子，吃得衣襟上躺满了红色的汁水，她捏起一颗红得发黑的果子，想起那天晚上的情形，又觉得挺安慰。幸好，幸好高林心脏病发作时，她急慌慌地抓起门背后那件水獭皮大衣裹在了他身上。黄泉路上肯定很冷的，要比人间冷多了，要是冻坏了，可真正是太罪过了。

想到这里，阿珍又后悔起来，高林走的时候，怎么没有给他穿上那件新的紫貂皮大衣呢？水獭皮大衣已经发霉了，皮色都暗了，两只胳肢窝里的毛都脱掉了，是准备捐给灾区的。阿珍一想到这里，就从衣橱里拿出紫貂皮大衣，打开家门，把大衣高高地挂在了门廊上，然后，对着门口轻轻地叫了两声：高校长！高校长——天气冷了，西北风刮起来了，你回来一趟吧，换上这件新大衣再走，高校长——

阿珍对着门口这么叫的时候，一点儿都没有想起来，自从出事那天以后，油葫芦再也没有来找过她。我们刘湾镇人想象着阿珍以后可以做董事长夫人了，可是，阿珍自己根本没有想到这一层。

那件银灰色的紫貂皮大衣，就这样迎着风，摆荡着厚重的身躯，左摆摆，右摇摇，丝丝银豪在晦暗的天色下，闪烁着一缕缕隐约的光芒。

# 穿套鞋的新娘

一

阿莫还没嫁到唐家时，我就认识她了。那时候，阿莫刚和春明订婚没多久，见了陌生人还害羞。我跟着我妈到唐家去做人客，阿莫躲在春明房里不肯出来，唐秀宝拔高嗓门大声喊她：阿莫，出来和客人打招呼啊！

唐秀宝是阿莫未来的婆阿妈（沪浦东方言：婆婆），唐秀宝叫了三次，阿莫终于把她高挑挑的身躯从房间里挪了出来。这个叫阿莫的大姑娘，梳了两条很长很黑很粗的麻花辫，身上，穿了一件红白碎花的确良衬衫。唐秀宝踮起脚，凑到我妈肩膀上咬她的耳朵，她以为我听不见，其实，那句带着气声的悄悄话，我听得很清楚：张会计，你看看，啧啧，看看伊的屁股，看看伊两只"妈妈"（沪浦东方言：乳房），啧啧啧……

阿莫肯定也听到了，阿莫脸上飞起两团桃花红，她低下梳着两条麻花辫的脑袋，佝起圆滚滚的腰身，含胸站着，可还是藏不住胸前两陀高耸的"妈妈"。

那一回，是唐家请我妈吃饭，我妈领我一道去。我不晓得唐家为啥要请我妈吃饭，我只晓得做人客是一件很开心的事，不但有好东西吃，还可以逃避我舅舅每晚都要给我留的十道数学作业。

后来听我妈说，唐秀宝攀上我们家这门亲眷，是有求于她。唐秀宝的女儿春燕，初中毕业后一直没找到工作，又不肯去种田，她已经在家里吃

薛舒中篇小说选

了三年白饭了，再这样下去，就要嫁不出去了。所以，唐秀宝就来找我妈攀亲眷了，她认为，我妈肯定有本事不让春燕待在家里吃白饭。可是我们家和唐家，又算是哪门亲眷呢？

那天，唐秀宝跑到我妈上班的五金电器商店，站在柜台外面等我妈，一等就等了老半天。营业员小毛忍不住问她：唐秀宝，你立在这里已经半个钟头了，你到底要做啥？

唐秀宝笑笑说：我寻张会计。

小毛很瞧不起这个矮得像侏儒一样的女人，他皱了皱眉头：你寻张会计可以，但你不要立在当门前，你这样会影响我做生意的晓得吗？

唐秀宝身上背着一只沉甸甸的老布花袋（沪语：装棉花的布袋），看起来倒像是老布花袋背着她。唐秀宝和老布花袋齐心协力地从柜台正前方退到壁角落，她笑嘻嘻地对小毛说：我不影响你做生意的，顾客来了，我会帮你介绍的。

唐秀宝这么说，小毛就有些生气了：用得着你来介绍？要我们营业员做啥的？

小毛最听不得别人对他指手画脚，除了他的师傅我妈张会计。小毛顶替他爷爷装卸工老毛，才成了供销社里的一名职工。他在电器商店当上营业员，实在很不容易。也不晓得小毛小学有没有毕业，总之来上班前，小毛的爷爷老毛给他恶补了好几天功课。老毛拿出一张十元面额的钞票，问小毛：这是几块？

小毛一看，响亮地回答：十块。

老毛又拿出一张二两的上海粮票：这是啥？

小毛说：粮票。

老毛点点头：这张粮票，是多大的？

小毛想了想，再次响亮回答：这张粮票是一碗小阳春面大的。

老毛又拿出一张半斤的粮票：这是多大的？

这一回，小毛想的时间有点长，不过他想了一会儿，还是回答出来了：这是一碗中阳春面加两只肉馒头大的。

小毛曾经用一张二两的粮票在刘湾镇上的川杨饭店里吃过二两一碗的小阳春面；小毛还曾经用一张半斤的粮票在川杨饭店里吃过三两一碗的中

阳春面，吃完阳春面离开饭店时，还带了两个肉包回家。小毛没吃过四两一碗的大阳春面，要是吃过，他一定会多一种认识粮票的方法。老毛就想：小毛这个男小囝，还是很聪明的，吃过一次阳春面，就记得一张粮票。不怪小毛不认粮票，怪只怪自家平常日脚没有好好教他。

那几天，老毛把积累了一辈子的知识学问都教给了小毛。

小毛终于顶替装卸工老毛，进了刘湾镇供销社。照理，他应该继承老毛的事业，去装卸队做一名光荣的搬运工。可是小毛没有他爷爷老毛那样一副好身板，如果叫他去做搬运工，估计当场就会被货物给反过来搬运了。小毛是个难题，不识几个字，当然也不可能坐办公室。幸好，小毛对人民币、粮票、油票、肉票等等市场上流通的货币和票证相当熟悉，所以，供销社主任就对我妈说：张会计，带一带小毛吧，让伊到你店里学学生意。

就这样，小毛当上了营业员，小毛成了我妈张会计的徒弟。老毛一高兴，就请裁缝给小毛做了一件"哔中"。我们刘湾镇人，把哔叽料子中山装叫"哔中"。穿上了哔中的营业员小毛，就变得"老嘎三四"（沪语：资格很老的样子）起来，见了比他辈分大的，也直呼其名。不过，这一天他老嘎三四地叫矮女人"唐秀宝"的名字，他是无论如何不会想到，日后唐秀宝会变成他的丈母娘。

柜台的高度刚好及到唐秀宝的肩膀，矮女人唐秀宝站在柜台外面耐心等候着，一直等到一左一右推着两辆脚踏车进店堂的我妈。我妈是个女强人，我妈当时担任五金电器商店的负责人，用现在的话说，我妈是经理。那时候，还不流行叫经理，人人叫我妈"张会计"。我妈是会计出身，我妈二十岁被分配到刘湾镇供销社工作，一来就当上了会计。所以，"张会计"的称号一直持续到我妈退休。

唐秀宝跟在我妈身边，瘦黄的脸上堆满了笑，说话声混合在链条转动的"哒哒"声中：张会计，你来啦，张会计，要不要我帮忙啊？张会计……

我妈根本没工夫搭理她，我妈两手分别扶着两辆崭新的凤凰牌自行车的笼头，冲柜台内喊：小毛，来推脚踏车。

穿着藏青哔中的小毛，正背朝柜台，捏着一面小镜子摘下巴上的胡子。小毛自从当上了营业员，就开始长胡子了。天晓得小毛在家待业的时候怎么就不长胡子。小毛的胡子一看就从来没剃过，胎毛似的，软绵绵、毛茸茸，一点硬度都没有。我妈一喊，小毛就丢下小镜子，冲出柜台，接过我妈手里的脚踏车，往店堂角落里推去。

我妈这才有空看一眼跟在她身边的矮女人，她用一团回丝擦着手上的机油，气喘吁吁地问：唐秀宝，你寻我？啥事体？

我们刘湾镇，巴掌大块地方，东街上爆米花的江老板放个屁，西街上代销店的王寡妇就能听到。不要说我妈认识唐秀宝，我都晓得，唐家宅里的矮女人叫唐秀宝。我妈说：唐秀宝，你寻我？啥事体？

唐秀宝没说啥事体，她把手伸进斜挂在身上的那只老布花袋里摸索着，然后，变戏法似的，一把抓出一只芦花母鸡，举到了我妈面前。被困在黑暗中大半天的母鸡因忽见天日而"咯咯"大叫了一通，仿佛是配合着唐秀宝，表达了它作为一样礼物孝敬我妈张会计的诚意。

那年月，世上还没有"行贿"或者"受贿"这样的词汇，至少在我们刘湾镇上，是听不见这种词汇的。最多，唐秀宝的行为可以叫做"拍马屁"。我妈张会计当然是不喜欢被别人拍马屁的，虽然我妈张会计不喜欢吃马屁，却喜欢喝鸡汤，吃白斩鸡，吃红烧鸡块，准确地说，我妈张会计的男人老苏，以及张会计的女儿苏小雪，都是喜欢吃鸡的。所以，那一晚，唐秀宝的那只芦花母鸡，就成了我们家的晚餐。我爸老苏很能干，他把一只六斤重的母鸡搞成了一鸡三吃，鸡肠鸡心鸡肝鸡胗切成片用辣椒炒，叫"炒时件"；整鸡煮了一锅汤，鸡捞出来切成块，蘸酱麻油吃，那是著名的浦东名菜"白斩鸡"；那锅鸡汤，放小白菜、粉丝，起锅前撒点胡椒粉，鲜得来，眉毛都要落掉了。

这天傍晚，我爸对我舅说：小弟，今朝就在这里吃夜饭吧。

我舅正在给我讲解一道一元二次方程题，我还是个小学生，他就开始教我初中数学。本来，我舅一直在云南做知识青年，后来，知识青年做腻了，他就跑回了上海。我舅还没有结婚，当然没有小孩，他把所有多余的精力用来教育我了。我舅每次给我讲解数学题时，都要说一遍他百说不厌的那段话：人道是，学好数理化，走遍天下都不怕。数学，是理化的基础，所以，学好数学尤为重要。来，看看这道一元二次方程……

正说到这里，我爸走进来，对我舅说：小弟，今朝就在这里吃夜晚吧。我去买瓶特加饭来，鸡汤炖在炉子上，你看一下哦。

我爸到西街上的王寡妇那里去买酒了，我舅怕鸡汤炖坏，丢下一元二次方程，跑到厨房里，站在那锅鸡汤前，一刻都不敢离开。其实，鸡汤怎么会炖坏呢？连我都晓得这个道理，我舅却不晓得，我舅可真是个"书笃头（沪语：书呆子）"。

我爸很快拎着一瓶"特加饭"黄酒回来了，接下来，我妈就快手快脚地撤了我摊在桌面上的课本和练习簿，叫唤着：吃饭了吃饭了。

我舅搓着两只大手，方方正正的面孔上染着两陀红扑扑的色晕。他喜滋滋地看着桌上的白斩鸡，眼睛里闪着亮晶晶的光芒。这种光芒，只有在他给我出了一道我用三天也解不出的题目时才会闪现。我便也喜滋滋地在心里骂了他一句：张仲人，书笃头！

那一晚，我们全家都很感激唐秀宝，尤其是我。是唐秀宝的芦花母鸡，使我们在这个平凡的日子里享受了一顿过节般丰盛的晚饭。唐秀宝的这只老母鸡，还让我舅跟着我爸喝得满脸通红，临走他也没想起来，那道一元二次方程还没给我讲解呢。

二

就这样，唐家成了我们家的亲眷。唐秀宝说：张会计，以后，我们家春燕，就认你做"过房娘（沪语：干妈）"了。

我们吃了唐秀宝养的芦花鸡、麻毛鸭，吃了她自留地里种的青菜、茄子、辣椒，还吃了她自己腌的雪里蕻、臭冬瓜、咸鸭蛋……我们吃了唐秀宝不少东西，我妈总觉得不安，吃人家东西，不会是平白无故的。那天晚饭，我妈挖了半只咸鸭蛋在饭碗里，刚想吃，忽然想起什么，对我爸说：老苏，这个唐秀宝，做啥要拍我马屁？

我爸呷了一口熊猫牌乙级大曲，咂了咂嘴，长得像列宁似的下巴朝天翘了翘：大概，伊想叫你帮忙弄张电视机票吧。

刘湾镇上拥有电视机的人家，大概不会超过十户，整条南市街上，就我们家有一台凯歌牌十二寸黑白电视机。我妈的电器商店，一年才进得到三五只电视机，镇上人家买电视机，是要凭票的。至于电视机票如何分配，那就全在我妈手里了。所以，来拍我妈马屁的人真是不少，只不过，谁都没有唐秀宝拍得殷勤。

我妈毕竟是女人，容易心软，她觉得，如果唐秀宝为了一张电视机票就请我们吃那么多鸡鸭蔬菜，倒有些过意不去。再说，即使有电视机票，我妈也不会给唐秀宝的，排队等电视机票的人多着呢，我妈可不是那种吃人家点东西就嘴软的人。县供销社已经通知了，年底给刘湾镇五只电视机的额子，到目前为止，来我妈这里讨电视机票的人已经超过二十个。我妈按照惯例，给这二十人列了先后排名。排行第一的是供销社主任，主任的儿子今年要结婚，新房里摆一台电视机，那是很扎台型（沪语：体面）的；排行第二的是刘湾镇小学校长，校长急着要把女儿嫁出去，我妈说：再不给票子，校长的囡，肚子就要显形了……排行第九的是五金厂车间主任，排行第十的是房管所出纳员……排行十七的是肉庄里杀猪的许屠夫，排行十八的是裁缝铺子的张师傅……这么排下去，一直排到二十，也轮不到唐秀宝。

我妈叹了口气：哎，为了一张电视机票，犯得着吗？老苏，唐秀宝送来的咸鸭蛋，还有几只？

我爸又呷了一口乙级大曲，列宁下巴再次翘了起来：你这个女人，真是狗皮倒灶（沪语：小气），你是想把吃剩下的咸鸭蛋还给人家？这个人情，你是还不清爽了，还不如请唐秀宝到家里来吃顿饭。

我妈皱了皱眉头：不是我不欢迎，我忙得一塌糊涂，哪里有空请伊来吃饭？

我爸呷完小酒盅里的最后一口酒，嘴角一抽，发出一声惬意的"咝——"，然后翘着下巴说：那你去买样礼品，送给唐秀宝好了。

我爸的建议让我妈紧皱了一顿饭工夫的眉头终于展开了，我妈雷厉风行、立竿见影，当即从五斗橱最上面的抽屉里拿出一个小本子，开始她每天雷打不动的记账工作。我妈早已不做会计了，但她还保持着一名会计的良好习惯，家里的开支，她每天都要轧账，五分葱姜、八分粗盐都要记下来，不轧到收支平衡，她是不肯睡觉的。这天晚上，我妈轧账轧到很晚，她要预算出一笔用于购买礼品的开销。我躺在床上，听着隔壁房里连续不断的算盘珠子撞击声：踢踏、踢踢踏踏、踢踏踢踏……节奏明快，声音清脆。我听了很久，听得都快要睡着时，我妈才轧完账。睡意蒙胧中，我听到我妈对我爸说：我算过了，下个月去掉日常开销，留出三十只羊，买块全毛裤料送给唐秀宝。

我妈"窸窸窣窣"地脱衣服，嘴巴还不停地说："早晓得要花钞票，还不如不吃伊的鸡鸭蔬菜。"

我实在不敢相信，买一块全毛裤料要三十只羊，山羊还是绵羊？全毛料子可真贵啊！要是把三十只羊身上的毛剪下来，织成料子，能织出多大的一块布啊！我仰面躺在床上，看着白石灰屋顶，我发现，我们家屋顶的四个角上，有三个挂着透明的蜘蛛网。蜘蛛有那么多腿，要是给蜘蛛买块全毛料子做裤子，那要多少只羊啊？这么想着，我就迷迷糊糊地睡着了。

到了下个月五号，我妈领了工资，我爸也领了工资。我爸和我妈的工资加在一起，有一百四十二块。我妈从一沓钞票里抽出一张十元纸币递给我爸：老苏，这个月的零用钿，你拿去。

我爸接过十元钱，塞进衬衣胸袋，眼睛却盯着我妈手里更多的钞票：香烟涨价了，大前门吃不起了，只好吃飞马牌了。

我妈说：下个月再给你涨零用钿，这个月要买全毛料子。

我妈从那叠钱里又抽出三张十元纸币，塞进自己口袋：三十只羊，明朝我就去布店剪料子。

我忍不住叫起来：姆妈，羊哪能介便宜？一块洋钿就能买一只羊，买全毛料子太不划算了，我们买羊回来剪毛，再织成料子好了，剪掉毛的羊，还可以杀了吃肉。

我爸张开嘴，露出烟牙大笑起来：小雪，你舅舅每天教你做数学题，伊是哪能教的？你再跟着张仲人学数学，你也要跟伊一样，变成"书笃头"了。

我知道，我爸这话的意思，就是说我舅是书呆子，我爸的意见和我一样，我得了我爸的支持，心里很得意。

第二天，我妈说：唐秀宝这个人，真是黏，全毛料子倒是收下来了，不过，一定要请我们礼拜天去吃饭。

我爸撇撇嘴，列宁下巴一翘，不屑地说：我是不会去的，你自家去好了。

我妈一转身，看见我站在边上，就上上下下打量了我一番，点点头说：小雪跟我去吧，十多岁的小囡，正好胃口大，领出去不吃亏。

我爸就说：你这个人，真是算进不算出。

薛舒中篇小说选

我爸的这句话我也懂，意思就是我妈很抠门。

周末，我妈张会计带着那块全毛料子和小学生苏小雪，上唐家做人客去了。就是那天，我见到了阿莫。我见到了阿莫不算，我还听到唐秀宝在我妈耳朵边咬的那句话：张会计，你看看，啧啧，看看伊的屁股，看看伊两只"妈妈"，啧啧啧……

我偷偷观察红着脸的阿莫，大辫子、圆面孔、白脖子……哎呀，她的两只"妈妈"，真的很大呀，虽然红白碎花的确良衬衣严丝合缝地罩住了她修长而浑圆的身体，可我还是看到阿莫的胸口高高耸起着，像两座开着红花和白花的山包包。不是小小的山包，是大大的山包。

唐家的这顿晚饭，真是太丰盛了。我一眼就看见最喜欢吃的糖醋排骨摆在八仙桌的那一头，我站起来伸筷子去夹，可夹不到，小菜太多了，铺了一台面。唐秀宝就叫坐在那一头的阿莫把整盘糖醋排骨移到我面前，阿莫刚端着盘子站起来，春燕就把盘子从阿莫手里抢了下来，绕过桌子走到我身边，往我碗里拨了很多排骨：小雪，吃吧，这一盘，全是你的。

春燕和唐秀宝一样，黄脸、矮个，又瘦又小，站在那里，比八仙桌高不了多少，难怪我对她一点都没注意，好像唐家没有春燕这个人一样。春燕抢走了阿莫正要端给我的糖醋排骨，我觉得有些对不起阿莫，就很不好意思地看了她一眼。阿莫站在对面，还没来得及坐下，她冲我一笑，笑得很好看，两只大眼睛和两条粗眉毛一起往两侧斜吊起来，就像《红灯记》里的李铁梅，又漂亮又英勇的样子。

我一边啃排骨，一边看着对坐的阿莫。阿莫的麻花辫简直像两条黑蟒蛇，又粗又亮；阿莫的刘海撇成八字形，像舞台上撩开的两片幕布；阿莫吃东西的时候，嘴巴不张开，只微微嚅动，很斯文的样子；阿莫的身体靠着八仙桌，她的"妈妈"顶到桌边上了……

三

两个月后，春燕就到镇办丝绸服装厂里去上班了。原来，唐秀宝攀上我们家这门亲眷，让春燕认我妈做"过房娘"，不是想问我妈讨电视机票，而是为了请我妈帮忙给春燕找工作。我妈说：怪不得，我想也是，一张电视机票，哪能值介多鸡鸭蔬菜？既然吃了人家的东西，那就只好帮人家想想办法了。

我妈手里最值钱的就是电视机票，后来，又有了洗衣机票、冰箱票，这些时髦的电器，都是我妈店里的商品。我妈把这一年的五张电视机票，分派给了她排行榜上的前五名。我妈从来没告诉过别人，其实，她手里每次都会有一张机动票。这一回，她就把机动票给了丝绸厂的厂长。我妈很少动用她的人际关系，为了春燕，她动用了，准确地说，为了我们吃掉的那些芦花鸡、麻毛鸭，我妈也拍起了人家的马屁。

春燕成了我妈的"过房囡（沪语：干女儿）"后，经常到我们家来做人客。春燕工作解决了，没忘了恩人张会计，每次来，她都会带来自家种的蔬菜或者养的鸡鸭，她不是"过河拆桥"的人，也不是"有事有人，无事无人"的人。这两句话，是我妈说的。

每次春燕背着沉甸甸的老布花袋踏进我们家的门，我都误以为是唐秀宝来了。一样的齐耳短发，一样的矮冬瓜身材，一样的黄瘦脸。凑近了看，就不一样了，春燕的黄瘦脸像一只刚摘下的长南瓜，唐秀宝的黄瘦脸像一只三个月前摘下的长南瓜，一个饱满，一个皱皮疙瘩。不管是新摘的南瓜还是储存了很多日子的南瓜，总之像南瓜，就不会好看。我喜欢白白嫩嫩的阿莫，我不喜欢黄黄瘦瘦的春燕

虽然我不喜欢春燕，但我喜欢春燕斜背在身上的那只老布花袋。春燕一进我们家的门，黄脸上的小眼睛就笑成了两条缝，人还没站定，手已经伸到挂在身上的老布花袋里去了。接下来，就是令我满怀期待又焦急万分的半分钟，春燕会从老布花袋里摸出什么来呢？这可真是一只魔术袋啊！为了这只魔术袋，我对春燕的态度也好了许多。要是春燕从魔术袋里摸出来的是青菜、萝卜、茄子，我是不会给她笑脸的；她摸出的是鸡蛋、芥菜饼、黄金瓜，我就给她一点点微笑。有一次，她摸出了一条湖蓝色的真丝百褶裙，我就让她和我紧挨着坐在小板凳上，一起看一本新买的连环画《红楼梦》。我还给她讲解了贾宝玉和林黛玉的关系，我说：贾宝玉是老太太的宝贝孙子，林黛玉是老太太的宝贝外孙囡，他们两个要好了，你晓得啥叫"要好"吗？

春燕一脸狐疑地回答：我晓是晓得的，要好就是轧朋友（沪语：谈恋

爱）。不过，一个是老太太的孙子，一个是老太太的外孙囡，他们是亲眷，哪能可以轧朋友呢？

那天我的耐心很好：古时候的小姐，是不可以走出家门的，不出家门，伊就碰不到别的男人，碰不到别的男人，伊就没办法和别的男人轧朋友，伊就只好和自家屋里的男人轧朋友了。

春燕若有所悟地看着我：哦——还好，我们不是古时候的小姐。

我首肯春燕的意见：嗯，是的，还好我们不是古时候的小姐。

我们头碰头，凑在连环画上，一直看到贾宝玉和林黛玉轧上了朋友，可是又冒出了一个薛宝钗，这一回，春燕聪明地猜到，薛宝钗也想和贾宝玉轧朋友，春燕就有些气愤了：薛宝钗真不要面孔，人家好好的，伊倒跑来插一脚。

我的耐心还没有用完：薛宝钗也是小姐，也不可以走出家门，家里的男人，就只有贾宝玉，叫伊跟啥人去轧朋友？

就这样，十岁的苏小雪和二十岁的春燕并肩坐在小板凳上，看起来就像两个小学生在看连环画。最后，故事发展到贾宝玉揭开林黛玉的红盖头，发现林妹妹变成了宝姐姐。春燕的愤怒终于爆发出来，她从小板凳上"腾"一下站起来，咬牙切齿地说：要是让我碰到薛宝钗，我当场给伊一记耳光！

我仰着脖子看春燕，她站着，我坐着，这样她就比我高出很多，我的脑袋正及到她的臀部，她黑色咔叽裤子的屁股，就在我眼前，我看得清清楚楚。春燕的屁股真小，小得撑不满裤子，她的裤子，就像一条挂起来晾着的抹布，皱巴巴、空荡荡的。我就不由自主地想到了阿莫，一想到阿莫，我就偷偷看了一眼春燕的胸口。我发现，春燕和阿莫是完全不一样的，阿莫的胸口有两座高耸的山包包，春燕的胸口是压路机刚开过的柏油马路，她没有阿莫那样的"妈妈"。

我又低头看自己的胸口，真是太不幸了，我的胸口，居然和春燕一样，也是压路机刚开过的柏油马路。可我还是一个小孩，我妈说，小姑娘一到十五岁，就发育了。春燕已经二十岁了，怎么连"妈妈"都没有呢？她有没有发育过？等我十五岁的时候，我会和春燕一样，依然是压路机刚开过的柏油马路呢？还是会像阿莫那样，胸口长出两座山包包？

这么想着，就听见门口有人问话：张会计在屋里吗？

身穿藏青哔叽中的小毛，手里托着一个报纸包，毕恭毕敬地站在我家门口。他冲我笑了笑，脑袋一伸，挂着两撇八字胡的脸，就伸到了门槛里边：小雪，你姆妈，张会计在吗？

我冲着房间里喊：姆妈，姆妈，小毛来了！

小毛的两条腿跟在八字胡后面，进了我家的门槛。小毛的胡子已经留得蛮长了，虽然并不浓密，但毕竟像胡子了，小毛这个人，看上去就成熟了许多。

我妈趿着拖鞋从房间里出来，嘴里还在哼《梁山伯与祝英台》："我家有个小九妹，聪明伶俐人钦佩……"，两只玫瑰红塑料拖鞋响亮地敲啊敲啊，敲到了房门口：小毛来啦，夜晚吃过了吗？寻我啥事体？

小毛把托在手上的报纸包递给我妈：张会计，夜饭我吃过了，这是我爷爷叫我拿来的，刚烧熟的珍珠米（沪语：玉米）。

小毛嘴巴在跟我妈说话，眼睛却看着春燕。春燕站在小板凳边，三分钟前，她刚宣布过要给薛宝钗吃耳光，因为气愤，她的脸是红彤彤的，原本黄刺刺的皮肤，就不怎么黄了。小毛运气很好，第一回见到春燕，就不是又黄又瘦又干瘪的春燕，而是粉红脸、尖下巴，娇娇俏俏的春燕。

我妈接过小毛的纸包，开始动手打开。小毛也太考究了，包了好几层，我妈一张一张地剥报纸，我在心里数着，一、二、三，一直数到第五张，才见到六个黄澄澄的玉米棒躺在一堆蚂蚁似的黑字中，一股热气飘了出来。我半闭着眼睛深深吸了一口气：真香啊！

我的注意力转到了玉米上，我已经没心思和春燕一起看《红楼梦》了，春燕很知趣地对我妈说：寄娘（沪语：干妈），天夜了，我要回转了。

春燕把已经空了的老布花袋背上肩膀，这空挡里，小毛一直站在边上，一只手摸着嘴唇上的两撇八字胡，另一只手插在裤子口袋里，很无聊地抖抖左腿，又抖抖右腿，左右腿轮着抖啊抖的，这样子，就像那些吃饱饭没事干站在街上看西洋镜的二流子。这会儿，小毛摸着胡子对我妈说：张会计，我也要回去了，爷爷还等我的。

我妈看看小毛，又看看春燕，说：那好，小毛你用脚踏车送送春燕，去唐家宅那条路太黑，没有路灯，你车子踏得慢一点。

小毛说：好的，张会计，那我们走了。

说完，小毛贼兮兮地觑着春燕说：走吧？

小毛摸着嘴唇上的八字胡，转身向门外走去。小毛的这个动作，看起来就好像在掩嘴偷笑。春燕低着头，跟在小毛后面，两人一前一后，跨出了我家的门。

我抓起一个玉米，一边啃，一边看着小毛和春燕的背影，脑子里忽然闪过一个念头，嘴巴一张，这念头就变成一句话，被我说了出来：春燕和小毛"轧朋友"去了。

我妈白了我一眼：瞎三话四，小囡家，懂啥叫"轧朋友"？以后不许乱讲。


# 四


放寒假了，我舅摩拳擦掌地对我说：小雪，我给你多出几道数学题吧，虽然寒假里不用上学，但功课是不能荒废的。

我说：老师给我们布置了老多老多寒假作业啊！

我舅两手一摊，很无奈又很轻松地说：不用担心，我给你订一个学习计划，把时间充分利用起来，功课就不会来不及做了。

我咬着右手手指：我的手生冻疮了。

我舅的目光投向我的手，手指被我咬得红通通的，好像真的生了冻疮。我舅却并没有上我的当，他说：那更要多动动手，让血液流动起来。叫你外婆给你结一副绒线手套，叫你姆妈买个热水袋，冻疮就不会发作了。

我真讨厌我舅，他在云南做知识青年，不是好好的？干吗回来？回来了也没工作。我妈说，我舅是黑了户口跑回来的，没户口哪能找到工作？大概，他是把教我做数学题当成他的工作了。我没去过云南，不知道那是个什么样的地方。我舅有一张在云南拍的照片，他穿着一件没有领章的军装，站在一棵叶子很大的树边，那棵树上，吊着好大好大的一挂香蕉。我舅说，那就是香蕉树。我盯着照片数香蕉，数了好多遍，都没办法数清那一挂香蕉到底有几只，我猜，肯定超过一百只。看着照片，我馋唾水（沪语：口水）都要流出来了，我舅怎么那么傻？头一抬就能摘到香蕉的云南不待，偏要待在上海，上海有啥好？又种不出香蕉。我问我舅：舅舅，你干吗要回上海？云南不是蛮好吗？

我舅说：云南那地方，苦啊！

我舅真是贪心，有香蕉吃还苦？上次，隔壁阿三家问我妈讨一张电视机票，阿三爸爸从上海买了一串香蕉送来，我妈把香蕉挂在篮子里，香是香得来，可就是不给我吃。后来，我妈把香蕉孝敬外婆了。我忍不住问我舅：舅舅，你在云南，是不是一天到晚吃香蕉啊？

我舅咧开嘴笑了笑，又瘪了瘪嘴，像要哭的样子，不过没有哭出来，他的脸就变成了一张又像笑又像哭的尴尬脸了。我舅没有回答我在云南是不是一天到晚吃香蕉，但我断定他是不肯告诉我，他怕我说他懒，他在云南过得那么好还黑了户口跑回来，不上班，光在家里睡觉，要不就来我家给我出数学题，不是偷懒是什么？我没有拆穿我舅的阴谋，我在心里暗暗发誓，长大后，我要去云南吃香蕉，吃很多很多，就站在我舅照片上那样的一棵香蕉树下，摘一个，吃一个，想吃就伸手摘。哎呀，真是馋死人了，我要去云南！

快过年了，小年夜那日，我们家照例要请外公、外婆、舅舅等亲眷来吃顿饭。今年，我们家多了一门亲眷，唐秀宝一家，也成了我妈的邀请对象。我妈对唐秀宝说：叫阿莫也来吧，春明和伊已经订婚了，伊就是你们唐家的人。

那天下午，我们家热闹得简直翻了天，里里外外三间房，坐满了人客。我舅这个"书笃头"，简直人来疯，都要过小年了，还当场给我出了三道数学题：小雪，这三道题，你要是做出来，今朝舅舅给你发压岁钿。

我心想：你哪来钞票发压岁钿？你又没工作。

可我没敢说出来，家里的客人都散落在各个房间里，没有人来解救我。外公外婆坐在大房间里，和唐秀宝夫妻俩闲聊；春燕在厨房里帮我爸妈择菜洗刷；春明搬了一只小矮凳，坐在我家那台凯歌牌十二寸黑白电视机前，傻不愣登地抬着头看电视。他把阿莫扔在一边，也不管人家。阿莫站没地方站，坐没地方坐，就只好跑到我边上，坐下来看我做数学题。

我低着头，在纸上煞有介事地涂涂写写，像在动脑筋。我眼角的余光，却注意着阿莫红蓝格子棉袄罩衫的身影：宽宽的下摆、圆圆的腰身、高高的胸口……我忍不住抬起头，看阿莫垂在肩膀上的两条乌黑的粗麻花辫，麻花辫的上端，是阿莫的脑袋，和夏天比起来，阿莫的脸更加白嫩水润了，下巴也稍稍有些尖了，大眼睛和浓眉毛还是往两侧斜斜吊起，这一回，不像李铁梅了，像谁呢？对，像薛宝钗，像那本连环画里的薛宝钗，春燕要给她吃耳光的薛宝钗。

我舅敲敲桌子：小雪，不要东张西望。

我赶紧低下头假装做题，其实，我的心思早就飞得很远，我闻到了厨房里飘来的五香牛肉味，我听到我爸请我妈批准今天喝那瓶藏了大半年的竹叶青，我还听到电视里正传出《霍元甲》的片头曲：昏睡百年，国人渐已醒……哪一样都比数学题更吸引我。阿莫悄悄提醒我：小雪，别开小差了，快做吧。

说完，阿莫从我的铅笔盒里拿出一支笔，也在纸上涂写起来。我舅坐在桌子对面翻报纸，他抬头看了我们一眼，没作声，又低下了头。差不多半小时过去了，三道题，我半道都没做出来。我舅放下报纸，脸上笑得简直像开了花：小雪，做不出来吧？

我舅看我做不出题，高兴得两眼放光，接下来，他就可以冒充老师，给我讲解题目了。我撅着嘴，垂着眼皮，我一点也不想听他给我讲数学题，我要和阿莫一起看连环画，我要把连环画上的那个漂亮姑娘指给她看，我要告诉阿莫，她长得像薛宝钗。

我舅咳了咳嗓子，照例开始了那段讲了一百遍的开场白：人道是，学好数理化，走遍天下都不怕。数学，是理化的基础，所以，学好数学尤其重要。来，我们来看看……

"舅舅，你看看，我做得对不对？"阿莫把她刚才拿去涂写的纸推到我舅面前。

我舅被阿莫打断，吓了一跳。他满脸疑惑地看了阿莫一眼，又低下头，看阿莫的纸。一分钟后，他抬起头，目光再次投向阿莫。我舅的眼睛里，就飞出了五彩星星般的光芒。

"阿莫，你是叫阿莫吧？你，什么学历？"我舅眼睛里的五彩星星一颗颗射到了阿莫身上。阿莫脸一红，低下头：我哪里有啥学历？小学毕业后念了一年初中，就回家种田了。

"哦，可惜了可惜了，你脑子很聪明，三道题里你做对了两道，你不上学真是可惜了。"我舅眼睛里的五彩星星变成了灰色的云雾，有些迷迷蒙蒙："那你，现在做啥工作？"

阿莫笑眯眯地轻声说：没啥工作，就是种田。

我舅不再作声，他眼睛里的灰色云雾越来越深，几乎变成了乌云。阿莫却说：舅舅，还有一道题我没做出来，你，给我们讲讲吧？

我舅乌云密布的眼睛重新一亮，他看着阿莫：你种田，又不用学数学，还要我讲解做啥？

阿莫咧嘴笑：好玩嘛，不晓得答案，心里难过的。

我舅也笑出来：哈，那好，我就给你讲讲。

我舅只顾给阿莫讲题目，把我忘了，我一边偷笑，一边悄悄溜进房间。我搬了一张小矮凳，坐到春明旁边。《霍元甲》还在播放，春明抬着头，看得眼珠子都要掉出来了。

《霍元甲》快播完时，我爸进来对外公说：爹爹，准备开饭了，今朝吃点老酒吧，有竹叶青。

我跳起来就往外跑，我要在我舅发现我溜掉之前，赶快回到座位上。我急里忙慌地跑出去，撞翻了一把椅子，弄出很大的声响，可我舅根本没发现我，他占了我的座位，他和阿莫两人并排坐着，背脊对着我，他们还在做数学题。阿莫专注地看着我舅手里移动的笔，不断地点头。我伸长脖子，想看看他们做了几道题，可他们挨得很近，两人中间几乎没有缝隙，我都要把脖子伸断了，还是看不见纸上的字。

我忽然冒出一个念头，想给他们来个恶作剧，让他们吓一跳。我悄悄凑到他们耳边，学着我妈说话的腔调，张嘴大喊：开饭啦！开饭啦！

这两个人，像是忽然从梦里惊醒一样，猛地跳了起来。我舅的眼珠子定快快地看着我，仿佛认不出我是谁。阿莫低着头，脸红得像一只熟透的番茄。我拍手跺脚哈哈大笑起来，他们不再挨得那么近了，我终于看清楚摊在桌上的纸，上面已经不是刚才的三道数学题，而是更多的、我从来没见过的题目。

# 五

过完年，就是元宵节，正月十五要闹元宵，我们刘湾镇一年一度的庙会，也开始了。朝阳庙外的东市街上，早已搭起了油布棚，挂起了红灯笼。庙会上，有私人摆的摊位，也有供销社各家商店出的摊。我妈也去出摊了，我妈的摊位是庙会上的凤毛麟角。别人家卖的，是土特产、处理零料、削价陈货，或者议价粮油。我妈的摊位，卖的是电灯泡、脚踏车、半导体、无线电。最吸引人的，是我妈的摊位上，还有一台正在播放的电视机。虽然是黑白的，而且才十二寸，但已经很出挑了。买东西的人和不买东西的人，都挤在柜台前看电视。不过，这台电视机是样品，我妈说，做做招牌，想买？没货。

我妈的摊位可真是太热闹了，暗绿色的油布棚下，人们挤在长条桌圈成的柜台边看西洋景。那些黑的白的半导体收音机里，一会儿传出"叽叽嘎嘎""嘀嘀嗒嗒"的电波和杂音，一会儿又出来一阵阵"哇啦哇啦"的唱歌声和"叽里咕噜"的说话声。我妈站在柜台里面，给顾客挑选商品，收钱找钱，又转身吩咐小毛和别的店员拿这拿那，忙得手脚不停。电视机在她身后的柜子上高高地播放着，看电视的人围了一大圈。

我们家有电视机，我不稀奇看电视，可我还是挤在人群的最前面。我当然也不买东西，我妈摊位上的东西，小孩子是买不起的。我口袋里有一块钱，是我爸给的，逛庙会哪能没钱？要在平时，一块钱可以买的东西，实在太多了。一块钱可以十包鱼皮花生，可以买五瓶橘子水，可以买二十只洋泡泡，可以买一大盒水彩笔……可是在庙会上，那么多好玩的、好吃的，一块钱肯定是不够的。逛了一圈，还是没舍得把这一块钱花出去，最后，逛到我妈摊位上，我就干脆不走了。我挤在人群里，看那些顾客觍着脸拍我妈马屁，听他们夸我妈：张会计真能干，张会计会调收音机，还会装脚踏车……要是遇到一位面熟的邻舍，就会拍着我的脑袋说：咦，这不是张会计的囡吗？你到你姆妈摊头上来帮忙做生意啊？

那时候，我就感到骄傲极了，就好像这个摊位是我们家开的。

庙会要持续三天，这才是第一天。我从上午一直逛到下午，晚上又去看灯，看完灯，我又回到我妈的摊位上。夜凉了，顾客少了很多，小毛坐在柜台里的一条长凳上，脑袋一磕一磕的，打起了瞌睡。

我妈发现了我：小雪，天这么夜了，还不快回家去！今夜我在这里困觉，摊位要值班的，跟你爸讲一声。

我妈说完，又对小毛说：生意做得差不多了，小毛，你早点回去吧，今朝我和王大梅值班，明朝你和陈师傅值班。

小毛得了我妈的令，就说：张会计，那，我先走了哦。

小毛说完，拍拍屁股站起来，一只手撑住柜台，一跃，跳出了摊位。小毛刚才还在打瞌睡，这会儿精神好得倒像刚起床的样子了。他摇摆着身体，神气活现地朝东市街通明的灯火深处走去。我不想走，我说：姆妈，夜里我也在这里困觉好不好？

我妈横了我一眼：女小囡家，不可以困在外面。

我顶嘴：那你也是女的，为啥可以困在外面？

我妈举起手，做了一个要打我的手势：我是大人！快回家，再不走，当心我给你"吃生活"（沪语：揍）！

我妈吓唬我，她才不会真的给我"吃生活"呢。不过，我妈说不让我睡在摊位上，我就肯定睡不成，我只好转身，朝回家的路上走去。

我们家在南市街上，东市街走到尾，一折角，进南市街，再走六、七分钟，就到家了。灯会结束了，逛街的人少了，但大多数摊位还没收，灯火还很亮。我磨蹭着，一路东看西看，准备花掉我爸给的一块钱。我花了一角钱，买了一串油炸臭豆腐。我举着臭豆腐，一边吃一边走，走到街角上，我又花了一角钱，买了一大团棉花糖。刚把嘴巴凑到大棉花团上，就听到拐角口牛肉粉丝摊的油布棚里，传来两个人的对话声：

"上趟那道题目，我还是解不出，到底用设X的方法呢，还是直接计算？"

"你真用功啊！你这样用功，我都要不及你了。"

"你又要瞎讲了，我怎么能和你比啊？"

……

我咬了一口棉花糖，抬眼朝牛肉粉丝摊里看去。天啊！我看到了我的书呆子舅舅张仲人，我还看到了红蓝格子棉袄罩衫的阿莫。他们坐在油布棚下的桌边，他们的面前，放着两碗牛肉粉丝汤，还在冒热气呢。他们怎么会在一起？他们不仅坐在一起，还一起吃牛肉粉丝汤。谁请客？我舅没工作，他没钱。那么就是阿莫请客了？阿莫很有钱吗？要不就是为了请我舅教她数学题？这真是太让人气愤了！

我舅和阿莫手里都捏着筷子，可他们只顾凑着脑袋说话，忘了吃牛肉粉丝汤。我舅说："现在，我都要先备好课，才能给你讲解题目了。"

阿莫"你不要老说我好，我有什么好，不过是一个农民。"

"照这样下去，你通过自学，都可以参加高考了。"

"真的？能吗？"

"能！"

……

一只大黄狗带着两只小狗宝，在牛肉粉丝摊里兜来兜去寻食。大概我舅的裤腿上有牛肉汤的香味，大黄狗钻到桌子底下，大胆地把嘴伸到我舅的裤腿上。我舅一抬腿，踹了大黄狗一脚，大黄狗"呜呜"叫着退后了好几步，小狗宝跟着大黄狗，也退到了后面。

我远远地看着我舅和阿莫，大黄狗和它的小狗宝也远远地站着，安静而耐心地看着我舅和阿莫。我没有大黄狗的耐心，我还在生气呢。我舅本来只教我一个人做数学题，阿莫插了一脚，现在，我舅倒像是她的舅舅了。我默默地下了决心，以后，我不打算再喜欢阿莫了，我就喜欢春燕，不喜欢她，以后见到我舅，我也不想叫他舅舅了，我就叫他"书笃头张仲人"。

大黄狗侧身躺在地上，肚子上钉着两排纽扣似的"妈妈"，两只小狗宝趴在大黄狗跟前，脑袋埋在大黄狗的肚子上。小狗宝们正在吃奶，大黄狗的"妈妈"真多啊！简直是"蔚为壮观"。这个成语，是上学期语文课上教的，用在大黄狗身上，我觉得很恰当。

夜风吹来，吹得我手里的棉花糖颤颤巍巍、东倒西歪，吹得大团棉絮一样的糖雾好像随时会融化掉，吹得我肚子里泛起一阵阵酸酸的味道。我张开嘴，狠狠咬了一大口棉花糖，拔腿向回家的路上走去。

我把牛肉粉丝摊位丢在了身后，把书呆子张仲人丢在了身后，把红蓝格子棉袄罩衫的阿莫丢在了身后，把东市街残留的喧哗丢在了身后。

# 六

拐进南市街，世界就安静下来，路灯有一盏没一盏地亮着，晕黄的灯光弥散开来，却只照到底下的一小块地面，整条南市街，依然陷在黑暗中。

走过暮紫桥时，我把吃了一半的棉花糖朝桥下暗涌的川杨河扔去，竹棍带着一团白烟雾，悠悠地飘下去，慢慢地，消失在了黑暗的河道里。河水发出缓慢沉稳的流动声，"哗啦啦、哗啦啦"。我伏在麻石桥栏上往下看，什么也看不见，岸边一幢幢低矮的平房匍匐在夜色中，黑暗的河水、黑暗的桥洞，还有桥洞边两株黑暗的柳树……我踩着重重的脚步，橡胶底棉鞋撞击着麻石桥面，发出"咯噔、咯噔"的声音。准是桥面上的石板松了。

下到暮紫桥的最后一个台阶，"咯噔咯噔"的声音还在继续。我干脆停住脚步，橡胶底棉鞋安静地立在一块稳定的石板上，"咯噔""咯噔"，声音没有停下，到底是什么东西？好像是从桥洞里发出的，是野狗？野猫？这么想着，忽然，我听到一声轻轻的嬉笑声，是女人的笑声：嘻嘻——

天啊！是落水鬼！而且是个女落水鬼！我妈说过，不可以到桥洞去玩，那里有落水鬼。落水鬼最喜欢小孩子，看见你在桥洞里，它就伸出毛茸茸的手，一把握住你的脚，把你拖到水里去。

我浑身的毛孔全部张开了，一股寒意霎时弥漫全身。我立定的双脚忽然撒开，向桥下狂奔起来。南市街的麻石路上，响起一串急迫凌乱的、带着回音的脚步声。为什么会有回音？是落水鬼追上来了？我跑得更快了，那时候，我是多么希望拥有一双翅膀啊！那样我就可以飞起来，落水鬼就追不上我了。我飞跑着，几乎哭出来，可是，可是身后的脚步声，依然紧追不舍。我真的要哭了，我一边跑，一边张嘴呼救起来：爸爸——

"小雪，小雪，等等我！"我听到有人在喊我，是女声，很熟悉的女声。我认识这个女声，不是落水鬼，我刹住脚，转过身。远远的路灯下，春燕搬动着两条短腿，一忽亮一忽暗地，向我跑来：小雪，等等我啊，做啥跑这么快？

我气坏了：春燕，你，你做啥追我？

"我又没追你，是你在跑啊！"春燕终于站在了我面前。

"天介夜了，你做啥还不回家？"我气哼哼地问。

"我，逛庙会，逛晚了。寄娘在家吗？"昏暗的路灯光下，我看出来，春燕的脸好像有点红。

"姆妈值班，不在家。"

"那，我跟你一道回去，今夜就困在你家好不好？"春燕的脸红得更厉害了。

我被桥洞下的落水鬼吓得魂都要掉了，春燕愿意跟我一起回家，当然好。我点点头：好，那你就困我的床好了。

我们并肩往回走，春燕走在我旁边，比我还矮了几分，她问我：小雪，刚才你在暮紫桥上，有没有听到声音？

我连忙点头：有的有的，落水鬼的声音，吓死我了。

"落水鬼的声音？我哪能没听到？"春燕瞪大眼睛，黑暗中，眼白一闪一闪。

"我就是听到了，开始是敲石板，'咯噔、咯噔'，后来还笑了，'嘻嘻——'一声，我听得很清楚的，肯定是个女落水鬼。"我想描绘得更具体一点，可我听到的只有这些了。

我们继续走在南市街的石板路上，有几块铺街的麻石松动了，我们的脚底下，发出"咯噔、咯噔"的声音，整个世界，回响着此起彼伏的"咯噔、咯噔"。路灯有的亮着，有的坏了，石板路上，聚集着东一簇、西一簇的光晕。我看看春燕的脚，又看看自己的脚，不知道刚才暮紫桥下的声音究竟是落水鬼发出的，还是我们的脚步声。

快到家门口了，我看见了我家亮着灯火的窗口。春燕忽然停下，问我：小雪，你觉得，小毛这个人，咋样？

我大声说：不晓得！

说完，我拉起春燕的手，向着我家那一窗明亮的灯光，飞奔而去。

这天晚上，春燕和我一起，睡在了我的被窝里。以前我一直不喜欢春燕，我喜欢阿莫，可是今夜，我看见阿莫和我舅一起在庙会上吃牛肉粉丝汤，我就决定不喜欢阿莫了。我知道，没有人规定阿莫和我舅不能在一起吃牛肉粉丝汤，但张仲人是我的舅舅，不是阿莫的。张仲人这个"老面皮"（沪语：厚脸皮），阿莫请他讲数学题，他就去吃人家的牛肉粉丝汤。难道，他也要做阿莫的舅舅不成？怪不得，怪不得小年夜那天之后，我舅就没来过我家教我做数学题，原来，他去教阿莫了。

既然决定不再喜欢阿莫了，那我就喜欢春燕吧。春燕的脸挨着我的脑袋，她鼻子里的呼吸吹到了我的耳根边，痒痒的，很难受。我翻过身，把背脊对着她，她很不均匀的呼吸，就吹到了我的后脑勺上。她肯定还没睡着，我听到，她急湍湍的呼吸里，还带着一两声轻轻的、憋不住的笑声。我背对着她，闷声闷气地说：春燕，以后我就和你好，我和你做最好的朋友吧！

"好，我们就做最好的朋友吧。"春燕一开口，我的后脑勺就受到了一股更强劲的热风的袭击："可是，小雪，你为啥忽然要和我做好朋友了？"

我回答不出，就说：不告诉你。

"告诉我吧，你告诉我了，我也告诉你一个秘密，要不要听？"

我心动了，翻过身，又把脸对着她。春燕犹豫了一小会儿，说："不过，你要保证，不许把我的秘密告诉别人。"

"好，我保证，那你也要保证。"

"嗯，我也保证。"

春燕保证完，就催我："好了，你快讲吧，你讲完了，我再讲。"

我肚子里的话，早就迫不及待地要溜出嘴巴了：刚才，我看到阿莫和我舅，在庙会上吃牛肉粉丝汤。

春燕怔了怔，忽然"吃吃"笑起来：就因为这个，你要和我做好朋友？这算啥道理啊？

我自知理亏，可还是嘴犟：就算就算！

"你没讲实话，那我也不告诉你我的秘密了。"

"不告诉就不告诉，我还不稀奇听呢。"我一赌气，一个翻身，又把背脊给了春燕。

我说不想听，春燕又反过来拍我马屁：好好好，算你有道理。你转过来，我告诉你。

我就知道，春燕是很想把她的秘密告诉我的。我再次翻身，刚把脸对着春燕，她就问：小雪，你觉得，小毛这个人，咋样？

刚才在路上，春燕已经问过我这个问题，现在她又提起小毛，我就想到在庙会的摊位上，小毛撑着柜台，轻轻一跃跳出柜台的样子。我说："小毛很灵活的，介高的柜台，伊一跳，就跳出去了。"

春燕说：你晓得，小毛跳出柜台后，去哪里了？做啥去了？

说这话的时候，我感觉到春燕的呼吸格外急促，一个念头在我心里忽然闪过，我脱口而出：春燕，你和小毛在"轧朋友"！

春燕脑袋一缩，被窝里传出闷闷的声音：我不晓得，这算不算是轧朋友。

"轧朋友"究竟是什么样子的，我也不知道，我只见过那本叫《红楼梦》的连环画里，贾宝玉和林黛玉在一起，不是写诗，就是读那本叫《西厢记》的书……这么想着，我舅和阿莫挨得很近、两颗脑袋凑在一起做数学题的样子，就出现在我眼前。

我有些发呆，春燕推了推我：小雪，你说说看，啥样子才算是轧朋友？

我想了想，问：小毛和你在一道，有没有看看书、写写诗、做做数学题？

"没有，小毛，伊，刚才，伊带我钻桥洞了。"春燕吞吞吐吐的。

原来桥洞里的落水鬼是小毛和春燕，我差一点惊叫起来，不过我没有叫出来，要是叫出来，春燕肯定不愿意说下去了。

"我说桥洞里有落水鬼，我怕。小毛说，假的，不用怕。伊就领我下去了。"

我想象着，小毛拉着春燕的手，钻到了黑洞洞的桥墩下面，然后，他们会在桥洞里干什么呢？

"桥洞里真黑啊！我说我不想进去了，小毛说，黑才好，黑就不会被人家看见。"

我无声地听着，我的眼前，是暮紫桥下的桥洞里，两个被黑暗隐没的黑影子。

"接下来，伊就，伊就……"春燕的手在被窝里摸索，她摸到了我的手，轻轻抓住，然后，我的手，就被拉到了她的胸口："伊，伊就摸我这里了……你说，这算不算轧朋友？"

我的手掌，正覆盖在春燕小小的胸脯上，我的脑海里，却跳出了阿莫，和阿莫胸前两座高耸的山包包。我无法回答春燕的话，我轻轻伸展了一下我的手指，手指就很清晰地触摸到了春燕胸前的山包包。春燕的"妈妈"

实在太小太小了，她怎么能和阿莫比？阿莫，我总是不由自主地想到阿莫，我已经决定不喜欢她了，可她总是不由份地钻进我的脑子，赶都赶不走。

"小雪，你睡着了？"春燕拉了拉我盖在她胸口上的手。

我一把抽回手，气咻咻地说："小毛笨得要死，小毛不认得粮票，伊只晓得阳春面和肉馒头，小毛是饭桶。"

春燕肯定被我吓着了，她没有再问我她和小毛算不算轧朋友，她仰躺着，发了一会儿呆，然后，翻过身，自管自睡了。

## 七

唐秀宝背着老布花袋又来我家了，这一回，她从花袋里摸出来的有：一条火腿，两条上海牌香烟，还有四瓶老酒，一盒椒盐鸡仔饼。唐秀宝的戏法变得越来越好了，香烟和老酒我不喜欢，火腿我无所谓，最爱鸡仔饼，因为鸡仔饼，我差不多要爱上唐秀宝了。我满心欢喜又假模假样地坐在桌边做功课，我知道，唐秀宝和我妈说一会儿话，就会背着空花袋回家。她只要一走出我家的门，我就可以打开那个漂亮的盒子，我就可以吃到鸡仔饼啦。

我妈说：唐秀宝，你做啥每次来都带东西？以后不要带，你老带东西来，叫我哪能好意思？

唐秀宝仰望着我妈：一点儿小意思，张会计不要放在心上。

我妈说：春燕在丝绸厂里做得好不好？我跟车间主任打过招呼的，我说春燕是我的过房囡，活做得不熟练，多教教伊，不要为难伊。

唐秀宝黄脸上盛开出菊花一样的笑纹：是哦，春燕做得蛮好，蛮好的。

唐秀宝每次背着老布花袋到我们家来，一定是有事求我妈，可今天，她却东家长西家短地说了很多废话，就是不说正事，直到我妈提起阿莫：唐秀宝，你家春明，和阿莫啥时候可以结婚了？我等着喝喜酒呢。

唐秀宝的笑脸一抽，脸上原本绽放的菊花，就收拢了一些，变成一朵即将枯萎的菊花了。唐秀宝枯菊花一样的脸对着我妈：张会计，我就是要和你谈这桩事体。前两天，阿莫跟春明讲，要解约。

我不懂什么叫解约，我看到我妈诧异地瞪大眼睛：都订过婚了，为啥要解约？

唐秀宝嘴角一抽，露出一个苦笑：阿莫讲，春明不要求上进，没有理想，跟春明在一道没共同语言。阿莫讲，伊要参加高考。

"这算什么理由？就这原因，要解约？"我妈好像不相信。

我有点明白"解约"的意思了，阿莫看不起春明，阿莫要和春明吹。我妈不相信，可我信，阿莫要参加高考，肯定是我那个"书笃头"舅舅张仲人的主意，上次在牛肉粉丝摊上，我听到他跟阿莫说过。我低头划拉着笔，草稿纸被我划出了好几道破口。

唐秀宝苦着脸：张会计，你看，这个阿莫，中了什么邪？你帮我做做伊的工作，听讲，近段辰光，阿莫老去寻你家兄弟补习数学。

我妈坐在凳子上的屁股顿时弹起来：阿莫去寻仲人补习数学？

唐秀宝满脸惆怅：张会计，你去叫小雪舅舅做做阿莫工作吧，阿莫愿意听伊的话。

我妈低头沉思了好一会儿，才抬起头，下决心似的说：好吧，我去寻仲人，你放心，你讨媳妇等于我讨媳妇，你的事就是我的事。

我妈很少说这样的话，我妈是在向唐秀宝保证什么。唐秀宝千恩万谢地走了，临走，我妈要她把礼物带回去。唐秀宝不肯，和我妈又是推又是抢的。最后，唐秀宝拗不过我妈，只好拣起一堆礼物中的那个漂亮盒子：张会计，你的心意我明白，这样吧，我把这个拿回去，别的，无论如何你要收下。你要是不肯收，那你就是嫌贬（沪语：嫌弃）我。

唐秀宝把鸡仔饼塞进了老布花袋，唐秀宝转身出了我家的门，唐秀宝消失了，鸡仔饼跟着她一起消失了。鸡仔饼一消失，我就开始恨唐秀宝，恨我妈张会计，恨我舅张仲人，恨阿莫，我不明白他们之间究竟发生了什么，但我知道，他们合起来让我吃不到鸡仔饼。

晚上睡觉前，我听到我妈对我爸说：仲人这个小赤佬（沪语：小鬼），真是昏了头，啥人不好惹，去惹唐秀宝的毛脚媳妇，这不是叫我坍台（沪语：丢脸）吗？

我爸大概要睡着了，声音有些发闷：伊惹人家了吗？你有啥证据？事体还没调查清爽，不要乱讲。唐秀宝很会来事，假惺惺叫你做工作，伊还不是要让你晓得，你兄弟勾引伊的毛脚媳妇吗？

我爸平常日子，老要嘲笑我舅是"书笃头"，这种时候，我爸倒帮着我舅说话了。

我妈叹了一口气：我看伊是中邪了！唉！要说，仲人岁数也不小了，是该寻个对象成家了。可是，伊没工作，啥人肯嫁给伊？

我爸没有回答，一丝啸叫从我爸嘴里吹出来，紧接着，鼾声隆隆响起。我爸睡着了，我忍不住想笑出来，我喜欢我爸，我发现，我爸比谁都讨我喜欢。可是一想起我舅和阿莫，我又开始发愁。

我舅已经好久没来我家了，他真的不愿意再教我做数学题了吗？我爸我妈对他那么好，有了阿莫这个学生，他就不管我了，我舅真忘恩负义！阿莫呢？阿莫真的要参加高考吗？她要是考上大学，会不会真的不愿意嫁给春明了？要是这样，唐秀宝就要恨死我舅了，唐秀宝恨我舅，肯定要连带着恨我妈，以后，唐秀宝就不会背着老布花袋给我们家送礼来了。想来想去，我就觉得问题是有些严重了，唐秀宝要是和我们绝交，损失最大的，还是我们家。

第二天，我妈把唐秀宝送来的火腿、香烟、老酒，装在一只大袋子里，去了一趟唐家宅。我妈要把这些礼品送还给唐秀宝，这些礼品里没有我最喜欢的鸡仔饼，我就一点儿也不觉得心疼。

傍晚，我舅来了。这是过完年后，我舅第一次来我们家。前段日子我舅老不来，我总是想起他，今天他一来，我又开始担心，担心他又要给我出数学题。

我爸说：小弟，来啦！

我舅点点头，坐了下来。他没注意我，更没有像以前那样，一进门就问我功课是不是做好了。我悄悄看一眼我舅，发现他那张原本宽宽阔阔的四方脸，现在瘦得两颊凹陷了，白森森的面皮上浮着一层灰暗的尘土，看起来像个病人。我妈说他中邪了，我看他是真的中邪了，我心里悄悄嘀咕：书笃头张仲人中了邪，还会不会给我出数学题呢？

我妈喊：吃夜饭了，小雪。

我爸摆上炒好的菜，倒上酒，和我舅面对面坐下。今天的菜很好，肉糜炖鸡蛋，辣椒炒干丝，红烧狮子头，大概是我爸特意为我舅要来吃饭才做的。我端着一碗饭，磨磨蹭蹭地，划了半天也没划下去半碗，我妈就冲我凶着脸吼：小雪，快吃，吃好到房间里去做功课。

我说：功课老早做好了。

我妈眼珠瞪得像电灯泡：叫你快点你就快点，当心"吃生活"。

我妈真粗暴，动不动就要给我"吃生活"，我鼻子一酸，扔下饭碗，冲进房间。我狠狠地碰上房门，眼泪差一点滚出眼眶。我才不要听他们说话，哼！我不听也知道他们要说什么。

我打开电视机，八频道正播《排球女将》，小鹿纯子学会了新招，晴空霹雳，翻个跟斗再扣球，太神了。很快，我就被电视剧迷住了，我就把我爸我妈和我舅忘了，我爸我妈和我舅也忘了我，我闭着房门，跷着二郎腿，舒舒服服地看《排球女将》。我们家买回这台电视机的时候，我妈就给我规定了，平时不准看电视，星期六晚上才可以看。今天的运气真是太好了，我要谢谢我舅，因为他，我妈把我忘了，我才有机会看到小鹿纯子。

《排球女将》终于播完，九点多了，我妈也不来催我睡觉。我关掉电视机，轻手轻脚走到房门口，我听到我妈在说话：仲人，你也要替我想想的，要是阿莫真的跟了你，我还有面孔在刘湾镇街上走？

我爸说：小弟，不要想不通，女人多得是，叫你阿姐给你介绍一个，要寻就寻居民户口的，你要是寻个乡下人，结婚后养个小囡，也要报农村户口。

没有我舅的声音。

我妈又说：你自家还没有工作，户口都还没报上。你不立业，哪能成家？你将来拿什么去养家？

我爸说：小弟，我晓得你爱才，阿莫用功，人也不错，不过，已经许配了人家的，我们插一脚，不作兴的。

……

我爸和我妈轮番说话，就是听不见我舅的声音，我舅哑了。大人说话其实不好听，我听了一会儿就困了，我想睡觉，我的眼皮重得要打架啦，可我还没洗脸洗脚。我拉开房门：姆妈，我要困觉！

我妈站起来，去厨房提开水壶。我偷偷看我舅，书呆子张仲人端端正正地坐着，瘦脸通通红，像一只干瘪的红辣椒，面前的酒杯已经空了。我妈在厨房里喊我爸：老苏，煤炉哪能熄了？你刚才没加煤饼？

我爸赶紧站起来，一边往厨房跑，一边拍脑袋：哎哟哟！忘记了，我来点火油炉烧水，我来我来。

我舅呆坐着，垂着眼皮看桌上的空酒杯。我觉得我舅很可怜，我有点心疼他，我想安慰安慰他，我不想看见他这么难过。我就趴到桌边，嘴巴凑到他耳根，轻声说：舅舅，不要怕，你说过的，学好数理化，走遍天下都不怕。你数理化那么好，你不用怕的，哦！

我舅抬起头，深深凹陷的眼睛血红血红的，接下来，我就惊恐地看到，两颗很大很大的眼泪豆豆，从他的眼睛里扑簌簌地掉了下来。我舅哭了！我从来没见过大男人哭，我舅一哭，我的鼻子也跟着酸起来："舅舅，不哭"。我不知道怎样劝我舅，我舅害得我也想哭了，我伸出手替我舅擦脸颊上的眼泪豆豆："舅舅，不哭了哦！"

我舅抓住我盖在他脸上的手，哽咽着说：小雪，帮舅舅一个忙，告诉阿莫，一定要参加高考，一定要考上大学。

我拼命点头：哦！舅舅，我晓得了，我明朝就去寻阿莫，我会告诉伊的！

# 八

春天来了，柳树儿发芽了，池塘变绿了，燕子飞回来了，唐秀宝背着老布花袋又来我家了。唐秀宝说：张会计，又要劳烦你了，你帮忙做个媒吧，去小毛家里跑一趟，春燕这个小贱货，肚皮大了。

我们刘湾镇人，把怀孕叫"大肚皮"，还没结婚肚皮就大起来的女人，叫"不要面孔"。我努力想象着又瘦又矮的春燕挺着大肚皮的样子，她个子比我都矮，她很瘦，她那个扁平的肚子，能装下一个小娃娃吗？她胸口那对"妈妈"，小得像男孩子，她要生出一个小娃娃来，能给小娃娃喂奶吗？我猜肯定不能。

唐秀宝说完，就等着我妈发表意见。可我妈好像对唐秀宝有些不待见，我妈眼乌珠看着天花板，冷笑了两声，慢吞吞地说：呵呵，春燕倒蛮有本事的嘛，肚皮都大了，还要做啥媒？拎只包裹，直接搬到人家屋里去过日脚好了。

唐秀宝"嘿嘿"讪笑着：是啊是啊，我的面皮都给伊坍光了，也不晓得他们是啥辰光开始的。不过，事体到了这个地步，只好快点把婚事办掉了。媒人么，是规矩，不可以没有的。张会计，帮帮忙吧。

我妈继续搭架子：我从来没做过媒人，做不来的，你去请别人吧。

唐秀宝的菊花脸越发枯萎了：小毛是居民户口，我们家春燕是农村户口，张会计你是小毛的师傅，你要是去做媒，小毛家会给你面子的。

我妈架子很大，唐秀宝求了她好一会儿，她才勉强答应下来：我去小毛家跑一趟是可以的，不过我话讲在前头，人家要是不答应，我也没办法。

我妈松口了，唐秀宝菊花脸上的笑纹展开了几丝。

我妈果然去了一趟小毛家，还带去了唐秀宝出钱买的礼品。小毛的爷爷老毛一听我妈的意思，就明白他的孙子长本事了。小毛原来只认得阳春面和粮票，后来小毛学会了做营业员，现在，小毛还要给老毛养重孙子了。老毛一高兴，嘴唇上的白胡子一根根都竖了起来，二话没说，当场答应了这门亲事。我妈张会计出马，哪有办不成的事？唐秀宝特地上门感谢我妈，这一回，她从老布花袋里摸出的东西，是塑料纸包装的两块小小的黑转头。我妈一看，就叫起来：哎呀！唐秀宝，这是山东阿胶吧？这可是稀奇货，我哪能好意思收啊？

山东阿胶让我妈松了脸皮，对唐秀宝的态度明显好转。唐秀宝绽开菊花脸：张会计的大恩大德，我一辈子都报不完，应该的应该的。

春燕要结婚了，婚礼定在五一劳动节。还有一个令我吃惊的消息，春明和阿莫也要结婚了，也是五一劳动节，这一天，唐秀宝要把她的儿子和女儿的婚事一起办掉。唐秀宝是这么跟我妈说：一道办掉算了，免得夜长梦多。春明和阿莫，订婚已经一年了，也该给他们办掉了。

我妈点点头：也好，这样省得你操两回心。那你还需要啥？电视机票？我能给你搞到一张，给春燕还是春明，我就不管了。

唐秀宝的菊花脸开得简直像块揉搓过的花布：张会计，难为你还想着这事。我考虑过了，电视机就给春明了，春燕想要电视机容易，小毛在你手下做，早晚会有电视机的。

我妈说：那好吧，我再想办法给你搞台落地收音机，这样你也不用对哪个偏心了。

我妈这么慷慨，唐秀宝笑得眼睛都找不到了。唐秀宝一走，我就问：姆妈，阿莫嫁给春明后，还考不考大学？

我妈脸一沉：小囡家，关心介许多做啥？

这些日子，我舅一直没来我们家，我也很久没做我舅给我出的数学题了。那天我舅在我们家喝醉了，我舅哭着求我帮忙，让我去找阿莫。第二天放学后，我没回家，我跑了一里路，去了唐家宅，我等在唐秀宝家门外一丛茂密的枸杞篱笆后头，我想，要是阿莫去他们家，我就可以截住她了。

我看见扛着锄头提着一捆青菜的唐秀宝走过去了，我看见春明推着脚踏车过去了，我还看到春燕迈着短腿步履匆匆地过去了，一直到天快黑了，我也没见到阿莫。我就这样一连五天等在唐秀宝家门外，我相信，只要每天等，总有一天会让我遇上阿莫的。第五天是周末，那天天气有点凉，唐秀宝从自留地里回去，经过枸杞篱笆时，一阵冷风吹过，我的鼻子很不争气地打了一个响亮的喷嚏。我被唐秀宝发现了。她惊叫起来：小雪？你在这里做啥？

我跳起来冲出枸杞篱笆，拔腿就跑，一边跑一边喊：我在捉野猫（沪语：躲猫猫）。

我没有完成我舅给我的任务，那些天，我只要一闭眼，脑子里就全是我舅血红的眼睛里掉出两颗很大很大的眼泪豆豆的可怜样子。我在心里默默呼唤阿莫，阿莫啊，你为啥老不来呢？你在哪里呢？

五一劳动节到了，我妈带着我去唐家宅喝喜酒。那天，唐秀宝家真是宾客盈门，热闹非凡。中午时分，穿着一套咖啡色西装、胸口戴着一朵大红花、打扮得像个劳动模范的春燕，被依然留着两撇小胡子的新郎小毛接走了。我观察了一下春燕的身材，没看出她的肚子有多大，只是春燕好像胖了一些，原本又瘦又矮的人，前所未有地，显得有些肉嘟嘟。我听到看热闹的女客人窃窃私语：看看伊的面孔，长出蝴蝶斑了。三个月了吧，肚皮还看不出，面孔上倒显出来了。

什么叫蝴蝶斑？我再细看春燕的脸，果然，窄小平坦的颧骨两颊，飞着两块褐色的斑。原来，女人有没有怀小孩，不是看肚皮，是看脸蛋。

中午的小高潮过去后，客人们就耐心地等待下午真正的高潮的来临。阿莫，一想到阿莫，我的心就"突突"乱跳。这半年，我没见过阿莫，不晓得她是胖了还是瘦了，不晓得她那两条麻花辫还是不是像原来那样粗壮黑亮，不晓得她现在更像李铁梅还是更像薛宝钗……

不知什么时候，天空压上了一层厚厚的黑云，看起来像要下雨。客人们纷纷说：办喜事的日脚，千万不要落雨啊！

三点一过，就有跑腿的人传来话说，新娘刚出门，大概半小时能到。唐秀宝连忙进房间，换了一套干净衣裳，她要做新婆母了，她要站到门口的土路上迎接她的新媳妇了。天色却越来越沉暗下来，黑云越来越重，空气里的水分越来越多。客人们纷纷说：哎呀，千万不要落雨啊，新娘子刚要上路呢。

老天才不管你唐秀宝家在办喜事呢，老天才不管你新娘要不要上路呢，老天从来就自管自的。大雨终于"哗哗"地浇下来，天空却忽然变得亮堂起来，仿佛一场大哭之后，扫却了阴云的人脸。客人们纷纷说：哎呀，有财有势（沪语："水"发"势"音），这雨落得好啊！大吉大利啊！

下雨究竟是好，还是不好呢？这些大人，好话坏话都由得他们说去了。是不是，人长大后，就有随便说话的权利了？雨下得很大，阿莫已经出门了吧？她淋到雨了吗？我抬头看着屋檐上连珠似淌下的雨水，默默地为阿莫担忧着。

唐秀宝显然没料到会下雨，摆在家门口场地上的鸡鸭鱼肉都淋湿了，她指挥着一大群唐家亲眷手忙脚乱地抢收。正在这当口，跑腿的人大喊着从雨中冲进来：来了来了，快快快，准备放"高升"（沪语：爆竹）！

就有安排好的人，捧着大爆竹和几挂小鞭炮跑到了门口。客人都挤在门口的屋檐下看热闹，我也挤在人群中探头看那条在雨幕中水雾蒙蒙的土路。可我根本看不见，簇拥的人头和肩膀挡住了我的视线。我往上跳了两下，视线依然无法穿透人墙。可我还是听到了一记沉闷的爆竹声，然后，我看到一团红纸色半空中爆开，碎裂成几段，瞬间，冒着白烟纷纷跌落下来，冲进了远处的泥浆地。接下来，迟迟听不见第二响爆竹。客人们七嘴八舌：潮了潮了，点不着了。接着，零零落落地响起小鞭炮的炸裂声，响几下，停下，又响几下，好像临死的人在挣扎着说话，随时有断气的危险。

唐秀宝的新衣服已经被淋得透湿，她管不了那么多了，一头冲进雨中，向土路走去。五分钟后，土路上的大队人马，终于水淋淋地拥挤而来。我搜寻着人群中的阿莫，阿莫在哪里？看到了，我看到阿莫了，阿莫走过来了。

阿莫穿着一套深蓝色西装套服，阿莫瘦了，西装穿在她身上瘪坍坍的；

阿莫的胸口别着一朵大红花，和春燕一样，是劳动模范开庆功大会时戴的那种大红花；阿莫的"妈妈"变小了，原来高耸在胸口的两座大大的山包，成了小小的山包；阿莫粗壮黑亮的麻花辫不见了，她烫了一个短波浪头，淋过雨的头发紧贴着头皮，看上去，像老奶奶戴的黑绒线帽；阿莫低着头，雨水从刘海上一颗颗滴落，滴到她的鼻尖上，那些水滴，仿佛是从阿莫的眼睛里掉出来的，怎么滴也滴不尽。

阿莫被人群簇拥着走过来了，阿莫离我越来越近，与我擦身而过的当口，我张开嘴，轻轻叫了一声：阿莫！

阿莫没理我，阿莫头也没抬，阿莫被两个女人驾着两条胳膊，很快挤过去了。也许是我没叫出声，我只是在心里叫她。阿莫低垂着脑袋，抬起脚，跨进了唐家客堂的门槛。我看到，阿莫的脚上，穿着一双黑色的高帮套鞋，西装裤的裤脚塞在鞋帮里，套鞋的帮口上，沾满了黄色的泥浆。

我从来没有见过穿着套鞋结婚的新娘，无论怎么看，我都看不出阿莫是在结婚。她怎么是一个正在举行婚礼的新娘呢？她明明是一个刚插完秧回家的农民。

我撒腿追过去，我扒开人群挤到客堂门口，我冲着阿莫的背影大喊一声：阿莫！你不考大学了？

所有人都惊诧地把目光射向我，唯独阿莫，依然背朝着门口，没有回头。

我被我妈拖出了人群，拖到了屋外。这一回，我妈真的给我吃"生活"了，我妈的巴掌打到我脸上时，我尝到了天上落下来的雨水。原来，雨的味道，是那么咸那么咸。

# 九

一年以后，春燕和小毛抱着一只黄不黄红不红的瘦猴，来我们家做客。这只瘦猴，就是从春燕肚子里钻出来的小毛的儿子。瘦猴真会哭闹，瘦猴也真容易饿，在我们家待了一个多小时，春燕就撩开衣襟给瘦猴喂了三次奶。春燕一点也不害羞，她很大方地露出她的"妈妈"，它们几乎整个地展现在我的视线里。我看到瘦猴的小嘴呷着春燕葡萄干似的奶头，那对"妈妈"还是那么小，一点也不像饱含着乳汁的样子，怪不得瘦猴总是饿得哭。

春燕能用这么小的"妈妈"把瘦猴养大吗？

一年以后，我舅考上了浙江大学。我舅这回可真的是"学好数理化，走遍天下都不怕了"。我舅离开刘湾镇去杭州时，我和我爸妈一起送他到火车站。我舅站在月台上，拍了拍我的肩膀，语重心长地说：小雪，好好学习，以后，一定要参加高考，一定要考大学。

可我依然向往着我舅曾经待过的那个叫"云南"的地方，我歪着脑袋问：舅舅，杭州有香蕉树吗？

我舅笑了，我舅笑着回答我：杭州没有香蕉树，杭州有小核桃。

我仰望着我舅，一缕阳光在他的鼻梁上跳动，一闪、一闪，闪得我眼睛都花了。

火车启动了，绿色的长龙呼啸着离开站台，向远方射去。那时候，我在想，要是阿莫也参加高考，是不是，她就可以和我舅一起去杭州吃小核桃了？

# 中国言实出版社全民阅读精品文库

## "当代中国最具实力中青年作家作品选"系列图书

1. 《一路划拳》　　孙春平　著　2016 年 1 月出版　9 787517 116974 >

2. 《香树街》　　宗利华　著　2016 年 1 月出版　9 787517 116981 >

3. 《金角庄园》　　海　桀　著　2016 年 1 月出版　9 787517 116967 >

4. 《眼缘》　　郑局廷　著　2016 年 1 月出版　9 787517 117001 >

5. 《江南梅雨天》　张廷竹　著　2016 年 1 月出版　9 787517 116950 >

6. 《午夜蝴蝶》　　胡学文　著　2016 年 1 月出版　9 787517 117018 >

7. 《股东》　　丁　力　著　2016 年 3 月出版　9 787517 117254 >

8. 《在时间那边》　荆永鸣　著　2016 年 3 月出版　9 787517 117285 >

9. 《金山寺》　　尤凤伟　著　2016 年 3 月出版　9 787517 117261 >

255

10. 《人罪》　　　王十月　著　　2016 年 3 月出版

（该书入选出版界图书馆界"全民阅读好书推荐书目（2015—2016）"）

11. 《桃花落》　　　温亚军　著　　2016 年 4 月出版

（该书入选出版界图书馆界"全民阅读好书榜 50 种（2015—2016）"）

12. 《莫塔》　　　吕　魁　著　　2016 年 6 月出版

13. 《营救麦克黄》　石一枫　著　　2016 年 6 月出版

14. 《界碑》　　　西　元　著　　2016 年 6 月出版

15. 《八道门》　　周李立　著　　2016 年 6 月出版

16. 《时间飞鸟》　邱华栋　著　　2016 年 6 月出版

（该书入选出版界图书馆界"全民阅读好书推荐书目（2015—2016）"）

17. 《戏法》　　　杨洪军　著　　2016 年 7 月出版

18. 《弑父》　　　曾维浩　著　　2016 年 7 月出版

19. 《种春风》　　余一鸣 著　　2016 年 10 月出版

20. 《同一条河流》　阿 宁 著　　2016 年 10 月出版

21. 《金枝夫人》　　弋 舟 著　　2016 年 10 月出版

22. 《绣鸳鸯》　　　马金莲 著　　2016 年 10 月出版

23. 《红领巾》　　　东 紫 著　　2016 年 10 月出版

24. 《吼夜》　　　　季栋梁 著　　2016 年 10 月出版

25. 《你没事吧》　　杨少衡 著　　2016 年 10 月出版

26. 《隐声街》　　　薛 舒 著　　2016 年 10 月出版

27. 《黑夜给了我明亮的眼睛》女 真 著　　2016 年 10 月出版